**插图本**
名著名译
丛 书

插图本名著名译丛书

# 海底两万里

## Vingt mille lieues sous les mers

Jules Verne

〔法〕儒勒·凡尔纳 著

赵克非 译

人民文学出版社

Jules Verne

VINGT MILLE LIEUES SOUS LES MERS

根据 Bibiothèque d'Éducation et de Récréation, Paris。版译出

**图书在版编目(CIP)数据**

海底两万里/(法)儒勒·凡尔纳著;赵克非译.—北京:人民文学出版社,2017
(插图本名著名译丛书)
ISBN 978-7-02-013081-8

Ⅰ.①海… Ⅱ.①儒…②赵… Ⅲ.①科学幻想小说—法国—近代 Ⅳ.①I565.44

中国版本图书馆 CIP 数据核字(2017)第 171014 号

| | |
|---|---|
| 责任编辑 | 马爱农 |
| 装帧设计 | 刘　静 |
| 责任印制 | 任　祎 |

| | |
|---|---|
| 出版发行 | 人民文学出版社 |
| 社　　址 | 北京市朝内大街 166 号 |
| 邮政编码 | 100705 |
| 网　　址 | http://www.rw-cn.com |
| 印　　刷 | 三河市宏盛印务有限公司 |
| 经　　销 | 全国新华书店等 |
| 字　　数 | 335 千字 |
| 开　　本 | 880 毫米×1230 毫米　1/32 |
| 印　　张 | 12.125　插页 3 |
| 印　　数 | 10001—20000 |
| 版　　次 | 2004 年 7 月北京第 1 版 |
| 印　　次 | 2018 年 7 月第 2 次印刷 |
| 书　　号 | 978-7-02-013081-8 |
| 定　　价 | 30.00 元 |

如有印装质量问题,请与本社图书销售中心调换。电话:010-65233595

# 出 版 说 明

人民文学出版社自上世纪五十年代建社之初即致力于外国文学名著出版,延请国内一流学者论证选题,优选专长译者担纲翻译,先后出版了"外国文学名著丛书""世界文学名著文库""二十世纪外国文学丛书""名著名译插图本"等大型丛书和外国著名作家的文集、选集等,这些作品得到了几代读者的认可。丰子恺、朱生豪、傅雷、杨绛、汝龙、梅益、叶君健等翻译家,以优美传神的译文,再现了原著风格,为这些不朽之作增添了色彩。

2015年,精装本"名著名译丛书"出版,继续得到读者肯定。为了惠及更多读者,我们推出平装版"插图本名著名译丛书",配以古斯塔夫·多雷、约翰·吉尔伯特、乔治·克鲁克香克、托尼·若阿诺、弗朗茨·施塔森等各国插画家的精彩插图,同时录制了有声书。衷心希望新一代读者朋友能喜爱这套书。

人民文学出版社
2018年1月

# 前　言

《海底两万里》是一部科幻小说，于一八七〇年问世，暨今已逾百年，而仍能以多种文字的各种版本风行世界，广有读者，仅此一端，即可见其生命力之强，吸引力之大。主张书不及百岁不看的读者，是大可放心一阅的。

书中人物寥寥，有名有姓的只有四个半——"亚伯拉罕·林肯"号驱逐舰舰长法拉格特，只在小说开头部分昙花一现，姑且算半个；内景只是一艘潜水艇。但就是这么四个半人，这么一艘潜水艇，在将近一年的时间中，纵横海底两万里，为我们演绎出一个个故事，展现出一幅幅画面；故事曲折惊险，引人入胜，画面多姿多彩，气象万千。这样一部小说，读来既使人赏心悦目，也令人动魄惊心。

故事并不复杂：法国人阿罗纳克斯，一位博物学家，应邀赴美参加一项科学考察活动。其时，海上出了个怪物，在全世界闹得沸沸扬扬。科考活动结束之后，博物学家正准备束装就道，返回法国，却接到美国海军部的邀请，于是改弦更张，登上了一艘驱逐舰，参与"把那个怪物从海洋中清除出去"的活动。经过千辛万苦，"怪物"未被清除，驱逐舰反被"怪物"重创，博物学家和他的仆人以及为清除"怪物"被特意请到驱逐舰上来的一名捕鲸手，都成了"怪物"的俘虏！"怪物"非他，原来是一艘尚不为世人所知的潜水艇，名"鹦鹉螺"号。潜艇对俘虏倒也优待；只是，为了保守自己的秘密，潜艇艇长内莫从此永远不许他们离开。阿罗纳克斯一行别无选择，只能跟着潜水艇周游各大洋。十个月之后，这三个人终于在极其险恶的情况下逃脱，博物学家才得以把这件海底秘密公之于世。《海底两万里》写的主要是他们在这十个月里的经历。

《海底两万里》已经有几种中译本，"两万里"也就成了个约定俗成的说法；究其实，这里的"里"指的是法国古里，而古法里又有海陆之分，一古海里约合 5.556 公里，一古陆里约合 4.445 公里；既然是在海底周游，这里的两万里，理应为两万古海里。如此说来，他们在海底行驶的路程，就应该在十一万公里以上了。这是要说明的。

十一万公里的行程，是个大场面，一路所见，可以说无奇不有。谁见过海底森林？谁见过海底煤矿？谁见过"养"在贝壳里、价值连城的大珍珠？当了俘虏的阿罗纳克斯和他的朋友们都见到了，而且曾经徜徉其间。他们在印度洋的珠场和鲨鱼展开过搏斗，捕鲸手兰德手刃了一条凶恶的巨鲨；他们在红海里追捕过一条濒于绝种的儒艮，儒艮肉当晚就被端上了餐桌；他们在大西洋里和章鱼进行过血战，一名船员惨死；这些场面，都十分惊心动魄。此外，书中还描写了抹香鲸如何残杀长须鲸，"鹦鹉螺"号潜艇又是如何杀死成群的抹香鲸的，那情景也十分罕见。

阿罗纳克斯是个博物学家，博古通今，乘潜艇在水下航行，使他饱览了海洋里的各种动植物；他和他那位对分类学入了迷的仆人孔塞伊，将这些海洋生物向我们做了翔实的介绍，界、门、纲、目、科、属、种，说得井井有条，使读者认识了许多海洋生物；阿罗纳克斯还把在海洋中见到的种种奇观，一一娓娓道来，令读者大开眼界，知道什么是太平洋黑流，什么是墨西哥暖流，飓风是怎样形成的，马尾藻海又是什么样……我们知道珊瑚礁是怎样形成的吗？知道海洋究竟有多深吗？知道海水传播声音的速度有多快吗？这一类知识，书中比比皆是。

"鹦鹉螺"号也曾遇险，在珊瑚礁上搁过浅，受到过巴布亚土著的袭击，最可怕的是，在南极被厚厚的冰层困住，艇内缺氧，艇上的人几乎不能生还。但是，凭着潜艇的精良构造和艇长的超人智慧，种种险境，均被化解，终于完成了十一万公里的海底行程。

凡尔纳时代，潜水艇刚刚面世，还是一种神秘的东西；"鹦鹉螺"号艇长内莫又是个身世不明之人，他逃避人类，蛰居海底，而又隐隐约约和陆地上的某些人有一种特殊联系。凡此种种，都给小说增加了一层神秘色彩。既是小说，人物当然是虚构的，作家给"鹦鹉螺"号艇长取的拉丁文名字,更明白无误地指出了这一点——"内莫",在拉丁文里是子虚乌有的意思。但这并没有妨碍作者把他描写成一个有血有肉、让读者觉得可信的人物。

本书作者儒勒·凡尔纳(1828—1905)是法国科幻小说家,现代科幻小说的重要奠基人。他出生在一个律师家庭,很小的时候就产生了强烈的探索欲望和丰富的想象力。他博览群书,厚积薄发,第一部科幻小说《气球上的五星期》,一炮打响,引起轰动,使他成了个家喻户晓的人物。他后来一发而不可收,又写了一系列科学幻想冒险小说,卷帙浩繁,不下六七十种,被收入一套名为《奇异的旅行》的丛书。《海底两万里》是凡尔纳著名三部曲的第二部,前有《格兰特船长的女儿》,后有《神秘岛》。作者想象力丰富,文笔细腻,构思奇巧,其作品既引人入胜,又很有教育意义,适合各种年龄的读者。而且,凡尔纳的幻想不是异想天开,都以科学为依据;他所预见到的很多器械,后来都变成了现实生活中的实有之物。

译　者<br>二〇〇四年三月

# 目　次

## 第一部分

- 一　飞逝的礁石 ………………………………… 1
- 二　赞成与反对 ………………………………… 7
- 三　"悉听尊便，先生！" ……………………… 12
- 四　内德·兰德 ………………………………… 18
- 五　漫无目的的航行 …………………………… 25
- 六　全速前进！ ………………………………… 30
- 七　种类不明的鲸鱼 …………………………… 38
- 八　动中之动 …………………………………… 45
- 九　内德·兰德发火 …………………………… 53
- 十　海洋人 ……………………………………… 59
- 十一　"鹦鹉螺"号 …………………………… 67
- 十二　一切都用电 ……………………………… 75
- 十三　几组数据 ………………………………… 81
- 十四　黑水 ……………………………………… 88
- 十五　邀请信 …………………………………… 97
- 十六　漫步海底平原 …………………………… 104
- 十七　海底森林 ………………………………… 111
- 十八　太平洋下四千里 ………………………… 116
- 十九　瓦尼可罗群岛 …………………………… 123
- 二十　托雷斯海峡 ……………………………… 132
- 二十一　在陆地上的几天 ……………………… 139

| 二十二 | 内莫艇长的闪电 | 149 |
| 二十三 | 强制睡眠 | 160 |
| 二十四 | 珊瑚王国 | 167 |

## 第二部分

| 一 | 印度洋 | 175 |
| 二 | 内莫艇长的新建议 | 184 |
| 三 | 一颗价值千万的珍珠 | 192 |
| 四 | 红海 | 203 |
| 五 | 阿拉伯隧道 | 214 |
| 六 | 希腊群岛 | 223 |
| 七 | 四十八小时穿越地中海 | 233 |
| 八 | 维哥湾 | 242 |
| 九 | 消失了的大陆 | 251 |
| 十 | 海底煤矿 | 260 |
| 十一 | 马尾藻海 | 270 |
| 十二 | 抹香鲸和长须鲸 | 277 |
| 十三 | 大浮冰 | 287 |
| 十四 | 南极 | 297 |
| 十五 | 大事故还是小插曲？ | 309 |
| 十六 | 缺氧 | 316 |
| 十七 | 从合恩角到亚马逊河 | 324 |
| 十八 | 章鱼 | 333 |
| 十九 | 墨西哥湾暖流 | 343 |
| 二十 | 北纬47度24分、西经17度28分 | 352 |
| 二十一 | 大屠杀 | 360 |
| 二十二 | 内莫艇长的最后一句话 | 368 |
| 二十三 | 尾声 | 374 |

# 第一部分

## 一 飞逝的礁石

一八六六年出了一件怪事,出现了一种没人说得清楚、也无从解释的现象,大家可能还都记忆犹新。且不说种种流言使港口居民惴惴不安,令内陆公众惊诧不已,就连那些在海上讨生活的人也都大大地受了震动。那些从事大宗买卖的商人,船主,船长,打鱼的,各国的海军军官,以及欧美两大洲的各国政府,对这件事都表示了高度关注。

因为,一段时间以来,有不少船只在海上碰到过一个"庞然大物",一个很长的梭形物体,有时还闪着磷光;和鲸鱼相比,这个"庞然大物"体积要大得多,动作也快得多。

有关这个巨大物体出现的情况,不同船只的航海日记上记得相当一致:那个东西,或是那个动物,呈现的是一样的外形,活动起来是一样的神速,动力同样惊人地强大,似乎生来就具有特别的活力。假如这是一种鲸类动物,比起到那时为止科学上进行过分类的鲸类来,它的个头要大得多。无论是居维叶①、拉塞佩德②,还是迪梅里③先生和卡特拉法热④先生,都不会承认这种庞然大物的存在——他们只承认见过的东西,即所谓经他们这些学者的法眼审视过的东西。

---

① 居维叶(1769—1832),法国著名博物学家。
② 拉塞佩德(1756—1825),法国博物学家。
③ 迪梅里(1774—1860),法国博物学家、医生。
④ 卡特拉法热(1810—1892),法国博物学家、人类学家。

保守的估计,认为这个东西长二百英尺;夸张的估计,说它有一海里宽,三海里长。把这两种估计都撇开,在多次观察所得的结果里取其中,我们也可以肯定,这种庞然大物的个头,比鱼类学家迄今为止所见过的要大得多——假如这种东西果真存在的话。

然而,这东西果真存在,事实本身已经不容否认;根据人喜欢相信神奇事物的习性,我们就会明白,这种不可思议的事物一旦出现,会在全世界范围内产生什么样的轰动。至于把此事斥为无稽之谈,这种做法不足为训。

实际上,一八六六年七月二十日,加尔各答-伯纳克轮船公司的汽船"希金森总督"号,在距澳大利亚东海岸五海里处就碰上过这个会动的大家伙。一开始,巴克船长以为是碰到了一座不熟悉的礁石,他甚至还打算对这座礁石的准确位置进行一番测量呢;但就在这时,从那个奇怪物体身上喷出了两根一百五十英尺高的水柱,呼啸着冲上了天空。这样看来,除非这座礁石上有间歇性喷泉,不然的话,"希金森总督"号汽船碰上的就确确实实是某种水生哺乳动物了。这是一种到那时为止尚不为人所知的动物,能用鼻孔喷出夹杂着空气和蒸汽的水柱。

同年七月二十三日,西印度-太平洋轮船公司的"克里斯托巴尔·科朗"号汽船,在太平洋上也看到了相似的东西。这就是说,这条异乎寻常的鲸类动物能够以惊人的速度从一个地方游到另一个地方,因为,"希金森总督"号和"克里斯托巴尔·科朗"号是在两个相距七百古海里①的不同地点看到它的,而时间只隔了三天。

十五天之后,在距离"克里斯托巴尔·科朗"号看到那个庞然大物两千古海里的地方,国家轮船公司的"爱尔维修"号和王家邮船公司的"香农"号,在美洲与欧洲之间的大西洋上一处海域迎面近舷对驶的时候,同时看到了那个怪物,那里是北纬42度15分,西经60度35分。通过这次共同观察,估计这只哺乳动物的身长至少在三百五十英尺以上,因为,尽管"爱尔维修"号和"香农"号船身都有一百米长,和这只哺乳动物相比,

---

① 一古海里等于5.556公里。

身形还是小了些。但是,经常出没于阿留申群岛海域库拉马克岛和乌穆居里克岛的鲸鱼,最大的,身长也只有五十六米,从来没有超过这个身长的。

这样的报告一份接着一份。横渡大西洋的"佩雷尔"号最近所做的观测,走依兹芒航线的"埃特纳"号和那个怪物的相撞,法国"诺曼底"号驱逐舰上的军官们所做的记录,海军准将菲茨-詹姆斯的参谋部在"洛德·克莱德"号上测到的准确方位,都在公众中引起强烈反响。在一些国家里,生性幽默的人拿这件事开玩笑,但那些严肃务实的国度,如英国、美国和德国,对这件事都极度关注。

在各大中心城市,这个怪物成了时髦话题:咖啡馆里有人津津乐道地说它,报纸上有人嘲弄它,还有人把它搬上了舞台。小报碰到了千载难逢的好机会,任意编造谣言。各种想象出来的巨大动物在报纸上再次出现,从极北地区可怕的白鲸"莫比·狄克"①,到斯堪的纳维亚神话里硕大无朋的海妖,应有尽有。斯堪的纳维亚神话里的海妖能用触角把一条五百吨重的船缠住,拖下海底深渊。有人甚至引经据典,搬出亚里士多德和老普利尼②的观点,这两个人都认为世上存在着怪物;接着又提到彭陶皮丹主教的挪威故事,保尔·赫格德的游记,最后还抬出了哈林顿先生的航海报告。哈林顿先生的诚实是不容怀疑的,他肯定地说,一八五七年他在"卡斯蒂朗"号上看到过一条大蛇,那条蛇到那时为止只在旧时的北极探险船"立宪"号行经的海面上出没过。

于是,在学术团体里和科学杂志上,信其有的人和怀疑派之间的一场没完没了的论战爆发了。"怪物问题"使人头脑发起热来。信奉科学的记者和信奉神灵的记者斗了起来。在这场有纪念意义的论战中,挥洒了大量墨水,有几位甚至还洒了几滴鲜血,因为,他们从海蛇谈起,最后展开了最为严重的人身攻击。

---

① 莫比·狄克,美国小说家赫尔曼·梅尔维尔(1819—1891)小说《白鲸》里那条可怕的鲸鱼。
② 老普利尼(23—79),古罗马作家,共写作品七部,现仅存百科全书式著作《博物志》三十七卷。

论战进行了半年,双方各有胜负。各类小报连篇累牍,对秘鲁地理研究所、柏林皇家科学院、不列颠联合会和华盛顿史密斯协会等学术团体发表的论文,对《印度群岛报》、穆瓦尼奥本堂神甫①主办的《宇宙》杂志和彼德曼②主办的《消息报》上进行的讨论,对法国和外国各大报刊上的科学专栏文章,进行了无情的抨击。怀疑论者引用了林奈③的一句话,小报那些才华横溢的作者戏谑地模仿了这句话,对"大自然界不制造蠢货"的说法,确实起到了支持作用;他们恳请当代人不要违背大自然,去承认有什么海妖、海蛇、白鲸"莫比·狄克",不要相信那些头脑发热的水手们的胡言乱语。最后,在一张令人生畏的讽刺幽默型报纸上登出了一篇文章,是该报最受读者欢迎的编辑撰写的,这位编辑像希腊神话里的英雄希波吕托斯似的,给了那个怪物最后一击,在众人的哄笑声中结果了它的性命。才智战胜了科学。

在一八六七年的头几个月里,怪物似乎已经被埋葬,不可能死而复生,问题好像已经解决了。但是,就在这个时候,新发生的一些事又摆在了公众面前。这一次,涉及的已经不再是个有待解决的科学问题,而是一项须要避免的真实而严重的危险。问题的性质变了。那个怪物又变成了小岛、礁石和暗礁,不过是个能飞逝的暗礁,难以确定,让人琢磨不透。

一八六七年三月五日夜,正行驶到北纬27度30分和西经72度15分海域的蒙特利尔大洋公司的"莫拉维扬"号汽轮,右舷尾部碰上了一块岩石。没有一张海图标明过这片海域有这么一块岩石。"莫拉维扬"号是一艘四百马力的汽船,借着风力,当时正以每小时十三节④的速度行进。毫无疑问,如果不是船体质量上乘,就会被撞裂,"莫拉维扬"号可能也就带着从加拿大运来的二百三十七名乘客葬身海底了。

意外发生在清晨五点左右,正是日出时分。航向值班员们急忙冲向

---

① 穆瓦尼奥(1804—1884),法国物理学家、数学家。
② 彼德曼(1822—1878),德国博物学家。
③ 林奈(1741—1783),瑞典博物学家。
④ 节,航速单位,等于1海里/小时,即每秒0.5144米。

船尾,全神贯注地察看洋面。洋面上什么也没有,只在三链①以外的地方有个已经碎成了浪花的旋涡,犹如平静的洋面受了重重的一击。准确地测量了这个地方的位置以后,"莫拉维扬"号继续航行,表面上看不出受到了损坏。船是碰到了暗礁呢,还是碰上了遇难船只的残骸?不得而知。不过,在干船坞检查了船的吃水线以下部分之后发现,部分龙骨被撞碎了。

这起就其本身来说十分严重的事件,如果不是三个星期以后在相同的情况下再次发生,可能也就像其他事情一样,被人忘记了。仅仅因为这第二次相撞中受害船只的国籍不同一般,被撞船只所属的公司赫赫有名,这件事才造成轰动。

名闻遐迩的英国船主丘纳德,是个尽人皆知的人物。这位精明的实业家于一八四〇年开办了一家邮船公司,用三艘四百马力、一千一百六十二吨的外轮驱动木船,往来于利物浦和哈利法克斯之间,从事邮递业务。八年之后,公司的设备增加了,有了四艘六百五十马力、一千八百二十吨的船;过了两年,又增加了两艘马力更大、吨位更高的船。到了一八五三年,丘纳德公司传递快件的特许权延期以后,他又陆陆续续地增加了一些设备,添置了"阿拉伯"号、"波斯"号、"中国"号、"斯科蒂亚"号、"爪哇"号、"俄罗斯"号,这些都是速度一流的船,也是最大的船,是"大东"号以后下海的最大船只。这样,到了一八六七年,丘纳德公司就拥有了十二艘船,八艘外轮驱动的,四艘螺旋桨驱动的。

我之所以简明扼要地讲了这些情况,是为了让读者明白,这家因为善于经营而扬名世界的海上运输公司,是何等重要。没有一家远洋航运企业的管理手法如此灵巧,没有一家企业取得过这样的成就。近二十年来,丘纳德公司的船只横渡大西洋两千次,没有一次晚点,没有丢过一人一信,也没有损失过一条船。因此,虽然法国进行了强有力的竞争,旅客还是把丘纳德航线作为首选,这一点,从最近几年官方文件中的统计表里即可看出。因此,该公司一艘最好的汽船出现意外而引起轰动,就不会令人

---

① 链,旧时计量距离的单位,1链等于1/10海里,合185.2米。

感到惊奇了。

一八六七年四月十三日，大海一平如镜，刮着适宜航行的微风，"斯科蒂亚"号正行驶到西经15度12分、北纬45度37分的海域。它开足一千马力，航速十三点四三节。船轮非常有节奏地拍击着海水。"斯科蒂亚"号当时吃水六点七米，排水量为六千六百二十四立方米。

下午四点十七分，旅客们正在大厅里吃晚饭，"斯科蒂亚"号左舷轮子后部震动了一下，但感觉轻微。

不是"斯科蒂亚"号撞上了什么东西，而是它被什么东西撞上了；撞它的东西很像一种锋利的工具，可能是钻孔的工具，不像钝器。撞击似乎非常之轻，船上没有人因此而感到恐慌。可是，担任货舱监运员的水手跑到甲板上，大喊：

"船要沉了！船要沉了！"

一下子，旅客变得惊恐万分；不过，安德逊船长很快就使大家放下心来。事实上，眼前也还不会有危险。"斯科蒂亚"号有七个舱，都用防水舱壁隔着，一处进水，应该对付得了。

安德逊船长立即去了货舱。他看出来了，进水的是五号舱，按进水的速度看，洞相当大。万幸的是，这个舱里没有锅炉，否则火早就被淹灭了。

安德逊船长立即下令停航，派一名水手潜入水里去检查损坏的情况。情况很快就搞清楚了，船体吃水线以下部分有一个两米宽的大洞。这样的大洞是堵不住的，轮机被淹了一半的"斯科蒂亚"号只能这样继续航行。这时，"斯科蒂亚"号的位置是距离克利尔岬三百海里。回利物浦晚了三天。这是令利物浦心焦的三天。回到利物浦以后，"斯科蒂亚"号进了公司船坞。

工程师们开始对"斯科蒂亚"号进行检查。船是放在干坞里的。工程师们简直不敢相信自己的眼睛：在吃水线下两米半处，有个很规则的口子，是个等腰三角形！钢板上的裂口非常整齐，即使用冲头冲，也不会比这个更整齐。因此，造成这个裂口的钻孔工具，肯定不是用一般淬火技术制造的——而且，这个东西被用这么大的力量射出来，把四厘米厚的钢板穿透以后，它还得用一个反方向动作把自己撤出去，这个动作实在无法解释。

最近发生的这件事就是这样,其结果是把公众情绪又煽动起来了。从此,原因不明的海难就一概被记到了那个怪物账上,所有这一类海难,责任全由这个虚幻的怪物担负起来;不幸的是,这类海难数量非常可观,因为,在维里塔斯署①登记的三千艘船中,每年因失去联络而被当做连人带货都损失了的蒸汽船或货船,总数不低于两百艘!

于是,公道也罢,不公道也罢,因这些船的失事而受到谴责的是这个"怪物";而且,由于出了这么个怪物,洲际交通变得越来越危险了;公众说话了,明确地提出要求,要不惜一切代价,把这个吓人的鲸类动物从海洋里清除出去。

## 二　赞成与反对

在这些事件发生的时候,我刚在美国内布拉斯加的劣质土地上进行完一项科学考察回来。我是作为巴黎自然史博物馆的编外教授,被法国政府派来参加这项科学考察活动的。我在内布拉斯加负责采集贵重标本,六个月之后,我于三月底到达纽约。动身回法国的日期定在五月初,在回国之前这段时间里,我就一直忙于整理我那些矿物、植物和动物标本。"斯科蒂亚"号的意外事故,就是在这个时候发生的。

这件事成了个热门话题,我了如指掌。我怎么可能不了如指掌呢?美国和欧洲的报纸,我翻过来掉过去地看,但仍然闹不太明白。这件事太神秘了,令我困惑。我无法形成自己的看法,总是在两个极端里摇摆。肯定有某种东西存在,这是不容置疑的,那些持怀疑观点的人已经被请去亲手摸"斯科蒂亚"号身上的伤痕了。

我到纽约的时候,事情正闹得沸沸扬扬。曾经有过关于浮岛的假设,关于难以觉察的暗礁的假设;这类说法,支持的人不多,而且都不是什么权威,此刻都被彻底推翻了。事情也确乎如此,要说它是暗礁,除非这座

---

① 维里塔斯署,法国技术监督机构。

暗礁肚子里有一架机器,不然的话,它怎么可能以那样不可思议的速度移动呢?

同样,认为是个漂浮的船体或是巨大的漂流物的说法也被推翻,原因相同,即移动速度。

于是,可能成立的说法只剩下两个,一些人认为它是个力大无穷的怪物,另一些人认为它是一艘动力极其强大的"海底"船只。两种说法各有各的支持者,形成两派,壁垒分明。

可是,后一种假设虽然勉强可以接受,但面对随后在新旧两个大陆进行的调查结果,却显得站不住脚。个人拥有这样的机械装置,不太可能。什么时候造的?在哪里造的?造这样的东西,一个人怎么能保守得住秘密呢?

只有政府才能拥有破坏力如此强大的武器;而且,在一个挖空心思提高武器杀伤力的灾难性时代,某个国家瞒着其他国家试验这类可怕武器,是完全可能的。夏斯勃枪①之后是鱼雷,鱼雷之后是一种新式海底武器,然后是——对抗。至少,我希望它是一种武器。

然而,这是一种战争机器的假设,也在各国政府的声明面前不攻自破。因为事关公众利益,洲际交通都受到干扰了嘛,各国政府的坦诚是不能受到怀疑的。另外,制造海底船只这样的事,怎么能够避得开公众的耳目呢?干这样的事而能保守秘密,对个人来说是很困难的,而对一个一举一动都受到强大对手的严密监视的国家来说,就完全是不可能的了。

因此,在英国、法国、俄罗斯、普鲁士、西班牙、意大利、美国甚至土耳其进行调查以后,关于这个东西是海底重炮舰的假设也最终被否定了。

小报还在拿"怪物"当笑料,连篇累牍地发表文章,关于这个东西是怪物的说法又甚嚣尘上。而且,顺着这个思路,想象力任意驰骋,不久就出现了许多怪诞说法;有人竟想入非非,说那是一种神奇的鱼类。

我来到纽约以后,有几个人不耻下问,就此事向我咨询。我在法国出

---

① 夏斯勃枪,19世纪下半叶法国军队使用的一种后膛步枪,发明人是夏斯勃(1833—1905)。

版过一部两卷四开本的著作,书名是《海底奥秘》。这本书学界十分看重,使我成了博物学中这个相当神秘领域里的专家。他们问我对这件事的看法。在我能够否认事情的真实性的时候,我绝对持否定态度。但是,没过多久,我被逼到墙角,不得不明确表态。《纽约先驱论坛报》甚至敦促"巴黎博物馆尊敬的皮埃尔·阿罗纳克斯教授"发表对这件事的看法。

我照办了。因为不能沉默,我说了话。我在四月三十日的《纽约先驱论坛报》上发表了一篇内容翔实的文章,从政治和科学各个方面对这个问题进行了探讨。以下是这篇文章的摘要。

"因此,"我写道,"在对各种假设逐一进行研究之后,由于所有其他假设都被排除,就必须承认存在着一种力大无比的海洋动物。

"大洋深处对我们来说是完全陌生的。探测器到达不了那里。深不可测的海底情况如何?那里有什么样的动物?什么样的生物能够在距离海面十二到十五海里的地方存活?这种动物的构造如何?对这一切,我们仅仅能够做一些推测。

"不过,提交给我的这个问题,可以用两刀论法来解决。

"要么我们了解生活在我们这个星球上的各种生物,要么我们并不全都了解。

"如果我们并不全都了解,如果大自然在鱼类方面对我们还保留着什么秘密,那么,承认存在着新的种甚至新的属的鱼或鲸类,就是再顺理成章不过的事了。这类新种新属的鱼,构造基本上是'不适于漂浮'的,生活在探测器达不到的水层中;因为发生了某种事情,或者是一时兴起,要么干脆就是出于任性,这类鱼偶尔浮出了大洋水面。

"相反,如果我们了解所有的生物,那就必须到已经分类编目的海洋生物中去寻找我们所说的那个动物;在这种情况下,我倾向于承认那是一种巨大的独角鲸。

"一般的独角鲸身长往往能达到六十英尺。你把它增大五倍,甚至十倍,再根据增加了的长度赋予这种鲸类以与其身躯相应的力气,增强它的攻击手段,于是,你就得到了你要找的动物。这种动物将会有'香农'号上的军官们确定的个头,有撞击'斯科蒂亚'号所需要的手段,有攻击汽船所需要的力量。

"实际上，独角鲸的武器是一种象牙质的剑，照某些博物学家的说法，是一只戟。它的一颗主要牙齿坚硬如钢。独角鲸经常攻击鲸鱼，而且总是得手；独角鲸的这类牙齿，我们发现过几颗，是嵌进鲸鱼身子里的，还有的是从船体的吃水线以下部分费力拔出来的；独角鲸的牙能像钻头钻木桶似的把船板穿透。巴黎医学院的陈列室里收藏着一颗这样的牙齿，长二点二五米，根部宽四十八厘米！

"那么，把这种动物的攻击手段设想得再强大十倍，力量也再大十倍，让它以每小时二十海里的速度出击，再用它的速度乘以重量，你就得到了能够造成已有灾难所需的冲击力。

"因此，在得到更多的信息之前，我认为那是一头独角鲸。它身躯庞大，'武器'已经不是戟，而是像铁甲驱逐舰或'装甲战舰'的金属冲角一类的东西了；它既有驱逐舰和装甲战舰的重量，也有和它们相同的动力。

"对这种无法解释的现象只能做这样的解释——要么就是这样：虽然有人瞥见过、看见过并反复地感觉到过，但这一切纯属子虚乌有。这种可能依然存在。"

最后几句话说得有点差劲；我那样说是想在一定程度上保住我的教授尊严，以免太让美国人笑话，美国人笑话起人来，是很厉害的。我给自己留了个退身步。实际上，我承认有"怪物"。

我的文章引起激烈争论，轰动一时，也得到了一定数量的支持者。另外，这篇文章提供的答案也为幻想留下了广阔天地。人的头脑喜欢这类关于超自然生物的设想，而海洋又正好是这类设想的最佳载体，是这类庞大生物——站在它们身旁，陆地生物，如大象和犀牛，都是"侏儒"——惟一能够生殖繁衍的地方。海洋里生活着已知的最大哺乳类动物，可能也会隐藏着一些大得无与伦比的软体动物，一些看起来吓人的甲壳类动物，比如一百米长的龙虾，或是二百吨重的蟹！为什么不会有呢？以前，各个地质时代的陆地动物，那些四足动物，四手动物，爬行动物，那些鸟，都是用大模型造出来的。造物主是把那些动物扔进一个大模子里的，时间把这个大模子一点一点地变小了。旧地质年代里那些巨大的生命标本，为什么大海就不能在它那深不可测的地方保留下来呢？因为，在地核几乎处于不断变化之中的时候，海洋并没有改变。海洋的年是地核的世纪，世纪就是地核的千年，那么，为什么海洋不能在自己的怀抱里保留最后几种大得异乎寻常的物种呢？

我自己也陷入了幻想，而我是不该这样做的！必须打住！对我来说，时间已经把这些幻想变成了可怕的现实。我再说一遍，关于这一现象的性质，这时已经形成共识，公众也毫无异议地接受了存在着一种神奇动物的说法，而且认为，这种动物和传说中的海蛇毫无共同之处。

不过，虽然有些人把这件事只当成一个有待解决的纯科学问题，但另一些人，那些特别美国和英国一些更讲究实际的人，却认为必须把这个可怕的怪物从大洋中清除出去，以确保横渡大洋的交通安全。工商界的报纸基本上就是以这种观点来看待这个问题的。保险公司扬言要提高保险费；那些为保险公司说话的报刊，如《商船杂志》《船舶协会报》《邮船报》《海事与殖民地杂志》，在这一点上说法完全一致。

公众舆论形成之后，美利坚合众国率先发表了声明。政府下令在纽约做准备，要进行一次追捕独角鲸的远征。快速驱逐舰"亚伯拉罕·林肯"号已经可以尽早起航。武器库的大门已经向法拉格特舰长打开，他正积极督促武装自己的驱逐舰。

就像常常出现的情况一样，下定决心要追捕那个怪物了，怪物却不再出现。在其后的两个月里，再没有听谁说起过那个怪物，没有一艘船只碰上过它，就好像那个独角鲸知道了正在策划一个针对它的阴谋似的。关于这个怪物，大家说的太多了，甚至通过越洋电缆谈论它！于是，喜欢开玩笑的人说话了，说那个机灵的调皮鬼经过电缆的时候截获了电报，为其所用，所以不出来了。

因此，已经准备好进行远征，而且配备了大口径捕鲸炮的驱逐舰，竟不知应该驶向何方。焦躁情绪日渐高涨。就在这时，七月三日，得悉从加利福尼亚的三藩市到上海航线上的一艘汽船，于三个星期之前在北太平洋海面上又看到了那头独角鲸。

这条消息使人大为振奋。法拉格特舰长奉命立即起航，一天也不准耽搁。给养已经运上了船,燃料舱里堆满了煤,船员名册上的人一个不缺,就等着点火、加热、起航了!延误半天,大家都不会原谅他!其实,法拉格特舰长也正一门心思地想着出发呢!

"亚伯拉罕·林肯"号离开布鲁克林码头之前三个小时,我接到了一封信,内容如下:

纽约第五大街饭店

**巴黎博物馆教授阿罗纳克斯先生**

先生:

如果您肯和"亚伯拉罕·林肯"号一起远征,代表法国参加这次探险,合众国政府将乐观其成。法拉格特舰长已经为您备好一间舱室。

顺致

敬意!

海军部长

J. B. 霍布森

## 三 "悉听尊便,先生!"

接到 J. B. 霍布森的信之前,追捕独角鲸的事并不比穿越美国西北部的事让我想得更多。读了尊敬的海军部长的来信之后,我终于明白了,我的真正使命,我生活的惟一目的,是捕获这头令人担忧的怪物,把它从这个世界清除出去。

可是,我刚刚进行了一次艰苦的旅行,十分疲乏,只想休息。我当时心里想的只是重返祖国,会晤亲友,回到我那座带植物园的住宅,欣赏那些被我视为珍宝的收藏品!但是,现在什么也无法阻止我了,我忘掉了一切,疲劳、亲友、收藏品,不假思索地接受了美国政府的邀请。

"况且,"我想,"条条道路通欧洲,如果那头独角鲸把我带到法国海岸,那它可就太可爱了!为了让我高兴,那头威风凛凛的动物将会让我们在欧洲海域里捕获,而我要带回巴黎自然史博物馆的独角鲸象牙质的戟,不能短于半米。"

可是,眼下我必须到北太平洋去寻找这头独角鲸,就返回法国而言,这是南辕北辙。

"孔塞伊!"我喊了一声,声音里带着焦急。

孔塞伊是我的仆人,一个忠心耿耿的小伙子,我旅行的时候总跟着我;他是个正直的佛来米①人,我喜欢他,他也乐于服侍我;他生性沉稳,办事讲原则,守规矩,总是那么热情;对生活中的意外,他从不大惊小怪;他心灵手巧,干什么像什么,而且,虽然名字叫孔塞伊②,却从来不提什么建议——甚至问到他的时候也不提。

由于经常和我们自然史博物馆这个小圈子里的学者们接触,孔塞伊最终也学会了一些东西。我把他当成个专家,他在自然史分类上非常内行,能像杂技演员一样灵巧地把门、纲、亚纲、目、科、属、亚属、种、变种分得一清二楚。不过,他的学问也就到此为止。他的营生是分类,别的不会。他精通分类理论,实践上却一窍不通,我相信,他大概连鲸鱼和抹香鲸都分不清!但这是个非常正直、诚实的小伙子!

孔塞伊跟着我到处去进行科学考察,时至今日,已经有十年了。他从不考虑要去多长时间,会有多么劳累。不管去哪个国家,无论是中国还是刚果,也不管有多远,整理好箱子就走,从来不曾有过异议。去那些地方就跟来美国一样,不多问一句。此外,他身强力壮,肌肉发达,百病不侵,又总是那么气定神闲,为人随和,从不着急上火——至少你看不出他着急上火。

小伙子三十岁了,同主人的年龄之比是十五比二十。我用这种方式说我今年四十岁,尚希读者诸君原谅。

---

① 佛来米,比利时和法国的地区名,在欧洲西北部平原。
② 孔塞伊(Conseil)在法语里的意思是建议。

只是,孔塞伊有个缺点:太拘泥于礼节,到了让人恼火的地步——跟我说话,从来都是用第三人称!

"孔塞伊!"我又喊了一遍,一边兴奋地着手准备行装。

我相信,这个忠实的小伙子肯定会跟我去。若在平常,我根本不会问他跟我出差是否方便;但这次是去探险,不能确定要去多长时间,而且有危险,是去追捕一头能把一艘驱逐舰像核桃壳一样撞碎的动物!这就得想想了,再沉着的人也得好好考虑考虑!孔塞伊会怎么说呢?

"孔塞伊!"这是我第三次喊他了。

孔塞伊露面了。

"先生叫我?"他一边往屋里走一边问。

"对,是我叫你,小伙子。替我准备一下,你自己也准备准备。我们两个小时以后出发。"

"悉听尊便,先生。"孔塞伊平静地答道。

"一分钟也不能耽误。把旅途中需要用的东西都塞进我箱子里,衣服,衬衫,袜子,不用数,但要尽可能多带。快去办吧!"

"那,先生的那些收藏品呢?"孔塞伊问。

"以后再说吧!"

"什么!先生的那些原始兽类、蹄兔目兽类、羚羊属动物和其他动物的骨架怎么办?"

"都寄存在饭店里。"

"先生的那头活鹿豚呢?"

"我们不在的时候会有人喂。另外,那些用于研究的动物,我会让他们给我们运到法国去。"

"这么说我们不回巴黎?"孔塞伊问。

"回……当然回……"我支支吾吾地答道,"但要绕一下。"

"绕个让先生喜欢的弯。"

"啊,没什么,小事一桩!走一条不那么笔直的路,如此而已。我们坐'亚伯拉罕·林肯'号走。"

"先生觉得合适就行。"孔塞伊平静地答道。

"你知道,我的朋友,事关那个怪物……那头出了名的独角鲸……我们要把它从海洋里清除出去!……《海底奥秘》这部四开两卷本著作的作者,不能置身事外,得跟着法拉格特舰长一起上船。使命光荣,但……也危险!我们不知道要去什么地方!这类动物可能十分反复无常!但我们还是要去!我们的舰长是个有胆有识的人!……"

"我跟着先生,先生去哪儿我去哪儿。"孔塞伊说。

"你可要想好了!我是什么都不想瞒你,这种差使,可不是去了总一定能回得来的!"

"悉听尊便,先生。"

一刻钟之后,我们的箱子就都打好了。孔塞伊干这种事易如反掌,而且我相信什么都不会缺,因为这小伙子整理衣服和衬衫,跟给鸟和哺乳动物进行分类一样在行。

饭店的电梯把我们放在了底层与二楼之间的大厅。我下了几级台阶,来到一楼。我在那个总是围满了人的大柜台上结了账。我做了交代,让他们把我那些包裹——里面都是用稻草填充好的动物标本和风干的植物标本——寄往巴黎(法国)。我留下了一笔钱,足够养那头鹿豚用的。然后,我跳上了一辆马车,孔塞伊跟在后面。

马车跑这一趟是二十法郎。我们经百老汇大街直奔合众国广场,再沿着第四大街来到和鲍厄里大街交汇的路口,拐进卡特林大街,到第三十四号码头停下。卡特林号渡轮从那里把我们连人带马带车运到了布鲁克林。布鲁克林属纽约大区,位于埃斯特河左岸。几分钟之后,我们到达了"亚伯拉罕·林肯"号停泊的码头。驱逐舰的两个烟筒冒着浓烟。

我们的行李立即被运到了驱逐舰的甲板上。我急忙上舰,询问法拉格特舰长在哪里。一名水手领着我登上艉楼,来到一位意气风发的军官面前。那人向我伸出手来。

"是皮埃尔·阿罗纳克斯先生吧?"那军官对我说。

"正是在下,"我答道,"您就是法拉格特舰长?"

"正是。欢迎您,教授先生。您的舱室已经准备好了。"

我告辞出来,好让舰长准备起航的事。我被带到为我准备的那间舱室。

"亚伯拉罕·林肯"号是为了完成这项新使命精心挑选的,而且还进行了改造。这是一艘快速驱逐舰,配有再热装置,能使蒸汽达到七个大气压。靠这样的气压,"亚伯拉罕·林肯"号的平均时速能达到十八点三海里;这是个了不起的速度,但要和那头巨大的鲸类动物斗,还嫌不够。

驱逐舰的内部装备与这次航海的性质相符。我对自己的舱室很满意。我的舱室在船尾,开门就是军官休息室。

"这儿挺不错的。"我对孔塞伊说。

"是啊,就跟寄居蟹待在蛾螺壳里一样。这话先生可别见怪。"孔塞伊回答。

我让孔塞伊留下,把我们的箱子好好固定一下。我又登上甲板,看看起航的准备情况。

"亚伯拉罕·林肯"号还被缆绳固定在布鲁克林码头上,法拉格特舰长正在叫人把缆绳解开。如此看来,晚到一刻钟,甚至用不了一刻钟,这艘驱逐舰就会舍我而去,我也就错过了这次特殊的远征了。这是一次非凡的、令人难以置信的、不可思议的远征,然而,真实地记述下来,却肯定会遭人怀疑。

法拉格特舰长可是连一天、甚至一个小时也不想耽误了,他要驶向那头怪物最近出没过的海域。他请人把工程师叫了来。

"压力够了吗?"他问工程师。

"够了,先生。"工程师答道。

"起航!"法拉格特舰长高声喊道。

命令通过压缩空气装置传到了机舱。接到命令,机械师们就启动了机轮。蒸汽尖声呼啸着冲进半开的进气阀,水平排列的长活塞叽嘎叽嘎地响个不停,推动着主轴的连杆。螺旋桨的叶片拍击着水面,速度越来越快。"亚伯拉罕·林肯"号在站满了人的上百条渡轮和小汽艇的簇拥下,庄严起航。

布鲁克林码头上,埃斯特河岸上,好奇的人比肩接踵,密密麻麻。"好哇!好哇! 好哇!"五十万人发自肺腑的喊声,一声声响彻云霄。成千上万条

送行的小船一直跟着那艘驱逐舰。

手帕在黑压压的人群上面舞动,向"亚伯拉罕·林肯"号告别,此情此景,一直延续到驱逐舰到达哈得孙河口,到构成纽约城的长形半岛的顶端。

哈得孙河右岸景色优美,别墅一座连着一座;驱逐舰沿着新泽西州海岸行驶,经过那些要塞的时候,要塞都点燃了自己最大口径的大炮,为"亚伯拉罕·林肯"号送行。驱逐舰答礼,将绣着三十九颗闪亮的星、在后桅斜桁上迎风招展的国旗连续升起三次;然后,驱逐舰改变航速,开上了设置着航标的航道,航道在桑迪·胡克沙嘴形成的内海湾里呈弧形,驱逐舰驶过这条多沙的狭长地带时,再次受到等在那里的几千名观众的欢呼。

送行的渡轮和小汽艇一直尾随着,到信号船那里才离开;信号船上有两盏灯,标明那里是纽约水道的入口。

这时正好是三点。领航员上了自己的小艇,朝停在下风等着他的双桅纵帆船驶去。火烧旺了,螺旋桨更快地击打着水面,驱逐舰沿着长岛低矮、黄色的海岸行驶着。晚八点,火岛的灯光被甩在西北方以后,驱逐舰即开足马力,在大西洋的昏暗海面上全速前进。

## 四　内德·兰德

法拉格特舰长是一名出色的海员,无愧于他所指挥的这艘驱逐舰。他和自己的驱逐舰融为了一体,是这艘驱逐舰的灵魂。关于那个鲸类动物的问题,他思想上没有过任何怀疑。因此,在他的舰上,他不允许讨论那头动物是否存在。他相信有独角鲸,就像某些妇女相信有利维坦①一样,是出于信仰,不是出于理性。那个怪物存在着,他要把它从大海里清除出去,他为此发过誓。他像罗德岛的那个骑士,像戈松岛上那个能迎上去和踩躏自己岛屿的巨蟒搏斗的迪厄多内。要么法拉格特舰长杀死独角鲸,要么独角鲸要了法拉格特舰长的命,没有折中的余地。

舰上的军官都同意上司的看法。总能听到他们谈话、讨论和争辩,看

---

① 利维坦,《圣经·以塞亚书》中象征邪恶的海中怪兽。

到他们在计算碰到独角鲸的概率,在观察浩瀚的大洋。不止一个人抢着到顶桅挡杆上去值班,如果不是这种情况,碰上这样的苦差使,是会牢骚满腹的。只要太阳还没落下,桅杆上就站满了水手,甲板上烫脚,在那里站不住!可是,"亚伯拉罕·林肯"号离令人生疑的太平洋还远着呢!

说到水手,他们只想着发现独角鲸,捕获它,把它吊在船上,切成碎块。水手们全神贯注地搜索着海面。另外,法拉格特舰长说过,已经预备下为数两千元的奖金,奖给发现那头动物的人,不管是谁,无论是见习水手还是水手,也无论是水手长还是军官,谁发现了奖给谁。"亚伯拉罕·林肯"号驱逐舰上的人是不是把眼睛睁得大大地在搜索,我就不说了,请读者们去想吧。

至于我,我也不欠别人的情,没有把每天该做的那份观察留给别人去做。"亚伯拉罕·林肯"号有足够的理由称自己是"阿耳戈斯"①。众人之中,只有孔塞伊唱反调,他对使我们大家感到激动的那个问题表现得无动于衷,跟舰上高涨的热情显得很不协调。

我已经说过,法拉格特舰长为他的驱逐舰精心装备了能够捕获巨型鲸类的设备。就是一条捕鲸船,也不会比它装备更精良。现有的设备我们都有,从用手射的鱼叉,到喇叭口形炮上用的带倒刺的箭、打鸭子的小炮用的开花弹,应有尽有。艏楼上架着一尊经过改进的大炮,从炮栓装弹,炮管很厚,炮膛很窄。这尊炮的原型大概会出现在一八六七年的世界博览会上。这件珍贵的武器是美国造的,能够毫不费劲地发射四千克重的锥形炮弹,平均射程为十六公里。

所以,毁灭性的武器,"亚伯拉罕·林肯"号上一样不缺。而且,它还拥有更好的毁灭手段,那就是内德·兰德,一个捕鲸大王。

内德·兰德是加拿大人。此人身手不凡,在他的冒险生涯里,还从未遇到过旗鼓相当的对手。他把敏捷、冷静、胆大、狡猾这些东西都发挥到了极致,要想逃脱他那把带索的鱼叉,鲸鱼得非常狡猾,抹香鲸得格外灵巧。

---

① 阿耳戈斯,希腊神话中的百眼巨人,其中50只眼睛总是睁着。

内德·兰德四十岁左右。这是个大块头——身高在六英尺以上——身体结实,表情严肃,不怎么容易打交道,有的时候很凶,谁要是惹了他,他就暴跳如雷。这个人长相就引人注意,特别是他那双炯炯有神的眼睛,使他的脸庞变得格外生动。

我觉得,法拉格特舰长把这样一个人弄到舰上,是个明智之举。他眼光敏锐,臂膀有力,在这些方面,他一个人就抵得上全体水手。我找不出更好的比喻,只能把他比做一架高倍望远镜,同时又是一门时刻准备发射的大炮。

说他是加拿大人就等于说他是法国人,所以,不管内德·兰德是个多么难打交道的人,我得承认,他对我产生了某种好感。可能是我的国籍吸引了他。对他来说,有了个说拉伯雷①时代法语的机会,对我来说,有了个听这种古老法语的机会;拉伯雷时代的法语如今在加拿大的几个省仍在使用。这位捕鲸手的家在魁北克;魁北克还属于法国的时候,他的家就已经繁衍成一个部落,出了很多勇敢的捕鲸手。

内德逐渐有了谈话的兴趣,而我也喜欢听他讲那些在极地海洋里冒险的故事。他讲捕鱼和搏斗的故事时,带有浓郁的诗意。他讲的故事像叙事诗,我就像在听加拿大的荷马吟咏极北地区的《伊利亚特》。

我所以要根据我现在对他的认识来描绘我这位艺高胆大的同伴,是因为我们已经成了老朋友,已经被一种在患难中产生并得到巩固的牢不可破的友谊连在一起了!啊!勇敢的内德!我真希望再活一百年,好有更长的时间把你思念!

那么,内德·兰德此时对海怪这个问题是怎么看的呢?我得承认,他不太相信有什么独角鲸,舰上的人都相信有,他是惟一一个看法与众不同的人。他甚至避免谈论这件事。我觉得我应该找个时间试着说服他。

七月三十日,即我们起航三个星期后的那一天,夜色很美,我们的驱逐舰到了和布朗角同一纬度的地方,在阿根廷的帕塔哥尼亚海岸下风三十海里处。我们已经越过了南回归线,距离南边的麦哲伦海峡不到七百

---

① 拉伯雷(1483?—1553),法国作家,人文主义者,代表作为长篇小说《巨人传》。

海里。不出一星期,"亚伯拉罕·林肯"号就要在太平洋里乘风破浪了。

内德·兰德和我两个人坐在艉楼甲板上,东拉西扯地闲聊,眼睛望着深不可测的神秘大海。直到那时,海洋深处依然是人的视线所不能及的地方。我很自然地把话题引到了大独角鲸身上,对我们这次探险成功或失败的各种可能性都进行了一番分析。然后,看着内德·兰德不怎么吭声,只让我一个人说话,我就给他来了个单刀直入。

"怎么回事啊,内德?"我问他,"您怎么就认为我们追捕的那头鲸类动物根本就不存在呢?您如此怀疑,难道有什么特别的道理吗?"

答话之前,内德·兰德看了我一会儿,习惯性地用手拍了一下他那宽宽的脑门,闭起双眼,好像要集中一下思想,过了一阵,终于说话了:

"也许真有吧,阿罗纳克斯先生。"

"可是,内德,您是个职业捕鲸手,熟悉大个儿的海洋哺乳动物,以您的想象力,应该很容易接受这种关于巨型鲸类动物的假设,在这种情况下,您应该是最不容易产生怀疑的人!"

"教授先生,那您可就错了。"内德说,"一般人相信有奇异的彗星穿过宇宙,或是地球内部生存着古老的怪物,还说得过去;可是,天文学家和地质学家就不会承认有这种离奇的东西了。同样,我是个捕鲸手,追捕过很多鲸类动物,也捕获过不少,还杀死过几头,不过,无论这些鲸类动物的进攻能力有多强,不管是用尾巴还是用牙,都不大可能毁坏得了汽船的钢板。"

"可是,内德,人家说有些船的钢板被独角鲸用牙穿透了呀!"

"要是木船,有这个可能。"那加拿大人说,"不过,我连这种情况也从来没见过。所以,在有了确凿的证据之前,我不承认鲸鱼、抹香鲸或独角鲸能够造成这样的结果。"

"内德,您听我说……"

"不,教授先生,不。除了这个,您说什么我都听。也许,是大个儿的章鱼?……"

"那更不可能了,内德。章鱼只是一种软体动物,这名字本身就已经说明,它的肌肉不怎么坚硬。就算章鱼有五百英尺长,可是它不属于脊椎动物门,对'斯科蒂亚'号或'亚伯拉罕·林肯'号那样的舰只,根本造不成伤害。因此,把这么大的事说成是斯堪的纳维亚海妖或类似的其他怪物干的,纯粹是天方夜谭。"

"如此说来,博物学家先生,"内德·兰德用颇带揶揄的口气说道,"您是坚持承认存在着这种巨型鲸类喽……?"

"是的,内德。我可以肯定地再说一遍,我这么肯定是有根据的,是合乎逻辑的。我相信有这种大型哺乳动物,身体结构异乎寻常,像鲸鱼、抹香鲸和海豚一样,属于脊椎动物门,长着一颗角质的、穿透力其大无比的长牙。"

"哼!"捕鲸手内德哼了一声,摇了摇头,摆出一副不想让人说服的样子。

"请注意,可敬的加拿大人,"我接着说道,"假如有这样一种动物,假如这种动物生活在大洋深处,假如它在水面之下几海里的水层游来游去,那它就必须具有结实的身体结构,结实的程度是无与伦比的。"

"可为什么要有这么强的身体结构呢?"内德问。

"因为,要待在深水层并禁得住水的压力,就得有难以估算的力量。"

"真的吗?"内德看着我,眨巴着眼睛问。

"真的,用几个数字可以毫不费力地向您证明这一点。"

"咳!数字呀!"内德反驳道,"数字可以想怎么说就怎么说!"

"做生意行,内德,但在数学上不行。请听我说。我们假定,一根三十二英尺高的水柱的压力,代表一个大气压。实际上,水柱不会有那么高,因为这里说的是海水,而海水的密度比淡水高。好了,内德,只要您潜到海里去,您下潜的深度是三十二英尺的几倍,您的身体就要承受相应倍数的大气压,就是说,您身体表面的每一平方厘米就要承受相应倍数的千克的压力。由此可以推算出来,在三百二十英尺的深处,压力为十个大气压,在三千二百英尺的深处,压力是一百个大气压,在三万二千英尺的深处,即二点五古海里左右的地方,压力是一千个大气压。这就等于说,如果您能够达到大洋的这个深度,您身体表面的每一平方厘米将要承受一吨的压力。可是,我勇敢的内德,您知道自己的体表有多少平方厘米吗?"

"我没想过这个问题,阿罗纳克斯先生。"

"一万七千平方厘米左右。"

"有这么多?"

"由于气压实际上略高于每平方厘米一千克的重量,您那一万七千平方厘米此刻所承受的压力就是十七吨五百六十八千克。"

"而我自己感觉不到?"

"您自己感觉不到。您所以没被这样的重量压碎,那是因为空气以相等的压力进入了您的体内。这样一来,内外压力完全平衡,就相互抵消了,所以您才能毫不费力地承受住这样的压力。可是,在水里,那就是另一回事了。"

"对,我明白了。"内德答道,变得比较专注了,"因为水围绕着我,但不进入我的体内。"

"正是这样,内德。这样一来,在海面以下三十二英尺的地方,您将遇到十七吨五百六十八千克的压力;在海面以下三百二十英尺的地方,这种压力增加十倍,即一百七十五吨六百八十千克;在海面以下三千二百英尺的地方,这种压力增加一百倍,即一千七百五十六吨八百千克;在海面以下三万二千英尺的地方,这种压力增加一千倍,就到了一万七千五百六十八吨了,就是说,您将成为肉饼,就像从水压机的平台上被拉出来的一样!"

"喔唷!"内德叫了一声。

"您看,我可敬的捕鲸手,要是那些长几百米、身躯庞大的脊椎动物在这样深的地方栖息,而它们的体表又是以上百万平方厘米计的,它们所受到的压力就得以数百万吨计了。您计算一下,要承受这样大的压力,它们的骨架得有多大的抗力,它们的身体结构得有多强!"

"那它们得像铁甲驱逐舰似的,是用八英寸厚的钢板造的了。"内德·兰德答道。

"正像您说的一样,内德,那您就再想想,这样一个大家伙,以快车的速度冲向一艘船,会造成什么样的破坏。"

"是啊……确实……可能。"那加拿大人嗫嚅着,他被这些数字动摇了,但是仍然不愿意服输。

"怎么样,我把您说服了吧?"

"博物学家先生,有一点您把我说服了,即假如有这样的动物生活在海底,它们就非得像您说的那样强大才行。"

"可是,固执的捕鲸手,如果没有这样的动物,'斯科蒂亚'号遇到的意外您又如何解释呢?"

"那可能是……"内德犹犹豫豫地说。

"往下说呀!"

"因为……这不是真的!"情急之下,那加拿大人无意中说出了阿拉戈①说过的一句名言。

不过,这样的回答说明不了什么,只能证明这位捕鲸手的固执。那天,我没有再跟他多说什么。"斯科蒂亚"号遇到的意外事故是不能否认的。撞的那个窟窿明明还在,需要修补;当然,我也不认为有这么个窟窿就能把问题都说清楚。可是,这个窟窿不是无缘无故地出现的,既然不是海底礁石或海底武器造成的,就必定是某种动物身上长的钻机般的家伙造成的。

因此,依我看,根据前面进行的种种推理,这种动物属于脊椎动物门,哺乳动物纲,鱼目,亦即鲸类动物。至于属什么科,鲸科,抹香鲸科还是海豚科,列为哪个属,放在哪个种里合适,就有待日后弄清楚了。为了解决这个问题,必须把这个未知的怪物解剖,为了解剖它,先得把它抓住,为了把它抓住,先得用捕鲸炮去射它——这是内德·兰德的活计——为了向它开炮,先得看到它——这是水手们的活计——为了看到它,先得碰上它——这可就全要凭运气啦。

---

① 阿拉戈(1790—1855),法国作家,《环球世界》的作者。

## 五　漫无目的的航行

在一段时间里,"亚伯拉罕·林肯"号的航行没发生过任何意外。但是,机缘凑巧,碰到一件事,让我们看到内德·兰德本领高强,应该对他充分信任。

六月三十日,我们的驱逐舰在马鲁伊纳洋面向美国的捕鲸船队打听消息,得知他们没听说过任何关于独角鲸的事。但他们当中的一个人——那人是"门罗"号的船长——听说内德·兰德在"亚伯拉罕·林肯"号上,就提出请求,想让内德·兰德帮忙捕一头被发现了的鲸鱼。法拉格特舰长想看看内德·兰德的身手,就同意了,让他上了"门罗"号。命运给这个加拿大人帮了个大忙,他捕到的鲸鱼不是一头,他一连两炮,逮住了一对:一头正好打在心脏,另一头追了几分钟之后也被捕获!

可以肯定,那头怪物一旦碰上内德·兰德这位捕鲸手,我认为它不会有希望逃脱的。

驱逐舰沿着美洲西南海岸飞速前进。七月三日,我们已经到了麦哲伦海峡入口,和贞女岬处于同一纬度。但法拉格特舰长不愿意在曲曲弯弯的海峡里航行,他让驱逐舰绕过了合恩角。

全体官兵一致认为他做得有道理。而且,在这样一个狭窄的海峡里,事实上也不可能碰上那头独角鲸。许多水手都肯定地说,那个怪物不可能从那里经过,"那怪物太大了,过不去!"

七月六日,快到下午三点钟的时候,"亚伯拉罕·林肯"号从南边十五海里处绕过了那个孤立的小岛。这是一块被遗留在美洲大陆边上的岩石,荷兰水手硬把自己家乡城市合恩的名字给了它,把它叫做合恩角。我们朝西北驶去,第二天,驱逐舰螺旋桨击打的就是太平洋的海水了。

"注意!睁大眼睛!""亚伯拉罕·林肯"号上的水手们不断地喊着。

他们把眼睛睁得大大的。真的,眼睛和望远镜都有点花了,被那两千美元奖金给闹得一刻也不能休息。日以继夜,大家一直都在观察着洋面,而那些患有昼盲症的人在黑暗中看东西的能力增加了一半,这对于拿到奖金颇为有利。

我呢，金钱的诱饵于我不起作用，但我并非船上最不注意观察的人。我除了用几分钟吃饭，用几个小时睡觉，不管日晒雨淋，从不离开驱逐舰的甲板。我有时俯身在艏楼船舷墙上，有时靠在艉楼的护栏上，用贪婪的眼睛注视着把海水变白了的雪白的航迹，直到看不见为止！遇到一头任性的鲸鱼把黑色脊背露出水面的时候，我也跟着船上的头头们和其他水手一起激动，这样的事也不知道有多少次了。那一刻，甲板上会站满人，众多的水手和军官会从舰梯防雨罩里涌出来。个个气喘吁吁，眼神模糊，目不转睛地盯着那头游动着的鲸类动物。我看着，看得眼睛生疼，看得什么东西都看不见了，而孔塞伊却总是那么冷静，不断地用平缓的声音对我重复着：

"如果先生能够不把眼睛睁得那么大，先生会看得更清楚的！"

但是，白白激动一场！"亚伯拉罕·林肯"号就一直这样改变着航向，追逐着被发现的动物，结果不是一头普通的鲸鱼就是一头普通的抹香鲸，过了一会儿，这些鲸类动物也就在一片诅咒声中消失了！

不过，天气一直很好。航行在良好的气象条件下进行着。当时正是南半球气候恶劣的季节，因为该地的七月相当于欧洲的一月；但海面一平如镜，视野宽阔，观察远处的东西很容易。

内德·兰德依然是满脸的怀疑，毫不妥协；在他不当值的时候，他甚至装出一副对海面看也不看的样子——至少在看不到任何鲸鱼的时候是这样。可是，他那极强的视力本来是可以帮上大忙的。十二个小时里，这个固执的加拿大人却用八个小时看书或躺在舱室里睡觉。这一次，我指责了他，他太无动于衷了。

"算了吧！"他说，"什么东西都没有，阿罗纳克斯先生。即便有个什么动物，我们就那么走运，能够碰上？难道我们不是在漫无目的地瞎跑吗？据说，有人又在太平洋的外洋上看到了这个难找的畜生，我愿意相信这件事；可是，那次的不期而遇之后，两个月又过去了，照您说的，那头独角鲸的脾气，是不喜欢在同一个海域里长时间地闲待着的！它天生跑得快。何况，教授先生，您知道得比我清楚，大自然不会做任何自相矛盾的事,如果不是需要以极快的速度移动,大自然就不会把快速活动的能力赋予一种天性迟缓的动物。因此,就算那个畜生存在,也已经离我们很远了。"

对他的这番话,我不知道如何回答是好。很明显,我们是在盲目行动。可是,难道有别的办法吗?因此,我们的机遇也就非常有限。不过,还没有任何人对成功产生怀疑,舰上的水手没有一个人会打赌说独角鲸不存在,或者说它不会再出现。

七月二十日,我们从东经105度线上穿过了南回归线;同月二十七日,我们又从东经110度线上跨越了赤道。方位测定之后,我们的驱逐舰就义无反顾地朝西方驶去,驶向太平洋的中心海域。法拉格特舰长的想法很有道理,他认为最好是到海水深的地方去,远离大陆或岛屿。我们追捕的动物好像总躲着这些地方,不去接近,"大概是因为那里的水不太够它用的!"水手长说。于是,我们的驱逐舰就穿过波莫图群岛、马尔吉斯群岛和桑威奇湾等处的外洋洋面,从东经132度线上越过了北回归线,朝中国海驶去。

我们终于来到了那个怪物最近嬉戏的场所!不过,说实话,舰上的人也都没什么活力了。大家心跳快得吓人,将来准会长难以治愈的动脉瘤。全体官兵都得了神经兴奋过度症,对这种病,我也说不出个所以然来。他们不吃饭,也不睡觉。待在桅顶挡杆处的水手,由于判断错误或眼睛出现幻象,常常造成难以忍受的恐惧,一日数惊,使我们总是处于极度的紧张之中,这种紧张太强烈了,不可避免地要引起反应。

实际上,反应很快就出现了。在三个月的时间里,每天都是度日如年!其间,"亚伯拉罕·林肯"号跑遍了北太平洋,追逐被发现了的鲸鱼,突然偏离航线,猛地掉头,陡然停驶,然后又加速前进,接着再来个急刹车,冒着损坏机器的危险,一次又一次地这么干,把从日本海岸到美洲海岸的海域搜了个遍,没落下一个地方。但什么都没有!除了浩瀚寂静的大海,什么都没有!什么巨大的独角鲸,海底小岛,遇难船只的残骸,飞逝的礁石,超自然之物,没有任何与它们相像的东西!

于是,反应发生了。首先是大家都泄了气,为怀疑打开了个缺口。舰上出现了一种新的情绪。三分羞愧,七分恼怒。竟然上了幻想的当,真是"太笨"了,但更多的是恼怒!一年来堆积起来的论据像一座小山,一下子土崩瓦解,每个人想的只是睡觉和吃饭的时间,要把傻乎乎地牺牲掉的时间补回来。

人的思想天生地变幻不定,喜欢从一个极端跳到另一个极端。那些原来最热衷地支持这件事的人,必定一下子变成反对得最厉害的人。反应从驱逐舰底层开始,从司炉辅助工的岗位开始,一直蔓延到军官休息室。可以肯定,如果不是法拉格特舰长格外坚定,这艘驱逐舰早已经掉头向南了。

不过,这种无益的搜寻不能长时间地继续下去了。为了获得成功,"亚伯拉罕·林肯"号做了该做的一切,没什么可以自责的。美国海军舰只上的官兵从来没有表现出这么大的耐心和热情;失败的责任不能由他们承担;无论如何,现在只能返航了。

返航的建议提交给了舰长。舰长不为所动。水手们不再掩饰自己的不满,活儿也不好好干了。我的意思不是说船上发生了暴乱。不过,合理地坚持了一段时间以后,法拉格特舰长也像当年的哥伦布似的,要求大家再耐心地等上三天。如果那个怪物在三天之内没有出现,舵手就掉转船头,驱逐舰将朝欧洲海域驶去。

这项许诺是十一月二日做出的,所起的作用,首先是使全体官兵精神为之一振。大家又专心致志地观察起海面来了。每个人都想朝大洋望上最后一眼,以便把这一切牢牢记住。大家不停地使用着望远镜。这是对那头巨大的独角鲸最后的挑战,这是一道要它"到案"的勒令!按照情理,它不能不做出回答。

两天过去了。"亚伯拉罕·林肯"号缓缓地行驶着。那畜生有可能就在这片海域,为了吸引它的注意,或者说为了刺激一下它那麻木的神经,什么招数都用上了。驱逐舰后面拖着大块大块的肥肉——应该说,这最大限度地满足了鲨鱼。"亚伯拉罕·林肯"号停止前进的时候,派出去的那些小船就在它周围四处巡游,把要探测的海面的每个点都搜索到了。但是,直到十一月四日夜幕降临,那海底动物的神秘面纱仍然没有揭开。

第二天，十一月五日，到了中午，严格规定的期限满了。过了这一刻，说话算话的法拉格特舰长就该下令向东南行驶，最终放弃太平洋北部海域。

"亚伯拉罕·林肯"号驱逐舰这时正位于北纬31度15分、东经136度42分的海域。日本列岛在下风处离我们不到两百海里的地方。黑夜降临。刚刚敲过八点。乌云遮住了上弦月。大海在驱逐舰舰柱下静静地涌动着。

当时，我正在驱逐舰的前部，靠在右舷的船舷墙上待着。孔塞伊像个警卫似的站在我身边，眼睛看着前方。水手们高高地站在横缆上，凝视着一直到海天相交之处的海面；天色渐渐变暗，能见的海面越来越小。军官们手持夜间用的望远镜，搜索着变得越来越暗的大海。月光时不时地从云缝中射出，给昏暗的大海撒下一片银光；然后，乌云再次把月亮遮住，月光消失，眼前又是一片黑暗。

我仔细看了看孔塞伊，发现这个诚实的小伙子多少也受到了这种气氛的感染，至少我觉得是这样。在好奇心的刺激之下，他的神经也许生平第一次发生了震动。

"来吧，孔塞伊，"我对他说，"这可是把那两千块钱赚到手的最后一次机会了。"

"请先生允许我告诉他，"孔塞伊答道，"那两千块钱奖金，我从来就没指望过。合众国政府就是许下十万块钱奖金，也只是九牛一毛。"

"你说得对，孔塞伊。说到底，这是一件蠢事，我们参加进来，真是太轻率了。耽误了多少时间啊！又白白地浪费了多少激情啊！如果不来这里，六个月之前我们就回到法国了……"

"就回到先生的小套房里了，"孔塞伊接过去说道，"回到了先生的陈列室里！我可能也早就把先生的那些化石分了类，先生的那只鹿豚也会被安置在巴黎植物园里，把首都那些好奇心强的人都吸引了去！"

"是这样，孔塞伊。我能想象得到，人家还会笑话我们呢！"

"谁说不是呢。"孔塞伊平静地答道，"我想，人家会嘲笑先生的。我还有句话，不知该说不该说……"

"说吧,孔塞伊。"

"那好吧。先生是咎由自取!"

"的确是这样!"

"像先生那样有幸成为一名学者的人,是不该去冒险的……"

孔塞伊的恭维话还没讲完,就有人喊了起来,打破了沉默,大家都听到了。那是内德·兰德的声音,他在喊:

"嘿! 是那个家伙,在下风,就在我们对面!"

## 六 全速前进!

听到喊声,全体官兵都朝捕鲸手跑了过去,舰长,军官,水手长,水手,见习水手,还有离开了机器的机械师,扔下了锅炉的加煤工。此前已经下达停航的命令,驱逐舰在靠着余速往前移动。

这时天已经很黑了,于是我就想,那加拿大人的眼睛再好,天这么黑,他怎么能看得到呢? 他又看到了什么呢? 我的心都快要跳出来了。

内德·兰德没有搞错,我们大家都看到了他用手指着的那个东西。

在距离"亚伯拉罕·林肯"号右舷后面两链的地方,海水似乎被从底下照亮了。这不是普普通通的磷光现象,这一点谁都不会看错。那个怪物露出水面几图瓦兹①,放射出这种很强的,但不可名状的光来;这种光,好几个船长的报告里都提到过。这种奇妙的光应该是从照明性能很强的东西身上发出来的。海面上被照亮的地方形成了一个长长的椭圆,椭圆形的中心有个光亮的焦点,那里所发出来的光,强得刺眼,离焦点越远,光线越弱。

"这只不过是一堆细微的磷光粒子罢了。"一个军官大声说道。

"不,先生。"我坚定地反驳道,"软体动物海笋或海鞘绝不可能发出这么强的光。这种光,性质基本上是电的……再说了,你们看,快看! 它在移动! 在前前后后来回移动! 它朝我们冲过来了!"

---

① 图瓦兹,法国旧长度单位,相当于1.949米。

驱逐舰上发出了一片喊声。

"安静!"法拉格特舰长大声说道,"迎风,满舵! 倒车!"

水手们向舵柄冲过去,机械师们冲向机器。立即来了个急刹车,"亚伯拉罕·林肯"号向左转,在海面上画了个半圆。

"右满舵! 前进!"法拉格特舰长大声下着命令。

命令被执行,驱逐舰快速地离开了那个光源。

我说错了。驱逐舰想离开,可是,那个不可思议的动物以比驱逐舰快一倍的速度冲了过来。

我们屏住呼吸,呆立在那里,没人说话。我们已经不是害怕,是被惊呆了。那畜生袭扰我们,拿我们开玩笑。它围着正以每小时十四海里的速度前进的驱逐舰绕了个圈,用它的大片电光,一种像发光的粉尘似的东西,把驱逐舰围住了。然后,它拖着一条磷光尾迹,就像特快列车火车头喷出的汽团,退出两至三海里。突然,那怪物从昏暗的海天相接处——它去那里是为了蓄势——以惊人的速度朝"亚伯拉罕·林肯"号一下子猛冲过来,在距离驱逐舰腰外板二十英尺的地方突然停下,光也熄灭了——不是它沉到了水下,因为它的光不是逐渐熄灭的,是突然熄灭的,就好像它那耀眼光辉的光源突然枯竭了似的! 接着,它又在驱逐舰的另一侧出现,也许是绕过去的,也许是从驱逐舰底下钻过去的。相撞的事随时可能发生,对我们来说,那将是致命的。

可是,驱逐舰的动作令我惊讶。它在逃跑,而不是在攻击;它被追赶,而不是去追赶。我把我的意见告诉了法拉格特舰长。舰长平时那张不动声色的脸上,此刻也露出了一丝难以觉察的惊愕。

"阿罗纳克斯先生,"他对我说,"我不知道自己是在和一个什么样的可怕动物打交道,所以我不想在这么黑的时候轻率地拿我的驱逐舰去冒险。况且,怎么去攻击这个陌生的动物? 又该如何去防范它? 等天亮吧,天一亮,角色就会变。"

"舰长,您对这头动物的性质再没有什么怀疑了吧?"

"没有怀疑了,先生,很明显,这是一头巨大的独角鲸,而且会发电。"

"也许是吧。"我接着说,"我们离它不能比离电鳗或电鳐更近!"

"确实是这样,"舰长答道,"如果它本身具有一种雷电般的力量,这无疑是造物主造出来的最可怕的动物。因此,先生,我得谨慎行事。"

一整夜,全体官兵严阵以待,谁也没想去睡觉。因为不能以速度取胜,"亚伯拉罕·林肯"号索性放慢了速度,一直缓慢地行驶着。那头怪物模仿着驱逐舰的做法,任由海浪颠簸着,好像下定了决心,绝不放弃这个搏斗的舞台。

然而,午夜时分,它消失了,或者,更确切地说,它像一只大萤火虫似的"灭了"。它跑了? 怕的就是这一手,不希望它跑。可是,到凌晨差七分一点时,响起了震耳欲聋的呼啸声,和用极大力量排出水柱发出的声音相仿。

我、法拉格特舰长和内德·兰德当时都在艉楼上,正急切地在漆黑一团的海面上搜索。

"内德·兰德,您常常听到鲸鱼吼叫吗?"舰长问。

"经常听到,先生,但不是这样的鲸鱼,发现了就能得两千块钱奖金。"

"确实,那笔奖金该给您。不过,还是请您告诉我,这声音是不是鲸类动物用鼻孔喷水的声音?"

"就是这种声音,先生。不过,刚才听到的声音要大得多,和鲸鱼的吼叫声没法比。所以,错不了,待在我们眼皮底下的就是一头鲸类动物。请原谅,先生,"捕鲸手又补充了一句,"天亮以后,我们得跟它说道说道了。"

"那要看它是不是想听了,兰德师傅。"我用不怎么信服的语气说。

"只要我能到离它四鱼叉远的地方,它就必须听我的!"那加拿大人回敬了我一句。

"可是,要接近它,我是不是得给您准备一条捕鲸小艇啊?"舰长问。

"那当然,先生。"

"那可是拿我的人的生命冒险啊!"

"也是拿我的生命冒险!"捕鲸手很干脆地答了一句。

凌晨两点左右,那个光源在"亚伯拉罕·林肯"号上风五海里的地方又出现了。光仍然是那么强。虽然离得很远,虽然有风声和涛声,那头动物尾巴击水的巨大响声依然清晰可闻,甚至还能听到它喘气的声音。那头独角鲸来到洋面上吸气的时候,空气猛烈地涌进它的肺里,就像蒸汽涌进两千马力机器的汽缸里似的。

"唔!"我想,"一头鲸鱼的力量抵得上一个骑兵团,那这条鲸鱼也就十分可观了!"

直到天亮,大家一直戒备着,做好了战斗准备。捕鱼工具沿船舷墙摆着。大副让人把那些喇叭口形的炮和打野鸭的大口径小炮都装上了火药;喇叭口形的炮可以把捕鲸叉射出一海里远,打野鸭的大口径小炮用的开花弹有致命的杀伤力,即使是力气十分强大的动物也无法幸免。内德·兰德一直在那里磨捕鲸叉,那是他手里的可怕利器。

到了六点,天已破晓。第一道晨曦出现以后,独角鲸身上的电光就熄灭了。七点,天已大亮,但晨雾太浓,能见度很小,用最好的望远镜也什么都看不清楚。大家都很沮丧、恼怒。

我一直爬到后桅挡杆上。有几名军官已经待在桅杆顶上了。

八点了,波涛上浓雾滚滚,但大团大团的雾气正一点点地消散,视野开阔了,看东西也清楚了。

突然,和昨天一样,内德·兰德的声音又响了起来。

"那家伙在左舷后面!"捕鲸手大喊。

所有的目光都转向了他指的地方。

在距离驱逐舰一海里半处,一个长长的黑黢黢的东西出现在水下大约一米处,用力摔打着尾巴,掀起了巨大的旋涡。从来没见过鱼尾巴能用这么大的力量击打海水。一道宽宽的水迹,白得耀眼,标明着那头独角鲸经过的路线,画出了一个长长的弧形。

驱逐舰接近了那头鲸类动物。我非常从容地观察了它。"香农"号和"爱尔维修"号的报告,在尺寸方面有点夸大;据我估计,它的身长只有二百五十英尺。到底有多粗,估算起来很难;不过,总体说来,我觉得这头鲸类动物的长、宽、高比例十分协调。

在我对这个大家伙进行观测的时候,两股蒸汽和水柱从它鼻孔里喷了出来,升高约四十公尺,我因此又专注于它的呼吸方式。我最终得出结论,这头动物属于脊椎动物门、哺乳动物纲、单子宫哺乳动物亚纲、鱼形动物中的鲸类动物目,至于属于什么科么……现在我还说不准。鲸类动物目包括三个科:鲸鱼科、抹香鲸科和海豚科,而独角鲸是被归在海豚科的。这些科又各自分为好几个属,属下又分为种,每个种里又有若干个变种。这头独角鲸属于什么变种、什么种、什么属和科,我还不能确定,但我相信,靠着上天和法拉格特舰长的帮助,我能够把这项分类搞完整。

官兵们焦急地等待着舰长下达命令。舰长把那头动物仔细观察了一番之后,叫人把机械师喊来。机械师应声而至。

"先生,压力够吗?"舰长问。

"够,先生。"机械师答道。

"那好。加大火力,全速前进!"

听到舰长的命令,官兵们欢呼起来。战斗的时刻已经来临!过了一会儿,驱逐舰的两个烟筒就冒出了滚滚黑烟,锅炉的颤动,使甲板也抖动起来。

在强大的螺旋桨推动下,"亚伯拉罕·林肯"号笔直地朝着那个动物驶去。那动物完全不以为意,让驱逐舰驶到离自己半链远的地方;然后,因为不屑于下潜,就摆出一副逃的姿态,和驱逐舰总保持着半链的距离。

这样追了三刻钟左右,驱逐舰和那头鲸类动物一直离得那么远,连两个图瓦兹的距离也没能靠近。很明显,这样追下去,是永远也追不上的。

法拉格特舰长恼怒地用手捻着下巴底下那撮山羊胡子。

"内德·兰德在哪儿?"他大声问道。

那加拿大人奉命来到。

"怎么样,兰德师傅,"舰长问,"您还建议我把捕鲸小艇放到海里去吗?"

"不用了,先生,"内德·兰德答道,"我们是逮不着这家伙的,除非它甘愿被擒。"

"那怎么办?"

"先生,如果您能做得到,就请全速前进。我呢,请原谅,很明显,我要到艏斜桅支索上去,如果我们到了捕鲸叉够得着的地方,我就用捕鲸叉叉它。"

"就这么办,内德。"法拉格特舰长答道。"机械师,"舰长喊,"加大马力!"

内德·兰德到他的岗位上去了。火烧得更旺,螺旋桨每分钟转到了四十三转,蒸汽从阀门里往外喷。用航速表一测,发现"亚伯拉罕·林肯"号行驶的速度是每小时十八点五海里。

可是,那头可恶的畜生跑的速度也是每小时十八点五海里。

驱逐舰用这个速度又行驶了一个钟头,竟连一个图瓦兹的距离也没能缩短!对于美国海军一艘速度最快的舰只来说,这是很丢人的事。官兵们都在生闷气。水手们在咒骂那头畜生,可那畜生连睬都不睬他们。法拉格特舰长已经不仅仅是在捻下巴底下的山羊胡子了,他在用嘴咬!

机械师又被叫了来。

"压力达到最大限度了吗?"

"是的,先生。"机械师回答。

"进气阀都满负荷了?……"

"六个半气压。"

"增加到十个大气压!"

这是一道非常典型的美国式命令。在密西西比河上,为了甩开"对手",大概也不会做得比这个更甚。

"孔塞伊,"我对站在我身边的忠实仆人说,"你知道吗?我们的驱逐舰可能要爆炸呢。"

"先生,炸就炸吧!"孔塞伊答道。

这话说的!但我得承认,碰上这样的机会,冒爆炸的危险我也愿意。

进气阀门都是满负荷。炉子里加满了煤。鼓风机连续不断地往炽热的炭火上送着空气。"亚伯拉罕·林肯"号的速度加快了。桅杆颤动着,连桅杆座都在动,烟筒太窄小,滚滚的浓烟几乎不能完全排出去。

又测了一次航速。

"多少?舵手。"法拉格特舰长问。

"十九点三海里,先生。"

"把火烧得再旺点!"

机械师领命而去。压力表显示,气压达到了十个。可是,那头鲸类动物大概也"把火烧旺"了,因为,它从从容容地就把航速也提到了十九点三海里。

追啊追!我当时非常激动,那种使我整个人都颤抖起来的激动,我无法形诸笔墨。内德·兰德在他的岗位上坚持着,手里握着捕鲸叉。有好几次,那畜生让我们接近了一点。

"我们追上了!我们追上了!"那加拿大人大喊大叫。

接着,到内德·兰德要动手的时候,那家伙又一下子飞速跑开,逃跑的速度,我估计不低于每小时三十海里。更气人的是,在我们以最高的速度前进时,它竟围着驱逐舰转了一圈,戏弄我们!驱逐舰上的人被气得嗷嗷叫!

直到中午,我们离那畜生还是和早晨八点钟的时候一样远。

于是,法拉格特舰长决定采用更加直接的办法。

"哼!那畜生跑得比'亚伯拉罕·林肯'号还快,"他说,"那好,我们就来看看它快不快得过驱逐舰的锥形炮弹。水手长,带人到前甲板的炮那儿集合。"

前甲板上的那门炮立即被装满火药,瞄准好了。炮弹打了出去,但从那头离我们半海里远的鲸类动物几英尺的上方飞过去了。

"换个打得准的!"舰长大声喊道,"谁能打中这个恶魔似的畜生,赏五百块钱!"

一个胡子灰白的老炮手——他的样子如今还历历在目——走近那尊炮。他目光沉静,表情冷淡。他在调整炮位,瞄准了很长时间。一声巨响过后,就听到官兵们大声欢呼。

炮弹击中了目标,打在了那头动物身上,但是打得不正,从它滚圆的身体上滑了过去,落在了两海里以外的海面上。

"怪了!"老炮手气急败坏地喊了一声,"这个无赖难道穿了六英寸厚的盔甲不成!"

"真该死!"法拉格特舰长叫道。

追击重新开始。法拉格特舰长朝我俯过身来,对我说:

"我还要追下去,直到我的驱逐舰爆炸了算。"

"应该这样,"我回答说,"您做得对。"

我们盼着那畜生筋疲力尽,希望它不会像蒸汽机似的没有疲劳感。可是,它一点不累。几个钟头过去了,它没露出丝毫筋疲力尽的样子。

不过,"亚伯拉罕·林肯"号坚持着,进行了不疲倦的斗争,这是应该赞扬的。我估计,在十一月六日这个不祥的日子里,它跑的距离不下五百公里!但天又黑了下来,夜色笼罩了汹涌澎湃的大洋。

这时,我以为我们的探险已经结束,我们再也看不到那头神奇的动物了。但我错了。

夜晚十点五十分,在驱逐舰上风三海里处,那种电光又出现了,和昨天夜里一样,也是那么纯净,也是那么强。

那头独角鲸好像一动不动。也许,累了一天,它睡着了?一任汹涌的波涛摇摆?这是个机会,法拉格特舰长决心抓住这个机会。

他下达了命令。为了不惊醒对手,"亚伯拉罕·林肯"号保持着缓慢的速度,小心翼翼地前进着。在大洋里碰上熟睡的鲸鱼而攻击成功,这并非什么罕事,内德·兰德就不止一次捕获过熟睡着的鲸鱼。那加拿大人又去了艏斜桅支索处他的岗位。

"亚伯拉罕·林肯"号不声不响地接近了,在距离那头动物两链之处停机,靠余速前行。舰上的人屏气凝神。甲板上一片寂静。我们距离炽热的光源不到一百英尺,光越来越强,眼睛都快睁不开了。

这时,我正靠在艏楼的护舱板上,看着在下面的内德·兰德,他一手勾着斜桅撑竿前支索,一手晃动着他那把吓人的捕鲸叉。他距离那头一动不动的畜生只有二十英尺。

突然,他猛地举起胳膊,将捕鲸叉掷了出去。我听到了捕鲸叉撞击的清脆响声,似乎撞在了一个什么坚硬的物体上。

电光突然灭了,两股巨大的水柱,像龙卷风似的射到了驱逐舰的甲板上,犹如一道激流,从前面奔向后面,人被冲倒,缆绳被冲断。

在可怕的碰撞中,我从护舱板上被甩了下来,因为来不及抓住什么东西,就被抛到了大海上。

## 七　种类不明的鲸鱼

突如其来地被抛向大海,让我吃了一惊,但当时的感觉还是给我留下了清晰的印象。

我一下子被抛进海里大约二十英尺的深处。我是个游泳好手,虽不敢和拜伦或爱伦·坡那样的高手相比,但这样把我扔到海里,也还不至于就使我乱了方寸。我脚底下用些功夫,蹬了两下,就浮出了水面。

浮出水面以后的第一件事,就是用眼睛寻找那艘驱逐舰。舰上的人是否发现我失踪了?"亚伯拉罕·林肯"号是不是改变了航向?法拉格特舰长放没放救生艇下来?我有希望获救吗?

四周漆黑一片。我隐约看到一堆黑糊糊的东西向东逝去,因为离得远,上面的航行灯已经看不清了。是那艘驱逐舰。我觉得我完了。

"救救我!救救我!"我喊叫着,绝望地朝着"亚伯拉罕·林肯"号游去。

衣服碍事。水使衣服粘到我身上了,我使不上劲,像麻痹了一样。我在往下沉,透不过气来了!……

"救救我!"

这是我最后一声呼唤。我嘴里灌满了水。我挣扎着,沉向深渊……

突然,我的衣服被一只有力的手抓住,我觉得自己被猛地一下拉出水面,而且我听到了,是的,我听到有人在我耳边说出了这样的话:

"如果先生肯趴在我肩膀上,先生游起来就会轻松得多。"

我一把抓住了我那位忠仆孔塞伊的胳膊。

"是你呀!"我说,"原来是你呀!"

"一点不错,"孔塞伊答道,"我听先生吩咐!"

"是撞的那一下子把你跟我同时扔到海里的吗?"

"才不是呢。不过,既然伺候先生,我就跟着先生下来了!"

真是个可敬的小伙子,他觉得这样做天经地义!

"驱逐舰怎么样了?"我问。

"驱逐舰!"孔塞伊一边回答一边翻了个身,仰卧起来,"我以为先生还是别太指望那艘驱逐舰的好!"

"你说什么?"

"我是说,在我往海里跳的一刹那,我听到掌舵的那些人在喊:'螺旋桨和舵都碎了……'"

"碎了?"

"碎了。是被那个怪物的牙咬碎的。我想,'亚伯拉罕·林肯'号受的就是这么点损伤。不过,对我们说来这情况不太好,它的舵不灵了。"

"这么说,我们完了!"

"可能吧,"孔塞伊平静地答道,"不过,我们还有几个小时的时间,几个小时里,是可以做很多事情的!"

孔塞伊的那种不会受到干扰的沉着鼓舞了我。我游得更有劲了;可是,衣服紧紧地缠绕着我,像一件铅斗篷①似的,让我觉得实在难以支持下去。孔塞伊发现了这一点。

"请先生允许我把衣服撕开吧。"他说。

他用一把打开了的刀伸进我的衣服里,一刀就把我的衣服从上到下划了个大口子。接着,在我托着他游动的时候,他又利利索索地把我的衣服脱了下来。

然后我也帮了孔塞伊的忙,把他的衣服也脱掉了。然后,我们就一起继续肩并肩地"航行"。

可是,情况依然险恶。我们的失踪可能没被发现,即使被发现了,处在下风的驱逐舰也不可能回过头来接我们,因为它没有舵了。因此,能够指望的只有驱逐舰上的救生艇。

孔塞伊对这个假设进行了冷静的推理,并相应地制订了他的计划。这个人实在了不起! 这个沉稳的小伙子就像在家里一样镇定!

---

① 旧时的一种刑具。

他于是决定,既然我们得救的惟一希望是被"亚伯拉罕·林肯"号上的救生艇找到,我们就应该安排一下,使我们能够尽可能长时间地等待救生艇。这时我决定,为了不使我们俩同时把力气用尽,我们的力气要分开来使。下面就是我们商量好的办法:我们两个人中,一个仰卧水面,一动不动,两臂交叉,双腿伸直,另一个游水,推着这个人前进。扮演"拖轮"角色的时间不应该超过十分钟。这样倒换着,我们能漂浮几个钟头,也许能够一直漂浮到日出呢!

希望渺茫!可是,希望本是深深地扎根在人心里的啊!而且,我们还是两个人。最后,我已经能够肯定——虽然无法证实——就算我想把心中的幻想毁灭,就算我想"绝望",我也做不到!

驱逐舰和那个鲸类动物相撞,发生在夜里十一点左右。我算了算,游到天亮,还有八个小时。两个人倒换着游,是完全可行的。海还算平静,节省了我们不少体力。我有时想用眼光洞穿这重重的黑暗。打破这黑暗的,只有我们的动作引起的点点磷光。我看着闪闪发光的波浪,看着它们被我的手击成浪花;平静的海面上波光粼粼,我们好像潜进了一个水银浴场。

快到凌晨一点的时候,我感到极度疲乏。四肢剧烈痉挛,变得僵直。孔塞伊不得不来扶持我,保全我们两个人生命的重任落在了他一个人身上。没过一会儿,我就听到这可怜的小伙子开始喘气,呼吸变得短促。我明白,他也支持不了多长时间了。

"放开我!别管我了!"我对他说。

"抛弃先生不管!绝不!"他回答,"我已经想好,就是死也要死在先生前头!"

这时,一大块云彩被风向东吹去,月亮从这块云彩的边上露了出来。月光下,海面水波粼粼。明亮的月光使我为之一振,又有了力量。我抬起头来,向四下张望。我看见了那艘驱逐舰,离我们有五海里,远远望去,漆黑一团。但是,没有救生艇!

我想喊。可离得这么远,喊有什么用!我的嘴唇肿了,也喊不出声来了。孔塞伊还能说出话来,我听他连着喊了几次:

"救救我们！救救我们！"

我们停止不动,侧耳静听。虽然耳朵因充血而嗡嗡作响,我还是觉得有人对孔塞伊的呼唤做出了回应。

"你听到了吗?"我耳语似的有气无力地问。

"听到了！听到了！"

接着,孔塞伊又向着无垠的大海发出一声绝望的呼叫。

这一次,错不了啦！回答我们的是人的声音！这声音是来自一个落难者吗？是来自驱逐舰被撞时被抛到大海里的另一个受害者吗？或者,竟是驱逐舰救生艇上的人正在茫茫夜色中呼唤我们？

孔塞伊使出了最后一点劲,撑着我的肩膀,就在我奋力顶住最后的一次痉挛时,他把半个身子探出了水面,接着就精疲力竭地跌了下来。

"你看到了什么？"

"我看到了……"他喃喃地说,"我看到了……不过,还是别说话……保存点力气吧！……"

他看到什么了？而就在这时,我也不知道为什么,那个怪物又在我的头脑里闪现了！……可是,那个声音又是怎么回事呢？……如今已经不是约拿①藏在鲸鱼肚子里求活命的年代了！

然而,孔塞伊还在推着我往前游。他时不时地抬起头,朝前面看看,忽然,他像和熟人打招呼似的叫了起来,回答的声音也越来越近。我模模糊糊地刚刚能够听到。我的力气已经全部用完,手指已经不能收拢,两手完全不能支撑了;嘴痉挛地张开着,灌满了咸涩的海水;我冷得厉害。我最后一次抬了抬头,接着就沉向深渊……

就在这时,一个坚硬的东西碰了我一下。我紧紧地抓住了那东西。接着,我觉得有人在往上拉我,把我拉出了水面;我觉得胸脯瘪下去了,然后就昏了过去……

幸亏有人给我摩擦全身,我很快就恢复了知觉。我睁开眼睛……

"孔塞伊！"我喃喃地喊了一声。

---

① 约拿,《圣经》中的一位先知,在海上遇到风浪,躲在鲸鱼肚子里三天,终于得救。

"先生在叫我?"孔塞伊问。

就在这时,借着已经落到天水相接处的月亮的微光,我看到了一张脸,那不是孔塞伊的脸,但我立刻就认出来了。

"内德!"我惊叫了一声。

"正是我,先生,那个想得到那笔奖金的人!"那加拿大人回答。

"您是在驱逐舰遭撞击时被扔到海里的吗?"

"是的,先生,不过比您幸运点,我几乎立刻就站在一个浮动的小岛上了。"

"一个小岛?"

"或者,说得更明白点,是站在了我们那头大独角鲸身上。"

"请您说明白点,内德。"

"很简单。我一下子就明白了,为什么我的捕鲸叉没能叉着它,反而被它的皮碰钝了。"

"为什么?内德,为什么呀?"

"因为那头畜生是钢板制造的!教授先生。"

如此说来,我得醒悟了,我得把过去的那些事好好想想了,我得重新检查一下我的说法了。

那加拿大人的最后几句话,使我的想法突然改变。那个此刻成了我们避难之地的动物或东西,半个身子露在海面上,我很快爬到它的最高处。我用脚试了试。很明显,这是个穿不透的坚硬物体,而不是柔软的大个儿海洋哺乳动物。

不过,这个坚硬物体可以是个背甲,就像挪亚大洪水时代以前的那些动物的背甲似的,如果是这样,我就可以把它归到两栖类的爬行纲,就像龟或者鼍一样。

但是不对!我脚下的脊背,黑糊糊的,滑溜溜的,光光的,没有鳞状花纹。敲一下,发出的是金属的回声;而且,虽然令人难以置信,但好像,怎么说呢,好像这东西是由螺丝铆在一起的金属板制造的。

不可能再有什么怀疑了!如今必须承认,那个使整个学术界大感困惑、使两半球的海员们想入非非、琢磨不透的畜生、怪物或自然奇观,是一种更为惊人的现象,是个人造奇观!

即使发现了一种最具有传奇性、最为神秘的生物,也不会使我感到如此震惊。神奇的东西出自造物主之手,这很平常。可是,在眼皮底下突然发现一种由人制造的不可能有的神秘之物,那就要让人感到惊愕了!

然而,没什么可犹豫的了。我们正躺在一种潜水船的背上,根据我的判断,它的样子像一条钢铁的鱼,硕大无比。关于这一点,内德·兰德已经说出自己的看法,我和孔塞伊只能表示同意。

"这样说来,这艘船自身有动力装置、有船员操作了?"我问。

"这是很明显的。"捕鲸手回答,"不过,我来到这个浮岛上已经有三个钟头,它还没显出一点活气来呢。"

"这条船一直没动?"

"没动,阿罗纳克斯先生。它一直就这么让海浪摇着,自己一动没动。"

"可是,我们都知道,它航速极快,这一点无可怀疑;而产生这样的速度得有一台机器,这台机器得有一个机械师来操纵,我由此得出结论……我们得救了。"

内德·兰德不以为然地"唔"了一声。

就在这时,好像为了证明我的推理正确似的,这架奇怪装置的后面翻起了浪花;它的推进器显然是一架螺旋桨,它开始动了。我们刚好来得及抓住它那露出水面约八十公分的顶部。幸运的是,它的速度还不是太快。

"它要是总这样在水面行驶,"内德·兰德嘟嘟囔囔地说,"那我没话说。不过它要是一个心血来潮,潜下去,我这条命也就算交代了!"

那加拿大人说得不错。因此,眼下最急迫的就是和这架机器里的随便什么人取得联系。我在机器表面上找通气孔,找舱盖,或"人员出入口"——这是专业术语;可是,在钢板接口处,只有一排一排螺钉,牢牢地钉在那里,清清楚楚,整整齐齐。

不巧的是,这时月亮也落了,眼前变得一片漆黑。要进到这艘潜水船里面去,只好等天亮再想办法了。

这样一来,我们能否得救,就全凭操纵这条船的那些神秘舵手的兴致了,如果他们下潜,我们就会彻底完蛋!只要他们不下潜,我们就有办法和里边的人取得联系。因为,如果他们自己不制造空气,就必须时不时地浮出洋面,更新他们的空气成分。这样,就必须有个通气孔把船只内部和外面的大气连接起来。

希望法拉格特舰长前来救援的想法,必须彻底放弃。我们被带着朝西去了,时速不快,但我估计每小时也有十二海里。螺旋桨极有规律地击打着波涛,不时地露出水面,把磷光闪闪的水花溅得高高的。

快到凌晨四点的时候,船的速度开始加快。海浪迎面扑来,像鞭子似的抽在我们身上,我们已经有点支持不住。所幸的是,内德的手碰到了一个系缆环,那环被固定在钢板船脊的上部,我们总算把它牢牢地抓住了。

漫漫长夜终于过去。我记忆零乱,无法把这一夜的印象完完全全地记叙出来。我只记得一个细节,就是在大海和风暂时平静下来的时候,我似乎听到了一些模糊不清的声音,那是一种由远处传来的和声,转瞬即逝,但非常悦耳。全世界都在徒劳无功地寻找答案的这项海底航行的秘密,究竟是什么呢?在这条奇怪的船里生活的,是些什么样的生物?又是什么样的机械力量使这条船能够以如此神奇的速度行驶呢?

太阳出来了。晨雾笼罩着我们,但很快就消散了。这艘船的顶部像个平台;我正要仔细研究一下船体的时候,忽然觉得船在一点一点下潜。

"嘿!真是见了鬼啦!"内德·兰德大叫了起来,用脚把钢板跺得咚咚响,"倒是让我们进去啊,你们这些航海人也太不好客了吧!"

可是,在螺旋桨的轰鸣声中,喊声是很难让人听见的。所幸的是,下潜的动作停止了。

突然,从船里面传出猛烈推动铁板的声音。一块钢板被掀了起来,出现了一个人,怪叫一声,立刻又消失了。

过了一阵,八个膀大腰圆的蒙面大汉,无声无息地冒了出来,把我们拖进他们那架吓人的潜水艇。

## 八 动中之动

这起极为粗暴的绑架,是以闪电般的速度完成的。我的同伴和我,我们连发生了什么事都没来得及搞清楚。被带进这座浮动监狱,我不知道他们俩是什么感受,我的感受我知道:我一下子打起了寒战,身子都凉了!我们这是在跟什么样的人打交道啊?这大概是一种新型海盗,正以他们自己的方式在大海上谋生。

狭窄的舱盖刚在我身后关上,我就陷入沉沉的黑暗之中。乍从外面进来,我两眼什么都看不见。我感觉到赤裸的双脚正踩在一架铁梯子上。内德·兰德和孔塞伊被他们紧紧架着,跟在我后面。到梯子底下,一道门打开,我们进去之后又立即砰的一声关上。

只剩我们自己了。这是什么地方?我说不清楚,也很难想象。到处是一片漆黑。这是一种绝对的黑暗,过了好几分钟,我的眼睛仍然没能捕捉到一丝微光,而那种隐约浮动的微光,即使在最浓重的黑夜里,也是存在的。

内德·兰德对这些人的行事方式十分不满,大发雷霆。

"真是见了鬼了!"他大喊大叫起来,"在待客方面,这些家伙胜过苏格兰人!就差吃人了!即使他们吃人,我也不会感到吃惊;不过,我要声明在先,我是不会就那么老老实实地让人吃掉的!"

"冷静点吧,内德!冷静点。"孔塞伊不动声色地说,"先别生气,我们还没进烤炉呢!"

"进烤炉,不会的。"那加拿大人反驳道,"我们要进的肯定是炉灶!这里相当黑。幸好我那把从来不离身的宽刃刀还在,再黑的地方用起来也没问题。这帮强盗,哪个先向我下手……"

"别发火,内德。"我对捕鲸手说,"别采取无益的暴力行动,那会连累我们。谁知道他们是不是正在偷听我们说话呢!还是先想法弄清楚我们是在什么地方吧!"

我摸索着走起来。走了五步,碰上一堵墙,一堵用铆钉铆起来的钢板墙。然后,我转过身去,又碰到一张木桌,旁边摆着几张凳子。这间牢房的地板上,铺着用新西兰麻编成的厚厚的席子,走在上面听不到一点脚步声。墙光秃秃的,没有门窗。孔塞伊反方向转一圈,撞上我,我们又回到屋子中央。这间房长约二十英尺,宽十英尺。至于高度,虽然内德·兰德个子高,也没摸到顶。

半个小时过去,没有一点动静。突然,我们眼前一亮,屋里从极度的黑暗变成耀眼的光明。我们的牢房突然亮了起来,就是说,充满了发光物质,光强得让我受不了。凭着这光的洁白和亮度,我认出来,这就是那种电光,它在那艘潜水船周围造成的景象,犹如磷光一样壮观。我不由自主地闭上眼睛。再睁开时,我看到,那光是从屋顶上一个圆圆的半球形透明体中发出来的。

"呵,我们总算看得清了!"内德·兰德大声说道,手里拿着他那把刀,摆出一副自卫的架势。

"是啊,"我说,大着胆子提出一个不同意见,"但情况并没有因此而变得明朗些。"

"请先生耐心点。"孔塞伊说,仍然是一副不动声色的样子。

房间突然变亮,使我得以把一切看个仔细。房间里只有一张桌子,五个凳子。看不见门在哪儿,大概是密封的。我们听不到任何响声,船上是死一般的寂静。船正在行驶?在水面上停着?还是潜入了海底?我猜不出来。

不过,那个亮亮的球体不会无缘无故地亮起来。因此,我想船上的人很快就会露面的。要是想把什么人忘记,是不会把要忘记的人照亮的。

我没想错。听到门闩响,门开处,进来两个人。

一个是小个子,肌肉异常发达,宽肩膀,四肢强健,大头,头发茂密乌黑,胡子很重,目光灵活锐利;整个人充满南方人的活力,这种活力是法国普罗旺斯人的特点。狄德罗①说得好,人的动作有隐喻性;眼前这个小个子,无疑就是这种说法的一个生动证明。我觉得,他平常说话,

---

① 狄德罗(1713—1784),法国启蒙思想家、唯物主义哲学家和文学家。

这个人三十五岁还是五十岁?

可能大量使用拟人、换喻和换置等修辞方法。不过,这一点我从来没能印证过,因为,在我面前他总是使用一种奇怪的方言,我一点也听不懂。

另一个陌生人值得详细描述一番。格拉蒂奥莱①或昂热尔的门徒能从他脸上看出很多东西来,就像在读一本打开的书。我毫不犹豫就看出他有下面一些主要特点:自信,因为,他的头在由肩膀曲线构成的弧形上威严地昂着,他那一对黑色的眼睛,看人的时候冷静而有信心;冷静,因为,他那苍白而不带颜色的皮肤,表明他血流平稳;坚定,这是由他的皱眉肌的快速收缩显露出来的;勇敢,因为,他呼吸量大,表明他生命力旺盛。

我还要补充的是,这个人高傲,他那坚毅而又沉静的目光似乎折射出一些高深思想;从他整个人身上,从他的举止和表情的一致中,依照相面先生的说法,流露出的是一种无可争辩的爽直。

他的出场,使我"不由自主"地放下心来,而且觉得我们见面的结果会很好。

这个人在三十五到五十岁之间,我无法准确说出他的年龄。大个子,宽脑门,高鼻梁儿,嘴的轮廓十分清晰,牙齿结实,手细嫩而修长,套用手相术的说法,很"有灵性",就是说,是一双堪为一个高尚而有激情的灵魂效劳的手。这个人肯定是我所见过的人中最值得赞赏的一个类型。他还有个特别的地方,两只眼睛之间的距离较一般人大,因而视野宽阔,能同时看见很多东西。这项功能——后来为我所证实——使他的视力比内德·兰德高出一倍。他盯着一件东西的时候,先把眉毛皱起来,使宽宽的上下眼睑相互凑近,让瞳孔缩小,这样,他的视野就扩大了。那是多么锐利的目光啊!能把离得远因而变小了的东西放大!看你的时候能够触及你的灵魂!他能够穿透我们看不清楚的海水,能够把海底的情况看得一清二楚!……

两个陌生人,头戴海獭皮贝雷帽,足登海豹皮水靴,身上穿的衣服是用特种面料做的,十分紧身合体,又能让人行动自如。

---

① 格拉蒂奥莱(1815—1865),法国生理学家。

两人中的大个子——显然是船上的头目——把我们仔细打量了一番,一句话没说。然后,转身朝向他那位同伴,用一种我不懂的语言说起话来。这是一种方言,声音清脆,和谐,抑扬顿挫,元音的重音好像颇多变化。

另一个只是频频点头,有时从嘴里蹦出两三个字,完全无法听懂。然后,那人用目光向我示意,好像是在问我。

我用纯正的法语做了回答,说我听不懂他的话;可是,他似乎也听不懂我说的是什么,情况变得相当尴尬。

"先生还是把我们的情况跟他们说说,"孔塞伊说,"说不定这两位先生能从中听明白点什么呢!"

我又开始说话,讲了讲我们的冒险活动,发音清清楚楚,也没漏掉任何一个细节。我说出我们的名字和身份;然后做了个正式介绍:阿罗纳克斯教授、他的仆人孔塞伊和捕鲸手内德·兰德师傅。

那个眼光柔和镇定的人安安静静地听着我说,甚至是很恭敬地听着,显得很专注。但是,他的面部表情使我看不出他是否听懂了我讲的故事。我讲完后,他仍然一言不发。

还有个办法,说英语。也许,讲这种几乎是世界通用的语言能让他听懂?像德语一样,英语我也会,能够流利地阅读,但讲得不太好。可是,现在主要是要让人听懂。

"来吧,轮到您了。"我对那个捕鲸手说,"内德师傅,这回得靠您了,请您把盎格鲁-撒克逊人讲的最好的英语拿出来,看看能不能比我的运气好点。"

内德很爽快地答应了,把我讲过的故事又讲了一遍,我听懂了个大概。内容一样,只是形式不同。由于性格使然,那加拿大人讲得慷慨激昂。他激烈地抱怨,说他们俘虏他是蔑视人权,质问他们根据什么法律把他扣在这里,他援引"法律",威胁说要对非法监禁他的人进行追究;他暴跳如雷,指手画脚,大喊大叫,最后,他用一个十分形象的动作让他们明白,我们已经饿得要死。

这倒是真的,不过,我们几乎把饥饿忘在脑后了。

令捕鲸手大惑不解的是,他说的话跟我说的一样,也没让那两个人听懂,他们连眼睛都没眨一眨。很明显,他们既不懂阿拉戈的语言,也不懂法拉第①的语言。

我感到非常尴尬,白白用尽我们的语言资源之后,我真不知道该怎么办了。这时,孔塞伊跟我说了下面的话:

"如果先生允许,我就再用德语把事情说一遍。"

"怎么!你会说德语?"我大声问道。

"是佛来米式的德语,先生别见怪。"

"刚好相反,你能讲德语,我很高兴。说吧,小伙子!"

于是,孔塞伊又用平静的语调,再一次把我们那些曲曲折折的故事讲了一遍。虽然用词优雅,语调铿锵,德国的语言仍然丝毫没有奏效。

最后,我被逼无奈,只好搜索枯肠,把当初学的那点拉丁语搬出来,将我们的冒险经历又用拉丁语讲了一遍。西塞罗②要是听到了,一定会把我赶到厨房里去;不过,我总算凑合下来了。结果呢,同样无效!

这最后的努力也失败了。两个陌生人又用我们听不懂的语言交谈了几句,就转身走了,甚至连个世界通用、能让人放心的手势都没打一个。门又关上。

"真无耻!"内德·兰德火冒三丈,大声说道,"怎么着,跟这两个混蛋讲法语,英语,德语,拉丁语,他们竟然没有一个人礼貌地回答一句!"

"安静点,内德。"我对火冒三丈的捕鲸手说,"发火不解决问题。"

"可是,教授先生,您知道不知道?"我们这位性情暴躁的同伴问我,"在这个铁笼子里,我们会活活饿死的!"

"唔!"孔塞伊插话了,"想得开点,我们就能多坚持一段时间!"

"朋友们,"我说,"不必绝望。比这更糟的情况我们也遇到过。所以,还是请你们等一等,先别忙着给这条船的船长和船员下结论。"

"我的结论早就做出来了,"内德·兰德不以为然地说,"这是一群混

---

① 法拉第(1791—1867),英国物理学家、化学家。阿拉戈见第24页注①。
② 西塞罗(公元前106—公元前43),古罗马政治家、演说家和哲学家。

蛋……"

"好！那他们是哪个国家的呢？"

"混蛋国的！"

"老弟，您说的这个国家，世界地图上还没有标出来呢。我觉得，这两个陌生人的国籍很难确定！不是英国人，不是法国人，也不是德国人，我们能够肯定的也只有这一点。可是，我倾向于认为，那位船长和他的副手出生在低纬度地区，他们身上有南方人的特征。不过，说他们是西班牙人，土耳其人，阿拉伯人或印度人吧，他们的体型又不像。至于他们的语言，那是绝对地听不懂！"

"瞧！这就是不懂所有语言的麻烦，"孔塞伊说，"也可以说是语言不统一的弊端！"

"说这个有什么用！"内德·兰德说，"难道你们没看出来，这些人有他们自己的语言；创造这种语言，为的就是让要求吃饭的正人君子们感到绝望！不过，在世界各国，张开嘴巴，动动上下颌，咬咬牙齿和嘴唇，不就都能明白是要吃饭吗？无论是在魁北克，波莫图群岛①，巴黎，还是在地球上和这些地方遥遥相对的各个点，难道这意思不都是：我饿了，给我吃的！……"

"咳！就有一些人太笨！……"孔塞伊说。

孔塞伊的话还没说完，门又开了。船上的一位侍者走进来。他给我们带来了衣服，是海上穿的，有上衣，有裤子，都是用一种我不认识的料子做的。我赶忙穿上，我的同伴们也都穿了起来。

在我们穿衣服的时候，那个侍者——不会说话，可能还是个聋子——已经把餐桌摆好，放了三份餐具。

"这还差不多，"孔塞伊说，"是个好兆头。"

"哼！"那个一直耿耿于怀的捕鲸手接过话茬，"在这么个鬼地方您能吃到什么啊？无非甲鱼肝，鲨鱼脊肉，海狗排！"

"咱们等会儿看吧！"孔塞伊说。

---

① 波莫图群岛，亦称低岛，在法属波利尼西亚。

菜对称地摆在台布上,扣着银质餐盆罩。于是我们在桌前就座。很显然,和我们打交道的是一些文明人,如果没有明亮的电光,我还会以为自己是坐在利物浦的阿德尔菲饭店或巴黎的大饭店餐厅里呢。不过,我还得说,没有一点面包,也没有一点酒。水是清新纯净的,但那只是水——这不合内德·兰德口味。在给我们上的几道菜里,我认出来几种鱼,味道很好;可是,有一些菜,烧得也非常好,我却叫不出名字,甚至不知道是动物界还是植物界的生物。说到服务,相当高雅,有品位。每种器皿,勺子,叉子,刀,碟子,都带有一个字母,上面有一行半圆形的字,那图案的样子是:

$$\begin{matrix} & 中 & 之 & \\ 动 & & & 动 \\ & & N & \end{matrix}$$

*动中之动!* 这句话,用在这台海底机器上,真是太贴切了。N肯定是人名的第一个字母,指的可能就是那个在海底发号施令的谜一般的人物!

内德和孔塞伊没想那么多。他们正狼吞虎咽地吃呢,我也很快就照他们的样子吃起来。何况,我对我们的命运已经放心,很明显,我们的居停主人无意让我们饿死。

不过,人世间的一切都有个了结,都会过去,连十五个小时没吃饭的饥饿也已经成为过去。吃饱了,就困得不行。在和死神进行一夜搏斗之后,这也是非常自然的反应。

"我准能睡个好觉。"孔塞伊说。

"我眼睛都睁不开了!"内德·兰德跟着说了一句。

我这两位伙伴说着就躺在屋里的席子上,一会儿就沉沉睡去。

我也很困,但还是坚持了一会儿,没有立即就睡。我脑子里的想法太多,找不到答案的问题挤在一起,眼前有太多的图像,使我的眼睛就那么半睁着!我们这是在什么地方?是什么样的神奇力量把我们带到这里来的?我觉得——更确切地说,是我仿佛觉得——船正在潜向海底最深处。令人苦恼的想法一个接一个,死死纠缠着我。在这个神秘的地方,我隐约看到一大群陌生动物,那条海底船好像是它们的同族,像那些动物一样活跃地游动,一样地吓人!……然后,我头脑静下来,想象的东西消失在朦胧的睡意里,也就很快地沉沉睡去。

## 九　内德·兰德发火

　　这一觉睡了多长时间,我也说不清楚;不过,睡的时间一定很长,因为,醒过来以后我们已经没有一点疲乏的感觉。我是第一个醒的,我的同伴们还在睡,待在各自的角落里一动不动,就像放在那里的一堆东西。

　　我从还不算太硬的席地上起来,觉得头脑轻快,思路畅通。于是,我又把我们这间牢房仔细看了一遍。

　　屋里布局一点没变。牢房还是牢房,囚徒还是囚徒。不过,船上那个侍者已经利用我们睡觉的工夫把桌子上的东西撤了。看起来,我们的情况毫无即将改变的迹象,我不得不认真思考一番,我们是不是命中注定要在这间牢房里无限期地待下去。

　　想到要在这间牢房里无限期地待下去,我似乎觉得更难于忍受了,因为,我的头脑虽然不再像头一天里那样被各种想法纠缠着,胸口却格外地憋得慌。我感到呼吸困难,混浊的空气已经不足以维持我的肺部功能。牢房虽然宽大,但我们显然已经把里面含有的大部分氧气消耗掉了。事实上,一个人每小时要消耗一百升空气中所含的氧气,而空气中一旦含有等量的二氧化碳,就无法呼吸了。

　　因此,当务之急是给我们的牢房换气,可能也得给这艘海底船换气。

　　想到这里,我脑子里出现一个问题:换气,这个浮动住所的头头用的是什么办法呢?他是用化学方法获得空气吗?用加热法把钾碱氯酸盐中的氧气释放出来,同时用苛性钾把碳酸吸掉,是这样吗?如果是这样,他就得和陆地保持一定的联系,以便搞到进行这种化合所需要的物质。要么他只是用压缩的办法储存空气,然后再根据船上的需要把空气释放出来?也许吧。或者,采取更方便、更经济因而也是更可行的办法,就是回到水面上去换气,就像鲸类动物那样,隔二十四小时浮出水面呼吸一次？无论如何,不管采用什么方法,为了保险起见,我觉得已经事不宜迟,该换气了。

实际上,为了从这间牢房里的空气中吸到一点点氧气,我已经不得不加快呼吸频率,而就在这时,突然吹进一股清新而带有盐味的空气,使我精神为之一振。这一定是海风,带着碘味,沁人心脾!我张大嘴,尽情地呼吸着,肺里充满清新的氧气分子。我同时感到了摇摆,是一次幅度不大的倾斜,但可以确定是一次倾斜。很明显,这条船,这头钢板造的怪物,浮出了洋面,以便像鲸鱼一样地呼吸。这样一来,这条船的换气方式就完全搞清楚了。

我一边大口地吸着新鲜空气,一边寻找进气通道,或者说"呼吸道",随你怎么说。这个让有益空气直达我们的"呼吸道",很快就被我找到。门上有一个通风孔,新鲜空气就是从那里进来,把牢房里的污浊空气换掉的。

我正在进行观察,内德·兰德和孔塞伊醒了。在使人振奋的新鲜空气的刺激下,他们几乎是同时醒来的。两人揉了揉眼睛,伸了伸胳膊,转眼间就站了起来。

"先生睡得可好?"孔塞伊像平时一样彬彬有礼地问道。

"小伙子,我睡得非常好。"我回答,"您呢,您睡得怎么样,内德·兰德师傅?"

"睡得非常好,教授先生。不过,我不知道是不是我搞错了,我觉得呼吸到的好像是海上的空气。是这样吗?"

水手在这件事上是不会搞错的,我于是把那加拿大人熟睡时发生的事对他说了一遍。

"好!"他说,"我们在'亚伯拉罕·林肯'号上看到那头所谓的独角鲸时听到的吼声,究竟是怎么回事,现在就完全明白了。"

"没错,兰德师傅,那是它在呼吸!"

"不过还有一件事,阿罗纳克斯先生,我对现在是什么时间了毫无概念,是不是到吃晚饭的时间了?"

"吃晚饭的时间?我可敬的捕鲸手,您恐怕得说到吃午饭的时间了。

因为,我们这一觉肯定是从昨天睡到了今天。"

"这么说,我们足足睡了二十四个小时。"孔塞伊说。

"我是这么看的。"我说。

"我不跟你们抬杠。"内德·兰德分辩,"不过,晚饭也罢,午饭也罢,那位侍者总是受欢迎的,不管他带来的是晚饭还是午饭。"

"既有晚饭,也有午饭。"孔塞伊说。

"完全正确。"那加拿大人答道,"我们有吃这两顿饭的权利,我要把这两顿饭都吃掉。"

"好吧!内德,那就让我们等吧,"我说,"很明显,这些陌生人无意把我们饿死。因为,要是想把我们饿死,昨天的那顿晚饭就毫无意义了。"

"不然就是要先把我们养肥了!"内德反驳道。

"这话我不能同意,我们没有落到吃人肉的人手里!"我对他说。

"就那一顿饭,作不得数的。"那加拿大人认真地说,"谁知道这些人是不是好些日子没吃到鲜肉了呀,要真是那样,像教授先生、他的仆人和我这样三个长得结实又健康的人……"

"别这么想,兰德师傅,"我对捕鲸手说,"尤其不要因为这么想而对收留我们的人生气,那样只会把事情弄糟。"

"不管怎么说,"捕鲸手说,"我已经饿得前心贴后心,午饭也罢,晚饭也罢,反正到现在饭还没来!"

"兰德师傅,我们得照船上的规矩行事。"我反驳他,"我想,我们的肚子可能走在厨师前头了。"

"那好!我们让肚子来适应就餐时间吧。"孔塞伊平静地说。

"孔塞伊老弟,我算是认识您了。"那个急性子的加拿大人反唇相讥,"您从来不着急发火!从来都是那么冷静!您可以在念饭前经之前就做餐后感恩祈祷,宁可饿死也不抱怨!"

"着急发火有什么用?"孔塞伊问。

"可以发牢骚出气!有用。要是这伙海盗——说他们是海盗是客气的,因为我不想驳教授先生的面子,他不许把这些人叫做吃人肉的——要是这些海盗以为,可以就这样把我关在这么个让我透不过气的屋子里而不挨骂,那他们可就错了,我一定要让他们尝尝我骂人的滋味!好,阿罗纳克斯先生,直截了当地说吧,您认为他们会长期把我们关在这个铁盒子里吗?"

"说真的,兰德老弟,我知道的也不比您多。"

"那您以为会怎么样呢?"

"我以为,出于偶然,我们了解到一桩重大机密。如果保守这项机密是这艘潜水艇上的人利益之所在,而他们的利益又比三个人的性命重要,我想,我们就前途堪忧。假如情况相反,一有机会,这个把我们吞下来的怪物,就可能把我们送回由我们的同类居住的世界。"

"要不然就把我们编为船员,"孔塞伊说,"用这样的办法把我们扣住……"

"一直到有一天,一艘比'亚伯拉罕·林肯'号更快、更灵活的驱逐舰占领这个匪巢,把上面的船员和我们都赶到主桁上去呼出最后一口气为止。"内德·兰德反驳道。

"说得好,兰德师傅。可是,就我所知,人家还没就这件事向我们提出过什么建议呢。"我反驳他,"因此,在什么情况采取什么对策,现在就来研究,没用。我跟您再说一遍,我们先等着,到时候再作决定,现在什么也别干,因为没什么可干的。"

"刚好相反!阿罗纳克斯先生,"捕鲸手答道,他不想改变看法,"必须干点什么。"

"那么,干点什么呢?兰德师傅。"

"逃出去。"

"从'地上'的监狱里逃出去,往往就已经很难,而从一所海底监狱中逃走,我觉得是绝对行不通的。"

"内德老兄,怎么样?"孔塞伊问他,"先生的意见您如何反驳?我无法相信,一个美洲人也会有理屈词穷的时候!"

看得出来,捕鲸手有些尴尬,不说话了。命运把我们弄到这一步,逃走是绝对不可能的。不过,加拿大人是半个法国人,从内德·兰德师傅的回答里,这一点可以看得清清楚楚。

考虑了一会儿以后，他接着说道："阿罗纳克斯先生，这么说，不能从监狱里逃出去的人该怎么办，您就没想过？"

"没想过，老弟。"

"这太简单了，那就得想个主意让自己留在监狱里。"

"那当然喽！"孔塞伊说，"留在里边比待在上面或者下面好！"

"可是，得先把狱卒、看守和卫兵，统统都扔出去。"内德·兰德补充了一句。

"什么？内德，您真想夺这条船？"

"一点不假！"那加拿大人回答。

"这不可能。"

"为什么不可能，先生？说不定能碰上好机会，我看不出会有什么东西妨碍我们去利用这样的机会。如果这条船上只有二十个人，他们就抵挡不了两个法国人和一个加拿大人，我料想如此！"

捕鲸手的建议，接受比争论好。因此，我只好回答说：

"兰德师傅，让我们等机会吧，看看再说。不过，在机会到来之前，我还是请您耐心点。我们只能智取，发火是不可能制造出好机会来的。所以，请您答应我，接受现实，不要发火。"

"我答应您，教授先生。"内德·兰德答道，语调不怎么让人放心，"哪怕饭食供应不像希望的那样准时，我也不会说一句粗话，也不会有什么粗暴的举动让自己暴露。"

"一言为定，内德。"我对那加拿大人说。

谈话至此为止，接着就各人想各人的心事去了。我承认，就我而言，虽然捕鲸手做了保证，我还是不抱任何幻想。我不认为会有内德·兰德所说的那种好机会。潜艇上这么井井有条，得有一大批水手才行，一旦交起手来，我们将面对过于强大的对手。另外，我们必须自由了才能行事，而我们现在并不自由。我甚至看不出怎么才能逃出这间密封的、关得死死的牢房。只要这艘潜艇上那位奇怪的艇长有一点点需要保守的秘密——看起来可能有——他就不会让我们在他的艇上行动自由。现在，不得而知的是，他是用暴力摆脱我们呢，还是哪一天把我们扔到一个荒无人烟的地方？我觉得这些假设都说得过去，只有捕鲸手那样的人才会希望重新获得自由。

但我也明白，内德·兰德在不停地思考，他头脑里的那些念头会变得越来越激烈。我听到他又嘟嘟囔囔地骂起人来，看到他的举止又重新变得咄咄逼人。他坐立不安，像一头被关在笼子里的猛兽，来回转悠，要么就是对着墙拳打脚踢。时间一点点过去，肚子饿得越来越难受，可是，那个侍者就是不出现。如果他们对我们真怀着好意，这一次可是把我们这些遇难之人的处境忘得时间太长了点。

内德·兰德被胃痉挛折磨得够呛，越来越恼火，虽然他有言在先，我还是怕他见到艇上的人就闹起来。

又过了两个小时，内德·兰德的怒火爆发了。他大喊大叫，但是白搭。钢板做的墙是隔音的。我甚至听不到艇里有一点点响声，就像艇上的人都死了似的。潜艇一动不动，因为动的时候我能明显感觉到艇身在螺旋桨驱动下产生的颤动。潜艇可能潜到了海底深处，和陆地断绝了联系。死一样的寂静令人恐怖。

要把我们扔在这间牢房里多久呢，我不敢想。见到艇长以后产生的希望，变得越来越渺茫；那个人温和的目光，慈祥的表情，高雅的举止，都已经从我记忆里消失。在眼前晃动的又是那个谜一样的人物；他应当而且必然是无情的，残忍的。我觉得他没有人性，不懂得什么是怜悯，是他同类的冷酷敌人，对他的同类抱有刻骨仇恨！

可是，这个人，难道他就这样把我们关在这间狭窄的牢房里，让我们在饥饿中胡思乱想，直到活活饿死？我满脑子都是这种可怕的想法，想象力又火上浇油，让我觉得自己已经失去理智，完全被恐惧控制住。孔塞伊还是那么冷静。内德·兰德暴跳如雷。

就在这时，外面有了响动。金属地板传来脚步声。有人在开锁，门开处，侍者出现。

那加拿大人立即朝可怜的侍者猛扑过去，我根本来不及阻止；他把侍者打翻在地，掐着他的脖子。侍者被他有力的大手掐着，已经透不过气来。

孔塞伊正从捕鲸手的手里往外拽憋得半死的侍者,我刚要过去帮忙的时候,突然听到几句法语,把我惊得呆在那里,动弹不得:

"冷静点,兰德师傅;还有您,教授先生,请听我说!"

## 十　海洋人

说这话的人是艇长。

听到这话,内德·兰德腾地站起来。被掐得半死的侍者,看到主人朝他打手势,便摇摇晃晃地走出去;艇长在自己的潜艇上威望极高,侍者对那加拿大人没流露出丝毫应有的怨恨。孔塞伊不由自主地被吸引住,我愣在那里,我们一起静静地等着,看这个场面如何了结。

艇长靠在桌角上,两只胳膊交叉抱在胸前,非常专注地打量着我们。他对说话还是不说话感到犹豫?要不就是对刚才用法语说的几句话后悔了?可能两者都有。

我们中间没有任何人想打破这种寂静。沉默一阵以后,他说话了,声音平静,但是动听:

"先生们,我能够说法语、英语、德语和拉丁语。我本可以在我们初次见面的时候就跟你们交谈的;但是,我想先认识认识你们,然后再考虑考虑。你们用四种语言讲的故事,内容绝对相似,使我确信了你们的身份。我现在知道,命运为我带到眼前的,是被派往国外、肩负科研使命的巴黎自然科学博物馆教授皮埃尔·阿罗纳克斯先生,他的仆人孔塞伊,还有美利坚合众国国家海军驱逐舰'亚伯拉罕·林肯'号上的捕鲸手、加拿大人内德·兰德。"

我欠了欠身,意思是他说得对。艇长不是在问我,因此用不着回答。这个人说起话来十分自如,不带一点口音。他说出的句子清晰,用词准确,是个非常善于辞令的人。不过,我"感觉"不到他是我的同胞。

他接着讲下去:

"先生,您可能觉得我这第二次造访来得太迟了些。那是因为,弄清楚您的身份以后,我要再三权衡一下将要对您采取的做法。我非常犹豫。

最令人不快的事态把您带到我面前,而我是一个已经和人类断绝了关系的人。您的到来扰乱了我的生活……"

"不是故意的。"我说。

"不是故意的?"陌生人问,稍微提高了点声音,"'亚伯拉罕·林肯'号在大海上追逐我,难道不是故意的?您本人登上那艘驱逐舰,难道不是故意的?你们的炮弹打在我的艇上,难道不是故意的?内德·兰德师傅用捕鲸叉叉我,难道也不是故意的?"

他的话里带着一股怒气,使我感到吃惊。不过,对他的非难,我可以做出非常合理的回答,于是我就这么做了。

"先生,"我说,"关于您,在美洲和欧洲有什么样的议论,您可能并不知道。您可能也不知道,由您这艘潜水艇的撞击造成的多起海上意外事故,对两个大陆公众舆论产生了多大的冲击。那是一种无法解释的现象,秘密掌握在您一个人手里;为了把这一现象搞清楚,我们做了多少种假设,我就不跟您细说了。但是您要知道,追您一直追到太平洋,'亚伯拉罕·林肯'号还一直认为是在追一头力大无比的海上怪物,想不惜一切代价,把它从海洋里清除出去呢!"

艇长微微笑了笑,接着,他又以更为平静的语调说下去:

"阿罗纳克斯先生,"他说,"您敢肯定,您的那艘驱逐舰不会像追击一头怪物那样,追击一艘潜水艇吗?"

这个问题把我问住了,因为,法拉格特舰长肯定是不会犹豫的。他认为,摧毁这类舰艇,像杀死一头巨大的独角鲸一样,是自己的责任。

"因此,您也就能够理解,先生,"陌生人接着说道,"我有权把你们当敌人对待。"

我什么话也没回答,还有什么可说的?在强权能够战胜公理的时候,讨论类似他说的这种话,能有什么好处?

"我犹豫了很长时间。"艇长接着说,"我没有义务款待你们。如果我不得不把你们打发掉,我也就没有任何兴趣再和你们见面。你们曾在这艘潜艇的平台上避难,我可以把你们再放回那里去,然后我下潜到海底,从此把这件事忘掉。这难道不是我的权利吗?"

"这可能是野蛮人的权利,"我回答道,"但不是文明人的权利。"

"教授先生,我并非您所谓的文明人!"艇长激烈地反驳说,"我已经和整个社会断绝了关系,理由是否正确,只有我一个人有权做出判断。因此,我不再服从那个社会的法则,我还要奉劝您,永远不要再在我面前提起那些法则!"

话说得清清楚楚。愤怒的目光在他眼里一闪而过,我隐隐约约地感觉到,这个人有过很可怕的经历。他不仅置身于人类的法律之外,还把自己变得绝对地独立和自由,受不到任何伤害!既然他在海面上就使针对他的种种企图都落了空,谁还敢在海底追逐他?什么样的船能抵得住他这艘潜艇的攻击?什么样的铁甲,不管有多厚,能够经受得住他这艘潜艇冲角的冲撞?世上没有任何人能够要求他对自己的行为做出解释。如果他相信上帝,如果他有良心,那么,能够对他做出评判的就只有他所依赖的上帝和良心。

这些想法从我头脑中一闪而过。这个时候,那怪人没有说话,好像在全神贯注地思考什么。我打量着他,心情复杂,既恐惧,又好奇,可能像俄狄浦斯打量斯芬克斯①的时候一样。

经过一段长长的沉默之后,艇长又说起话来:

"因此我犹豫。"他说,"不过,我也想过,我的利益也许能够和每个人都应该得到的恻隐之心一致起来。既然命运把你们带到我的艇上,你们就可以待在这里。你们在艇上是自由的,为了换取这种相当有限的自由,我要您遵守的条件只有一个。只要您说句话,说您答应这个条件,于我也就够了。"

"先生,请讲。"我答道,"我想,那应该是一个正直的人能够接受的条件吧?"

"是的,先生。条件是:在出现一些预料不到的情况时,我要把你们关在自己的舱室里几个小时,或者几天,这要视情况而定。因为我想永远不诉诸暴力,所以我希望,在这种情况下,各位要比在任何其他情况下都

---

① 在希腊神话中,俄狄浦斯王破解了狮身人面兽斯芬克斯的谜语。

显得更加服从。能够这样做,就一切都由我负责,与你们没有任何关系,因为,我不能让你们看到不该看的东西。这个条件,您接受吗?"

这就是说,艇上至少有些怪事,是尚未置身于社会法律之外的人不应该看到的!和后来令我感到吃惊的种种事件相比,我此刻感到的惊诧应该不是最小的。

"我们接受。"我答道,"只是,先生,请允许我提一个问题,就一个。"

"您提吧,先生。"

"您说过,我们在您的艇上是自由的,对吗?"

"完全自由。"

"那我就要问了,您所说的自由是什么?"

"就是走来走去的自由,看的自由,甚至是观察这里所发生的一切的自由——某些特殊情况除外——总之,就是我的同伴和我所享有的自由。"

很明显,我们说的不是一回事。

"对不起,先生。"我接着说道,"但是,这样的自由,只不过是囚徒在监狱中跑来跑去的自由而已!光有这种自由,对我们来说是不够的。"

"可是,你们必须觉得够才成!"

"什么!我们必须永远放弃重见我们的祖国、朋友和亲人的希望!"

"是的,先生。不过,人把陆地上难以承受的沉重枷锁当成自由,放弃这样的枷锁,可能并不像你们想的那么困难!"

"哼,我可永远也不会做出这样的承诺,说我不想逃走!"内德·兰德叫道。

"我没让您做这样的承诺,兰德师傅。"艇长冷冷地说。

"先生,"我说,不由自主地生起气来,"您仗势欺人!这是残忍!"

"不,先生,这是仁慈!你们跟我打过仗,是我的俘虏!在我可以说句话就把你们重新沉入海底的时候,我把你们留了下来!你们进攻过我!你们来到这里,偶然发现了一个世上任何人都不该发现的秘密,即我全部生活的秘密!可你们却以为,我会把你们放回去,放回那个不该再知道我的行踪的陆地!不,绝不!把你们留在这里,我要保护的不是你们,而是我自己!"

艇长的这番话表明,他已经做出一个不可更改的决定,再说什么都没用。

"如此说来,先生,"我说,"您只是让我们在生与死之间做出选择,对吗?"

"一点不错。"

"朋友们,"我说,"这样提出的问题,无法回答。但是,我们也用不着向这艘潜艇的艇长做任何承诺。"

"是的,先生。"艇长答道。

接着,他又以比较温和的口气说道:

"现在,请允许我把要对您说的话说完。阿罗纳克斯先生,我知道您。您和您的同伴不一样,对于把您和我的命运连在一起的这个偶发事件,您也许不会有什么怨言。在于我的研究有用的那些书里,您会找到您那本关于海洋奥秘的著作。这本书我经常读。在陆地科学所允许的范围内,您在这本书里发挥得淋漓尽致。可是,您并非什么都知道,并非什么都见过。因此,请允许我对您说,教授先生,在我艇上度过的时间,是不会让您感到遗憾的。您将到一些奇妙的地方去漫游。惊奇和惊愕,可能会成为您经常有的精神状态。对那些令人目不暇接的景色,您会百看不厌。我在海底周游过多次,进行过力所能及的研究,在一次新的环游海底世界的旅行中——说不定是最后一次呢,我将再次看到那一切,而您将成为我研究工作中的伙伴。从今天起,您将进入一个全新的境界,您将会看到任何人——我和我的手下不算在内——都没有看到过的东西,因为有了我,我们这个地球将把自己最后的秘密奉献给您。"

这一点我无法否认,艇长的话对我起了很大作用。我的弱点被抓住,刹那间竟然忘记,为了观赏这些奇妙的东西而失去自由是不值得的。不过,这个严重问题我打算将来再解决。于是,我仅仅回答了一句:

"先生,虽然您和人类断绝了关系,但我还是愿意相信,您并没有完全抛弃人类的情感。我们是海上遇难者,被您的潜艇仁慈地收容,这一点我们将终生不忘。至于我本人,我不否认,如果对科学的兴趣压倒了对自由的需要,我们的相逢给我带来的机遇,将对我做出最好的补偿。"

我寻思,艇长会伸出手来,表示协议已经达成。但他没做任何表示。我为他感到遗憾。

"最后一个问题。"就在那个难以理解的人好像要抽身离去的时候,我说道。

"请讲,教授先生。"

"我该怎么称呼您呢?"

"先生,对您来说,我只是内莫①艇长,"艇长答道,"而对我来说,您和您的同伴只不过是'鹦鹉螺'上的乘客。"

内莫艇长招呼了一声,一位侍者应声而至。艇长用我不懂的语言对他说了几句话。然后,他转向那加拿大人和孔塞伊,对他们说:

"饭已经准备好,在你们的舱室里,请跟着这个人走。"

"我乐于接受!"捕鲸手答道。

孔塞伊和他终于从这间牢房走了出去,他们被关在这里已经三十个小时。

"现在,阿罗纳克斯先生,我们的午饭也准备好了。请允许我前行。"

"听您吩咐,艇长。"

我跟在内莫艇长后面,一出舱门就走上一条走廊似的过道,灯火通明,和一般船上的纵向通道一样。走了十来米,第二道门在我面前打开。

于是我走进餐厅。餐厅的装潢与布置高雅、朴素。两端立着高大的栎木餐具柜,镶嵌着乌木装饰;餐具柜的格子里,呈波浪形摆着的餐具闪闪发光,都是些极珍贵的陶器、瓷器和玻璃器皿。明亮的天花板上有一些精致的画,将撒下来的光筛滤,使光变得柔和;浅底餐具在天花板撒下来的光中闪亮。

餐厅中间是一张桌子,摆着丰盛的食物。内莫艇长指给我该坐的位子。

"请坐,"他对我说,"大概饿坏了吧?请多吃点。"

午餐有好几道菜,都是些只有海里才有的东西,还有一些菜我不知道是什么,也不知道是什么地方出产的。我得承认,好吃,但有一股特别的

---

① 内莫(Nemo),拉丁文,意思是"不存在的人"。

味道,我很快也就习惯了。我觉得那几样吃的东西含有丰富的磷,所以我想应该也是海里产的。

内莫艇长看着我。我什么也没问,但他猜得出我在想什么,主动回答了我急于想向他提出的一些问题。

"大部分菜您都不认识,"他对我说,"不过,您可以放心享用。这些菜都很卫生,有营养。我已经有很长时间不吃陆地上的东西了,而我的身体没有因此而变坏。我艇上的人各个身强力壮,他们吃的跟我一样。"

"如此说来,这些吃的东西都是海里产的?"我问。

"是的,教授先生,大海满足我的一切需要。我有时把网拖在艇后,到快要撑破的时候才拉上来;有的时候,我会到大海中间那些看起来人无法接近的地方去打猎,穷追不舍地去追赶那些生活在我海底森林里的野兽。我的畜群和海神波塞冬的畜群一样,也都无忧无虑地在大洋里的广阔草地上吃着草。那里是我的一大块产业,我亲自开发经营,造物主的手总是在那里播种万物。"

我惊异地看着内莫艇长,对他说:

"先生,您的网为您的餐桌提供美味的鱼,这我明白;我不太明白的是,您如何在海底森林里追捕水生野兽;我完全不明白的是,您的菜里怎么会有肉,尽管块儿不大。"

"因为大海为我提供一切,先生,"内莫艇长回答,"所以我从来不用陆地动物的肉。"

"那这是什么?"我问,一边用手指着一个盘子,里面还剩有几条里脊肉。

"您以为是肉的东西,教授先生,其实只是海龟脊。这儿还有海豚肝,您可能把它当成猪肉了。我的厨师心灵手巧,善于保存各式各样的海产。这些菜您都尝尝。这是保存下来的鲜海参,马莱人也会说找不到第二份;这儿是奶油,奶是从雌性鲸类动物身上搞到的,糖是从北海的大墨角藻里提取出来的;最后,请允许我再给您布点海葵酱,这种海葵酱可以和最可口的果酱媲美。"

我一样一样地品尝着,不是因为馋,而是因为好奇,内莫艇长则在一旁给我讲他那些令人难以置信的故事。

"不过,阿罗纳克斯先生,这大海,这神奇的永不枯竭的大海,"他对我说,"不仅给我提供吃的,而且还提供穿的。您身上穿的这件衣服,那料子就是用某种贝壳类动物的足丝织成的;颜色是用老荔枝螺红染的,再用我从地中海海兔身上提取的紫色点缀了一下。您舱室里卫生间的香水,是从海洋植物里提炼出来的一种产品。您的床是用海洋里最柔和的大叶藻铺成的。您的笔是鲸须,墨水是乌贼或枪乌贼分泌的汁液。现在,我的一切都来自大海,有朝一日我将悉数归还!"

"您爱大海,艇长。"

"是的,我爱大海!大海就是一切!它覆盖着地球的十分之七。大海呼出的气清洁、健康。大海广阔无垠,人在这里不会孤独,因为他感觉得到周围涌动着生命。大海只是一种超自然而又神奇的生命载体,它只是运动,是爱,像你们的一位诗人说的,是无垠的生命。实际上,教授先生,大自然的三界都展现在这里:矿物界、植物界和动物界。动物界在这里更是具有广泛的代表性,有四个植虫群,有三个纲的节肢动物,有五个纲的软体动物,有三个纲的脊椎动物,即哺乳动物、爬行动物和成群的鱼;鱼是动物中种类最多的,总数为一万三千多种,这一万三千多种鱼里,在淡水中出现的只有十分之一。大海是大自然的一座宝库。可以说,地球上先有的是大海,地球自大海始,谁又敢说它不会最终归于海洋呢!海上极度太平。海洋不属于暴君。在海面上,暴君们还能行使极不公平的权利,他们可以在那里战斗,在那里厮杀,把陆地上的种种恐怖都带到海面上来。但是,在海面以下三十英尺的地方,他们的权力就不起作用了,他们的影响就消失了,他们的势力消失得踪影皆无!啊!先生,在大海里生活吧!留在海上!人只有在这里才是独立的!在这里,我不承认有什么主人!在这里,我是自由的!"

在迸发的激情之中,内莫艇长突然不说话了。是他一时忘乎所以,丢掉了习惯性的矜持?是他说得太多了?在一段时间里,他就那样走来走去,样子显得很激动。过了一阵,他冷静下来,脸上又是一副冷冷的神色,像往常一样,他转向我:

"现在，教授先生，"他对我说，"如果您想参观'鹦鹉螺'号，我奉陪。"

## 十一 "鹦鹉螺"号

内莫艇长站起来。我也跟着站起来。开在餐厅后面的一道双扇门打开，我走进一间和餐厅大小相等的房间。

这是一间图书室。高高的书架，是黑色檀木的，镶嵌着铜件，书架子宽宽的格子里摆着很多书，都是用同一种格式装订的。书架沿墙而立，底下是一圈沙发。沙发是栗色皮面的，坐上去非常舒服。几个轻巧的活动小桌，有的连在一起，有的单独摆放，是供阅读时使用的。中间有一张大桌子，上面摆着一些小册子，还有几张旧报纸。电光把整个屋子照得通明，光线柔和，一切都显得那么和谐。光是从四个半球形的灯里射出来的，半球形的灯就安装在天花板上的涡形装饰里。图书室布置得独具匠心，我带着发自内心的赞赏，打量着，简直不敢相信自己的眼睛。

"内莫艇长，"我对我的居停主人说，他刚刚靠在沙发上，"这间图书室就是放在各大洲的许多宫廷里，也能为那些宫廷增辉。想到有这样的图书室在海底陪着您，实在让我感到惊讶。"

"您在什么地方能找到这样的清静和安宁，教授先生？"内莫艇长问我，"您在自然博物馆的工作室，能让您得到这么彻底的休息吗？"

"不能，先生，而且，比起您的这间图书室来，我的工作室就显得太寒酸了。您这里有六七千本书……"

"一万二千册，阿罗纳克斯先生。这些书是我和陆地的惟一联系。从我的'鹦鹉螺'号潜入水下的那一天起，对我来说，那个世界就不存在了。那一天，我买了最后一批书，最后一批小册子，最后一批报纸，从那以后，我就认为人类不再思索，也不再写作。另外，教授先生，这些书籍都归您使用，您可以愿意怎么用就怎么用。"

我对内莫艇长表示了感谢，朝着书架走过去。用各种文字写成的科学著作、伦理学著作和文学著作，应有尽有；但我没看见一本政治经济学著作，好像这类著作都被从艇上严格地清理出去了。有个奇怪的细节，就是所有的书,不管是用什么文字写的,都不是分门别类地放的;这样乱放,说明"鹦鹉螺"号的艇长可能随便抽出一本书来就能流利地阅读。

在这些书中,我发现了古代和现代一些大师的杰作,就是说,人类在历史、诗歌、小说和科学方面创作出来的最优美的作品,从荷马到维克多·雨果,从色诺芬尼①到米什莱②,从拉伯雷到乔治桑夫人,应有尽有。不过,这间图书室里最多的还是科学著作,有机械学的,弹道学的,水道测量学的,气象学的,地理学的,地质学的,等等;这类著作所占据的位置,不亚于博物学著作。我明白了,艇长做学问靠的主要是这些书。我在书架上看到洪堡③全集,阿拉戈全集,傅科④、亨利·圣克莱尔·德维尔、沙勒⑤、米尔恩-爱德华兹⑥、卡特勒法热⑦、廷德尔⑧、法拉第、贝特洛⑨、本堂神甫塞奇⑩、贝特曼⑪、船长莫里⑫、阿加西⑬等人的著作,还有科学院的论文集,几家地理学会的刊物,等等,都摆得整整齐齐。我的著作也摆在显著位置;我想,这两卷书可能也抵得上内莫艇长对我还算殷勤的接待了。在约瑟夫·贝特朗⑭的著作中,那本《天文学的奠基者们》甚至向我提供了一个确切的日期:我知道那本书是一八六五年出版的,因此可以推断,"鹦鹉螺"的下水日期不可能早于这一年。这样说来,内莫艇长在海底生活的时间,充其量也就只有三年。另外,我还希望发现出版时间更近的作品,能让我把内莫艇长开始海底生活的时间进一步确定下来;不过,

---

① 色诺芬尼,公元前6世纪古希腊诗人、哲学家。
② 米什莱(1798—1874),法国著名历史学家。
③ 洪堡(1769—1859),德国自然科学家。
④ 傅科(1819—1868),法国物理学家。
⑤ 沙勒(1793—1880),法国数学家。
⑥ 米尔恩-爱德华兹(1800—1885),比利时生理学家。
⑦ 卡特勒法热(1810—1892),法国博物学家。
⑧ 廷德尔(1820—1893),英国物理学家。
⑨ 贝特洛(1827—1907),法国化学家。
⑩ 本堂神甫塞奇(1818—1878),意大利物理学家。
⑪ 贝特曼(1822—1878),德国物理学家。
⑫ 船长莫里(1806—1873),美国水文学家。
⑬ 阿加西(1807—1873),法国地质学家。
⑭ 约瑟夫·贝特朗(1822—1900),法国数学家。

这件事我还有时间来做,而现在我想在"鹦鹉螺"上转一圈,看看上面的奇妙事物,不愿意多耽搁了。

"先生,"我对艇长说,"谢谢您让我使用这间图书室。这里面有许多科学瑰宝,我要好好利用。"

"这间房子不仅是图书室,"内莫艇长说,"也是吸烟室。"

"吸烟室?"我叫了起来,"这么说艇上可以吸烟?"

"当然。"

"这样说起来,先生,我不得不相信您和哈瓦那有过联系。"

"我和哈瓦那没有任何联系。"艇长答道,"您尝尝这支雪茄,阿罗纳克斯先生,虽然这支雪茄不是来自哈瓦那,但如果您识货,肯定会满意。"

我接过递给我的雪茄,那形状让人想起当年专为英国人生产的哈瓦那雪茄,不过看起来像是用金铂卷制的。旁边有个造型很美的金属小火炉,带个青铜支架,我在小火炉上把烟点着,像个两天没捞到烟抽的烟鬼似的,美美地吸了两口。

"太好了,"我说,"不过这可不是用烟草制的。"

"说得对,"艇长答道,"这种'烟'不是来自哈瓦那,也不是来自东方。这是一种海带,含有丰富的尼古丁,是大海赐予我的,但不太容易得到。先生,您还会留恋那种专为英国人生产的雪茄吗?"

"艇长,从今天起,我再也不会拿那种雪茄当回事了。"

"那您就随便抽吧!用不着多想这些雪茄烟是怎么来的。没有任何政府机构对这种烟进行检验,但质量仍然很好,我想是这样。"

"确实很好。"

这时,内莫艇长打开一扇门,这扇门正对着我走进图书室的那道门。我走进一间大客厅,里面灯火辉煌。

这是一间长方形大厅,隅角是斜面的,长十米,宽六米,高五米。亮晶晶的天花板上,装饰着阿拉伯风格的图案,从上面散发出明亮而温柔的光,照耀着这间博物馆里的奇妙物事。这间屋子真像个博物馆,一只聪明而豪爽的手,把所有天然和艺术的宝物都收集到这里来了,以艺术家的风格散乱地摆放着,看上去像个画家的工作室。

有三十多幅出自大师之手的油画，画框都是一样的，用闪闪发光的盾形板间隔着挂在墙上，作为装饰；墙上还有图案严肃的挂毯。我看到一些价值连城的油画，其中大部分我都在欧洲的私人收藏和画展中欣赏过。不同流派的老一代大师们的代表作中，有拉菲尔①的圣母像，莱奥纳多·达·芬奇的圣母像，科雷热②画的仙女，提香③画的女人，韦罗内兹④以爱为主题的画，米里洛⑤的圣母升天图，奥尔班⑥画的肖像，韦拉斯盖⑦画的修士，里贝拉⑧画的殉道者，鲁本斯⑨画的主保瞻礼节，特尼耶⑩画的两幅佛来米风光，另外三幅较小的风景画，是热拉尔·杜⑪、梅特叙⑫和保罗·波泰⑬的作品，还有两张油画，是热里科⑭和普吕东⑮画的，此外还有巴克于森和韦尔内⑯画的几幅海洋风景画。现代画中，有德拉克鲁瓦⑰、安格尔⑱、德康⑲、特鲁瓦永⑳、梅索尼耶㉑和多比尼㉒等画家的作品。屋子角落里还摆着几尊带底座的雕像，都是仿古作品，比原作小，用大理石

---

① 拉菲尔(1483—1520)，意大利文艺复兴时期的画家。
② 科雷热(1494—1534)，意大利画家。
③ 提香(1477—1576)，意大利画家。
④ 韦罗内兹(1528—1588)，意大利画家。
⑤ 米里洛(1617—1682)，西班牙画家。
⑥ 奥尔班(1490—1543)，英国画家。
⑦ 韦拉斯盖(1599—1660)，西班牙画家。
⑧ 里贝拉(1588—1656)，西班牙画家。
⑨ 鲁本斯(1577—1640)，佛来米画家。
⑩ 特尼耶(1582—1649)，佛来米画家。
⑪ 热拉尔·杜(1613—1675)，荷兰画家。
⑫ 梅特叙(1630—1667)，荷兰画家。
⑬ 保罗·波泰(1625—1654)，荷兰画家。
⑭ 热里科(1791—1824)，法国画家。
⑮ 普吕东(1758—1823)，法国画家。
⑯ 韦尔内(1789—1863)，法国画家。
⑰ 德拉克鲁瓦(1799—1863)，法国画家。
⑱ 安格尔(1780—1867)，法国画家。
⑲ 德康(1803—1860)，法国画家。
⑳ 特鲁瓦永(1813—1865)，法国风景画家。
㉑ 梅索尼耶(1815—1891)，法国画家。
㉒ 多比尼(1817—1878)，法国画家。

或青铜雕成,很有品位。"鹦鹉螺"号的艇长事先告诉过我,我会被所看见的东西惊得目瞪口呆,而我此刻的精神状态正是如此。

"教授先生,"那怪人这时开了口,"请原谅我不拘礼节的接待,也请原谅这个厅里的混乱不堪。"

"先生,"我回答道,"我不想知道您是谁,但是,您允许我把您看作一个艺术家吗?"

"充其量我也只能算是个业余爱好者,先生。过去我喜欢收集这些由人的手创造出来的杰作。那时我很贪婪,不知疲倦地到处寻找,搜集,结果就聚积了几件价值很高的东西。对我来说,陆地已经死亡,这些就是陆地留给我的最后一批纪念品。在我眼里,你们那些现代艺术家也和古代艺术家一样,都是两三千年以前的人了,我已经把他们混为一谈。大师们是没有年龄的。"

"那么这些音乐家呢?"我指着那些音乐作品问。一架大型管风琴——占了大厅的一面墙——上散乱地摆着一些音乐作品,有韦柏①的,有罗西尼②的,有莫扎特的,有贝多芬的,有海顿的,有梅耶贝尔③的,有埃罗尔德④的,有瓦格纳的,有奥柏⑤的,有古诺⑥的,还有许多别的音乐家的。

"这些音乐家嘛,"内莫艇长说,"对我来说,他们都是俄耳甫斯⑦同时代的人,因为,时代的差别在死人的记忆里已经消失——教授先生,我是个已死之人,和您那些在地下长眠的朋友们一样!"

内莫艇长不再说话,似乎陷入幻梦之中。我动情地看着他,静静地分析着他脸上那种奇怪的表情。他的臂肘倚在镶嵌着珍贵艺术品的桌子角上,不再看我,好像忘记我在这里了。

---

① 韦柏(1786—1826),德国作曲家。
② 罗西尼(1792—1868),意大利作曲家。
③ 梅耶贝尔(1791—1864),德国作曲家。
④ 埃罗尔德(1791—1833),法国作曲家。
⑤ 奥柏(1782—1871),法国作曲家。
⑥ 古诺(1818—1893),法国作曲家。
⑦ 俄耳甫斯,希腊神话中人物,善弹竖琴,其琴声能使猛兽俯首、顽石点头。

我不想打断他的沉思,就继续观赏这满屋子的收藏品。

除艺术作品外,天然的稀世珍品也占着很大一片地方。主要是植物、贝壳和其他海洋生物,大概都是内莫艇长自己采集的。大厅中央有个小喷水池,被电光照得通明,喷出的水落回到一个仅用一只软体动物砗磲①做成的承水盘里。这是最大的无头软体动物的贝壳,边缘经过精细加工,周长大约有六米多;在大小上,这只贝壳超过了威尼斯共和国送给法国国王弗朗索瓦一世的那些美丽的砗磲壳,巴黎的圣绪尔比斯教堂用那些贝壳做了两个很大的圣水盆。

承水盘周围,在以高超手法用铜架子固定住的玻璃橱下,分门别类地摆着一些任何一个博物学家都不曾见过的海中珍品,上面都贴着标签。作为一名博物学教授,我感到的喜悦是可想而知的。

植形动物门的两种奇特标本,分属珊瑚虫和棘皮动物两个群。在珊瑚虫群的标本里,有笙珊瑚,呈扇状的柳珊瑚,叙利亚软海绵,摩鹿加群岛的海木贼,刺胞亚门腔肠动物,挪威海里的那种好看的逗点珊瑚,各种各样呈伞状的植虫,海鸡冠珊瑚,还有一系列的石珊瑚,我的恩师米尔恩—爱德华对这些珊瑚都非常精细地分过类。我在这里看到了那些可爱的扇状珊瑚,波旁岛的眼状珊瑚,安的列斯群岛的"海神战车",各种高等珊瑚虫,还有各种奇特的珊瑚骨;这种珊瑚骨聚集起来就形成了整个的岛屿,而那些岛屿有朝一日将会变成陆地。在外表多刺的棘皮动物群标本里,有海盘车、海星、转星球、流盘星、海胆、海参,等等,完整地代表了这一个群的个体。

更多的玻璃橱里陈列的是软体动物标本。一个多少有点神经质的贝类学学者,站在软体动物门的标本前面,肯定会吃惊得说不出话来。我看到的是一项价值高得难以估计的收藏,来不及一一描述,只能大致记下一些,以免遗忘:有印度洋优雅的T型双壳贝,红棕色的壳上有规律地排着一些白点,十分抢眼;有颜色鲜艳的上等海菊蛤,浑身是刺,在欧洲的博物

---

① 砗磲,生活在热带海底的一种软体动物,介壳略呈三角形,大的长达一米左右,肉可以吃。

馆里难得一见,我估计值两万法郎;有新荷兰海里的双壳类软体动物,是一种很难搞到的标本;有塞内加尔那种富于异国情调的唇贝,双瓣的白色贝壳很容易碎裂,好像一口气就能把它像肥皂泡一样吹破;有爪哇的几种喷水壶状贝类,长着钙质的管子,边上带有叶状的褶子,这种东西在收藏家中间十分抢手;还有一系列的马蹄螺,有的呈蓝绿色,是从美洲海捞上来的,有的呈红棕色,是新荷兰海里的,新荷兰海里的马蹄螺生活在墨西哥湾,引人注目的是螺壳的鳞状构造,美洲海的马蹄螺呈星形,生活在南部海洋里,最为稀有的是新西兰那种华丽的马刺状贝。此外,还有好看的硫磺质的樱蛤,稀有的帘蛤和维纳斯贝,德伦格巴尔海岸的格子花盘贝,一身珠光宝气、带有大理石花纹的蝶螺,中国海里的绿色鹦鹉螺,锥形贝中几乎不为人知的芋螺,在印度和非洲当货币使用的各种"宝贝"螺,有"大海的荣耀"之称的东印度最珍贵的贝类。最后还有滨螺、燕子螺、金字塔螺、海蛤、卵形贝、螺旋贝、斧蛤、笔螺、铁盔螺、荔枝螺、蛾螺、竖琴螺、骨螺、法螺、蟹守螺、长辛螺、风螺、双翼贝、帽贝、水晶贝、棱形贝,都是些轻巧易碎的贝壳类动物,分类学给了它们非常迷人的名字。

此外,在一些单独隔起来的阁子里,摊放着一串串非常美丽的珍珠,用聚光灯照着。红色的珍珠是从红海里的江珧身上得来的,绿色的珍珠是从鲍鱼身上得来的,黄色的、蓝色的、黑色的珍珠等奇妙海产,都来自各大洋里的软体动物,来自北方某些河流中的贝类。还有几个标本,价值连城,是用最稀有的珠母精制而成的。这些珍珠里,有几颗比鸽子蛋还大;旅行家塔韦尼耶①曾以三百万的价格把一颗珍珠卖给波斯国王,这里陈列的那几颗大珍珠,能够赶上并超过这个价格,而且还胜得过马斯加特②的伊玛目③的那颗大珍珠,我曾经以为马斯加特的伊玛目那颗珍珠是举世无双的。

因此,可以说,这项收藏的价值是难以估计的。为了获得这些标本,内莫艇长大概花了几百万。我正在琢磨他怎么会有这么多钱来满足这种

---

① 塔韦尼耶,17世纪的法国旅行家。
② 马斯加特,阿曼首都。
③ 伊玛目,伊斯兰国家元首。

收藏家的狂热时,他的话把我的思路打断了:

"教授先生,您正在研究我收藏的贝类标本。这些贝类标本确实能使一位博物学家大感兴趣。但是,对我来说,这些东西别有一番迷人之处,因为那都是我亲手收集的;地球上没有任何一处海洋我没搜寻过。"

"我明白,艇长,我明白,在这样丰富的收藏中间徜徉,有一种什么样的乐趣。您是那种自己动手为自己搜集宝物的人。欧洲的任何一间博物馆也没有这样丰富的海产收藏。可是,这项收藏已经使我叹为观止,对这艘载着这些收藏品的潜艇,我又当如何去赞扬啊!我不想窥探您的秘密,不过,我也得承认,这艘'鹦鹉螺'号潜艇,它本身拥有的原动力,用来操纵它的那些机械,让它转动起来的那种巨大力量,等等,都引起了我极大的好奇心。墙上挂着的这些仪器,我也不晓得是干什么用的。这些,能让我了解一下吗?……"

"阿罗纳克斯先生,"内莫艇长答道,"我跟您说过,您在我的艇上是自由的,因此,'鹦鹉螺'号上的任何地方对您都不是禁区。您可以仔细参观这艘潜艇,我乐意为您当向导。"

"我真不知道如何谢您才好了,先生,但我不会滥用您的好意的。我只想问问您,这些机械仪表是作什么用的……"

"教授先生,跟这些仪表一样的仪表,我屋里也有,到那里我再给您解说它们的用途。您还是先去看看给您准备的舱室吧!您得先弄明白如何在'鹦鹉螺'号上安置下来。"

我跟在内莫艇长后面,他通过开在客厅隅角上的一道门,又把我领回艇上的纵向通道。他带着我往前走,走到一间屋子里;我觉得那不是一间舱室,而是一间雅致的房间,有床,有洗漱用具,还有各种家具。

对我的居停主人,我只有表示感谢。

"您的房子和我的相连,"他对我说,"打开一扇门,从我的房间就到了我们刚才离开的那间客厅。"

我走进艇长的房间。房间看起来很朴素,几乎像个修士住的。一张小铁床,一张办公桌,几件洗漱用具。屋里光线半明半暗。没有任何讲究舒适的东西。仅有的东西都是必不可少的。

内莫艇长指给我一个座位。

"请坐。"他对我说。

我坐下来,他开始说话。

## 十二 一切都用电

"先生,"内莫艇长说,指着他房间墙上挂着的那些仪表,"这些都是'鹦鹉螺'号航行时所必需的仪器。这里的仪器和客厅里的一样,我必须时刻都能看到,以便了解我在大洋里的确切位置和方向。有的您认识,像指示'鹦鹉螺'号内部温度的温度计,衡量空气重量和预报天气变化的气压计,指示大气干湿度的湿度计,风暴预测计——那个玻璃瓶子里面的混合物一分解,就预示着暴风雨的来临——确定航向的罗盘,通过测量太阳高度使我知道纬度的六分仪,测量经度的经线仪,还有白天和黑夜用的望远镜,'鹦鹉螺'号浮到水面上以后,我要用这些望远镜搜索洋面。"

"这都是些航海人常用的仪器,"我说,"我也知道如何使用。但这里有些是我没见过的,大概是为了满足'鹦鹉螺'号的特殊需要吧?我看到这里有一个表盘,上面有个活动的指针,这是压力计吧?"

"这确实是个压力计。它和水连着,指示着外面水的压力,同时告诉我,我的潜艇所处的深度。"

"这个呢,这是新型探测器?"

"这个是温度探测器,能够测定不同水层的温度。"

"那些呢?我猜不出那些仪器是干什么用的。"

"教授先生,我现在就来给您做些解释。"内莫艇长说,"请您听好。"

他停了一下,接着说道:

"在我的艇上有一种东西,有力,驯服,快捷,方便,干什么都行,是艇上的主宰。干什么都靠它,它为我照明,为我供暖,还是我这里一切机械的灵魂。这个东西,就是电。"

"电!"我惊叫了一声。

"是的,先生。"

"可是,艇长,您的行进速度极快,和电能是不相符的呀!至今为止,电的动能是很有限的,只能产生很小的力量呀!"

"教授先生,"内莫艇长说,"我的电不是一般的电,我能跟您说的也只有这些了。"

"我不想多问什么,先生,只是对这样的结果感到吃惊而已。不过,我还是有一个问题要问,只有一个,如果问得鲁莽,您可以不回答。为了产生这么神奇的动力,您所使用的元素应该消耗得很快,比如锌,既然您和陆地没有了任何来往,您用什么来代替呢?"

"这个问题我可以回答,"内莫艇长答道,"首先,我要对您说,海底有锌矿、铁矿、银矿、金矿,开采是完全可能的。但是,我没有向这些地下的金属索取什么,宁愿向大海要发电的办法。"

"向大海要?"

"是的,教授先生,这样的办法有很多。譬如,我可以把放在不同深度的海水中的金属线连接成电路,靠金属线因感受到不同的温度而产生电,但我愿意采取一套更为实用的办法。"

"什么办法啊?"

"您清楚海水的成分吧。从一公斤海水里可以提取96.5%的水,大约2.66%多一点的氯化钠;此外是少量的氯化镁和氯化钾,少量的溴化钠、硫酸钠、硫酸盐和碳酸盐。这样您就明白了,在这些化学元素中,氯化钠占有较大比重。而我从海水里提取的正是这种氯化钠,用它来做我使用的元素。"

"那元素是钠吗?"

"是的,先生。和汞混到一起,就构成了一种汞合金,能够替代本生灯①电池里的锌。汞是永远用不完的,消耗掉的只是钠,而大海可以为我提供这种东西。我顺便还可以告诉您,钠电池应该被看做电力最强的电池,它的电动能是锌电池的两倍。"

---

① 本生灯,用煤气做燃料的一种产生高温的装置,是德国物理学家、化学家本生(1811—1899)发明的。

"我完全明白了,艇长,在您所处的境况里,钠是好东西,从大海里可以提取。很好。可是,钠得制造,一句话,钠得提取啊!您是怎么提取的?显然,您的电池在提取钠的时候能够派上用场,但是,如果我没搞错的话,那些电设备所消耗的钠,超过了所提取的钠。于是就出现了这样的情况,为了提取钠而消耗的钠,多于提取到的钠!"

"教授先生,所以我才不用电池去提取钠,而是用地下的煤里的热能去提取。"

"地下的?"我抓住了这一点问。

"如果您愿意,我们就说是海里的。"内莫艇长答道。

"这样说来,您能开采海底煤矿?"

"阿罗纳克斯先生,您将会看到我采煤的情况。我只想请您有点耐心,因为您有时间耐下心来。您只要记住这一点就行:我的一切都拜大洋之所赐;大洋发电,电给了'鹦鹉螺'号热量、光明和动力,一句话,电给了'鹦鹉螺'号生命。"

"但没有给你们呼吸的空气,是吧?"

"啊!我能够制造我要消耗的空气,但是用不着,因为我高兴的时候就可以浮出水面。不过,电虽然不给我提供呼吸的空气,但它至少还能够启动力量很强的泵,把空气储存在一些特制的储气舱里,使我能够在需要的时候延长在深水里待的时间,想待多长时间就待多长时间。"

"艇长,除了赞赏,我无话可说。"我说,"很明显,您已经找到电的真正动能,有朝一日,人类可能也会找到的。"

"我不知道别人会不会找到,"内莫艇长冷冷地说,"不管怎么说,您已经认识到,我第一个开发利用了这种珍贵的能量。电给了我们均匀的、持续不断的光,这是阳光做不到的。现在,请您看看这座钟,它是电动的,走得很准,可以和最好的精密计时器媲美。我把它分成二十四小时,像意大利的钟一样,因为,对我来说,不存在白昼与黑夜,不存在阳光和月光,只有这种被我带到海底的人造光!您看,现在是早晨十点。"

"完全正确。"

"电还有其他用途。挂在您面前的这块仪表,标明的是'鹦鹉螺'号的航速。一根电线把它和航速计连在一起,它的指针向我指明这艘潜艇行进的真实速度。您看,我们现在正以中速行驶,每小时十五海里。"

"这太神奇了,"我说,"我明白了,艇长,您用这种动力代替风、水和蒸汽,实在是太妙了!"

"我们还没看完呢,阿罗纳克斯先生,"内莫艇长说着站起来,"如果您愿意,请跟我来,我们再到'鹦鹉螺'号的后部去看看。"

确实,这艘潜水艇前边这部分我已经了解,从中间到艇艄,确切地分为:五米长的餐厅,被一堵密封即不透水的墙与图书室隔开;五米长的图书室;十米长的大客厅,被第二堵密封的隔板墙与艇长的房间隔开;五米长的艇长房间;我那间二点五米长的房间;最后是一间七点五米长的储气舱,一直延伸到艇艄。总长三十五米。密封防水隔板墙上有门,用橡胶条封着。艇身万一出现个窟窿,防水隔板墙能够保证"鹦鹉螺"号安然无恙。

我跟随着内莫艇长,穿过艇翼的纵向通道,来到潜艇的中间部分。那里,有个井似的东西,展现在两道防水隔板墙中间。墙上挂着一架铁梯子,直通井口。我问艇长,梯子是干什么用的。

"沿着梯子可以上小艇。"他答道。

"什么!您还有一条小艇?"我接着问道,感到很惊奇。

"当然。那是一条很棒的小艇,轻快,而且不会沉,是兜风和钓鱼用的。"

"这么说,您想用小艇的时候,就不得不回到海面上去?"

"根本用不着。那条小艇就附着在'鹦鹉螺'号艇体上,占据一个专门为它设置的洞。小艇整个装了甲板,绝对防水,用结实的螺钉固定在那里。这架梯子通向'鹦鹉螺'号艇体上开的一个出入口,出入口和小艇一侧上开的大小相同的出入口相通。我就是通过这两个出入口登上小艇的。有人把'鹦鹉螺'号上的出入口替我关上,小艇的出入口我自己关,使用的工具是气压螺丝刀;我把螺钉松开,小艇就飞快地升到海面。这时,我打开直到此刻仍然密闭着的甲板舱盖,安上桅杆,升起船帆,或是操起船桨,接着就开始兜风。"

照得如同白昼的机舱。

"可是,您怎么回到潜艇上来呢?"

"不是我回来,阿罗纳克斯先生,是'鹦鹉螺'号回到我身边。"

"根据您的命令?"

"根据我的命令。有一根电线使我和'鹦鹉螺'号保持联系。我只要发一通电报就行。"

"倒也是,"我说,这件神奇的事令我陶醉,"这是再简单不过的!"

走过通往平台的梯井以后,我看到一间两米长的舱室,孔塞伊和内德·兰德正在里边大快朵颐,对饭菜很是满意。接着,一扇通往厨房的门被打开。厨房长三米,位于两个大饮料食品储藏室之间。

在这里,烧菜做饭都用电,电比煤气火力大,好调节。引到灶下的电线把热传递给铂绒。这种热散发得均匀,能保持不变。蒸馏器也用电,蒸馏出来的是上好的饮用水。厨房旁边,是一间很大的浴室,布置得很舒适,浴室里的水管子冷热水都有,愿意用哪种用哪种。

厨房过去是五米长的船员舱房。但门关着,我无法看到里面的情况,否则,我也许能够确定操纵"鹦鹉螺"号所需要的船员人数。

在最靠里的地方,是把船员舱房和机舱隔开的第四道防水墙。门开了,我来到内莫艇长安置他的动力机械的房间。毫无疑问,内莫艇长是个一流工程师。

这间被照得如同白昼的机舱,长不少于二十米。房间很自然地被分成两部分;第一部分是发电设备,第二部分是把动力传输到螺旋桨的机械设备。

一进去我就闻到了一种"特殊"气味,满屋子都是,这让我感到吃惊。内莫艇长发现了我的反应。

"这是因为,"他对我说,"由于使用钠,逸出一些气体;不过问题不大,只是小有不适。况且,我们每天早晨都要用强风给整个潜艇换空气。"

然而,我还是带着很容易想象出来的兴趣,研究起"鹦鹉螺"号的机器来。

"您看到了,"内莫艇长对我说,"我使用的是本生发电装置,而不是鲁姆科尔夫①发电装置。鲁姆科尔夫发电装置功率可能不够大。本生发电装置简单，但是功率强大，经过试验，证明本生发电装置更有价值。发出的电送到后面，通过大块的电磁铁作用于一个由杠杆和齿轮组成的特殊传动装置，再由这个装置把运动传给螺旋桨的轴。螺旋桨的直径是六米，平均桨距为七点五米，每秒钟的转速可达一百二十转。"

"那，艇速呢？"

"每小时五十海里。"

这中间有个秘密，但我没有坚持去探询。电怎么能够有这样大的力量呢？这种几乎是无限的力量是从哪里来的？是来自一种新式线圈产生的高压里？还是来自一个尚不为人知的杠杆体系能够无限增大的传送中？② 这是我所无法理解的。

"内莫艇长，"我说，"我看到了结果，但不想对这样的结果加以解释。我看到过'鹦鹉螺'号在'亚伯拉罕·林肯'号面前是如何运转的，它速度快，现在我明白了快的原因。但是，光快还不够，还得看它往哪里行驶！要能够左右转向，要能升能降！在海底您会受到越来越大的压力，受到的大气压数以百计，您是怎样到达海底的呢？您又是如何上升到水面的呢？另外，您又是如何使自己待在一个您觉得合适的深度的？我问您这些问题是不是有点唐突？"

"丝毫也不唐突，教授先生，"艇长稍稍犹豫了一下以后对我说，"因为您可能永远也不会离开这艘潜艇。请到客厅里去，那里才是我们真正的工作室，在那里，关于'鹦鹉螺'号的情况，您能了解到您应该知道的一切！"

## 十三　几组数据

过了一会儿，我们已经嘴里叼着雪茄，坐在客厅的沙发上。艇长把一

---

① 鲁姆科尔夫（1803—1877），德国物理学家。
② 还真有人谈到过这种新发明，新式的杠杆传动产生的力量十分强大。那个发明人难道和内莫艇长见过面？——原注

张图放在我面前,那是"鹦鹉螺"号的平面图、剖面图和立视图。接着他就描述起来:

"阿罗纳克斯先生,这里是您乘的这艘潜艇的尺寸。这是个很长的圆柱体,末端呈锥形。它的形状很像一支雪茄。这种形状已经在伦敦造的几条同类船舶上被采用过。这个圆柱体的长度,从这一端到那一端,刚好是七十米,而它的宽度,最宽的地方是八米。所以,它不完全像你们的快艇那样,是按照一比十的比例建造的;但它的长度已经足够,整体轮廓呈流线型,航行时排水方便,水不会阻碍潜艇进行。

"这两个尺寸能使您通过简单计算得知'鹦鹉螺'号的面积和体积。它的面积是一千零一十一点四五平方米;体积是一千五百零二立方米,这就等于说,完全潜入海里以后,它的排水量或者说重量,是一千五百立方米或一千五百吨。

"在我为这条准备在海面下航行的潜艇画草图的时候,为了保持平衡,我想让它下潜十分之九,只露出十分之一。结果,潜艇在这种情况下的排水量就只有体积的十分之九,即一千三百五十六点四八立方米,就是说,它的重量只有一千三百五十六吨。于是,在按照上面说的尺寸造这艘潜艇的时候,我就得让它不超过这个重量。

"'鹦鹉螺'号有两层艇壳,一个在里面,一个在外面,用工字钢连接,极大地增加了潜艇的强度。实际上,由于这种蜂窝式设计,潜艇就像一块铁那样有抗力,好像是实心的。艇壳不会分裂,它靠的是自身的附着力,而不是靠拧紧铆钉;由于部件组装得好,潜艇建造得十分和谐均匀,能经得住海上最大的狂风巨浪。

"两层艇壳都是用钢板制造的,钢板密度是水密度的十分之七到五分之四。第一层壳的厚度不低于五厘米,重三百九十四点九六吨。第二层壳,龙骨高五十厘米,宽二十五厘米,自重六十二吨,加上机器、压舱物、各种附属设备、装备、隔板和内部的支撑物,重九百六十一点六二吨,加上三百九十四点九六吨,就达到了总重一千三百五十六点四八吨的要求。这样说清楚吗?"

"清楚。"我回答。

"因此,"艇长接着说,"'鹦鹉螺'号在这种条件下待在海面的时候,它露出的部分是十分之一。可是,如果我安置一些储水舱来补足这个十分之一的重量,即安置一些储上水以后增加一百五十点七二吨重量的储水舱,把这些储水舱灌满水,潜艇的排水量就是一千五百零七吨,潜艇就整个被淹没。我已经这样做了,教授先生。这些储水舱就在'鹦鹉螺'号底层的侧翼。我打开水龙头,储水舱就会灌满水,潜艇就会下沉,沉到和海面同一水平。"

"很好,艇长,可是,说到这里,我们就遇到真正的困难了。您可以和海面在同一个水平上,这个我明白。可是,再往下呢,下潜到水面以下,您的这艘潜艇不就要遇到压力了吗?而且,还会遇到自下而上的浮力。这种浮力大约为每三十英尺一个大气压,也就是说,潜艇的每一平方厘米要经受一千克的压力。"

"完全正确,先生。"

"因此,除非您把'鹦鹉螺'号完全灌满水,我看不出您怎么能把它带到海底。"

"教授先生,"内莫艇长回答,"不要把静态和动态混为一谈,那样的话,我们就会犯严重错误。要沉到海底,费不了多少力气,因为,物体自身有一种'沉到底'的倾向。请您接着听我说。"

"艇长,您讲,我听着。"

"为使潜艇完全下潜,想确定需要增加必要的重量时,我只注意海水的体积随深度而缩小就行了。"

"显然是这样。"我说。

"可是,如果说水不是绝对不可能压缩的,至少也压缩不了多少。实际上,根据最新的计算,在一个大气压下(或者说深度每增加三十英尺),水的压缩是百万分之四百三十六。要是下潜一千米,我考虑,海水体积压缩的情况就像受到一根一千米水柱的压力时一样,就是说,受到的压力是一百个大气压。这个时候,水的体积压缩是万分之四百三十六。因此,我应该增加的重量是使潜艇的总重达到一千五百一十三点七七吨,而不是一千五百零七点二吨。结果,只增加六点五七吨就可以了。"

"这么少?"

"就这么少,阿罗纳克斯先生,这个计算结果很容易验证。于是,我又弄了几个附加的储水舱,能装一百吨水。这样,我能下潜的深度就很可观了。在我想浮到水面并和水面保持同一水平时,只要把附加的储水舱里的水排出去就行,如果我想让'鹦鹉螺'号露出十分之一,就得把所有的储水舱都排净。"

对这些根据数字做出的推理,我没有什么好反驳的。

"我承认您的这些数据,艇长,"我回答,"不承认这些数据会显得我太鲁莽,因为经验每天都在证明着这些数据的正确。但是,我现在面对的是一个真正的难题。"

"什么难题呀,先生?"

"您在一千米以下的时候,'鹦鹉螺'号的板壁承受的压力是一百个大气压。要是在这个时候您想把附加的几个储水舱里的水排净,以减轻潜艇重量,使潜艇浮出水面,您的水泵就必须能够克服这一百个大气压的压力,这个压力是每平方厘米一百千克。因此,这里需要的力量……"

"这个力量,电就能为我提供,"内莫艇长急忙说道,"我跟您再说一遍,先生,我那些机器的动能几乎是无限的。'鹦鹉螺'号上的水泵,力量大得不可思议,您应该已经领教过了,它朝'亚伯拉罕·林肯'号喷出的水柱,不是像洪流一样吗?另外,我只在下潜深度平均为一千五百米到两千米的时候才用那些附加的储水舱,这样做是为了爱惜设备。因此,在我突发奇想,要到海洋深处两三千法里的地方去看看的时候,我就用一种慢的操作方法,慢,但是并非不可靠。"

"什么方法,艇长?"我问。

"说到这儿,我就得跟您说说'鹦鹉螺'号是怎样操作的了。"

"我迫不及待地想知道。"

"为了控制潜艇左右转和掉头,一句话,为了使潜艇沿着水平面行驶,我通常用固定在船艉柱上的宽板舵,用舵轮和滑轮操纵。但我也能让'鹦鹉螺'号从上到下、从下到上地垂直运动,这时要通过固定在吃水线中央、艇身两侧的两个斜面板进行;斜面板是活动的,能够变换位置,而且可以用强有力的杠杆从艇内操纵。这两个斜面板和艇体保持平行的时候,潜艇水平行驶;倾斜的时候,'鹦鹉螺'号即可依其倾斜度和螺旋桨推进的情况,沿着对角线下沉或上浮;对角线的长度由我来控制。甚至还可以这样,如果我想更快地浮出水面,我可以合上螺旋桨的离合器,水的压力就会使'鹦鹉螺'号垂直浮起,就像一个充满了氢气的气球飞快地冲上天空一样。"

"太妙了!艇长,"我大声说道,"可是,舵手怎么能按照您在水里指给他的航向前进呢?"

"舵手待在一个玻璃驾驶舱里,驾驶舱是'鹦鹉螺'号艇体上部一个突出部分,装着透明玻璃。"

"玻璃能够经得住这样大的压力?"

"完全能够经得住。水晶怕撞,撞了很容易碎裂,但却具有十分可观的抗压能力。一八六四年在北海进行过一次在电灯光下捕鱼的试验。在那次试验中,有人用过这种水晶片,厚度只有七毫米,抗压住十三个大气压的压力;热光非常强,使水晶片上不均匀地受热,但光线照常通过。我用的玻璃呢,中心部分的厚度不少于二十一厘米,就是说,厚度是那种水晶片的三十倍。"

"好,就算是这样,内莫艇长;可是,要看到东西总得有亮吧?您用什么办法驱散黑暗?我想象不出来,在水的一片黑暗中……"

"在驾驶舱后面,有一个很强的电光反射器,这个反射器发出来的光,能把半海里以内的海水照得通明。"

"啊!艇长,真是太妙了,简直是妙不可言!我现在明白了,那个所谓的独角鲸发出的磷光原来是这么回事!这件事曾经使学者们大感困惑!我顺便问一句,'鹦鹉螺'号和'斯科蒂亚'号相撞,是一件意外事故吗?这件事当时是产生了很大反响的。"

"纯粹是一件意外事故,先生。发生碰撞的时候,我正在水面两米以下的地方行进。不过,我看得很清楚,没给'斯科蒂亚'号带来什么不好的结果。"

"没有任何不好的结果,先生。可是,您和'亚伯拉罕·林肯'号相遇的事呢?……"

"教授先生,这件事使我难过,'亚伯拉罕·林肯'号是英勇的美国海军一艘出色的驱逐舰;但它攻击我,我不得不自卫!令我高兴的是,我只是把那艘驱逐舰搞到不能再伤害我的程度——到就近的港口修理一下就行了,费不了多大事。"

"啊!艇长,您的'鹦鹉螺'号的确是一条了不起的潜艇!"我大声地说。我是很认真的。

"是的,教授先生,"内莫艇长兴奋地答道,"我爱这艘潜艇,就像爱我的亲生骨肉一样!待在你们那些在大洋里听天由命的船上,一切都很危险;来到海上的第一个感觉是如临深渊——荷兰人詹森就是这样说的,他说得对——可是,在'鹦鹉螺'号上,人就不会觉得有什么可怕的了。不用害怕艇身解体,因为这艘潜艇的双层艇体坚硬如铁;不用帆缆绳索,因此用不着担心这些东西老化;没有风帆,所以不怕被暴风雨刮走;没有锅炉,用不着担心爆炸;不必担心发生火灾,因为这艘潜艇是钢板制的,不是木头的;既然电是艇上的机械动力,也就不用担心煤不够烧;用不着担心和谁相撞,因为在深水里航行的只有这一艘潜艇;不必去和暴风雨搏斗,因为在水面以下几米的地方,是绝对的安静!就是这样,先生,一条出色的潜艇就是这样!如果真像说的那样,对一条船的信任程度,设计师超过造船的人,造船的人又超过船长本人,那您就会明白,我对我这艘'鹦鹉螺'号的信任程度有多高,因为我既是这艘潜艇的艇长,又是它的制造者,还是它的设计师!"

内莫艇长口才好,说话吸引人。充满激情的眼神,颇具热情的动作,好像把他变了个人。是的,他爱他那艘潜艇,就像一个父亲爱自己的孩子!

但是,有一个问题,也许是个不该问的问题,很自然地冒了出来,我无法不向他提出。

"艇长,如此说来,您还是个工程师喽?"

"是的,教授先生,"他答道,"在我还是个陆地居民的时候,我在伦敦、巴黎和纽约学习过。"

"可是,这条令人赞叹的'鹦鹉螺'号,您是如何秘密地造出来的呢?"

"阿罗纳克斯先生,这艘潜艇的每个部件,都是从地球上的不同角落搞来的,而且还都隐瞒了用途。龙骨是在法国的克勒索铸造的,螺旋桨轴是在伦敦的庞尼公司制造的,艇体用的钢板是利物浦的利尔德生产的,螺旋桨是格拉斯哥的斯科特制造的。储水舱是巴黎的卡伊-谢制造的,制造艇上主机的是普鲁士的克虏伯厂,船艏冲角是瑞典的莫塔拉厂生产的,精密仪器是纽约的哈特兄弟公司生产的,等等。我向供应商们提供的图纸,署的都是不同人的姓名。"

"可是,"我接着问道,"这样生产出来的部件,还得安装,还得调试,是不是?"

"教授先生,我在大洋里的一个荒岛上建了个车间。在那里,我的那些工人,亦即那些经过我培训的忠实同伴,和我一起安装好'鹦鹉螺'号。事后我放了一把火,把我们曾经在那座岛上待过的痕迹烧得干干净净——要是能炸掉,我早把那个小岛炸飞了。"

"这样说来,这艘潜艇的造价高得不得了吧?"

"阿罗纳克斯先生,一条用钢铁造的船,造价是每吨一千一百二十五法郎。'鹦鹉螺'号的吨位是一千五百吨。这样算来,应该是一百六十万八千七百法郎,加上装修,一共是二百万法郎,连艇上的艺术品和收藏品都计算在内,这艘潜艇值四五百万法郎。"

"还有最后一个问题,内莫艇长。"

"请提出来,教授先生。"

"您一定很富有喽?"

"富得连我自己都不知道我有多少钱,先生,这么说吧,我可以轻而易举地把法国的一百亿欠债还清!"

我直勾勾地望着这个和我说话的怪人。他是不是以为我相信了他,就唬我?我将来会搞清楚的。

## 十四 黑 水

地球被水占去的部分，大约为三百八十三亿两千五百五十八万平方公里，即三千八百万公顷。海水的体积为二十二点五亿立方海里，可以形成一个直径为六十古法里、重三百亿亿吨的球体。为了对这个数有个概念，得这样思考：一百亿亿与十亿之比，犹如十亿与一之比，就是说，在十亿里有多少个一，在一百亿亿里就有多少个十亿。而海水的总量，差不多就是陆地上所有河流在四万年里流到海里的水的总量。

在漫长的地质年代里，火纪让位于水纪。起初，整个地球都是海洋。然后，一点一点地，到了志留纪，一些大山露出山顶，一些岛屿也露出水面；洪水时期，山顶和岛屿又消失，之后再次露出来，连成一块，形成大陆。最后，地球就定型为我们今天看到的这个样子。地球的"固体"部分从"液体"部分"夺"得了三千七百六十五万七千平方海里即一亿两千九百一十六万公顷的面积。

陆地把海洋分成五大部分：北冰洋，南冰洋，印度洋，大西洋，太平洋。

太平洋浩瀚无比，北到北极圈，南到南极圈，西抵亚洲，东接美洲，横跨经度一百四十五度。太平洋是最平静的海洋，水流平缓，海潮不高，雨水丰沛。命运召唤我在一种奇特条件下第一个游遍的，就是这样一个大洋。

"教授先生，"内莫艇长对我说，"如果您愿意，我们就把我们现在的确切方位记下来，定为我们这次旅行的起点。现在是中午十二点差一刻。我要浮到水面上去。"

艇长按了三次电铃。水泵开始排储水舱里的水；气压计的指针根据压力指示着"鹦鹉螺"号的上升动作，接着就停止不动。

"我们到达水面了。"艇长说。

我朝中间直通平台的梯子走去。我沿着金属阶梯，由开着的舱口来到"鹦鹉螺"号顶部。

平台只露出水面八十厘米。"鹦鹉螺"号从前到后的形态呈纺锤形，正好可以比做一支雪茄烟。我注意到,潜艇的钢板有点鳞状叠盖,和陆地上大爬行动物身上的鳞片相似。于是我也就明白了,望远镜再好,这艘潜艇也会被当成海里的动物。

平台中央,那条一半卡进艇体里的小艇,形成一个小小的鼓包。前后两处各有一个不高的阁子,壁板是斜的,部分地用厚厚的透光玻璃封闭着:一个是"鹦鹉螺"号的驾驶舱,另一个里面有一盏光度很强的导航灯。

大海风平浪静,天空清澈如洗。这条长长的潜艇所感受到的只是海浪的缓缓涌动。微风从东方徐徐吹来,海面轻轻泛起涟漪。云开雾散,极目远望,一直可以看到天际。

我们什么也没有看到。没有暗礁,没有小岛,也没看见"亚伯拉罕·林肯"号。浩瀚的大海上,空空如也,一片寂静。

内莫艇长手里拿着六分仪,正在测量太阳的高度,他由此可以确定自己所在的纬度。他等了几分钟,等着太阳与水平线垂直相交。进行观测的时候,他的肌肉一动不动,即使那仪器在一只大理石的手上,也不会比这个更稳当。

"中午十二点整。"他说,"教授先生,您什么时候想?……"

我朝着有点发黄的海面又看了一眼,就下到大客厅里去了。

在大客厅里,艇长通过观测确定了潜艇的位置,极其精确地计算着所在的经度,并根据刚刚观测到的时角对计算进行了调整。然后,对我说道:

"阿罗纳克斯先生,我们现在位于西经37度15分……"

"以哪条子午线为准?"我急忙问,希望船长的回答能让我猜到他的国籍。

"先生,"他答道,"我有好几架经线仪呢,有的以巴黎的子午线为准,有的以格林威治的子午线为准,有的以华盛顿的子午线为准。不过,为了对您表示敬意,我将使用以巴黎的子午线为准的经线仪。"

这样的回答没向我透露出任何信息。我鞠了一躬,表示感谢。艇长接着往下说:

"在巴黎子午线以西的西经37度15分,北纬30度7分,就是说,距离日本海岸约三百海里之处。今天是十一月八日,此刻是正午,我们的海底探险旅行正式开始。"

"愿上帝保佑我们!"我说了一句。

"现在,教授先生,"艇长补充道,"我走了,您做您的研究吧。我确定的航向是东北偏东,下潜五十米。这里有航海图,您在图上可以看出我们的航线。这个客厅归您使用,请恕我失陪。"

内莫艇长向我敬了个礼,走了。剩下我一个人,思想乱糟糟的。所有的想法都和"鹦鹉螺"号的这位艇长有关。这个怪人自诩不属于任何一个国家,我最终能否搞清他是哪个国家的人呢?他对人类怀有深仇大恨,可能正在伺机进行可怕的报复,这种恨是谁激起来的呢?难道他是个被埋没的学者?如孔塞伊所说的,是个"被搞得伤了心的"天才?一个现代伽利略?抑或是一个像美国人莫里那样,一个毕生事业被政治革命毁灭了的科学家?这一点,我还无法确定。我是个被命运掷到他艇上的人,是个生死由他操纵的人,受到的是他冷冰冰、然而客气周到的接待。不过,他从没握过我伸给他的手,也从没把手伸给我过。

整整一个钟头,我一直沉浸在这样的思考之中,想洞穿这个秘密;对我来说,这个秘密太有吸引力了。然后,我两眼盯着摊在桌子上的那张大地球平面球形图看了起来,把手指放在那个由观测所得的经纬度交叉点上。

像陆地一样,海洋也有自己的河流。这是一些特别的水流,可以根据温度和颜色加以识别,其中最值得注意的一条就是墨西哥湾暖流。在地球上,科学已经确定流向的水流主要有五条:一条在北大西洋,一条在南大西洋,一条在北太平洋,一条在南太平洋,一条在南印度洋。从前可能还有过一条,在北印度洋,那时的里海和咸海还和亚洲的水域连在一起,形成一片汪洋大海。

在地球平面球形图上标出的那个点,就有一条暖流流过,日本人称之为黑水。黑水发源于孟加拉湾,被回归线里垂直的阳光照热后,穿过马六甲海峡,沿着亚洲海岸北上,在北太平洋里绕一圈,再流向阿留申群岛;水流中卷着樟木和发源地的其他土特产,从太平洋的海水里流过。黑水的水是热的,颜色湛蓝,和太平洋的海水截然不同。这道暖流,就是"鹦鹉螺"号要跑的航线。我的目光沿着这条暖流游走,看到暖流消失在浩瀚的太平洋里,觉得自己也被这条暖流带走了,就在这时,内德·兰德和孔塞伊出现在客厅门口。

我的两位忠实伙伴看到眼前堆着的宝物时,都惊呆了。

"我们这是在什么地方啊?"那加拿大人大声说道,"我们这是在什么地方啊?是在魁北克的博物馆里吗?"

"要是先生愿意,"孔塞伊反驳道,"还不如说是在索默拉尔官邸里呢!"

"朋友们,"我对他们说,同时打了个请他们进来的手势,"你们现在既不是在加拿大,也不是在法兰西,而是实实在在地待在'鹦鹉螺'号潜艇上,并且是在海平面以下五十米的地方。"

"既然先生说得这么肯定,我们就得信。"孔塞伊说,"不过,坦率地说,这间客厅布置得连我这个佛来米人都感到吃惊。"

"你就感到吃惊吧!我的朋友,好好看看吧,对一个像你这样能干的分类学家来说,这里是有很多事可干的。"

对孔塞伊,我无须多说什么,小伙子已经弯下腰去看橱窗里的东西,而且开始用博物学家的术语小声念叨起来了:"腹足纲,蛾螺科,宝贝属,马达加斯加蚧蛤种……"

不太懂贝类学的内德·兰德,在孔塞伊看橱窗的时候问了我和内莫艇长见面的情况。问我是不是搞清楚了他是个什么人,从哪里来,到哪里去,要把我们带到多深的地方,以及其他一些问题,没完没了,我都来不及回答。

我把我所知道的,或者说,我所不知道的,都对他说了,也问了他的所见所闻。

"我什么也没看到,什么也没听到!"那加拿大人说,"我甚至连这艘潜艇上的船员都一个没见到。难道连船员也都是电的?"

"船员是电的!亏您想得出来。"

"说实在的,真会让人这么想。可是,阿罗纳克斯先生,您能不能告诉我,这艘潜艇上有多少人?"内德·兰德问,他总有自己的想法,"十个?二十个?五十个?一百个?"

"我无法回答您,内德·兰德师傅。但您得听我的,暂时先把夺取'鹦鹉螺'号或者逃走的念头打消。这艘潜艇是现代工业的杰作,要是没有见到,我会感到遗憾的!我们眼下这种处境,哪怕只是为了浏览一下这些宝物呢,也会有很多人愿意接受!因此,您要保持冷静,尽量仔细地观察我们周围所发生的一切,多看看。"

"看!看什么呀?"捕鲸手大声说道,"我什么也没看到,待在这座钢板做的监狱里,我什么也不会看到!我们是在闭着眼走,闭着眼航行……"

内德·兰德还没把话说完,突然黑了下来,黑得伸手不见五指。天花板上的灯灭了,灭得太快,让我的眼睛觉得十分难受,就跟那次从极度的黑暗里突然转向光明的时候一样。

我们都不言语了,一动不动地待在那里,不知道将要发生的事是吉是凶。不过,有滑动的声音,听起来像是"鹦鹉螺"号艇侧的板在动。

"这下子是彻底完了!"内德·兰德说。

"水母目!"孔塞伊小声说。

突然之间,光从两个椭圆形的开口射入,客厅的各个角落又都亮了起来。海水被电光照得通明,两块水晶玻璃把我们和海水隔开。想到那两块易碎的玻璃板壁可能会碎,我不由得打了个冷战;不过,玻璃由厚厚的铜框架支撑着,几乎有无限大的抗力。

在"鹦鹉螺"号周围一海里的范围内,海里的情形清晰可见。多么美丽的景色啊!笔墨无法形容!谁能够把光线通过透明的水的效果画出来?谁能够把海洋从低层到高层光线温和的变化画出来?

海水透明,尽人皆知。我们知道,海水的清澈超过了从岩石缝里流出的清泉。海水里悬浮着的矿物和有机物,甚至增加了海水的透明度。在大洋的某些部分,如安的列斯群岛,一百四十五米以下的水里,沙床清晰可见,阳光的穿透力可以达到三百米的深处。不过,在"鹦鹉螺"号行经的这片海域,电光像是从水里发出来的,这已经不再是被照亮的水,而是流动的光了。

艾伦伯格认为,海底有磷光,如果他的假说可信,大自然肯定是把自己最为壮观的景色留给了海里的生物。根据光的这种无穷变化,我在此可以做出判断,海底的景色确是美得出奇。客厅每一边都有一扇舷窗,开向未曾探察过的深渊。客厅里很暗,这反而使外面显得更亮;我们向外望去,好像这纯净透明的水晶,就是一个巨大水族缸的玻璃。

"鹦鹉螺"号似乎一动不动。那是因为没有参照物。不过,被艇艏冲角劈开的水流,有时也会在我们眼前以极快的速度流过。

我们都十分惊奇地倚在舷窗前,屏气凝神,没人打破寂静。突然,孔塞伊叫了起来:

"内德老兄,您不是想看吗?那好,您就看吧!"

"太稀奇了!太稀奇了!"那加拿大人说,他受到无法抗拒的吸引,已经把愤怒和逃跑计划都扔到一边,"为了欣赏这样的奇观,就是再远,也要来!"

"啊!"我大声说道,"这个人的生活我懂了!他为自己另外开辟一个世界,这个世界把最惊人的奇观都留给他了!"

"可是,鱼呢?"那加拿大人问道,"我怎么没看见鱼呀?"

"看不到鱼有什么关系,内德老兄,"孔塞伊对他说,"反正您也分不清是什么鱼。"

"什么?我这个打鱼的会不认识鱼!"内德·兰德叫道。

关于这一点,两人之间起了一番争论,因为,他们都认识鱼,但认识的方式极不相同。

众所周知,鱼类构成脊椎动物的第四纲,也就是最后的一个纲。对鱼类这样界定是很正确的:"双循环的冷血水生脊椎动物,用鳃呼吸。"鱼包括界限分明的两个系列:一个是硬骨鱼类,就是说,这类鱼的脊椎是硬骨的;另一个是软骨鱼类,就是说,这类鱼的脊椎是软骨的。

这种区别,那加拿大人也许知道,但孔塞伊知道的可就多得多了;如今两个人成了好朋友,他可不能承认自己比内德·兰德在这方面知道得少。因此,他说:

"内德老兄,您打鱼,是个身手敏捷的捕鱼能手。您捕到过很多这种有意思的动物。不过,我敢打赌,您不知道鱼怎么分类。"

"谁说我不知道!"捕鲸手非常严肃地答道,"我们把鱼分成两类,一类能吃,一类不能吃!"

"您这是馋鬼的分类法。"孔塞伊说,"您告诉我,您知道硬骨鱼和软骨鱼有什么分别吗?"

"兴许知道,孔塞伊。"

"那么,对这两类鱼,您还能再往下细分吗?"

"那我可就不会了。"那加拿大人回答。

"那好!内德老兄,请您听好,记住了!硬骨鱼分为六个目:第一,棘鳍目,上颌完整,能活动,两鳃的样子像梳子。这一目又分为十五个科,就是说,已知的鱼里,四分之三属于这个目。典型代表:河鲈。"

"相当好吃。"内德·兰德说。

"第二,"孔塞伊接着往下说,"腹肌目,腹下悬有肚鳍,在胸鳍后面,不附着在肩胛骨上。这一目又分五个科,大部分淡水鱼都属于这个目。典型代表:鲤鱼,白斑狗鱼。"

"呸!"那加拿大人相当轻蔑地啐了一口,"是些淡水鱼罢了!"

"第三,"孔塞伊说,"短鳍目,腹鳍附着在胸鳍下面,紧挨着肩胛骨悬着。这一目里包括四个科。典型代表:鲽,黄盖鲽,大菱鲆,菱鲆,鳎鱼,等等。"

"味道好极了!味道好极了!"捕鲸手大叫着,他只从吃的角度来评价鱼的好坏。

"第四,"孔塞伊从容不迫地接着说,"无鳍目,体长,无腹鳍,皮厚,总是黏糊糊的。这一目里只有一个科。典型代表:颌针鱼,电鳗。"

"不怎么样!不怎么样!"内德·兰德说。

"第五,"孔塞伊说,"总鳃目,上下颌完整,能活动,但鳃是一小撮一小撮的,沿着鳃弓成对分布。这一目里也只有一个科。典型代表:海马,海天狗。"

"不好吃!不好吃!"捕鲸手说。

"最后是第六,"孔塞伊说,"固颌目,颌骨牢牢地固定在颚间骨一侧,形成上颌,但是,腭骨的弓和头骨咬合在一起,颌不能活动。这类鱼没有真正的腹鳍,目下分两个科。典型代表:豚鱼,翻车豚。"

"做这种鱼连锅都糟蹋了!"那加拿大人叫道。

"内德老兄,您明白了吗?"一副学者派头的孔塞伊问。

"我一点也不明白,孔塞伊老弟。"捕鲸手答道,"不过您还是接着说吧,您这人挺有意思的。"

"说到软骨鱼,"孔塞伊平静地继续说道,"只有三个目。"

"那再好不过了。"内德·兰德说。

"第一,圆口目,颌连成一个可以活动的圆圈,有好几个鳃。这个目下只有一个科。典型代表:七鳃鳗。"

"这类鱼应该有人喜欢。"内德·兰德说。

"第二,横口亚目。这类鱼的鳃和圆口鱼的鳃很相像,但下颌是活动的。这是软骨鱼里最重要的一个目,包含两个科。典型代表:鳐鱼,鲨鱼。"

"什么!"内德·兰德喊了起来,"鳐鱼和鲨鱼是同一个目的!不过,孔塞伊老弟,为鳐鱼着想,我劝您还是不要把它们放在一个鱼缸里!"

"第三,"孔塞伊接着说,"鲟鱼目,鳃旁长着鳃盖骨,鳃通常只张开一道缝。目下分四个科。典型代表:鲟鱼。"

"哈!孔塞伊老弟,您把好东西留到后面啦!至少我是这么看。就这些?"

"是的,内德,"孔塞伊答道,"不过您要明白,知道了这些,依然等于什么也不知道,因为,各个科下面还要分成属,亚属,种,变种……"

"好了,孔塞伊老弟,"捕鲸手说,朝着壁板弯下腰去,"现在游过去的就是一些变种!"

"是啊!真是鱼,这么多!"孔塞伊叫道,"我还以为是在水族馆里呢!"

"不是水族馆,"我说,"因为,水族馆只是个鱼笼子,而这些鱼都是自由自在的,就像天空中的鸟儿。"

"好啊！孔塞伊老弟，那您就说说这些鱼叫什么吧！叫出名字来！"内德·兰德要求。

"我可叫不出来，"孔塞伊答道，"那就得问我的主人啦！"

确实，孔塞伊这小伙子是个分类狂，可他根本不是一个博物学家，我不知道他能不能分得清什么是金枪鱼，什么是地中海舵铿。总之，他跟那加拿大人相反，内德·兰德能够毫不犹豫地叫出这些鱼的名字来。

"这是一条鳞豚。"我说。

"一条中国鳞豚！"内德·兰德跟着说。

"鳞豚种，硬皮马勃属，固颌科。"孔塞伊小声说道。

内德和孔塞伊两个人的知识合起来，肯定能造就一个杰出的博物学家。

那加拿大人说得不错。身子压得扁扁的、生着鸡皮疙瘩般的皮肤、背上长着一根刺的金枪鱼，成群地在"鹦鹉螺"号旁边嬉戏，摇动着尾巴两侧竖起来的那四行刺。金枪鱼的皮肤好看极了，上面是灰的，底下是白的，皮肤上的金色斑点在昏暗的旋涡中闪闪发光。在金枪鱼中，成群的鳐鱼摇头摆尾地游动着，活像一块块任由风儿吹拂的水帘。令我十分高兴的是，我在这些鳐鱼中发现了中国鳐鱼，上半身泛黄，肚皮底下呈浅玫瑰色，眼睛后面长着三根刺；这是一种稀有的鱼，拉塞佩德时代，甚至怀疑过这种鱼的存在，拉塞佩德也只是在日本人编的画册里见过这种鱼。

两个小时里，这支水族大军一直护卫着"鹦鹉螺"号前进。这些鱼比美丽、比鲜艳、比快捷，在它们嬉戏跳跃的时候，我看到了绿鳙头鱼；身上带有两道黑条纹的海绵鲷；通体皆白、背上布满紫色黑点、尾巴浑圆的白虾虎；日本海里银首蓝身的日本鲭鱼，名字就给人以美感；身上带道道、鳍有蓝有黄的鲷鱼；身上带有不同颜色横纹、尾鳍上拖着一条黑带子的真鲷；身上有六条带子，像穿上优雅的紧身衣似的鲷鱼；嘴长得真像笛子或小号的管口鱼，有的身长达一米；日本蝶螈；海鳝；七英尺长、长着灵活的小眼睛、嘴大有牙的海蛇，等等。

我们观赏的兴致一直很高，连连不断地发出惊叹。内德报鱼名，孔塞伊分类，我呢，看着这些形状美丽、体态活泼的鱼，我一直欣喜若狂。我从来不曾见过在天然环境里生活着的自在活泼的动物。

我们被搞得眼花缭乱,日本海和中国海里的各种鱼都在这里,我不能一一列举。这些鱼,比天上的鸟还多,就那么追着潜艇游,可能是受到了强烈的电光吸引。

突然之间,客厅里变得灯火通明。钢护板已经阖上,迷人的景色消失。在很长的时间里,我一直在回味着刚才所见到的一切,直到我的两眼盯住墙上挂着的那些仪器。罗盘一直指着东北偏北方向,气压计标明有五个大气压,说明潜艇正在水面以下五十米处行驶,电航速表给出来的数字是每小时十五海里。

我等着内莫艇长,但他就是不出现。时钟指着五点。

内德·兰德和孔塞伊回他们的舱室去了。我也回了自己的房间。晚餐已准备好,就放在那里。汤是用最嫩的玳瑁做的;一道稍稍加了点黄油的羊鱼肉,鱼肝是单独做的,非常好吃;还有一道金鲷鱼里脊,我觉得味道比三文鱼好。

晚上的时间我是用读书、写字和思考打发掉的。后来,我困了,就躺到我那张铺着大叶藻的床上,沉沉睡去。其间,"鹦鹉螺"号一直在穿越黑水的激流向前行驶。

## 十五　邀请信

第二天是十一月九日,长长的一觉,睡了十二个小时。孔塞伊照例过来问"先生睡得可好?"然后就侍候先生。他把那位加拿大朋友留在舱室,那人还在睡,像个一辈子只会睡觉的人似的。

我由着孔塞伊絮叨,有一搭没一搭地回答他一两句。我一直想着昨天我们观赏海景时内莫艇长没露面的事,希望今天能见到他。

我很快又穿上我那件用牡蛎足丝做成的衣服。这衣服的质地曾不止一次地使孔塞伊大发感慨。我告诉他,这衣服是用"江珧"吐在岩石上的丝做的,那些丝又细又亮。"江珧"是一种贝类,地中海沿岸多得很。从前,用这种东西织好看的料子,织袜子,织手套,因为这种东西手感好,也保暖,还物美价廉。"鹦鹉螺"号上的水手完全可以拿这种东西做衣服,无求于陆地上的棉纺织工人,也无求于陆地上的绵羊和蚕。

穿好衣服,我就去了大客厅。客厅里空无一人。

于是,我埋头研究起玻璃柜子里堆着的贝类珍宝来。我也翻了一下那些大本的植物标本集,里面全是最罕见的海洋植物,虽然都已经干了,但颜色依然鲜艳美丽。在这些珍贵的水生植物中,我发现了轮生海苔、孔雀团扇藻、葡萄叶藻粒状水马齿、猩红色的柔软海草、扇形海菰和样子像压得扁扁的蘑菇伞的基节臼——很长时间以来,基节臼一直被归类为植形动物——最后是各种各样的海藻。

整整一天就这样过去,内莫艇长不曾赏光来看我。客厅的舷窗也没有打开过。也许他是不想让我们对这些美好的东西感到厌倦。

"鹦鹉螺"号一直朝东北偏东的方向行驶,航速十二海里,深度在五六十米之间。

第二天,十一月十日,依然没人理睬我们,我们和前一天一样孤独。我没见到艇上的任何人。一天里的大部分时间,内德和孔塞伊都是和我一起度过的。艇长不露面,无法解释,也令他们感到吃惊。难道这个怪人病了?要不就是想改变处置我们的计划?

不去管他!按照孔塞伊的意见,我们自自在在地过了一整天。送来的饭菜十分可口,也非常丰盛。我们的居停主人说话算话,没什么可抱怨的;况且,这种奇特的命运居然使我们受到这么好的待遇,也还没有理由去责备他。

从这一天起,我开始写日记,以便把冒险的经历非常准确地记录下来。有一点很特别:我的日记是写在用大叶藻制作的纸上的。

十一月十一日,一大早,"鹦鹉螺"号潜艇里弥漫着新鲜空气,说明我们又回到水面上换空气了。我朝中间的梯子走去,登上平台。

时间是六点。天阴得很沉,大海是灰色的,但很平静,几乎没有波浪。我希望能在平台上见到内莫艇长。他会来吗?我看见的只有那个被关在玻璃驾驶舱里的舵手。我坐在小艇造成的高台上,惬意地呼吸着带有海腥味的空气。

阳光把晨雾渐渐驱散,一轮红日冉冉升起,火红的阳光洒满大海。飘在高空的浮云,也被照得金光闪闪,看上去令人心旷神怡。但是,片片"猫舌云"①表明,要刮一天大风。

不过,"鹦鹉螺"号连暴风雨都不怕,这样的风又怎么奈何得了它!

于是我放心地欣赏日出的美景,觉得无限欢快,觉得充满生机。就在这时,我听到有人朝平台走来。

我已经准备好,要向内莫艇长道早安了,可是,来到我面前的却是他的副手。艇长第一次见我们的时候,此人在场。他朝前走去,好像没看到我这个人似的。他手里拿着个高倍望远镜,全神贯注地朝着水平线上的各个点搜索。搜索完毕,他走近舱盖,说了一句话。这句话我记住了,因为他每天早晨都要在相同的情况下把这话重复一遍。这句话是这么说的:

"努特龙 莱斯波克 劳赫尼 维荷克。"

发音如此,是什么意思,我就不得而知了。

说完这句话,那大副就下去。我想,"鹦鹉螺"号可能又要潜入海底行驶,于是走到舱口,沿着纵向通道回到房间。

五天的时间就这样过去,情况没有发生一点变化。我每天早晨登上平台,看到的是那同一个人,听到的是那同一句话。内莫艇长始终没有露面。

我已经打定主意,不再想着见他,而就在这时,十一月十六日,在我同内德和孔塞伊回到我的房间时,我在桌子上发现一张写给我的便条。

我急忙把便条展开。便条上的字写得潇洒、清晰,但有点哥特体风格,让人想到德文字体。

便条里写的是这样几句话:

阿罗纳克斯先生:

  兹订于明晨在敝人之克雷斯波岛森林行猎,务请先生拨冗光临。

---

① 一小片一小片轻盈的白云,四周呈锯齿状。

教授先生若能携两位同伴一同前往,本人将感到不胜荣幸。

        "鹦鹉螺"指挥官 内莫艇长
        1867年1月16日 于"鹦鹉螺"号

"打猎!"内德叫了起来。

"还是在他的克雷斯波岛上的森林里!"孔塞伊跟着也叫了一声。

"这么说,这个怪人要到陆地上去了?"内德·兰德又说了一句。

"我觉得这上面已经说得明明白白。"我说,一边把便条又看了一遍。

"那好!一定要接受邀请。"那加拿大人接着说道,"一旦踏上陆地,我们就能想出主意来了。另外,能吃到新鲜的野味,我也会感到高兴的。"

内莫艇长明显地讨厌陆地和岛屿,现在却邀请我们到森林里去打猎,这中间存在着的矛盾,我想也没去想,就说:

"让我们先来看看克雷斯波岛在哪儿吧!"

我看了看地球平面球形图,在北纬32度40分和西经167度50分处,找到一个岛;那个岛是克雷斯波船长于一八〇一年发现的,旧的西班牙地图上标的名字是罗卡德拉普拉塔,意为"银礁",距离我们的出发地点大约有一千八百海里。"鹦鹉螺"号的航向略有改变,正朝东南方向行驶。

我让我的两个同伴看了看,那是消失在北太平洋里的一块小小的岩礁。

"就算内莫艇长有的时候到陆地上去,"我对他们说,"他也要尽量选择那些绝对荒无人烟的岛屿!"

内德·兰德摇摇头,什么话也没说,接着就和孔塞伊一起走了。那个一声不响、面无表情的侍者给我送来晚餐。我吃完饭就躺下,脑子里一直想着那件事。

第二天,十一月十七日,醒来的时候我觉得"鹦鹉螺"号纹丝不动。我急忙穿好衣服,来到大客厅。

内莫艇长已经在那里,他在等我。他站起来向我问好,又问我陪他去是不是方便。

因为他对这八天里未曾露面的事绝口不提,我也就没有问他,只是简单地告诉他,我的同伴和我已经准备好跟他一起去。

"不过,先生,"我又加了一句,"我想向您提个问题。"

"提吧,阿罗纳克斯先生,如果我能够回答,我一定回答。"

"那好。艇长,既然您和陆地断绝了一切关系,您怎么还在克雷斯波岛上拥有森林呢?"

"教授先生,"船长答道,"我所拥有的森林,既不要求太阳的光,也不要求太阳的热,那里也没有狮子、老虎、豹子或任何四条腿的动物光顾。这片森林只有我一个人知道,只为我一个人生长。那不是什么陆地森林,而是实实在在的海底森林。"

"海底森林!"我不禁叫了起来。

"是的,教授先生。"

"您请我去的就是那里?"

"正是。"

"走路去?"

"甚至连鞋都不会湿。"

"一边打猎一边走?"

"一边打猎一边走。"

"手里拿着枪?"

"手里拿着枪。"

我两眼盯着"鹦鹉螺"号的艇长,那样子没有一点讨好他的意思。

"可以肯定,这个人脑子有毛病。"我想,"他这次犯病闹了八天,甚至到现在也还没好。这太遗憾了!我喜欢他怪,但不喜欢他疯!"

我的想法都流露在脸上,但内莫艇长什么也没说,只是请我跟着他走,而我也就像个一切听天由命的人那样跟着他。

我们来到餐厅,早饭已经准备好。

"阿罗纳克斯先生,"艇长对我说,"我请您和我共进早餐,不要客气。我们边吃边谈。不过,我答应了您到森林里遛遛,可没向您保证能在森林里碰到饭馆。所以,您得像个可能得很晚才能吃晚饭的人那样吃这顿饭。"

我津津有味地吃了这顿早餐。早餐里有好几种鱼，有几片海参，有上好的植形动物，都是用紫带和条带等几种开胃的海藻烹制的。喝的是清水；我也学艇长的样子，往水里加了几滴经过发酵的液体。那种液体是照堪察加人的方法从一种叫"掌状蔷薇"的海藻中提炼出来的。

起初，内莫艇长闷头吃饭，一声不吭。过了一会儿才对我说：

"教授先生，我请您到克雷斯波森林里去打猎时，您以为我有点自相矛盾；等到我告诉您那是个海底森林时，您又以为我疯了。教授先生，对人的判断，可不能太轻率了啊！"

"可是，艇长，请相信……"

"请听我说，然后您就知道该不该说我自相矛盾或是发了疯。"

"我听着。"

"教授先生，您和我一样，也知道人携带氧气设备能在海底生活。在进行海底作业的时候，身穿防水服、头戴金属罩的工人，可以通过压力泵和送气调节器，得到从外面来的空气。"

"您说的是潜水服。"我说。

"不错。但是，穿潜水服，人不自由。他得和那个给他供气的泵被一根橡皮管子连在一起，那是一条真正的链子，把人牢牢地拴在海岸上。如果我们也得这样被固定在'鹦鹉螺'号上，我们就走不了多远。"

"可是，有办法让人行动自由吗？"我问。

"用鲁凯罗尔-德纳鲁兹设备就行。这东西是您的两位同胞设想出来的，因为我要用，就做了改进。这套设备能让您在新的生理条件下去冒险，而又使您的肌体毫发无伤。这种设备有一个用厚钢板制成的罐，我在五十个大气压下往罐里充满气。这个罐可以像士兵的背包一样，用一根带子固定在使用者的背上。罐的上半部是个匣子，在送气装置的控制下，压缩空气变成正常空气，从匣子里逸出。在未经改进的鲁凯罗尔造的设备里，有两根橡皮管子从匣子里出来，直接通到一个把使用者的嘴和鼻子都封住的喇叭罩里，一根管子用来吸气，另一根用来把呼出的气排出。使用者则根据呼或吸的需要，用舌头分别堵住其中的一根管子。可是，我得对付海底的巨大压力，所以就不得不把头放在一个像潜水服那样的金属制的头盔里,而那两根用来吸气和呼气的管子,也就直接通到那个头盔里。"

"无懈可击,内莫艇长。不过,您带的空气应该很快就会用完,到空气中只含百分之十五的氧气时,那空气就不能用了。"

"那当然。不过,我跟您说过,阿罗纳克斯先生,'鹦鹉螺'号上的气泵能使我在很大的气压下往罐里充气,这样,那套设备的气罐里储存的气,就够九到十个小时用的。"

"我再没什么异议了。"我说,"艇长,我只是想问问您,海底的路您怎么能够照亮?"

"用一种叫鲁姆科尔夫的照明灯,阿罗纳克斯先生。气罐背在背上,照明灯挂在腰间。照明灯要用本生电池,但我在电池里用的是重铬酸钾,而不是重铬酸钠。一个感应线圈接收发出来的电,把电输送到一盏特制的灯里。这只特制的灯里有一根蛇形玻璃管,管里只有一点点煤气。灯一开,煤气就亮,持续不断地发出白光。装备上这两样东西,我就既能呼吸,也能看得见路。"

"内莫艇长,对我所提出的问题,您都做出了不容置疑的回答,我不再敢怀疑什么了。不过,我虽然不得不接受鲁凯罗尔和鲁姆科尔夫这类设备,但对您要把我武装起来的那支枪,我还是想做些保留。"

"可那不是一支火药枪。"艇长说。

"这么说是气枪了?"

"当然。我既没有硝石,没有硫黄,也没有碳,您让我在艇上怎么制造火药啊?"

"何况,"我说,"要在水里射击,在比空气密度大八百五十五倍的水里射击,需要克服的抗力是巨大的。"

"这不能成为理由。有些枪,在富尔顿①之后又经过改进,经过英国人菲利普·科尔、伯利、法国人菲尔西和意大利人兰蒂的改进,已经具有了一套特别的闭锁装置,可以在您说的这种条件下射击。但是,我还要对您说一遍,因为没有火药,我就用一种压缩空气来代替。在'鹦鹉螺'号

---

① 富尔顿(1765—1815),美国工程师。

上,压缩空气要多少有多少。"

"可是,这种压缩空气很快就会用完啊!"

"瞧您说的!我不是有鲁凯罗尔储气罐吗?在需要的时候,储气罐可以为我提供压缩气。这样做,只需事前装上一个阀门就行了。况且,阿罗纳克斯先生,在海底行猎也费不了多少气和子弹,一会儿您会亲眼看到。"

"还有一个问题。在这种半明半暗的光线里,在和空气相比密度大得多的水中,我想,枪不会打得很远,也不会有多大的杀伤力吧?"

"先生,正好相反,用这种枪打猎,一枪一个,只要动物被击中,哪怕只是被非常轻微地碰了一下,也会像被雷击一样倒下。"

"那为什么?"

"因为这种枪射出去的子弹不是平常的子弹,而是一些玻璃雷管——这是奥地利化学家列尼布洛克发明的——这类东西我有的是。这种玻璃雷管外面有一层钢套,还赘上个铅质的底座,是个真正的莱顿瓶①,里面电压非常高,只要轻轻一碰,就会爆炸,不管是什么样的猛兽,都得倒地而亡。我还要补充的一点是,这种玻璃雷管不比四号子弹大,一支普通的枪,弹夹里也能装十粒。"

"我再没有什么要问的了,"我说着从桌子旁边站起来,"剩下的事就是去拿枪。另外,就是跟着您走,您到哪儿我到哪儿。"

内莫艇长领着我往"鹦鹉螺"号的后部走去,经过内德和孔塞伊的舱室时,我叫他们立即跟我们一起走。

我们来到位于潜艇侧翼、机舱旁的一间小屋里,我们要在那里换穿行猎时穿的衣服。

## 十六 漫步海底平原

准确地说,这间小屋是"鹦鹉螺"号的弹药库和更衣室。有一打潜水装备,都挂在墙上,等着到海底漫步的人去穿。

---

① 莱顿瓶,初期的存储静电的器件,系莱顿大学的教授所发明。

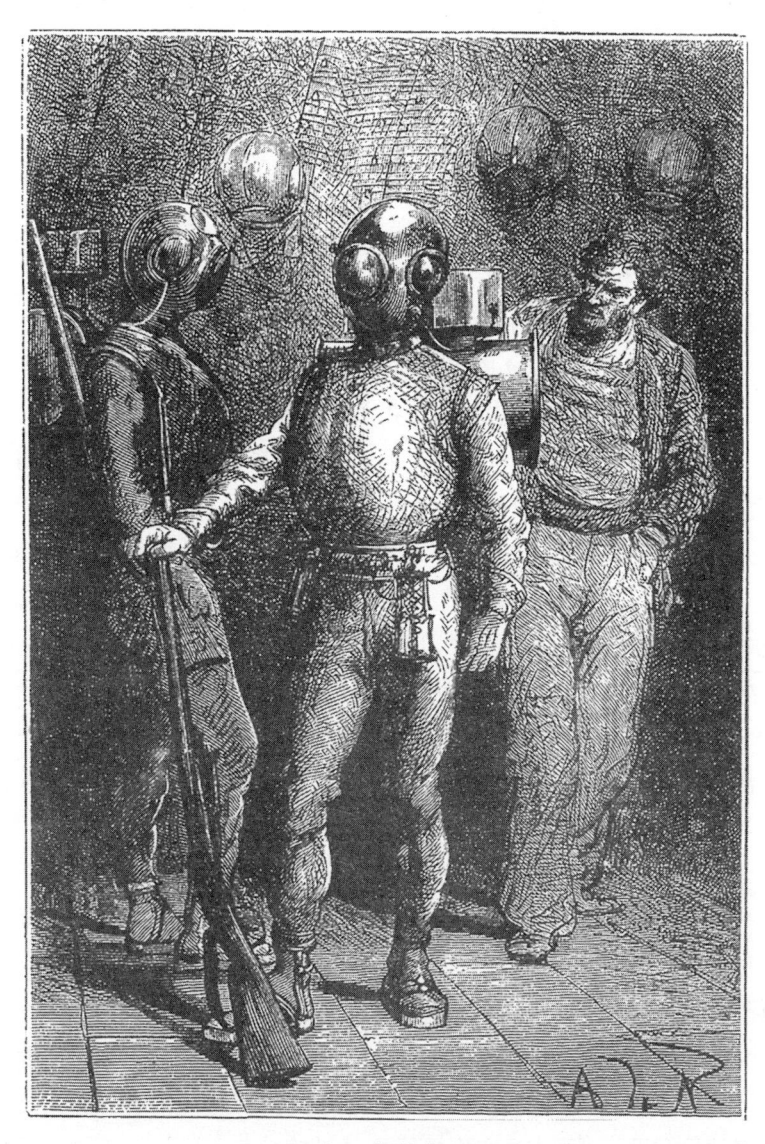

我只等出发。

看到潜水装备以后,内德·兰德表现出明显的反感,他不想穿。

"可是,我的好内德,"我对他说,"克雷斯波岛森林是海底森林啊!"

"唉!"大失所望的捕鲸手叹了一声,他已经看出来,吃鲜肉的梦想破灭了,"您呢,阿罗纳克斯先生,您会穿这种衣服吗?"

"这是必须穿的,内德师傅。"

"您爱穿您穿吧,先生,"捕鲸手答道,耸了耸肩,"我呢,除非有人强迫,我是永远不会钻进这种东西里去的。"

"我们不会强迫您的,内德师傅。"内莫艇长说。

"那,孔塞伊去冒这个险吗?"内德问。

"先生去哪儿我跟着去哪儿。"孔塞伊答道。

内莫艇长一声"来人!"两名水手就走过来帮我们穿这种沉重的防水服。防水服是用橡胶做的,不是缝的,能够经受得住很大的压力。看起来像是个既柔和又有抗力的骨架。这衣服是连体的,裤子和上衣连在一起。裤子最下面是一双很厚的鞋子,鞋底是铅的,很沉。上衣有铜片支撑,构成一个护胸甲,保护胸部不受水的压力,使肺能够呼吸顺畅;袖口是一双柔软的手套,一点不妨碍手的动作。

看得出来,和经过改良的笨重难看的潜水服相比,比如和十八世纪发明出来并受到大肆宣扬的软木护身衣、无袖外套护身衣、海洋服和潜水箱等等相比,这样的潜水服确实好得多。

内莫艇长,他的同伴——可能是个力大无穷的赫拉克勒斯①式的人物——孔塞伊和我,我们很快穿好潜水服,就剩下把脑袋伸进那个金属制的球形帽子里。但在戴头盔之前,我请求艇长让我看看将要发给我们的枪支。

"鹦鹉螺"号上的一个人给了我一支普通的枪。枪托子是用钢板做的,中空,很大,充当压缩气气仓,由一个用扳机操纵的阀门把压缩气送往金属的枪管里。子弹夹也在枪托子里,大约能装二十粒电子弹,由于弹簧的作用,子弹能够自动上膛。打出去一发以后,另一发就自动顶上来。

---

① 赫拉克勒斯,希腊和罗马神话中的大力神。

"内莫艇长，"我说，"这支枪很棒，使用起来很容易。我就等着去试试了。可是，我们怎么样才能到达海底呢？"

"教授先生，此刻'鹦鹉螺'号正在距海底十米的水里停着，我们可以出发了。"

"可是，我们怎么出去啊？"

"您就会看到的。"

内莫艇长把头伸进球形帽子里。我和孔塞伊也照着做了，还听到那加拿大人语带讥讽地跟我们说了一声"祝你们打猎愉快！"潜水服的上端是个带螺丝的铜衣领，金属的头盔就固定在这个衣领上。头盔上有三个大洞，镶着厚玻璃，只要在这个球形帽子里面转一转头，就可以朝各处观望。球形帽子一戴上，安装在背上的那套鲁凯罗尔设备即开始运转，就我而言，我觉得呼吸自如。

我腰上挂着鲁姆科尔夫灯，手里握着猎枪，只等出发。可是，坦率地说，身子被"囚"在那身沉重的衣服里，脚被那双铅底鞋"钉"在甲板上，我是寸步难移！

不过，这种情况是预料之中的，因为我觉得有人正在把我往那间和更衣室相连的小屋子里推。我的几个同伴，也被人推着，跟在我后面。我听到一扇密闭的门在我们身后关上，周围变得一片漆黑。

几分钟之后，我听到尖尖的哨声。我觉得有些凉，从脚底上升到胸间。很明显，阀门正在从艇里被打开，外面的水流进来，已经浸到我们身上，一会儿就会把这间屋子灌满。这时，开在"鹦鹉螺"艇侧的另一道门打开。我们见到微弱的光。很快，我们的脚就踏上了海底。

现在，我怎样才能把这次海底漫步留给我的印象写出来呢？叙述这样美妙的经历，语言是贫乏无力的！连画笔都不能巧妙地再现大海留给人的奇特印象时，书写的东西又怎么能曲尽其妙地把它们传达出来呢？

内莫艇长在前面走，他那位同伴在我们后面几步远的地方跟着。孔塞伊和我，我们两个人肩并肩地走着，就好像我们依然能够通过身上这层盔甲交谈似的。我已经不觉得衣服和鞋子沉，也感觉不到背上的空气仓和头盔重；我的头像杏核里的杏仁似的在头盔里转来转去。所有这些东西,一到水里就失去了一部分重量,失去的重量和排水量相当,我很清楚地体会到由阿基米德发现的这条定律。我不再是惰性物体,我活动的自由度相对地大了。

阳光能够照亮水面以下三十英尺的海水,其强度令我吃惊。太阳的光线很容易地穿过海水,使海水的颜色变淡。离我一百米远的东西,看得清清楚楚。一百米以外,海底的颜色就像群青石似的有了细微的变化,再远些,海底呈蓝色,然后,就只有一片模糊,什么也看不清了。实在说来,我身体周围的水也只是另一种空气,比陆地上的空气密度大些,但几乎是一样清澈。往上看,我能瞥见平静的海面。

我们走在一片细沙之上。沙滩一平如镜,不像海边的沙滩那样,留着波浪造成的痕迹。像地毯似的细沙,是真正的反光镜,它以令人吃惊的强度把太阳的光线折射回去。大片大片的反射光从沙滩上反射回去,把海水照得通明。如果我肯定地说,在三十英尺深的海里,我看东西像大白天一样清楚,会有人相信吗?

我在这片亮晶晶的沙地上走了一刻钟。沙子中间散布着很难觉察的细碎的贝壳。"鹦鹉螺"号的艇体,看起来就像一座长长的暗礁,正在逐渐消失;不过,到夜幕降临的时候,艇上那盏舷灯发出来的光非常清晰,会为我们顺利回艇提供方便。这种现象,对那些只在陆地上见过滚滚而来的白茫茫海浪的人来说,是难以想象的。陆地上,空气中饱含尘埃,海浪看上去像发光的雾,而在海面上和海底,电光的传播清晰无比。

我们不停地往前走,广阔的沙滩似乎无边无际。我用手分开水帘,水帘很快又在我身后合上,而我的脚印却在水的压力之下迅速消失。

过了一会儿,远处有什么东西,模模糊糊地映入我的眼帘。我认出来了,那是些美丽的岩石,上面长满了最美的植形动物。这里首先给我留下一个特殊的印象。

当时是上午十点。太阳光还是斜的,照射着波浪起伏的海面。水中的花、岩石、胚芽、贝壳和珊瑚虫,一接触因折射而变了形的七彩阳光,就像通过棱镜似的,颜色都有些轻微变化。总而言之,绿的,黄的,橙色的,紫的,靛青的,蓝的等等各种色调的糅合,构成一个真正的万花筒,变成一个善于使用颜色的疯狂画家的调色板;这是一种奇景,令人大饱眼福!可惜的是,我虽然激情满怀,但无法把这种生动感受告诉孔塞伊,和他一起竞相发出感叹!也不能像内莫艇长的同伴那样,通过约定的手势和艇长交流我的想法!于是,我退而求其次,自己和自己说起话来,我在脑袋上戴着的铜盔里大喊大叫,可能白白浪费了一些不该浪费的空气。

面对美景,孔塞伊也像我一样停住脚步。很明显,看到这么多植形动物和软体动物,小伙子又开始分类了。珊瑚虫和棘皮动物,俯拾即是。有色彩斑驳的叉形虫,离群索居的角形虫,过去称之为"白珊瑚"的颜色纯正的复眼珊瑚,长得像蘑菇似的菌生虫;有用吸盘附着在地上的银莲花,身上点缀着天蓝色触角形成的菌圈,就像一个花坛;有星星点点地散布在沙滩上的海星;有瘤状的天星菌,就像仙女绣的精细花边,在我们走过时激起的微波中荡漾。散布在地上的成千上万软体动物,都能成为一流标本,踩在脚下,令我于心不忍。其中有同心扇贝,槌贝;有水叶甲,那是些真正能够蹦蹦跳跳的贝壳类动物;有马蹄螺,红冠螺,被称为天使翅膀的风螺,叶纹螺,以及取之不尽的大洋里的大量其他生物。但我们必须往前走。一路上,成群的僧帽水母在我们头上漂浮,它们那些天青石色的触角就那样拖在后面;还有伞膜呈乳白色或淡红色、生着天蓝色花边的水母,把阳光都遮住了。暗处的浮游生物,在我们经过的路上洒满磷光!

在四分之一海里的范围内,我跟在内莫艇长身后,走走停停,目不暇接地观赏着这些奇妙生物。内莫艇长不断向我打手势,招呼我前进。过了一会儿,海底的情况变了。沙滩没了,脚下是一层黏稠的沉渣,就是美洲人所说的那种"奥阿兹",完全是由硅质和石灰质的贝壳构成的。接着我们又经过一片长满海藻的地方,这种远洋植物还没被海水冲掉,生长得很茂盛。这片由密密麻麻的海藻构成的草坪似的地方,脚踏上去软软的,可以和人工织成的最柔软的地毯媲美。不过,这些绿色植物在我们脚下延伸的时候,也没有把我们的头部放弃不管:一道由海生植物织成的绿廊已经在海面出现。从分类学上说,这种海生植物属于繁盛的海藻科,已知的就不下两千种。我看到了墨角藻的长带子,有球形的,也有管状的;我还看到了红花藻、叶子十分纤细的苔藓以及和扇形仙人掌相似的蔷薇藻。

我发现,绿色植物生长在接近海面的地方,红色植物生长在比较深的地方,海洋深处则留给了那些黑色或棕色的水生植物,让它们在大洋底层形成花园或草坪。

海藻真是造物的奇迹,植物世界里的一种奇观。海藻科里有地球上最小的植物,同时也有地球上最大的植物。因为,我们既可以在五平方毫米大小的地方数出四万个难以觉察的胚芽,也可以采集到长度超过五百米的墨角藻。

我们离开"鹦鹉螺"号差不多有一个半小时了。时间已经接近中午。我发现,阳光已经直射过来,不再折射。色彩的变换在逐渐消失,我们头顶上的天空,绿宝石和蓝宝石的细微差别也不见了。我们迈着均匀的步伐前进,脚步的声音大得惊人。在海底,一点点声响都会以比在陆地上更快的速度传播出去,让人的耳朵感到不习惯。事实上,对声音来说,水是一种最好的导体,比空气好,声音在水里传播的速度是空气里的四倍。

这时,地上出现明显的坡度。光线的色彩变得单调了。我们到达的深度已经有一百米,受到的压力是十个大气压。但我丝毫没有感觉到有什么压力,因为我的潜水服就是为了适应这种情况而制造的。我感到的仅仅是手指有些不灵活,而且,这种不适也很快就消失了。穿着这么笨重的衣服——我没怎么穿过这么笨重的衣服——走两个小时的路,本该觉得十分疲乏,我却依然神清气爽。在水的助力下,我动作自如得令人吃惊。

到了三百英尺的深度,我仍然能够看到阳光,不过已经很微弱。阳光不再那么耀眼,已经成了淡红色的晚霞,介乎日与夜之间的颜色。不过,路还是足可以看得清的,尚无须使用鲁姆科尔夫灯。

这时,内莫艇长停下来。他等我赶到身边,用手指给我看一片黑糊糊的东西,就在离我们不远处的阴影里,显得很突出。

"那就是克雷斯波岛的森林。"我想。我想得不错。

## 十七　海底森林

我们终于到达森林边缘。这片森林可能是内莫艇长大片领地中一处最美好的产业。他把这片森林看成自己的私产,自认为对这片森林有一种特权,一种地球上第一批人在创世之初所享有的那种特权。其实,谁又能够和他争夺这片海底产业的所有权呢?还会有比他更为大胆的先驱,手持大斧,跑到这里来砍树开荒吗?

这片森林里都是巨大的乔木,我们从那些高大乔木形成的拱顶下穿进去以后,给我留下深刻印象的首先是树木枝叶的排列方式——直到那时,我不曾见过那样的排列。

林间空地,寸草皆无;丛生的灌木枝条,既不趴在地上蔓延,也不弯腰下垂;树枝没有一根呈水平状伸展。所有的枝条,一律伸向洋面。任何一根细茎,任何一片带状叶子,不管多细多薄,无不像铁丝一样笔直。墨角藻和藤本植物,受海水密度控制,都挺拔地直线向上生长。这些植物平时一动不动,但我用手一分,就会立即恢复原状。这里是垂直线的王国。

过了一会儿,我习惯了这种奇怪的排列,也习惯了我周围的相对黑暗。森林里的地上有很多尖石块,不容易躲开。我觉得,这里的海底植物,品种相当齐全,甚至比北极地区或热带地区还要丰富。不过,有那么几分钟,我无意之中把这些生物之间的"界"搞混了,拿植形动物当成水生植物,拿动物当成植物了。可是,谁又不会搞错呢?在这个海底世界里,动物区系和植物区系相邻得太近了!

我注意到,所有这些植物界的生物,都仅仅由表面的根突固定在海底地面上。这些生物没有根,只要是固体,不管是沙子、贝壳、甲壳还是鹅卵石,都可以支撑它们,而它们要求于这些物体的只是一个支点,不是营养。这些植物都是自生自灭,其生命元素存在于支持、营养它们的海水之中。大部分都没有叶子,长出来的都是奇形怪状的薄片,颜色有限,只有玫瑰色的,胭脂红色的,绿色的,橄榄色的,浅黄褐色的和棕色的。我在这里又看到在"鹦鹉螺"号上看到过的东西,但不是干了的标本:张开了像一把扇子、让人见了就生凉意的孔雀团扇藻,猩红色的瓷贝,拖着长长的可食嫩芽的片形贝,高达十五米的细而弯曲的古铜藻,茎在顶端处变大的一丛丛瓶形水草,还有许多其他远洋植物,都不开花。一位博物学家风趣地说过:"在海洋这个奇怪的环境里,有一种奇特的反常现象:动物'界'的东西开花,植物'界'的东西不开花!"

在大得像温带地区树木的各种灌木中间,在这些灌木"潮湿"的阴影之下,长满繁花盛开的荆棘丛,成排的植形动物;植形动物上生长着满身是弯弯曲曲皱纹的脑珊瑚,触角透明的淡黄色石竹珊瑚,像草地般丛生的六放珊瑚。为了使幻象更加完美,空中有成群的蝇鱼,像蜂鸟似的在树枝中间上下翻飞,脚下有颌骨上翘、鳞甲尖利的黄色囊虫鱼以及飞鱼和单鳍鱼,似成群的沙锥一样游来游去。

快到一点时,内莫艇长发出让大家休息的信号。我对这个信号相当满意。于是,我们在海藻的绿廊中躺下休息,海藻细长的枝条箭一样竖立着。

这段休息时间令我感到十分惬意。我们所缺的是谈话的乐趣。不能说话,无法交流,我只是把自己的大铜头向孔塞伊的头靠了靠。我看到,小伙子的眼睛发亮,显得十分高兴;为了表达他的满足,他在那个空气罩里挤眉弄眼,做了些可笑之至的动作。

这样走了四个小时以后,居然不觉得饿,令我非常吃惊。胃的这种情况是怎么搞的,我说不清楚。但是,和所有的潜水员一样,我也觉得困得不得了。因此,我的两眼很快就闭上,不可抗拒地堕入半睡眠状态。休息之前,我一直靠走路的动作抵制睡眠的袭扰。内莫艇长和他那位大力士同伴,舒展地躺在这水晶般透明的水中,给我们做了个睡觉的示范。

我在这种半昏睡状态中过了多长时间,自己也无法估计;不过,我醒来的时候,觉得太阳已经偏西。内莫艇长已经站在那里。我伸了个懒腰,就在这时,出现一个意想不到的东西,使我腾地站起来。

几步以外,一只一米高的大海蜘蛛正在斜着眼看我,准备向我扑过来。尽管潜水服很厚,不怕海蜘蛛咬,我仍然吓了一跳,身子不由自主地抖了一下。孔塞伊和"鹦鹉螺"号上的那个水手这时也醒了。内莫艇长向他那位同伴指了指那个讨厌的张牙舞爪的东西,那东西就立即被一枪撂倒。我看到,海蜘蛛吓人的大爪子在痉挛中猛烈抽搐。

海蜘蛛提醒我,在这昏暗的海底,大概还有更可怕的动物出没,而我的潜水服不一定对付得了这类动物的攻击。在这之前我不曾想到过这一点,此刻才想起要有所戒备。另外,我本来以为这次休息是我们行猎的终点,可是我错了,内莫艇长没有掉头奔回"鹦鹉螺"号,而是继续进行大胆的远足。

海底还在下斜,坡度越来越明显,把我们带到很深的地方。三点来钟的时候,我们来到一个位于海底一百五十米深处的峡谷,两边是悬崖峭壁。靠着经过改良的设备,我们超越了大自然那时给人类设下的海底旅行深度的极限,超越了九十米。

虽然没有任何设备能使我测量出海水的深度,我还是要说深度有一百五十米。因为我知道,即使在最清澈的海水里,太阳光也不可能穿透得更深,而海水恰恰到这里变暗。十步以外,什么东西都看不见了。我于是摸索着前行,就在这时,突然亮起一道相当强的白光。内莫艇长打开了电灯。他的同伴也跟着把电灯打开。我和孔塞伊也学着他们的样,把电灯打开。我转动螺丝,把线圈和蛇形玻璃管接通。刹那间,方圆二十五米的一片大海就被我们的四盏电灯照亮。

内莫艇长继续往黑黝黝的森林里走去,林中的灌木越来越少。我发现,植物减少的速度比动物快。土地越来越缺乏黏性,远洋植物已经不见踪影,一些神奇的动物,如植形动物、节肢动物、软体动物和鱼,还在这里繁殖。

我一边往前走一边想,我们这几盏鲁姆科尔夫灯,必定会吸引一些栖息在昏暗的深水层里的动物。不过,即使这样的动物向我们游过来,它们至少也要和我们这些猎人保持一定的距离,不让我们打到,这是很遗憾的。有好几次,我看到内莫艇长蹲下,举枪瞄准;但瞄了一会儿,却又站起来继续前进。

最后,到四点来钟的时候,这次奇妙的远足结束了。一道美丽的岩石高墙威严地矗立在我们面前,有成堆的大块石头,巨大的花岗岩峭壁上有深不见底的洞,但没有一个可以攀登的坡。这里是克雷斯波岛的海底绝壁,上面就是陆地。

内莫艇长突然停下来。他打了个手势,让我们休息;尽管我极想越过这道高墙,但还是不得不停下来。内莫艇长的领地到此处终结,他不想越过自己的领地。再往前走,就是地球上他不应再涉足的那个部分了。

开始返回。这个小分队,来的时候内莫艇长带头,现在仍由他领着毫不犹豫地朝前走。我仿佛觉得,回"鹦鹉螺"号的路,不是我们来时走的那条。这条新路很陡,走起来很费劲,不过,却使我们很快地接近了水面。然而,从上层海水中返回,上升得并不急剧,没有使压力减轻得特别快;压力减得太快,会使身体器官受到严重损害,给潜水员造成致命内伤。光很快重新出现、变强,但太阳已经快要落山,折射出来的光又给各种物体罩上一圈七色光环。

在海深十米的地方,我们走在一大群小鱼中间;鱼群里什么鱼都有,比天空中的鸟还多,也比鸟灵活;不过,我们眼前还没有一只值得开一枪的水生野味出现。

就在这时,我看到艇长急忙端枪瞄准,盯着荆棘丛中一个活动的东西。枪响了,我听到一声微弱的呼啸,一只动物在几步以外应声倒地。

打到的是一只漂亮的海獭,是惟一完全生活在海里的四条腿动物。这只海獭长一米半,可能值很多钱。海獭的皮,上面是栗褐色,下面是银白色,是一种好看讲究的皮子,在俄罗斯和中国的市场上非常抢手;毛细密而有光泽,至少能卖两千法郎。这种圆头、短耳、圆眼、长着猫一样白胡子、蹼足带趾、尾巴上的毛非常浓密的哺乳动物,很有趣,我非常喜欢。海獭是一种珍贵的食肉动物,由于受到渔民围猎,已经变得十分罕见,多数都跑到太平洋北部的海里躲了起来,即使在那里,看来这种动物不久也会灭绝。

内莫艇长的那位同伴过去把猎物捡起,扛到肩上,我们又接着往前走。

在一个小时里,展现在我们脚下的一直是平坦的沙地。沙地常常上升到离海面不到两米的地方,这时,我能看到我们的影子,映得清清楚楚,不过是倒过来的；于是，在我们上方，就有同样一群人，重复着我们的活动和动作，完全一模一样，这么说吧，除了走的时候头朝下脚朝上以外，其他的都和我们一样。

还有一种现象值得一记。上面有厚厚的云彩经过，这些云形成得快，消失得也快；不过，我想想也就明白了，所谓云彩，其实是不同厚度的大浪——我甚至看到了起泡沫的"白帽浪"，浪尖粉碎以后又纷纷洒到水上。大海鸟从我们头顶上飞过，我看到了它们急速掠过海面的情景。

我得了个机会，亲眼目睹了能打动猎人心弦的好枪法。一只硕大无朋的鸟翱翔着飞了过来，可以看得非常清楚。内莫艇长的同伴举起枪，在大鸟离海面只有几米的时候，枪响了，鸟一头扎下来，正好掉在那位好身手的猎人身边，他一把抓起。那是一只漂亮的信天翁，是远洋鸟类中最令人赞叹的一种鸟。

我们并没有因为这件事停下来。两个小时里，我们一会儿走在沙地上，一会儿走在海藻上；走在海藻上的时候十分费力气。老实说，我已经撑不住了，就在这时，我隐约看到半海里以外有朦胧的光，驱散了海水的昏暗。那是"鹦鹉螺"号舷灯的光。用不了二十分钟我们就能回到潜艇，回到艇上我就能顺畅地呼吸了——因为，我觉得储气罐里的氧气已经不多。但是，我没料到又碰上一件事，耽误了我们回艇的时间。

我已经落在后面大约二十步，就在这时，我发现内莫艇长突然转身朝我冲过来，用有力的大手把我按在地上，他的同伴也把孔塞伊按倒。一开始，我有点莫名其妙，不明白为什么突然向我们发起攻击，但看到艇长躺在我身边一动不动，我也就放心了。

我就这样躺在地上，正好被一丛海藻遮住，一抬头，发现过来了几个庞然大物，身上放着磷光，响动也很大。

我吓得心脏都不跳了！我已经辨认出来，过来的是可怕的角鲨。这是一对火鲛，是鲨鱼里最可怕的一种，尾巴长大，眼珠像琉璃，目光呆滞，口鼻周围的几个孔里散发着一些带磷的物质。火鲛的样子就像一条奇形怪状的小火轮，能把一个大活人吞进嘴里嚼碎！我不知道孔塞伊这时是否正忙着对它们进行分类，我可是在对它们进行观察，看它们银白色的肚子,长着巨齿獠牙的血盆大口;但这种观察科学成分不多,因为观察者是个遇到威胁的受害人,而不是一个从容不迫的博物学家。

万幸的是,这些贪婪的畜生眼睛不好,没发现我们就过去了,只用近似褐色的鳍扫了我们一下。我们奇迹般地脱了险。可以肯定,在海里遇到鲨鱼比在森林里碰到老虎危险得多。

半个小时以后,在电灯光的指引下,我们回到"鹦鹉螺"号。外面的门一直开着,我们走进第一间小屋,内莫艇长把外面那道门关上。接着,他按了一个按钮。我听到艇里启动水泵的声音,感到周围的水在下降,过了一会儿,小屋里的水全部排干。这时,里面的门打开,我们走进更衣室。

在更衣室里,我们的潜水服被脱了下来,脱也是费了一番力气的。我已经精疲力竭,又饿又困,快要倒下。回到房间以后,我对这次奇妙的海底远足,仍然惊叹不已。

## 十八　太平洋下四千里

第二天,十一月十八日清晨,我已经从前一天的疲劳中完全恢复过来,就在"鹦鹉螺"号的大副每天说那句话的时候登上平台。这时我突然想到,那句话和海面的情况有关,或者,那句话的意思就是:"目力所及之处,不见一物。"

确实,洋面上一片荒凉,什么也没有。极目远望,不见一帆一船。克雷斯波岛已在夜间消失得不见踪影。大海把棱镜里分出来的赤橙黄绿青紫色全部吸收,将剩下的蓝光向各个方向反射,呈现出一片令人赏心悦目的靛蓝。宽宽的波纹,随着涌动的海浪此起彼伏,一道接着一道显现。

我正在欣赏大洋美景,内莫艇长来了。他好像没看到我,开始进行一系列的天文观测。观测完毕,他走到舷灯旁边,臂肘依着灯架,将目光投向海面。

这时,"鹦鹉螺"号上的二十来名水手登上平台,各个五大三粗,身强力壮。夜里在艇后面放下一张网,他们是来起网的。很明显,这些水手虽然看起来都是欧洲人,却属于不同的民族。如果我没看错,他们中间有爱尔兰人,有法国人,有斯拉夫人,还有一个希腊人或克里特岛人。另外,这些人都不怎么说话,他们之间用的又是那种奇怪的方言,而我连那是哪里的方言都猜不出来。因此,我只好打消和他们搭讪的念头。

网被拖到艇上。这是一种拖网,和法国诺曼底沿岸用的那种拖网相似,几个大网袋由下网眼里的一根浮动桁木和一条链子撑着。这些网袋就这样拖在潜艇后面,将所过之处的海产一网打尽,就像用扫帚把海底扫了一遍。这天,他们网到这片海域里的一些非常有意思的鱼种,有海蛙鱼,动作滑稽,难怪得了个"小丑"的外号;有长着长触须的黑喋鱼;有皮上起皱、满身是细条带子的鳞豚;有毒性特别大的新月形箱豚、橄榄绿色的七思鳗、浑身长满了银鳞的海豹鱼;有旋毛鱼,身上带的电与电鳗和电鳐身上带的电相当;有带鳞片的弓背鱼,身上的条纹是横着长的;有浅绿色的鳕鱼,以及几种不同的虾虎鱼,等等。再有就是几种个儿比较大的鱼,有一条头上长着个突起的加郎鱼,长约一米;有几条漂亮的鲭鱼,银白和天蓝的色彩都很艳丽;还有三条漂亮的金枪鱼,虽然游得快,也难逃拖网。

我估计,这一网打上来的鱼有一千多磅,收获不小,但不令人吃惊。因为,这些网在船后面拖上几个小时,就能捞上大量的海产。看来,只要"鹦鹉螺"号速度和电的吸引力能够不断更新,我们大概就不会有缺乏美食之虞。

这些海产立即被通过舱盖放进食品储藏室,有的是立刻要吃的,剩下的要储藏起来。

捕鱼的事搞完,空气也已经换过,于是我想,"鹦鹉螺"号可能要继续它的海底航行了。我正准备回房间时,内莫艇长朝我转过身来,开门见山地说道:

"教授先生,请看这大洋,这大洋难道不是真有生命吗?它不是既能发怒,也会很温柔吗?昨天,大洋像我们一样睡下,现在,静静地睡了一夜之后,它醒了!"

既不道早安,也不道晚安!这个怪人好像在接着和我进行已经开始了的谈话。

"您看,"他接着说,"大洋是在太阳的抚摩之下醒来的!它要开始白天的生活了!追踪观察大洋的机能变化,是一项有意思的研究。大洋有脉搏,有动脉,会痉挛,我认为那位叫莫里①的学者说得对,他在大洋身上发现了循环系统,和动物身上的血液循环一样真实。"

可以肯定,内莫艇长并没打算从我这里得到什么回答,我也觉得没有必要跟他说些"显然是这样""当然"和"您说得对"之类的话。因为,他在每句话之间都停顿很长时间,更像是在自言自语。这是一种出声的思考。

"是啊!"他说,"大洋真的拥有循环系统,为了让这个系统循环起来,创造万物的造物主只要在大洋里加些热素、盐和在显微镜下才能看得到的微生物就行。确实,热素使海水出现不同的密度,使海水形成顺流和逆流。在北极地区不存在蒸发问题,但在赤道地区蒸发却进行得非常活跃,导致热带地区海水和极地地区海水不断交流。此外,我发现存在着自上而下和自下而上的水流,真正构成了海洋的呼吸。我看到过,海水分子在海面上晒热以后就回落到海底,一直落到摄氏零下二度的地方,达到自己的最大密度,然后,水分子的温度继续降低,于是它变得轻了,就又升到上面。到了极地,您就会看到这种现象造成的结果。同时,依据有先见之明的大自然的这条规律,您还会明白,结冰现象何以只在水的表面出现!"

内莫艇长说完这句话,我就想:"极地!难道这个天不怕地不怕的人想把我们一直带到极地去?"

这时,内莫艇长沉默了,两眼盯着被他不间断地、彻底地研究过的海洋。过了一会儿,他又接着说道:

"海水里有大量的盐,教授先生,如果您把溶解在海水里的盐都提取出来,您能用这些盐堆成一座四百五十万立方法里的山,若是把这些盐铺在地球上,厚度将高达十多米。不要以为,存在着这么多的盐,是大自然任意造成的。不是这样。盐使海水变得不易蒸发,使风不能把太多的海水水蒸气带走,而太多的水蒸气会化成水把温带地区淹没。盐的作用巨

---

① 莫里(1817—1892),法国学者。

大,在地球的总体协调中,盐起着制衡作用!"

内莫艇长停下来,他甚至站起来在平台上走了几步,然后又走到我面前:

"至于纤毛虫,"他说,"说到这些难以数计、在显微镜下才能看得到的微生物,一滴水里就有几百万个,八十万个才有一克重,但它们的作用却不可小觑。它们吸收海水里的盐分,吸收水里的固体物质,作为石灰质大陆的真正制造者,它们生产珊瑚和石珊瑚!一滴水里若是没有矿物养料,就会变轻,就会升到海面上去,到那里去吸收海水蒸发时遗弃的盐,从而变重,再下降,给那些微生物带去新的可以吸收的元素。这样就产生了水流的循环升降,永远运动,生命永存!生命比在大陆上更有活力,更加旺盛,更加没有穷期,正在大洋的所有地方变得生机勃勃。有人说,海洋是人的死界,对不可胜计的动物来说,它却是生天!——对我来说,海洋也是生天!"

内莫艇长说这些话的时候,整个人都变了,使我大为感动。

"因此,"他补充道,"这里才是真正的生活!我将设计建立一些海上城市,一些海底居民区。这些城市,这些居民区,就像'鹦鹉螺'号一样,每天早晨回到海面上换空气。如果可能,就建立一些自由的城市,独立的城邦!不过,谁知道会不会有个什么暴君……"

内莫艇长用一个激烈的手势结束了自己的话。然后,他面对着我,像要驱散一种令人沮丧的想法似的,问:

"阿罗纳克斯先生,您知道大洋有多深吗?"

"艇长,我至少知道那几次大规模测量为我们提供的数据。"

"您能跟我说说吗?需要的时候我可以核对一下。"

"有些我还记得。"我答道,"如果我记得不错,北大西洋的平均深度是八千二百米,地中海的平均深度是两千五百米。最引人注目的几次测量是在南纬35度附近的南大西洋进行的,测得的深度分别为一万二千米、一万四千零九十二米和一万六千零四十九米。总之,有人估计,如果海底被拉平,海的平均深度约为七千米。"

"很好,教授先生,"内莫艇长说,"我希望,我们能向您提供更为确切的数据。至于太平洋这个地区的平均深度,我告诉您吧,只有四千米。"

说完,内莫艇长就朝舱口走去,登梯子下去了。我也跟着他下去,来到大客厅。螺旋桨立即转动起来,从航速表上看,时速为二十海里。

在以后的日子里,一连几个礼拜,内莫艇长都很少露面,我见到他的次数有限。大副定时观测方位,我能在航海图上找到观测记录,因此,能够准确指出"鹦鹉螺"号的航线。

孔塞伊和兰德长时间和我待在一起。我们那次远足时所看到的奇景,孔塞伊已经向他讲了,那加拿大人因为没和我们一起去而后悔不迭。不过,我希望还有参观海洋森林的机会。

客厅里的舷窗差不多每天都打开几个小时,我们也就不知疲倦地用眼睛盯着,希望能够洞悉海底世界的秘密。

"鹦鹉螺"号的大方向是东南,深度维持在一百米到一百五十米之间。然而,有一天,也不知为什么,可能是一时心血来潮吧,"鹦鹉螺"号借着艇身的侧翼斜面板,沿着对角线沉下海去,一直到达两千米深的水层。温度计指示的温度是四点二五度。在这样的深度,高纬度和低纬度的海水温度好像相同。

十一月二十六日,凌晨三点,"鹦鹉螺"号从东经172度处跨越北回归线。二十七日,望见了桑威奇群岛①,一七七九年二月十四日,大名鼎鼎的库克②就是在那里遇害的。到了此刻,从我们航行的起点算起,我们已经航行了四千八百六十法里。早晨,我来到平台上,看到下风两海里处的夏威夷,那是夏威夷群岛七个岛中最大的岛。我能清楚地看到岛上的田界,几条和海岸呈平行走向的山脉,还有海拔五千米的冒纳凯阿山下的火山群。这片海域里的典型海产中,网上来的有孔雀珊瑚;这是一种被压得扁扁的、形状可爱的珊瑚虫,为这片海域所特有。

"鹦鹉螺"号保持着东南航向。十二月一日,从东经142度处穿过赤道;经过几天快速而顺利的穿行,同月四日,我们望见了马克萨斯群岛。

---

① 夏威夷群岛的旧称。
② 库克(1728—1779),英国航海家。

我看到,地处南纬 8 度 57 分、西经 139 度 32 分的奴库希瓦群岛的马丁角,就在距离我们三海里远的地方,它是这个属于法兰西的群岛中最大的岛屿。因为内莫艇长不喜欢离陆地太近,我看到的只是水天之际隐约可见的长满树木的大山。我们在那里网上来一些非常漂亮的鱼,有科里芬鱼,金尾蓝鳍,肉味鲜美,举世无双;有裸鱼,几乎通身无鳞,但肉味鲜美;有骨鳃鱼,颌是硬骨的;有淡黄色的塌萨鱼,能和金枪鱼媲美。这些鱼都值得分类保存在艇上的配膳室里。

离开这些迷人的法属海岛,从十二月四日到十一日,"鹦鹉螺"号航行了大约两千海里。途中碰上过一群枪乌贼,这是一种很有意思的软体动物,很接近墨鱼,法国渔民给这些鱼起的名字是枪乌贼,归类为头足纲,双鳃科,同属这一科的还有墨鱼和船蛸。古代博物学家着力研究过这些动物;如果生活在加利尼埃斯①之前的希腊医生阿泰纳的话是可信的,这种动物为古代希腊政治广场上的演说家提供了不少打比喻的素材,同时也是一些有钱公民盘中的美味佳肴。

"鹦鹉螺"号碰上那群昼伏夜出的软体动物,是在十二月九日到十日的夜里。那群软体动物,数以百万计!它们正沿着鲱鱼和沙丁鱼的巡游路线,从温带地区往更热的地方迁移。我们通过厚厚的水晶舷窗看着这些软体动物,它们靠身上的那根动力唧管活动,倒着游,速度极快,追逐着鱼和软体动物,吃掉小的,被大的吃掉,在一片难以描述的混乱中晃动着造物主给它们安在头上的十只爪。"鹦鹉螺"号虽然开得快,也在这群动物中间开了好几个小时,艇上的网打上来很多很多这种东西,我发现,其中有九种被多比尼②分过类,是太平洋出产的。

我们已经看到,穿越太平洋期间,大海一直慷慨地向我们展示自己最神奇的景色,变换无穷,使我们大饱眼福,大海改变着背景和内容,不仅吸引我们欣赏造物主在海洋里的杰作,而且还让我们洞悉大洋里最可怕的秘密。

---

① 加利尼埃斯(235—268),罗马皇帝、哲学家。
② 多比尼(1802—1857),法国博物学家。

十二月十一日这天,我一直在大厅里埋头读书。内德·兰德和孔塞伊透过半开着的舷窗看被照亮了的海水。"鹦鹉螺"号停着,一动不动。储水舱灌满了水,潜艇停在一千米深处,这是大洋中栖息生物比较少的地方,只有一些大鱼偶尔现身。

我读的是一本很吸引人的书,是让·马塞①写的《胃的奴仆》,我正读得津津有味,孔塞伊过来打断了我:

"先生能来一下吗?"他对我说,声调怪怪的。

"怎么了,孔塞伊?"

"先生来看看吧!"

我站起来,走到窗前,靠在那里往外看。

在强烈的电光照射下,一个黑黝黝的庞然大物,一动不动地悬在水里。我仔细看了看,想认出这条大鲸鱼的属性来。可是,我脑子里突然闪过一个想法:

"一条船!"我叫了起来。

"是的,"那加拿大人说,"一条失去控制以后笔直地沉到海底的船!"

内德·兰德没有弄错。我们面对的是一条船,断了的帆索还挂在铁柱子上。船体似乎依然完好,沉没的时间最多只有几个小时。三根桅杆在甲板上面两英尺的地方被砍断,说明船在倾斜的时候被迫弃了桅杆。可是,倾斜的船,已经灌满了水,还在继续向左舷倾去。沉没在海里的船已是惨不忍睹,但更惨的是甲板上的情景:几具被缆绳缠绕着的尸体还在那里躺着!我数了数,有四具尸体——四个男人,其中的一个还在舵旁站着——还有个年轻女人,半个身子露在艉楼甲板天窗外面,怀里抱着个孩子。我能看得很清楚,因为"鹦鹉螺"号的灯光照得如同白昼,她脸上的线条还没被海水泡坏。她用尽最后的力气,把孩子举过头顶,那可怜的小生命却用胳膊死死抱住妈妈的脖子不放!四个水手的表情看起来怪吓人的,他们在痉挛中已经缩成一团,却还在拼命挣脱缠绕着他们的缆绳。只有舵手的样子比较镇定,他面孔清晰,神情严肃,灰白的头发贴在前额上,

---

① 让·马塞(1815—1894),法国作家。

一只手紧握着舵轮,似乎仍然驾着沉没了的三桅帆船在大洋深处行驶!

这是多么凄惨的景象啊!站在刚刚发生的海难现场,也可以说是站在于最后时刻拍摄的这张照片前,我们都沉默无语,心跳得厉害!我已经看到,在人肉诱饵的引诱下,红了眼的大鲨鱼游过来了!

其间,"鹦鹉螺"号调了个头,围着那条沉船绕了一圈,我于瞬间看到了船后面的牌子:

佛罗里达,森德兰。

## 十九　瓦尼可罗群岛

这种可怕景象是"鹦鹉螺"号一路上碰到的一系列海难的开头。自从"鹦鹉螺"号到交通比较频繁的海上行驶以来,我们经常看到在海水中腐蚀的沉船;更深的地方有炮,炮弹,锚,链子,以及各种各样的铁器,都已经生锈。

这期间,我们一直被"鹦鹉螺"号带着走,在艇上过着与世隔绝的生活。十二月十一日,我们看到了波蒙图群岛,从前叫布干维尔,是个"危险的群岛",呈东南偏东到西北偏西走向,位于南纬13度30分到23度50分、西经125度30分到151度30分之间,从迪西岛起,至拉扎雷夫岛止,连绵五百法里。群岛的面积为三百七十平方法里,由大约六十组岛屿构成,其中有一组叫个甘比尔,已被法国置于自己的保护之下。这些岛屿都是石灰质的珊瑚岛。在珊瑚虫的作用下,岛屿在不断地缓缓隆起,有朝一日终将连成一片。新连成一片的岛又将和附近的群岛连到一起,于是,第五个大陆就会出现,从新西兰和新喀里多尼亚起,到马克萨斯群岛止。

那天,我正在内莫艇长面前大谈我的这套理论,他冷冷地给了我一句:

"地球上需要的不是新大陆,而是新人!"

说来也巧,"鹦鹉螺"号正好被引向克莱蒙特-托内尔岛,这是群岛中最有意思的一个岛,是一八二二年由"密涅瓦女神"号船长贝尔发现的。

我因此得以对构成太平洋上这些岛屿的石珊瑚体系进行一番研究。

一定要注意,石珊瑚和一般珊瑚是有区别的,石珊瑚有一层由石灰硬皮盖着的组织,其结构的变化,促使我的老师、著名的米尔讷·爱得华先生把它们分成五部分。向珊瑚骨分泌液体的小微生物,数以十亿计地生活在它们的细胞之中。变成岩石、暗礁、小岛和岛的,正是这些小微生物分泌的石灰性沉积。在一些地方,它们形成一个圆圈,围着一个泻湖或一个小小的内湖,湖有缺口,与海相通;在另一些地方,它们又形成一些礁坝,新喀里多尼亚海岸和波蒙图群岛的一些岛屿沿岸,都有这样的礁坝;在留尼汪和毛里求斯那样的地方,它们筑起的是一些裙礁,裙礁像笔直的高墙,附近的海水深不可测。

从克莱蒙特-托尔内岛绝壁延伸几链远,我看到的就是令人赞叹的、由那些极其微小的"劳动者"完成的宏伟工程。那些高墙是石珊瑚特有的杰作。这些石珊瑚有不同的名称,有孔珊瑚、细孔珊瑚、星满天、脑珊瑚等多种称谓。珊瑚在海面的动荡水层里生长发育得特别好,因此,它们构筑的这些水下建筑,是从上面的部分开始的,建筑物和支撑自己的含有分泌物的碎渣滓一起,一点点往下延伸。至少,达尔文的理论是这样解释泻湖礁形成的。另有一种理论,认为沉入海面以下几英尺的山顶或火山顶是珊瑚礁的基础;在我看来,达尔文的理论更高明些。

我能够在离得很近的地方观察这些有意思的珊瑚礁墙,因为,探测器和这些墙并排直立测出来的深度为三百多米,而我们的电光把这些石灰质的墙照得通明。

孔塞伊向我提了个问题,问这些高大墙坝的增长速度有多快。我告诉他,学者们估计,其增长速度为一个世纪八分之一英寸。这个回答使他大为惊讶。

"这么说,要立起这些高墙,"他对我说,"得……?"

"得十九万二千年,孔塞伊,这就把《圣经》所说的天数特别奇怪地延长了。另外,煤炭的形成,就是说,被洪荒时期洪水卷入泥潭的森林的矿化,需要的时间比这个还要多得多。不过,我要补充一点,《圣经》的天数只是一些时期,而不是两次太阳出来之间的那个间隔,因为,《圣经》也说了,太阳不是从创世的第一天才有的。"

"鹦鹉螺"号浮上水面以后,低矮的、长满树木的克莱蒙特-托尔内岛整个呈现在我们眼前。很明显,岛上的珊瑚石是在龙卷风和暴风雨的作用下成为沃土的。土里混有腐烂的鱼和海草,成为腐殖质,某一天,被风暴从邻近地区卷来的一粒种子,飘落在上面。一只椰子随波逐流,被海水带到这个新海岸。胚芽生了根。小椰子树长大,阻住水汽蒸发。小河诞生。植物越长越茂盛。攀附在被风拔起的树干上的微生物,虫子,昆虫,从上风的岛屿飘来。海龟到这里来产卵,鸟儿到树上来筑巢,动物的生活即以这种方式开始。被碧绿的景色和肥沃的土地吸引,人类也在这里出现。这些岛屿就是这样形成的,它们是那些用显微镜才能看到的微小动物的大作。

傍晚,克莱蒙特-托尔内群岛消失在远处,"鹦鹉螺"号的航线也发生明显变化。在东经135度处抵达南回归线以后,潜艇朝西北偏西方向驶去,溯流而上,来到热带地区。虽然是夏天,骄阳似火,我们却一点也不觉得热,因为,在水下三四十米的地方,温度超不过十至十二度。

十二月十五日,我们从西面掠过景色迷人的社会群岛,掠过太平洋上的珍珠、婀娜多姿的塔希提岛。早晨,我瞥见远在下风处几海里以外的塔希提岛的顶峰。那片海域为我们的潜艇提供了美味的鱼,有鲭鱼、金枪鱼、白化鱼,还有几种被称作鳗鱼的海蛇。

"鹦鹉螺"号已经航行八千一百海里。汤加塔布群岛是"阿尔戈"号、"太子港"号和"波特兰公爵"号船员遇难的地方,航海家群岛是拉彼鲁兹①的朋友朗格勒船长被害之处,"鹦鹉螺"号从这两个群岛之间通过时,计程仪上显示的数字是九千七百二十海里。接着,我们又看到维提群岛;"联盟"号的全体水手,"可爱的约瑟芬"号的船长南特人比罗,都是在这里被野人杀害的。

维提群岛南北长一百法里,东西宽九十法里,地处南纬6—2度之间,

---

① 拉彼鲁兹(1741—1788),法国航海家。

西经174—179度之内,由若干岛、小岛和暗礁组成,其中较为引人注目的是维提岛、瓦努阿岛和坎杜邦岛。

这些岛屿是塔斯曼①于一六四三年发现的。也是在那一年,托里切利②发明了气压计,路易十四登上了国王宝座。这几件事中哪件事对人类最有益,就不用我说了。接着,库克、昂特勒卡斯托③和迪蒙·迪维尔④分别于一七一四年、一七九三年和一八二七年来到这里,迪维尔搞清了这个群岛混乱的地理情况。"鹦鹉螺"号驶近怀莱阿湾,这里是狄龙船长进行可怕冒险的地方,他是第一个弄清楚拉彼鲁兹失事秘密的人。

怀莱阿湾盛产上等牡蛎,我们捕捞了几次,收获颇丰。我们按照塞内加⑤的教导办事,在桌子上剥开了就吃,毫无节制。这类软体动物在科西嘉非常普遍,叫薄壳牡蛎。怀莱阿湾会名扬四海的,可以肯定,如果不遭受破坏,牡蛎终将充斥整个海湾,因为有人计算过,一只牡蛎能产两百万颗卵。

这一次,内德·兰德师傅所以没有因为贪吃而后悔,是因为牡蛎是惟一不会引起消化不良的食物。其实,满足一个人一天所需的三百一十五克含氮营养物质,用不着至少吃十六打这种无头软体动物。

十二月二十五日,"鹦鹉螺"号在新赫布里底⑥群岛中穿行。这个群岛是盖罗⑦于一六○六年发现的,布干维尔⑧于一七六八年进行过一番开发;原来叫基罗岛,一七七三年库克给它取了现在这个名字。新赫布里底群岛由九个大岛组成,在南纬15度到2度、东经164度到68度之间,构成一条从西北偏北到东南偏南的一百二十法里长的带子。我们从距离欧鲁岛很近的地方经过,当时正是中午,我觉得那个岛就像一大片郁郁葱

---

① 塔斯曼(1603—1659),荷兰航海家。
② 托里切利(1608—1647),意大利物理学家。
③ 昂特勒卡斯托(1737—1793),法国航海家。
④ 迪蒙·迪维尔(1790—1842),法国航海家。
⑤ 塞内加(公元前4—公元65),古罗马哲学家。
⑥ 新赫布里底,今称瓦努阿图。
⑦ 盖罗(1560—1614),葡萄牙航海家。
⑧ 布干维尔(1729—1811),法国航海家。

葱的树林,上面有一座高高的山峰。

这一天是圣诞节。我觉得,内德·兰德似乎因为不能欢度圣诞而深感失望。圣诞节是真正的家庭节日,新教教徒对这个节日十分重视。

十二月二十七日早晨,内莫艇长走进大客厅。我已经有一个礼拜没见到他,可他总是那副好像刚刚离开你五分钟的样子。我当时正在地球平面球形图上寻找"鹦鹉螺"号的航行路线。艇长走过来,把一个指头放在地图的一个点上,只说了一个词:

"瓦尼可罗。"

这个名字有魔力。这是拉彼鲁兹的船队失事处一些小岛的名字。我腾地站起来。

"'鹦鹉螺'号要带我们去瓦尼可罗岛?"我问。

"是的,教授先生。"艇长答道。

"那么我能去看看这些出了名的小岛吗?'指南针'号和'星盘'号可都是在那里撞毁的。"

"您想看就看吧!阿罗纳克斯先生。"

"我们什么时候到瓦尼可罗岛?"

"我们现在已经到了,教授先生。"

内莫艇长在后面跟着,我登上平台,全神贯注地在海面上搜索。

东北方向有两个大小不等的火山岛露出海面,四周是周长约四十海里的珊瑚礁。现在,真正的瓦尼可罗岛就在我们面前,而迪蒙·迪维尔非要把这个岛叫探索岛。我们面对的恰好是地处南纬 16 度 4 分,东经 164 度 32 分的这个岛上的小避风港瓦努。岛上好像长满了绿色植物,从海滩起一直到岛内的高处,一片郁郁葱葱。最高的山是卡波古山,高四百七十六图瓦兹。

"鹦鹉螺"号经一条狭窄航道穿过由岩石构成的礁石环,来到防波堤内,这里的水深为三四十法寻①。我发现,绿油油的红树树荫下的几个野人,看着我们靠近,显得大为惊奇。看到这么个长长的在水面上游的黑家

---

① 法寻,旧水深单位,1 法寻约合 1.66 米。

伙,他们是不是以为见到了一条得防着点的大鲸类动物啊?

这时,内莫艇长问我,关于拉彼鲁兹遇难的事,我都知道些什么。

"就是尽人皆知的那点东西,艇长。"我回答。

"您能把尽人皆知的那点东西告诉我吗?"他又语带讥讽地问我。

"那太容易了。"

于是,我就把迪蒙·迪维尔最后发表的那些著作里披露的一些情况,对他讲了讲。简单说来有如下述。

拉彼鲁兹和他的副手朗格勒船长,于一七八五年受国王路易十六的派遣进行一次环球航行。他们登上"指南针"号和"星盘"号三桅船,一去不复返。

一七九一年,对那两条三桅船的命运感到担心——这种担心是有道理的——的法国政府,又装备两艘大补给舰,一艘叫"探索"号,一艘叫"希望"号,在布吕尼·德·昂特勒卡斯托的指挥下,于九月二十八日从布雷斯特起航。两个月以后,从"阿尔比马尔"号船长、一个叫鲍恩的人的话里得知,那两条失事的船,残骸在新乔治亚海岸被发现。可是,因为昂特勒卡斯托对这项传闻一无所知——而且传闻也不一定可靠——还是开着船向海军部群岛驶去,因为亨特船长的报告指明,那里是拉彼鲁兹遇难的地方。

昂特勒卡斯托的搜索是白费力气。"希望"号和"探索"号从瓦尼可罗岛前经过,竟然没停下来。总之,这次航行非常不幸,因为,昂特勒卡斯托和他的两个副手,还有几名船员,都为此而丧命。

第一个确定无疑地找到失事船只踪迹的,是迪龙船长,他是跑太平洋这条航线的老手。一八二四年五月十五日,他驾驶的"圣帕特里克"号从新赫布里底群岛中的蒂科皮亚岛旁边经过。在那里,一个划着独木舟的印度水手和他攀谈了几句,卖给他一把银剑柄,上面刻有字迹。那印度水手提到这样一件事:六年前他在瓦尼可罗岛上待过一阵,在那里看到过两个欧洲人,是多年前在这个岛触礁遇难的船只上的船员。

拉彼鲁兹那两条船的失踪曾震惊整个世界,迪龙猜想,在这里失事的可能就是那两条船。他想去瓦尼可罗岛,据那个印度水手讲,那里有很多失事船只的残骸；但是，由于风向和水流的关系，他没去成。

迪龙又回到加尔各答。在那里，他设法使亚细亚公司和印度公司对他的发现产生了兴趣。他因而得到一条被命名为"探索"号的船，和一名法国官员一起，于一八二七年一月二十三日出发。

"探索"号在太平洋上的几个地方靠过港，终于在一八二七年七月七日抵达瓦尼可罗岛，驶进小避风港瓦努，就是"鹦鹉螺"号此刻漂浮的地方。

他在这里搜集到不少失事船只的遗物，有铁制的厨房用具、锚、滑车上的绳索、几门臼炮、一百八十毫米口径的炮弹、天文仪器的碎片、一段船尾栏杆和一口铜钟，铜钟上刻着："巴赞造"，那是一七八五年前后布雷斯特海军造船厂使用的标记。因此，不可能再有什么疑问。

为了搜集到更多的情况，迪龙在出事地点一直待到十月。然后，他离开瓦尼可罗岛，驶往新西兰，于一八二八年四月七日抵达加尔各答，接着回到法国，受到国王查理十世的盛情款待。

可是，因为对迪龙的工作一无所知，迪蒙·迪维尔却在这时出发，到别的地方寻找出事地点去了。不过，也确实从一条捕鲸船的报告里得知，路易西亚德群岛和新喀里多尼亚岛的野蛮人手里有一些勋章和一枚圣路易十字架。

"星盘"号船长迪蒙·迪维尔就这样出了海，并且在迪龙离开瓦尼可罗岛两个月以后在霍巴特镇靠港。在那里，他得知迪龙所取得的成果，而且还听说，加尔各答"联盟"号上的一个叫詹姆斯·霍布斯的大副，曾经在位于南纬8度18分和东经156度30分的一个岛上登过陆，在岛上看到过这一带海域的土著使用的铁条和穿的红色衣料。

迪蒙·迪维尔有点茫然，不晓得是否应该相信报纸上报导的情况，那些报纸本不怎么值得信任。他最后决定，去追寻迪龙的踪迹。

一八二八年二月十日，"星盘"号抵达蒂科皮亚岛，请了一个避居在这个岛上的逃兵当向导和翻译，驶向瓦尼可罗岛。二月十二日，他们发现了瓦尼可罗岛，沿着这个岛的暗礁航行到十四日，二十日才在小避风港瓦努的防波堤内抛锚。

二十三日,几名高级船员在岛上搜寻了一遍,带回来几件不太重要的遗物。当地土著打定主意,一问三不知,一概否认,拒绝带他们去出事地点。这种态度十分可疑,让人以为他们曾经虐待过那些遇难的人;事实上,他们好像真怕迪蒙·迪维尔是来给拉彼鲁兹和他那些不幸的同伴报仇的。

然而,到二十六日,土著们得到礼物,也明白了不会有什么报复,无须害怕,这才决定带领大副雅基诺去出事地点。

到了出事地点,在巴库暗礁和瓦努暗礁之间的三四法寻的水下,散落着锚、炮、压舱铁和压舱铅,都粘着一层结成块的石灰。"星盘"号上的小船和捕鲸小艇开到这里,船员们费了很大劲,才把一只重九百千克的锚、一尊八十毫米口径的铸铁炮、一块压舱铅和两门铜臼炮捞上来。

迪蒙·迪维尔还从土著们那里打听到,拉彼鲁兹在这个岛的珊瑚礁上失去那两条船之后,又造了一条比较小的船,但又一次沉没……沉没在什么地方,没人知道。

于是,"星盘"号叫人在一丛红树下立了一个碑,纪念这位著名的航海家和他那几个同伴。这是个普通的四角锥形建筑,坐落在一个珊瑚礁座上。纪念碑上没有任何金属饰物,免得引起土著们的贪欲。

然后,迪蒙·迪维尔打算返航;但是,他的船员们都得了病,得的是这个不卫生的海岸所特有的热病,他本人病得也很厉害,一直拖到三月十七日才得以起航。

这期间,法国政府怕迪蒙·迪维尔不了解迪龙工作的进展情况,又派由勒瓜朗·德·特罗穆兰指挥、当时正停泊在美洲西海岸的"巴约乃兹"号三桅船去瓦尼可罗岛。"巴约乃兹"号于"星盘"号离开瓦尼可罗几个月以后才到达那里,没有发现任何新资料,但证实了一件事:那些野蛮人对拉彼鲁兹的墓碑是尊重的。

这就是我向内莫艇长讲述的故事的主要内容。

"这样说来,"他对我说,"那第三条船,就是由遇难船上的海员们在瓦尼可罗岛上建造的那条船,究竟毁在哪里,还没人知道?"

"还没人知道。"

内莫艇长没再说什么,只是做了个手势,让我跟着他去大客厅。这时,"鹦鹉螺"号下潜到海面以下几米的地方,客厅的护窗板也已经打开。

我急忙朝舷窗走过去,只见在覆盖着一层罩类植物、管状植物和翠绿海草的珊瑚石下,在游来游去的各种好看的鱼——鲂鱼、条纹鱼、颅骨鱼、金鲷——中间,有一些拖网没有网上来的船体残骸,有铁镫索、锚、大炮和炮弹,有绞车上用的索具,还有一根艏柱,都是遇难船只上的东西,如今上面长满了花草。

在我两眼盯着这些令人感到凄凉的残留物时,内莫艇长用一种严肃的口气跟我说起话来:

"拉彼鲁兹船长是一七八五年十二月七日率领'指南针'和'星盘'号出发的。他首先停泊在植物学湾,考察了友人群岛和新喀里多尼亚岛,然后驶向圣克鲁斯岛,并在哈帕伊群岛中的纳穆卡岛靠港。接着,这两条船来到瓦尼可罗岛情况不详的珊瑚礁上。行驶在前面的'指南针'号在南岸搁浅。'星盘'前来救援,同样也搁了浅。第一条船几乎立即就毁了。搁浅在沙滩上、处于下风位置的第二条船,坚持了几天。土著们对遇难船只上的人给与了相当好的接待。船上的人在岛上安顿下来,用两条大船上剩下来的东西,又造了一条比较小的船。有几名水手自愿留在瓦尼可罗岛。其余的人,体弱的,有病的,都跟着拉彼鲁兹走了。他们朝着所罗门群岛驶去,结果,在这个群岛主岛西岸的失望岬和满意岬之间,船毁人亡!"

"可您是怎么知道的呢?"我大声问道。

"我这里有在最后那条船的出事现场找到的东西。"

内莫艇长指给我看一个黑白铁匣子,上面打着法国军队的印记,已经完全被含盐的水腐蚀。他把匣子打开,我看到一捆发了黄的纸,但上面的字还能看清。

这是海军部长给拉彼鲁兹舰长的训令,上面有国王路易十六手书的御批!

"啊!对海员来说,这样的死也可以说是死得其所了!"内莫艇长又说道,"这座珊瑚墓是一座安静的坟墓,但愿我和我的同伴不会葬身他乡!"

## 二十　托雷斯海峡

十二月二十七日到二十八日的夜里,"鹦鹉螺"号以极快的速度离开瓦尼可罗岛。它的航向是西南,三天之内,行驶了七百五十法里,从拉彼鲁兹遇难的群岛来到巴布亚的西南角。

一八六八年元旦,孔塞伊一大早就到平台上来找我。

"先生,"那诚实的小伙子对我说,"先生允许我祝贺他'新年好!'吗?"

"瞧你说的,孔塞伊,要跟我在巴黎国立自然史博物馆的时候完全一样。我接受你的祝贺,谢谢你。只是,我得问问你,在我们目前这种处境中,你所说的'新年好!',含意是什么?是说这一年会结束我们的被囚禁状态,还是说会继续我们这种奇怪的旅行?"

"我真不知道该跟先生说什么好。"孔塞伊答道,"确实,我们看到了很多有意思的东西,这两个月来,我们连觉得烦的工夫都没有。每天看到的都是奇迹,总是那么令人吃惊,如果这样继续下去,我真不知道会怎么了结。我的想法是,我们永远也不会再遇到这样的机会了。"

"这样的机会是永远也不会再遇到了,孔塞伊。"

"另外,内莫先生这个人也确实像他的拉丁文名字所表明的那样,他存在并不比他不存在更让人觉得碍事。"

"你说得不错,孔塞伊。"

"所以,不怕先生见怪,我还是想,'新年好!'就应该好在能让我们把什么都看到……"

"把什么都看到,孔塞伊?那时间可就太长了。还有,内德·兰德是怎么想的呢?"

"内德·兰德想的跟我正好相反。"孔塞伊说,"他这个人很务实,也好吃,但总是看鱼、吃鱼,他不会满足的。没有酒,没有面包,没有肉,对一个习惯于吃牛排、吃饭时总要有点白兰地或金酒的真正的撒克逊人来说,是不太合适的！"

"就我而言，孔塞伊，让我苦恼的不是这个，艇上的伙食很合我的口味。"

"我也是。"孔塞伊答道，"因此我才想待下去，就像内德·兰德总想逃走一样。这样说来，如果这新的一年对我不好，就对内德·兰德好，反过来也是一样。这样，就会总有个人是满意的。说到底，我还是要祝先生万事如意！"

"谢谢你，孔塞伊。不过，新年礼物的事，只能以后再说，先用握手来代替吧！除此以外，我是一无所有。"

"先生从来没这么慷慨过。"孔塞伊答道。

说完，那诚实的小伙子就走了。

到一月二日，从日本海的出发地点算起，我们已经行驶一万一千三百四十海里，或五千二百五十法里。"鹦鹉螺"号面临的是澳大利亚东北海岸珊瑚海的危险海域。我们的潜艇沿着海岸行驶，距离可怕的暗礁脉只有几海里；一七七〇年六月十日，库克的那几条船险些就在这里失事。库克的船撞上一块岩石，船所以没沉，是因为被撞下来的珊瑚凑巧镶进了船身被撞开的洞中。

我非常希望能够看看这个三百六十法里长的暗礁。波涛汹涌的海水，撞到暗礁上，发出雷鸣般的巨大响声。但"鹦鹉螺"号的侧翼斜面板此刻正把我们带往海底，高高的珊瑚峭壁，我无缘得见。我只好先看网上来的各种鱼。在这些鱼里，我发现了白金枪鱼，这是一种像金枪鱼一样的大鲭鱼，腹两侧呈淡蓝色，周身有横纹，直到鱼死了以后横纹才消失。这种鱼成群地跟着我们，为我们的餐桌提供了一道极为可口的菜肴。我们也打上来不少青花鲷，五厘米长，吃起来有剑鱼的味道；还有一种飞鱼，是名副其实的海底燕子，身上有磷光，在昏暗的夜里，它们带着磷光，一会儿飞向空中，一会儿飞向海面。在软体动物和植形动物中，我在拖网的网眼里发现了几种海鸡冠目的动物，有海胆、双壳贝、马刺螺、盘形贝、蟹守螺和玻璃贝。植物主要有形状美丽的漂浮海藻、昆布和大包囊，都浑身粘着从导管里渗出来的黏液。在这些藻类中，我挑出一种可爱的胶质海藻，在博物馆里,这种东西算自然界的珍奇。

通过珊瑚海两天以后,一月四日,我们来到巴布亚海岸。这时,内莫艇长告诉我,他想通过托雷斯海峡去印度洋。他只对我说了这些。内德高兴地看到,这条航线使他接近了欧洲海岸。

托雷斯海峡是个危险地带,海峡里有暗礁,海岸上常有居住在那里的野蛮人出没。托雷斯海峡两侧,一边是新荷兰,一边是巴布亚的一个叫新几内亚的大岛。

巴布亚长四百法里,宽一百三十法里,面积为四万平方法里,位于南纬0度19分到10度2分、东经128度23分到146度15分之间。中午,大副测量太阳高度时,我望见了阿尔法勒克斯山的山顶,高处还有坡,到山顶就只剩下几座陡峭的山峰了。

这片土地是葡萄牙人弗朗西斯科·塞拉诺于一五一一年发现的,其后,陆续来到这里的,一五二六年有唐若泽·梅内塞斯,一五二七年有格利加尔瓦,一五二八年有西班牙将军阿尔瓦尔·德·萨福得拉,一五四五年有朱戈·奥尔泰,一六一六年有荷兰人舒唐,一七五三年有尼古拉·斯惠克,一七九二年有塔斯曼、当皮埃、菲梅尔、卡尔特雷、爱德华、布甘维尔、库克、福雷斯特、迈克卢尔和昂特勒卡斯托,一八二三年有迪佩雷,一八二七年有迪蒙·迪维尔。德·里安齐说过:"占据整个马来西亚的是黑人家庭。"我毫不怀疑,这次的航行会把我带到可怕的安达曼人面前。

"鹦鹉螺"号来到地球上最危险的海峡入口。这是个连胆子最大的航海家都不敢穿行的海峡;路易·帕兹·托雷斯①从南边的大海回来时在美拉尼西亚迎战的就是这个海峡;一八四〇年,迪蒙·迪维尔的两条三桅船搁了浅,几乎船毁人亡,也发生在这个海峡里。我们这艘超越了海上一切危险的"鹦鹉螺"号,如今就要和珊瑚礁打交道了。

托雷斯海峡大约宽三十四法里,但海峡里有数不清的岛屿、小岛、岩礁和岩石,几乎使这个海峡变得不能通航。因此,内莫艇长通过这个海峡

---

① 路易·帕兹·托雷斯,17世纪西班牙航海家。

的时候也是全神贯注,小心翼翼。"鹦鹉螺"号在海面上航行,以中速前进。潜艇的螺旋桨,像鲸鱼尾巴一样,缓慢地击打着海水。

利用这个机会,我和我的两位同伴一直待在空无一人的平台上。我们前面就是舵手待的驾驶舱,我说空无一人可能说错了,内莫艇长大概就在驾驶舱里,正亲自指挥他的"鹦鹉螺"号呢。

我眼前摆着几张非常详尽的托雷斯海峡航海图,是河海测量工程师万桑东·迪穆兰和海军中尉——如今已经是海军司令——库普旺-德布瓦测量绘制的;迪蒙·迪维尔进行最后一次环球航行时,这两个人都是他的参谋人员。再加上金船长①绘制的那些海图,能对付这个狭窄通道复杂地形的最好地图,就都在这里了。我非常专注地看着这些航海图。

在"鹦鹉螺"号周围,大海卷起怒涛。海水从东南向西北以两海里半的速度流过去,打在散布在四周、露出水面的珊瑚礁上,溅起朵朵浪花。

"海上风浪太大!"内德·兰德对我说。

"确实讨厌!"我说,"这种天气对'鹦鹉螺'号这样的潜艇来说也不相宜。"

"那该死的船长得对航线非常有把握才行。"那加拿大人又说,"因为,我看到那里有不少珊瑚礁,只要碰一下就能把他的潜艇撞成碎片!"

情况确实危险,可是,"鹦鹉螺"号就像施过了魔法一般,在那些令人生畏的珊瑚礁之间溜过。它没有完全按照"星盘"号和"泽雷"号的航线行驶,那条航线对迪蒙·迪维尔来说是致命的。它更靠北些,紧挨着默里岛行进,然后又回头向西南,朝坎布兰岛驶去。我还以为它会一直开到坎布兰岛去呢,可又掉头向西北,穿过众多不知名的岛屿和小岛,朝通德岛和莫韦海峡驶去。

我已经在想,这位冒失得近乎疯狂的内莫艇长,是不是要把他的潜艇驶入迪蒙·迪维尔的两条三桅船到过的那条狭窄水道,就在我这么想着的时候,他又改变了航向,笔直向西,往格波罗阿尔岛驶去。

这时已是下午三点。海浪翻滚,潮水高涨。"鹦鹉螺"号驶近格波罗

---

① 金船长,威廉·派克·金(1793—1856),英国海员,海洋地图测绘工程师。

阿尔岛,岛上那片引人注目的班达树林,至今仍历历在目。我们离那个岛不到两海里。

突然,一个冲撞,使我摔倒。"鹦鹉螺"号撞上了暗礁,已经动弹不得,有点向左倾斜。

我站起来以后,发现内莫艇长和大副也来到了平台上。他们在检查潜艇的情况,用我们听不懂的方言交谈了几句。

情况是这样:在右舷两海里以外,是格波罗阿尔岛,岛的海岸从北向西成圆形,就像一只长长的手臂。南面和东面,几处珊瑚礁的上部已经因为退潮露了出来。我们已经搁浅,而且是在一片潮水不大的海域里,这种情况不利于"鹦鹉螺"号脱浅。不过,潜艇本身没受到一点损坏,艇体还非常结实地连在一起。但是,虽然它不会沉底,不会裂开,却极有可能就这样搁浅在暗礁上;如果是这样,内莫艇长的这个海底设备也就完了。

我正这样想着,内莫艇长朝我走过来,冷淡,沉静,总是那么自信,既不激动,也不气恼。

"发生事故了?"我问。

"没有,一个小插曲而已。"他回答。

"但这个小插曲,也许会迫使您再度成为您所逃避的陆地上的居民!"我这么回了他一句。

内莫艇长用一种很奇怪的目光看着我,然后打了个否定的手势。这就等于相当明确地告诉我,永远不会有任何东西能迫使他重返大陆。然后他对我说:

"再说了,'鹦鹉螺'号并没有遇难,它还要载着您到大洋里那些奇妙的东西中间去呢!我们的旅行才刚刚开始,我不想这么快就失去和您做旅伴的荣幸。"

"可是,内莫艇长,"我说,没有对他那句嘲弄人的话进行反驳,"'鹦鹉螺'号是在海水涨潮的时候搁浅的。而且,太平洋的海潮不大,那么,如果您不能减轻'鹦鹉螺'号的负荷——我以为减轻负荷是不可能的——我看不出潜艇怎么能够脱浅。"

"太平洋的海潮不大,您说得对,教授先生,"内莫艇长答道,"可是,在托雷斯海峡,涨潮与退潮之间却有着一米半的落差。今天是一月四日,五天之后月圆,到那个时候,如果这个乐于助人的地球不使海水升起得足够高,不来帮我这个忙,那才怪呢!我只想得到地球的帮助,我只欠它的情。"

说完,内莫艇长就下去,大副跟着他,回到"鹦鹉螺"号里面。潜艇呢,是不再动了,稳稳当当地待在那里,就好像珊瑚虫已经用自己那无法摧毁的黏合剂把它粘住了一样。

"怎么样?先生。"内德·兰德问我,他是艇长走后凑到我身边的。

"不怎么样!内德老弟,我们要静静地等候九日的海潮,因为,到那时候,似乎月亮会发善心,使我们重归大海。"

"就这么简单?"

"就这么简单。"

"艇长难道就不会在这里抛锚,再千方百计地设法使潜艇脱离险境?"

"既然涨潮就行了,那又何必呢!"孔塞伊用一句话做了回答。

加拿大人两眼盯着孔塞伊,然后耸了耸肩,以海员的身份内行地说:

"先生,"他反驳道,"照我看,这个铁家伙是再也开不动了,既不能再在海面上航行,也不能再在海底下航行,只能论斤当废铁卖掉。因此,我认为已经到了和内莫艇长不辞而别的时候。"

"内德老弟,"我对他说,"对这艘结实的潜艇,我不像您那样感到失望。太平洋的海潮是怎么回事,四天之后就可以见分晓。另外,若是在能够望到英吉利或者普罗旺斯海岸的地方提议逃跑,还算相宜,在巴布亚海域可就是另一回事了。而且,如果'鹦鹉螺'号真浮不起来了,再采取这种极端措施也来得及。不过,'鹦鹉螺'号要是真浮不起来,那问题可就严重了。"

"至少我们也可以探探路吧?"内德·兰德接着说,"这里是个岛,岛上有树,树下有陆地野兽,我们就能搞到牛排和烤牛肉,这种东西我是很想饱餐一顿的。"

"这件事,内德老兄说得有理,"孔塞伊说,"我同意他的意见。先生就不能让他的朋友内莫艇长把我们送到陆地上去？哪怕只是为了在那里走走，不让我们忘掉在陆地上行走的习惯呢！"

"我可以去要求，"我说，"但他一定会拒绝。"

"那就请先生冒险试试吧，也好让我们对那位艇长的好心眼心里有个数。"

非常出乎我意料的是，内莫艇长竟然答应了我的要求，答应得又是那么慷慨，那么热情，甚至没让我保证一定要回到艇上来。不过，想从新几内亚这个地方逃跑是很危险的，我不会建议内德·兰德这样做。与其落到巴布亚的土著手里，还不如在"鹦鹉螺"号上当俘虏呢！

说好第二天给我们小艇用。我没问内莫艇长跟不跟我们一起去。我甚至想，艇上不会派人给我们，内德·兰德得独自驾驶小艇。况且，陆地离我们最多也就两海里远。在对大船说来具有致命危险的珊瑚礁中驾驶小艇穿行，那加拿大人会觉得跟玩儿似的。

第二天，一月五日，打开盖的小艇已经从安放它的地方被拖出来，从平台扔到了海上。干这件事，两个人就够了。桨就在艇上，我们要做的只是上去坐好。

八点，我们带着枪和斧子从"鹦鹉螺"号上下来。大海相当平静。微风从岛上吹来。我和孔塞伊操起双桨，开始用力划，内德掌舵，在岩礁留出来的狭窄通道里行驶。小艇很好划，速度非常快。

内德·兰德抑制不住自己的兴奋，就像个逃出监狱的囚犯，根本就不去想还要回去的事。

"肉！"他反反复复地说，"这么说我们就要吃到肉了，多好的肉啊！真正的野味！可惜没有面包！我没说鱼不是好东西，但也不能总吃鱼啊！一块鲜野猪肉，放在炭火上一烤，那才真和我们平时吃的不一样呢！"

"真馋！"孔塞伊搭了腔，"说得我都流口水了。"

"还得了解一下，"我说，"这些树林子里有没有禽兽出没，野兽是不是大得能把打猎的人吃了。"

"好！阿罗纳克斯先生，"那加拿大人答道，他那满口的牙就跟磨快了的斧子刃似的，"要是这个岛上没有别的四条腿动物，那我就吃老虎，吃老虎腰上那块肉。"

"内德·兰德老兄要让人担心了。"孔塞伊说。

"不管怎么说,"内德·兰德接着说道,"只要是四条腿没有羽毛的动物,或者是两条腿带羽毛的动物,我见着了就是一枪!我用子弹问候它们!"

"好啊!"我说,"兰德师傅的冒失劲又上来了!"

"别害怕,阿罗纳克斯先生,"那加拿大人说,"使劲儿划吧!我用不了二十五分钟就能给您端上一盘菜来。"

顺利地通过环绕着格波罗阿尔岛的那一圈珊瑚礁以后,八点半,"鹦鹉螺"号上的小艇已经慢慢停在一片沙滩上。

## 二十一 在陆地上的几天

我双脚一踏上陆地,内心就掀起波澜。内德·兰德用脚试着踩了踩地面,好像要把这片土地据为己有似的。其实,我们成为"鹦鹉螺"号上的"乘客"——这是内莫艇长的说法——就是说,我们成为"鹦鹉螺"号艇长的囚徒,满打满算,也才只有两个月。

几分钟之后,我们离开海岸就有一枪的射程那么远了。土地几乎完全是石珊瑚质的;但是,几条干涸的河床里到处可见的花岗岩碎片,说明这个岛是早就形成了的。郁郁葱葱的森林形成一道幕帐,挡住了视线。参天的大树——有的高达二百英尺——有藤本植物组成的花环相连;那是些真正的天然吊床,在微风中摇摆。这里有合欢树、榕属植物、大麻黄属植物、柚木、木槿属植物、班达树和棕榈科植物,根深叶茂,相互交叉地生长着。在树木构成的绿荫保护下,在这些挺拔的树木根部,生长着茂密的兰科植物、豆科植物和蕨类植物。

可是,那加拿大人对巴布亚植物志里这些美丽样株,连看都不看。他放弃美丽,追求实用。他发现一棵椰子树,打下来几个椰子,我们就把椰子打开,喝椰汁,吃椰肉,那份开心劲儿,抵消了我们对"鹦鹉螺"号日常伙食的不满。

"太棒了!"内德·兰德说。

"味道很好!"孔塞伊响应道。

"我想,"那加拿大人说,"您那个内莫艇长不会反对我们带些椰子回去吧?"

"我想不会,"我说,"但他是不会品尝的!"

"那活该他倒霉!"孔塞伊说。

"那可就便宜我们了!"内德·兰德说,"因为那样会剩得多些。"

"我只想说一句话,兰德师傅。"我对捕鲸手说,他正准备对另一棵椰子树下手,"椰子是好东西,不过,在把小艇装满椰子之前,我觉得聪明的做法应该是先到岛上巡视一番,看看还有没有比椰子更有用的东西。在'鹦鹉螺'号的厨房里,新鲜蔬菜是会大受欢迎的。"

"先生说得有理。"孔塞伊说,"我建议,在我们的小艇上留出三个地方来,一个地方放水果,一个地方放蔬菜,一个地方放野味。可到现在为止,我连猎物的影子还没见着呢!"

"孔塞伊,您根本用不着为这个犯愁。"那加拿大人说。

"那我们就往前走吧!"我说,"不过,大家要多加小心,得把眼睛睁得大大的。虽说这个岛上好像荒无人烟,可也说不定会有什么别的东西,一些对猎物比我们更不挑剔的家伙!"

"嘿嘿!嘿嘿!"那加拿大人嘿了两声,动了动嘴巴,那意思十分明显。

"怎么啦?内德!"孔塞伊大声问。

"千真万确,我算是明白吃人的妙处了!"那加拿大人回了一句。

"内德!内德!您说这话是什么意思呀!"孔塞伊反问,"您,吃人!那我待在您身边可就没有安全感了,我跟您是同住一间屋子的呀!会不会哪一天我醒来的时候,已经被您吃剩一半了啊?"

"孔塞伊老弟,我是喜欢您,但还没喜欢得在没必要的时候就想把您吃掉。"

"您这话我不信。"孔塞伊答道,"咱们还是打猎去吧! 一定得打到点什么野味,好让这个吃人肉的人得到满足,不然的话,说不定哪天早晨先生就找不到他的仆人了,剩下骨头怎么侍候先生啊?"

说着说着,我们已经走进树林,头上是大树形成的昏暗拱顶。我们在树林里跑了两个小时,把树林跑了个遍。

我们很幸运,心想事成,找到了一些能吃的植物。热带地区一种很有用的植物,为我们提供了一样很珍贵的食品,是潜艇上所缺的。

我指的是面包树,格波罗阿尔岛上这种树很多,我留心的主要是一个无籽品种。在马来语里,这种树叫"利马"。

这种树和其他树木不同之处在于,树干笔直,高约四十英尺。叶子是多裂片的,树冠呈形态优美的圆形,博物学家一看就知道这是"菠萝蜜植物",在马斯卡林群岛上,这种树已经移植成功。浓密树叶中露出的硕大球形果实,直径有十厘米,外表凹凸不平,成六边形。这是大自然赐予缺小麦地区的一种植物,无须任何管理,一年里有八个月结果。

内德·兰德认识这些果实。他在无数次的航行中吃过这种东西,知道怎么调制。因此,一看到这些东西,他就来了食欲,就有点迫不及待了。

"先生,"他对我说,"要是不让我弄点面包果尝尝,还不如让我死了呢!"

"那就尝吧,老弟,随便尝吧。我们来这儿为的就是做些尝试,咱们弄点尝尝吧!"

"这用不了多少时间。"那加拿大人说。

于是,他用凸透镜点起一堆干柴,火劈劈啪啪地着起来。这时,我和孔塞伊采摘了一些上好的面包果。有些面包果还没熟透,厚厚的皮里是白色的果肉,但纤维很少。另外一些,数量很大,黄黄的,软软的,就等着人来摘了。

这些面包果没核。孔塞伊递给内德·兰德十来个,内德把面包果切成厚厚的片,放在炭火上,一边反反复复地唠叨着:

"您会看到的,先生,这种面包可好了!"

"特别是在好长时间没吃到面包以后。"孔塞伊说。

"这甚至已经不是面包了,"那加拿大人补充了一句,"成了一种美味糕点。您从来没吃过吗,先生?"

"从来没吃过,内德。"

"那好!您就准备吃好东西吧!如果您吃了以后不想再吃,我就不是捕鲸大王!"

几分钟之后,面包果向火的那一面已经完全变黄,外焦里嫩,里面是白白的面团,像柔软的面包心一样,有一股长生花的味道。

必须承认,这种面包非常之好,我吃得津津有味。

"遗憾的是,"我说,"这种东西存不住,我觉得没必要往艇上带。"

"才不呢,先生!"内德·兰德大声说道,"您说的是学究的话,可我得做面包师的事。孔塞伊,摘些面包果,回去的时候带走。"

"可是,您怎么储藏啊?"我问那加拿大人。

"用面包果的肉制成发酵面团,能保存很长时间,不会坏。想吃的时候,我就拿到艇上的厨房里去烤,虽然味道有点发酸,可您还会觉得非常好吃。"

"内德师傅,我想,有了面包,就什么也不缺了……"

"不,教授先生,"那加拿大人答道,"还缺水果,至少还缺点蔬菜!"

"那就让我们去找水果和蔬菜吧!"

于是,摘完面包果,我们又动身去寻找别的东西,好让我们这顿"陆地"上的午餐更丰盛。

我们没有白找,快到中午的时候,我们已经摘到很多香蕉。这种热带地区的美味产品,一年四季都有,马来人把香蕉叫做"皮桑",他们就那样生着吃,不煮也不烤。采摘香蕉的时候,我们还摘了些气味很冲的雅克果,美味可口的杧果,大得不可思议的菠萝。只是,采摘占去我们的大部分时间,但这也没什么可遗憾的。

孔塞伊总在观察内德。捕鲸手走在前面,他识货,穿过树林子的时候,很有把握地摘了不少好水果,品类齐全。

"怎么样?"孔塞伊问,"您什么都不缺了吧?"

那加拿大人只是"哼!"了一声。

"怎么!您还不满意?"

"光是这些植物凑不成一顿饭。"内德答道,"这些东西都是饭后吃的,是尾食。可是,汤在哪儿?烧烤的东西在哪儿?"

"确实,"我说,"内德跟我们许过愿,说要让我们吃上牛排,我看,这很成问题了。"

"先生,"那加拿大人接过话茬,"打猎活动不仅没结束,甚至还没开始呢。耐心点!我们最后总会碰上一只飞禽或走兽的,在这里碰不上,到别处也能碰上……"

"今天碰不上,明天也能碰上。"孔塞伊补充了一句,"因为我们不宜走得太远。我甚至建议马上回到小艇上去。"

"什么,现在就回去?"内德大声问道。

"我们应该在天黑以前回去。"我说。

"可是,现在才几点啊?"那加拿大人问。

"两点,至少有两点了。"孔塞伊回答。

"在稳稳当当的陆地上,时间怎么过得这么快啊!"内德·兰德师傅大喊大叫地说着,遗憾地叹了口气。

"走吧!"孔塞伊接着说道。

于是,我们穿过树林往回走,一边补充着我们的储备。我们还爬上槟榔树采摘了一些顶芽;也采了些四季豆,我认出来了,就是马来人叫做"阿布鲁"的东西。此外,还采了些质量上乘的薯蓣。

走到小艇那里的时候,采摘的东西我们都拿不动了。可是,内德·兰德仍然觉得采集的东西不够。不过,命运也还真眷顾他。就在上船的时候,他又发现几棵树,有二十五到三十英尺高,属于棕榈科植物。这些树和面包树一样珍贵,正是被马来亚列为最有用的植物里的一种。

这是些西谷椰子,一种野生植物,像桑树似的,靠自己的蘖根和籽繁殖。

内德·兰德知道该怎么对付这些树。他抡起斧子,运斧如风,三五下就撂倒两三棵。根据散落在树叶子上的白色粉末就可以断定,这几棵西谷椰子树已经成熟。

我看着内德干活,虽然饥肠辘辘,仍然忘不了博物学家的积习,总是从博物学家的角度着眼。他开始从每根树干上剥下一块块树皮,约有一寸厚,树皮里是长长的纤维网似的东西,形成一些解不开的结,结上全是胶状的粉。这种粉就是可以食用的西谷米,美拉尼西亚人主要以这种东西为食。

内德·兰德此刻只把这些树干砍成一段一段的,就像烧火用的木柴。剩下的事以后再做:把一段段树干里面的粉弄出来,用布过滤,把粉和纤维分开,放在太阳底下晒,让水分蒸发,最后再把这些粉放在模子里压成块。

下午五点,我们终于背着这些财富离开那个岛,半个小时之后,便停靠在"鹦鹉螺"号旁边。我们回来的时候没见到一个人,像钢板做成的圆桶似的潜艇上就跟没有人一样。把采集到的东西搬上潜艇,我就回到房间。晚饭已经摆在那里。我吃完饭就躺下睡了。

第二天,一月六日,艇上没有任何动静,没有一点声音,死气沉沉。那条小艇还靠在大船旁边,和我们昨天停在那里的时候一样。我们决定重返格波罗阿尔岛。从猎人的角度说,内德·兰德希望比昨天运气好些,还想到森林里的其他地方走走。

日出时分,我们已经上路。小艇被海浪带着朝陆地驶去,转眼之间就到了岛上。

我们下了船,觉得最好还是依靠那加拿大人的直觉,于是就跟着他走;内德·兰德人高腿长,差点就把我们甩下了。

内德·兰德上岸以后就朝西走去,涉水过了几条河,来到高处的一片平原,平原尽处是茂密的森林。几只翠鸟沿着河流飞来飞去,但是不让人靠近。翠鸟如此谨慎,证明它们知道该如何跟我们这类两条腿的动物打交道,我由此得出结论,即使这个岛没人住过,也有人光顾过。

穿过一片肥沃的草地,我们来到一片小树林前,林子里有很多鸟,一边叫着一边飞来飞去,显得很热闹。

"只不过是些鸟。"孔塞伊说。

"鸟里也有些是可吃的!"捕鲸手答道。

"没有,内德老兄,"孔塞伊反驳说,"我看到了,都是些普通鹦鹉。"

"孔塞伊老弟,"内德一本正经地说,"在没有别的东西可吃的人眼里,鹦鹉就是野鸡。"

"我还要补充一句,"我说,"这种鸟,只要烹调得法,味道还是不错的。"

确实,在浓密的树叶下,铺天盖地的鹦鹉正在树枝间飞来飞去,只要细心调教一番,就能够说人话。此刻,雄鹦鹉正围着五颜六色的雌鹦鹉和一本正经的白鹦咕哒咕哒叫个不停;白鹦好像正在思索什么哲学问题,而那些鲜红的丝舌鹦,像一块块被风吹起来的薄纱,在鸟群中间飞来飞去。这群鸟里有飞起来呼呼作响的绿色大鹦鹉,有纯天蓝色的巴布亚鹦鹉,还有各种样子迷人但一般都不能吃的鸟。

可是,一种此地特有的鸟,却没在这些鸟中出现;这种鸟从来不飞出阿鲁群岛和巴布亚群岛的边界。不过,没过多久,命运就让我欣赏到了这种鸟。

穿过一片不太浓密的矮树林,我们又来到一片荆棘丛生的平地。这时,我看到很多好看的鸟飞起来。因为长长的羽毛排列特殊,这些鸟只能迎风飞翔。它们那种波浪般一起一伏的飞行姿态,在天空中展示的优美曲线,绚丽的色彩,吸引人的目光,让人看了赏心悦目。我没费劲就把这种鸟认了出来。

"极乐鸟!"我叫了起来。

"鸣禽目,直肠亚科。"孔塞伊接着说道。

"是小山鹑属的吗?"内德·兰德问。

"我想不是,兰德师傅。不过,我倒希望靠您的灵巧打下一只来,这是热带地区大自然中一个迷人的物种!"

"试试看吧,教授先生,不过我使枪没有使捕鲸叉那么习惯。"

马来人用这种鸟和中国人进行大宗贸易。他们捕获这种鸟所使用的那几种方法,我们都无法使用。他们有时在极乐鸟喜欢待的高树顶上下套,有时用黏性很强的粘鸟胶——鸟一旦被粘上就动弹不得,有时甚至在极乐鸟常去喝水的泉里下毒。我们使用不了这样的办法,只能在极乐鸟飞着的时候用枪打,这样一来,捕到的机会就很少了。实际上,我们真费了不少弹药。

近午十一点,我们翻过这个岛中央大山的第一道山梁,仍然一无所获。我们受着饥饿的熬煎,原本指望靠猎物饱餐一顿的,可惜打错了算盘。十分幸运的是,孔塞伊一枪打下来两只鸟,解决了我们的午餐问题,此事大大出乎我的意料。他打下一只白鸽和一只野鸽,清清爽爽地煺了毛之后,两只鸽子就被挂在小铁钎子上,用干柴点上火烤起来。两只令人垂涎欲滴的动物在火上烤着的当儿,内德用面包果做起面包来。然后,白鸽和野鸽被吃得只剩下一堆骨头,大家都说味道鲜美。这些鸟平时吃的是肉豆蔻,因此,肉很香,成了一道美味。

"这就好像是用香菌喂养的子鸡。"孔塞伊说。

"现在,内德,您还缺点什么呀?"我问那加拿大人。

"一只四条腿的野味,阿罗纳克斯先生。"内德·兰德回答,"这些鸽子只不过是个冷盘,是吃着玩的东西!所以,只要我还没打到有排骨的动物,我是高兴不起来的!"

"内德,如果打不到一只极乐鸟,我也是高兴不起来的。"

"那我们就继续去打猎吧!"孔塞伊说,"不过要往回走,往海那边走。我们已经过了一道梁,我想我们最好还是回到林区去。"

这是个明智的意见,我们接受了。走了一个钟头以后,我们来到一片真正的西谷椰子林。几条无毒的蛇从我们脚下溜走,极乐鸟在我们走近的时候也飞了,我实实在在地感到绝望,认为逮不着极乐鸟了。就在这时,走在前面的孔塞伊突然弯下腰去,高兴地叫了一声,接着就跑到我跟前,手里拿着一只极乐鸟。

"啊,好样的!孔塞伊。"我叫了起来。

"先生过奖了。"孔塞伊答道。

"不,小伙子。你这一手太神了。活捉一只极乐鸟,而且是用手捉到的!"

"要是先生好好看一下,就会明白,我没什么了不起的。"

"怎么回事啊?孔塞伊。"

"因为那只鸟像一只鹌鹑似的醉了。"

"醉了?"

"是的,先生,它在豆蔻树底下吃豆蔻吃醉了,我就是在豆蔻树底下把它逮住的。您看,内德老兄,暴饮暴食的结果有多可怕!"

"真是见了鬼了!"那加拿大人回了一句,"两个月来,我只喝了一点金酒,没有必要因此而责备我吧!"

他们说话的时候,我仔细地看了看这只奇怪的鸟。孔塞伊说得不错。这只极乐鸟被芳香的汁液搞醉了,没有一点力气,已经飞不动,只勉强能走。不过,这倒不让我太担心,我会让它醒过酒来的。

这种鸟是巴布亚及其邻近岛屿上的八种鸟中最美丽的一种。这是一只"大翡翠"极乐鸟,是最稀有的那种。身长三十厘米,相对来说头比较小,眼睛长在喙旁,也很小。但颜色美丽和谐:黄喙,棕爪,灰褐色的翅膀,泛红的翅尖,淡黄色的脑袋和后颈,翡翠色的脖子,栗色的肚子和前胸。两根角质多绒的羽毛竖在尾巴上,尾巴上长着长长的羽毛,轻盈,精致,好看,使这只神奇的鸟儿整体上显得十分完美。当地人给这种鸟取了个富有诗意的名字:"太阳鸟"。

我非常希望能把这只美丽的极乐鸟作为样品带回巴黎,当做礼物送给巴黎国立自然史博物馆,馆里还没有一只活的极乐鸟呢。

"这么说,这种鸟十分稀罕啦?"那加拿大人问,听那口气,他是个很少用艺术观点评价猎物的猎人。

"非常稀罕,我忠实的朋友,特别难的是捉到活的。即使是死的,这种鸟也仍然是很重要的走私物品。因此,当地人想出种种方法造假,就像制造假珍珠和假钻石一样。"

"什么!"孔塞伊叫了起来,"有人制造假极乐鸟?"

"是的,孔塞伊。"

"那,先生知道当地人的造假方法吗?"

"我知道得很清楚。到了季风季节,极乐鸟尾巴周围的美丽羽毛要脱落,博物学家称这种羽毛为副翅羽。造假鸟的人把这些羽毛收集起来,再巧妙地插到事先被拔掉了副翅羽的可怜的虎皮鹦鹉身上。接着,他们把缝合的地方涂上颜料,给鸟上光,然后就把这种用特殊技巧制造的产品,卖给欧洲的博物馆和收藏家。"

"妙!"内德·兰德说,"鸟不是那种鸟,但羽毛总还是极乐鸟的。只要那东西不是拿来吃的,我看不出有什么太大的坏处!"

我弄到这只极乐鸟,愿望得到了满足,可那个加拿大猎人的愿望还没有实现呢。所幸的是,快两点的时候,内德·兰德打到一只挺肥的野猪。巴布亚管这种野猪叫"巴利-乌唐"。那畜生来得正好,很受欢迎,让我们搞到了真正的四条腿动物的肉。内德·兰德因为他打的那一枪而得意扬扬。野猪中的是电子弹,倒在地上就死了。

那加拿大人从野猪身上剔出半打排骨,准备烤好了当晚饭;接着又剥皮,开膛破肚,把内脏掏得干干净净。然后我们又去打猎,成绩最好的依然是内德·兰德和孔塞伊。

两个人拍打灌木丛,惊起一群袋鼠。袋鼠靠自己灵活而有弹性的腿,跳跃着逃跑。可是,它们跑得没有电子弹快,还是被撂倒了。

"啊! 教授先生,"正在兴头上的内德·兰德大喊大叫着,"这种猎物太好了,尤其是炖着吃! 对'鹦鹉螺'号来说,这是多好的贮备啊! 两只! 三只! 五只! 地上有五只! 一想到我们把这些肉都吃光,船上那些傻瓜连一块肉渣也捞不到,我就高兴得不得了!"

我想,在极度兴奋之中,要不是光顾着说话,那加拿大人会把那一群袋鼠都打死的! 这种带有育儿袋的有趣动物,他打死一打就不打了。孔塞伊告诉我们,袋鼠属于无胎盘哺乳类动物中的第一目。

这些动物都是小个子,是"兔袋鼠"的一种,习惯于住树洞,跑起来速度极快;这种袋鼠个儿不大,但肉可是最好的。

我们对打猎的成果十分满意。内德乐不可支,建议第二天再回到这个岛上来,他要把岛上能吃的四条腿动物全部杀光。他没料到会出事。

晚六点,我们回到海滩上。我们的小艇还停在原来的地方。"鹦鹉螺"号停在距离海岸两海里处,露在海面上,看上去就像一条长长的暗礁。

内德·兰德没怎么耽误就忙着做起晚饭来,这是一件大事。他得心应手,令人佩服。在炭火上烤着的野猪排,很快就香气四溢,在周围的空气里弥漫! ……

我发现自己也学起那加拿大人来了。面对新鲜的烤野猪肉,我已经有点不能自已!原谅我吧,就像我为了相同的理由,原谅兰德师傅一样!

不管怎么说,晚餐十分可口。还有两只野鸽,又给这顿不寻常的晚饭锦上添花。西谷椰子粉做的面条,面包果做的面包,几只栊果,半打菠萝,还有用某种可乐果发酵而成的饮品,使我们高兴得手舞足蹈。我甚至以为,我这两位神气十足的同伴已经有点飘飘然,头脑不怎么清醒了。

"要是今天晚上我们不回'鹦鹉螺'号会怎么样?"孔塞伊问道。

"要是我们永远不回去了呢?"内德·兰德补充了一句。

就在这时,一块石头落在我脚旁,突然打断了捕鲸手的提议。

## 二十二 内莫艇长的闪电

我们没站起来,只是转脸朝森林那边望过去,我那只正往嘴里送东西的手停在空中,内德·兰德把食物塞进嘴里。

"石头不会从天而降,"孔塞伊说,"除非是陨石。"

又是一块石头,圆圆的,像是很下了一番功夫磨成的。这块石头把孔塞伊手上一只香喷喷的野鸽大腿打掉了,证明他的话是正确的。

我们三个人都站了起来,举起枪,准备还击。

"难道是猴子?"内德·兰德大声问道。

"差不多吧,"孔塞伊答道,"是些野蛮人。"

"上船!"我说着朝大海走去。

实际上必须且战且退,因为,二十多个带弓箭和石头的土著,出现在一片矮林边上,把右边的地平线都遮住了,离我们顶多一百步远。

我们的小艇停在距离我们十图瓦兹的地方。

野蛮人向我们逼近。他们虽然没有跑着追赶我们,但种种举动充满敌意。石头和箭像雨点般飞来。

内德·兰德不想把他弄到的东西扔掉,虽然十分危险,他跑的时候仍然是一只胳臂夹着野猪,另一只胳膊夹着袋鼠,动作还是蛮快的。

两分钟以后,我们到了沙滩上。把给养和武器装上船,把船推到海里,安上双桨,这一切只是转眼间的事。我们还没划出两链远,一百来号野蛮人就进到齐腰深的水里,他们大喊大叫,指手画脚。我看了看,想知道这些野蛮人的出现是否已经把"鹦鹉螺"号上的人吸引到平台上。可是,平台上一个人没有。那架巨大的机器就躺在海上,连个人影也没有。

二十分钟之后,我们上了潜艇。舱门开着。把小艇系住以后,我们进到"鹦鹉螺"号里面。

我去了客厅,客厅里传出琴声。内莫艇长在那里,俯身在他那架管风琴上,陶醉在音乐之中。

"艇长!"我叫了一声。

他没听见。

"艇长!"我又叫了一声,同时用手推了推他。

他哆嗦了一下,转过身来。

"啊!教授先生,是您?"他对我说,"怎么样?打了不少猎物吧?您是不是也采集到不少植物标本啊?"

"是的,艇长,"我答道,"不幸的是,我们也带回来一群两条腿动物,他们在旁边我觉得不安。"

"什么样的两条腿动物啊?"

"野蛮人。"

"野蛮人!"内莫艇长用一种讥讽的口气说道,"教授先生,踏上陆地而碰上野蛮人,您觉得吃惊?野蛮人,什么地方没有啊?况且,您叫做野蛮人的那些人,比其他的人更坏吗?"

"可是,艇长……"

"对我来说,先生,到处都能碰到野蛮人。"

"那好!"我说,"要是您不想在'鹦鹉螺'号接待他们,您最好还是加点小心。"

"放心吧,教授先生,没什么可担忧的。"

"那些土著人数可是很多的。"

"您数过有多少吗?"

"至少有一百多个。"

内德·兰德打死一打袋鼠就不打了。

"阿罗纳克斯先生,"内莫艇长说,他的手指又放到管风琴上,"就是巴布亚的土著居民都集合到这里,'鹦鹉螺'号也不怕他们攻击!"

这时,艇长的手指已经在琴键上游动起来。我注意到,他只弹黑键,这使他弹出来的旋律带有一种苏格兰色彩。过了一会儿,他忘记了我还在这里,进入梦幻之中,我不想再把这种梦境驱散。

我又走上平台。天已经黑了,因为,在这样的低纬度地区,太阳落得很快,没有黄昏。格波罗阿尔岛已经变得隐隐约约,看不清了。不过,海岸上的无数火把说明,那些土著不想离开。

我就这样一个人独自待了几个钟头,一会儿想到那些土著居民——但不怎么怕他们,因为,内莫艇长不可动摇的信心感染了我——一会儿又把他们忘记,欣赏起热带地区夜晚的美景来。看到黄道十二宫里的几颗数小时之后将照耀法国的星星,我的思绪也跟着飞向那里。月亮在天顶的星空中闪耀着光辉。我此刻想的是,这颗忠实而又讨人喜欢的卫星,后天还会来,会来到这同一个地方,使海水升起,把"鹦鹉螺"号从珊瑚礁上托起。快到半夜的时候,我看了看,黑黝黝的海面和岸边树下,一片寂静,万籁无声,于是我回到房间,安安静静地睡下。

夜里没出麻烦。那些巴布亚人看到停在海湾里的那个怪物,可能害怕了,不然的话,他们会轻而易举地进到"鹦鹉螺"号里面来的,因为舱盖是开着的。

一月八日早晨六点,我又登上平台。雾散了。透过正在散去的薄雾,那个岛先是露出了海滩,接着,整个岛就都露了出来。

土著居民还在那里,人比前一天更多了——大约有四五百。有几个土著已经利用退潮的机会靠近,站在一些珊瑚礁顶上,离"鹦鹉螺"号不到两链远。我很容易就把他们看得清清楚楚。这是些真正的巴布亚人,是优秀人种,身强力壮,天庭饱满,鼻子大而直,牙齿雪白。羊毛似的头发染得红红的,和他们黑而亮的身体形成鲜明对比,跟非洲东北部的努比亚人一样。肥厚长大的耳垂割开拉长,上边挂着成串的骨制饰品。这些野蛮人一般都赤身裸体。我在他们中间看到几个女的,从胯部到膝盖有东西遮着,这是真正的有衬架支撑的裙子,是草做的,用一条植物的腰带系在腰间。几个首领的脖子上戴着新月形饰物和红白色玻璃珠子项链。几乎所有的人都带着弓、箭和盾,肩膀上背着个像网一样的东西,里面装着石子,他们能用投石器把这些石子得心应手地投出去。

有个首领离"鹦鹉螺"号相当近,全神贯注地研究起这艘潜艇来。他可能是个地位很高的"玛多",因为他披着一件用香蕉叶子编成的辫式织物,边上呈锯齿状,颜色非常鲜艳。

这个人离得很近,我能轻而易举地把他撂倒;不过我觉得还是等他有了真正的敌对表现再动手为好。在欧洲人和野蛮人相遇的时候,欧洲人以还击为是,不应该先发起攻击。

在整个退潮期间,这些土著一直在"鹦鹉螺"号附近溜达,但没有大声喊叫。我听他们总在重复的一个字是"阿塞",从他们打的手势来看,我明白那意思是请我到陆地上去,这项邀请,我认为还是谢绝的好。

就这样,这一天小艇没有离开潜艇,让想多搞些食物的兰德师傅很不高兴。那灵巧的加拿大人利用这段时间干了些活,把从格波罗阿尔岛上带回来的肉和粉都拾掇了。至于那些野蛮人,快十一点的时候,珊瑚礁顶快要被涨潮的水淹没,他们就都回到陆地上去了。不过,我看到,海滩上的人数增加了很多。那些人很可能来自邻近的岛屿,或者就是从巴布亚本岛来的。可是,土著的独木舟,我一条也没见到。

因为没有什么有意义的事情可做,我就想在清澈的海水里打捞些贝类。海水清得能让人看到大量的贝壳、植形动物和深海植物。况且,如果"鹦鹉螺"号在明天涨潮的时候能够像内莫艇长说的那样浮起来,这也就是我们在这片海域停留的最后一天了。

于是我把孔塞伊喊来。孔塞伊给我拿来一张轻巧的小网,和捞牡蛎用的那种网差不多。

"那些野蛮人会怎么样啊?"孔塞伊问我,"说句不怕先生见怪的话,我觉得他们不太凶啊!"

"小伙子,这可是些吃人的生番啊!"

"人可以既吃人,又诚实。"孔塞伊答道,"就像人可以既嘴馋又诚实一样。两者并不互相排斥。"

"好啊！孔塞伊，我同意你说的，这些生番诚实，他们能诚实地把俘虏吃掉。只是，由于我不想被人生吞活剥地吃掉，即使是被诚实地吃掉也不愿意，所以我一直加着小心，因为'鹦鹉螺'号的艇长似乎没有采取任何防范措施。现在，咱们干活吧！"

我们兴致勃勃地捞了两个小时，不过没捞到任何稀罕的东西。小网满满的，尽是些印尼米达鲍鱼、竖琴螺、黑贝，比较多的是那种漂亮的槌贝，是我到那时为止不曾见过的。我们也捞到一些海参、珍珠牡蛎和一打小海龟，都留了下来，准备送到艇里的配膳室去。

可是，就在我最不经意的时候，我的手摸到一个好东西，应该说是摸到了一个天然变形的东西，这是很少碰到的事。孔塞伊把网撒了下去，拉上来的网里有各种各样的贝壳，都很平常。孔塞伊突然看到我把手伸进网里，从里面拿出一个贝壳来，我同时发出贝类学者的一声尖叫，就是说，发出一声人的嗓子所能发出来的最刺耳的尖叫。

"啊！先生怎么啦？"孔塞伊吃惊地问，"先生被什么东西咬了吧？"

"没有，小伙子，不过，为了我的发现，就是掉个手指头我也愿意！"

"发现什么了？"

"一个贝壳。"我说，拿着我的战利品给他看。

"可这只是个斑岩斧蛤呀！斧蛤属，斧蛤目，腹足纲，软体动物门……"

"你说得不错，孔塞伊。可是，这个斧蛤不是从右向左转，而是从左向右转！"

"这可能吗？"孔塞伊叫了起来。

"可能，小伙子，这是一只左旋斧蛤！"

"一只左旋斧蛤！"孔塞伊重复着这句话，样子很激动。

"你好好看看它的螺塔！"

"啊！请先生相信，"孔塞伊说，一边用颤抖的手去拿那个珍贵的贝壳，"我从来没像现在这么激动过！"

也确有激动的理由！众所周知，确实像博物学家指出的那样，右旋是一种自然规律。天体及其卫星，无论公转还是自转，都是从右向左。人常用的是右手而不是左手,因此,人所使用的工具、器械、扶梯、锁、钟表的发条,等等,都是以使用起来从右向左这样一种原则安排的。大自然通常也是遵从这条规律安排贝壳的转向。除了少见的例外,贝壳都是右旋的,偶尔碰上个螺塔左旋的,收藏家会出重金购买。

所以,我和孔塞伊都沉浸在欣赏这件珍宝的欢乐之中,我还打算用它去丰富巴黎国立自然史博物馆的馆藏呢。就在这时,一个土著投过来一枚倒霉的石子,把孔塞伊手上的那件珍宝打碎。

我绝望地叫起来!孔塞伊扑过去拿枪,瞄准一个离他十米以外的野蛮人,那人正拿着自己的投石器摇晃呢。我想制止他,但枪声已响,打碎了那个野蛮人胳膊上吊着的护身符。"孔塞伊,"我大声叫道,"孔塞伊!"

"怎么?先生没看到那个吃人的家伙已经开始攻击吗?"

"一个贝壳不值一条人命!"我对他说。

"啊!这个无赖!"孔塞伊大声说道,"我宁愿他打断我一只胳膊!"

孔塞伊说的是心里话,但我不能同意。这时,情况急转直下,只是我们没有发觉。二十来条独木舟已经把"鹦鹉螺"号团团围住。这些独木舟都是用树干掏成的,长长的,窄窄的,搞得很适于行驶,靠浮在水面上的两个竹制摆轮保持平衡。划船的人都半裸着身子,很灵巧,看到他们划过来,我不能不担心。

很明显,这些巴布亚人已经跟欧洲人打过交道,认识欧洲人的船。可是,泊在海湾里的这个长长的圆铁桶,没有桅杆,没有烟囱,会让他们怎么想呢?他们不会往好处想,因为,一开始,他们还有点敬意,只是站得远远地看。可是,看到这个东西一动不动,他们胆子慢慢就大了,想和这个家伙套套近乎。可是,必须阻止的正是这样的套近乎。我们的武器声音不大,对这些土著产生不了多大效果,他们只对那些声音大的武器心怀敬畏。如果没有雷声,霹雳也不怎么吓人,虽然危险存在于闪电中,而不在雷声里。

这时,那些独木舟离"鹦鹉螺"号更近了,箭像雨点似的落到潜艇上。

"真见鬼!下雹子了!"孔塞伊说,"可能是有毒的雹子吧!"

"必须通知内莫艇长。"我说着进了舱口。

我来到客厅。里边一个人没有。我试着敲了敲艇长的房门。

里面应了一声"请进!",我走进去,发现艇长正埋头忙于计算,眼前全是 X 和其他代数符号。

"我打搅您了吧?"我有礼貌地问道。

"确实如此,阿罗纳克斯先生。"艇长答道,"不过,我想您来找我一定有重要理由。"

"非常重要。土人的独木舟把我们包围了,几分钟之后我们肯定会受到几百个野蛮人的围攻。"

"啊!"内莫艇长平静地说,"他们是划着独木舟来的?"

"是的,先生。"

"那好!先生,关上舱盖就行了。"

"正是这样,我是来跟您说……"

"这个再容易不过。"内莫艇长说。

接着,他按了一个电钮,把命令传达给值班水手。

"已经搞好,先生。"过了一会儿他对我说,"小艇归了原位,舱盖已经盖好。我想,连你们驱逐舰的炮弹都损伤不了的铜墙铁壁,您不会怕被这些人打穿吧?"

"不怕,艇长,但危险依然存在。"

"先生,什么危险啊?"

"危险就在于,明天这个时候,必须打开舱盖为'鹦鹉螺'号换气……"

"不错,先生,因为我们这艘潜艇的呼吸方式像鲸类动物一样。"

"所以啊,如果这个时候那些巴布亚人占据着平台,我看不出您有什么办法,能在开舱盖的时候阻止他们进来。"

"先生,这么说您以为他们能登上潜艇?"

"我对这一点确信不疑。"

"先生,那就让他们上来好了。我看没有任何理由不让他们上来。而且,这些巴布亚人都是些穷鬼,我不愿意看到,这些不幸的人中会有人因为我对格波罗阿尔岛的访问而付出生命!"

听他说完,我想告退;但内莫艇长把我留下,让我坐到他身边去。他饶有兴趣地问我到岸上远足的情况,也问到打猎的情况,好像不能理解那加拿大人怎么那样需要肉,因而有那么高的热情去打猎。然后就海阔天空,东拉西扯。内莫艇长虽然依旧感情不外露,却显得比以前亲切了。

谈话中间,我们说到"鹦鹉螺"号的现状,潜艇搁浅的地方,正是当年迪蒙·迪维尔的船险些沉没之处。由此引起他下面一段话:

"这个迪维尔是你们的一位伟大航海家,是你们最聪明的航海家里的一员!他是你们法国人的库克船长,一个不幸的学者!他向南极的大浮冰、大洋洲的珊瑚礁和太平洋里的吃人生番挑战过,却可怜巴巴地死在火车车厢里!如果这位强人在弥留之际还能够思考,您可以想象出他最后的想法是什么!"

说这话的时候,内莫艇长好像很动情,我认为这种激情是他的一种美德。

然后,我们又拿起海图,重温这位法国航海家的业绩,他所做的环球旅行,那两次导致发现阿黛利海岸和路易-菲利普海岸的南极探险,最后还提到他对大洋洲那些主要岛屿进行的水文测量。

"你们那位迪维尔在水面上所做的一切,"内莫艇长对我说,"我在海底也都做了,比起他来,我做得更容易,更全面。他的'星盘'号和'泽雷'号总是被风浪冲击着,抵不上'鹦鹉螺'号,'鹦鹉螺'号是一间安静的办公室,是大海里真正居家过日子的地方!"

"可是,艇长,"我说,"在迪蒙·迪维尔的那两条三桅船和'鹦鹉螺'号之间,也有相似的地方。"

"先生,哪一点相似?"

"相似之处就在于,'鹦鹉螺'号也像那两条船一样,搁浅了。"

"'鹦鹉螺'号没有搁浅,先生。"内莫艇长冷冷地回了我一句,"'鹦鹉螺'号就是为了能够在海底停靠而专门制造的。迪维尔必须进行繁重的劳动和操作,才能使他的那两条船浮起来,而我无须这么做。'星盘'号和'泽雷'号差一点就沉没,但我的'鹦鹉螺'号不会有任何危险。明天,在我说过的日期,说过的时间,潮水将把'鹦鹉螺'号静静地浮起,潜艇会重新回到大海里去驰骋。"

"艇长,"我说,"我不怀疑……"

"明天,"内莫艇长站起来,补充一句,"明天,下午两点四十分,'鹦鹉螺'号将会浮起,毫无损伤地离开托雷斯海峡。"

这句话说得斩钉截铁。说完,艇长微微地躬了躬身子。这是示意让我离开,我于是回到房间。

孔塞伊还在我房间里等着,想知道我去见艇长的结果。

"小伙子,"我告诉他,"我说我以为他的'鹦鹉螺'号受到了巴布亚土人的威胁时,艇长觉得我的样子好笑,答的话挺刻薄。所以我能告诉你的只有一件事:相信他,去安安稳稳地睡个大觉。"

"先生不需要我替他干点什么吗?"

"不需要,我的朋友。内德·兰德在干什么呢?"

"请先生原谅,"孔塞伊答道,"内德正在做袋鼠肉糜呢,会好吃得不得了!"

剩下我一个人,我上床躺下,但睡得不好。我听得到那些野蛮人在吵闹,他们在平台上跺脚,发出震耳欲聋的叫喊声。这一夜就这样过去,而艇上的人依旧像往常一样,毫无反应。他们看到眼前这些吃人的生番并不担心,就像坚固要塞里的士兵看到要塞外壳上的蚂蚁时一样。

早晨六点,我起了床。舱盖没有打开,艇内也就没有换气;不过,有机会就增加储备的储气舱已经启动,为"鹦鹉螺"号内部已经缺氧的空气注入了几立方米的氧气。

我在房间里一直工作到中午,没看到过内莫艇长,一眼也没看到过。艇上似乎没人做一点点出发的准备。

我又等了一会儿,然后去了客厅。挂钟显示的是两点半。再过十分钟,潮水就要涨到最高点,如果内莫艇长许下的诺言不失之于轻率,"鹦鹉螺"号立刻就要脱险了。否则,这艘潜艇要想离开这片珊瑚礁,还须再等上几个月。

这时,我感到艇身发生了某种震动的预兆。我听到潜艇底壳板摩擦珊瑚礁上凹凸不平的石灰块的声音。

两点三十五分,内莫艇长在客厅里出现。

"我们要出发了。"他说。

"啊!"我说。

"我已经下令打开舱盖。"

"可是,那些巴布亚人呢?"

"那些巴布亚人?"内莫艇长微微地耸了耸肩,算是回答。

"他们不会冲进'鹦鹉螺'号里来吗?"

"怎么冲啊?"

"通过您让打开的舱盖啊!"

"阿罗纳克斯先生,"内莫艇长平静地说,"不能随便通过舱盖进到'鹦鹉螺'号里来,哪怕舱盖开着。"

我看着船长。

"您不明白?"他问。

"一点也不明白。"

"那好!跟我来,您看到就明白了。"

我朝着中间的梯子走去。内德·兰德和孔塞伊已经在那里,正带着一脸的困惑,看几个船员开舱盖;外面是一片愤怒的喊叫和吓人的叫骂声。

舱盖朝外打开,二十几张可怕的面孔露了出来。可是,第一个把手放到梯子栏杆上的土人,被某种我不知道的、看不见的力量弹了回去,逃走了,一边拼命地又喊又跳,样子十分吓人。

他们前仆后继,先后下来十来个人,这十来个人遭遇的命运和第一个人相同。

孔塞伊看得出了神。生性鲁莽的内德·兰德一时兴起,飞身上了梯子。可是,刚用两手一抓栏杆,他也被掀翻了。

"真是见了鬼了!"他大喊大叫起来,"我遭雷击了!"

这句话使我茅塞顿开。这已经不再是什么栏杆,而是一根金属电缆,接着艇上的电,通到平台上。接触它的人会感到可怕的冲击——如果内莫艇长把他艇上的电都接到这根导体上,这种冲击就是致命的!真可以说,在他和攻击他的人之间,他布下了一道电网,任何人都不能不受损害地通过这道电网。

这时,被吓得失魂落魄的巴布亚人已经撤退。我们呢,都半开玩笑地去安慰可怜的内德·兰德,给他按摩,他像个被鬼怪附了体的人似的,一个劲儿地唠叨。

就在这时,"鹦鹉螺"号被潮水抬起来,于两点四十分脱离了珊瑚礁,时间跟艇长定的一样,一分不差!螺旋桨缓慢而威严地击打着海水。速度逐渐加快,安然无恙的"鹦鹉螺"号很快就到了洋面上,把托雷斯海峡的狭窄水道甩在身后。

## 二十三 强制睡眠

第二天,一月十日,"鹦鹉螺"号又潜水航行,不过速度非常快,我估计不低于每小时三十五海里。螺旋桨旋转得飞快,我根本数不出转数来。

那架神奇的电机不仅能供给"鹦鹉螺"号动力、热和光,还能保护它不受外来的攻击,把它变成一个圣约柜,任何冒犯这个圣约柜的人无不受到电击。一想到这些,我心里就生出无限的敬仰,由物及人,这种敬仰之情立刻就移到了制造这艘潜艇的工程师身上。

我们径直西行,一月十一日,越过位于东经135度、北纬10度的韦塞尔角。韦塞尔角是卡奔塔利亚湾的东端。暗礁仍然很多,不过分布得比较稀,都精确地标在海图上。"鹦鹉螺"号没费什么周折就躲开了左舷的莫尼岩礁,右舷的维多利亚暗礁。维多利亚暗礁位于东经130度、北纬10度,我们一直严格地沿着这条纬线行驶。

一月十三日到达帝汶岛海面,内莫艇长发现了这座位于东经122度的岛屿。这座岛的面积为一千六百二十五平方法里,由印度王公统治。这些王爷自称是鳄鱼的后代,就是说,他们的血统最古老,是人所能够说得出的最古老的血统。因此,他们那些披鳞戴甲的祖先就在岛上的河流里大量繁衍,成为特别受崇敬的动物。这些动物受保护,受优待,受宠爱,有人饲养,还要给它们献上面团做的年轻姑娘;动手打这些神圣动物的外国人，可就大倒其霉了！

不过，"鹦鹉螺"号和这些丑陋的动物是井水不犯河水。帝汶岛只在大副中午测量方位的时候露出了一小会儿。同样，那个叫罗地的小岛，我也只看了一眼就过去了。罗地岛是帝汶群岛的一个小岛，岛上的女人之美，在马来的市场上早有定评。

"鹦鹉螺"号在这里拐了个弯，离开了这条纬线，朝西南方行驶，奔印度洋而去。这位性情古怪的艇长要把我们带到哪里去呢？他要重回亚洲海岸？还是要往欧洲海岸靠近？一个逃避人烟稠密的大陆的人，是不太可能做出这样的决定的！那么他是要南下？难道他要通过好望角和合恩角直奔南极？还是重返太平洋？"鹦鹉螺"号在太平洋里航行容易而且自由。究竟去哪里，过些天就会知道。

过了卡捷礁、海伯尼亚礁、塞林伽巴丹礁和斯科特礁——这些礁石是陆地和海洋相争的最后几个据点——以后，一月十四日，我们就把陆地完全抛在身后。奇怪的是，"鹦鹉螺"号的行驶速度慢了下来，而且变得反复无常，一会儿潜水，一会儿又浮上水面。

在这段行程里，内莫艇长做了些关于不同深度的海水水温的试验，很有意思。在一般情况下，用相当复杂的仪器——不管是用温度探测器（探测器的玻璃在水的压力之下常常会破碎）还是用以金属的电阻不同为根据造出来的仪器——测量所取得的数据，总有些可疑，得到的结果也不能受到充分检验。相反，内莫艇长亲身到海底去探测水温，他的温度计和各层的海水接触，立即就准确地显示出度数。

就这样，有时靠往储水舱里灌水，有时靠用潜艇侧翼的斜板，"鹦鹉螺"号陆续下沉到三千米、四千米、五千米、七千米、九千米和一万米的深度进行测验，最后得到的结果是：在不同的纬度，一千米深处的海水是恒温的，温度为四点五度。

我以极大的兴趣注视着这些试验。内莫艇长做起试验来热情极高，非常投入。我常常自问，他为什么要做这样的试验，目的何在。为了人类？这不太可能，因为，不知道哪一天，他和他留下的记录就会在未知的海域里一起葬身海底！除非他把试验的结果留给我。但这就等于承认我这次奇怪的旅行是有期限的,可是,这期限是到什么时候,我现在还不得而知。

不管怎么说,内莫艇长把他所取得的各种数据都告诉了我。这些数据形成一份关于全球主要海洋海水密度的报告。从他把数据告诉我这件事里,我得到了一项个人信息,与科学无关。

那是一月十五日早晨。我和艇长正在平台上走来走去,艇长问我,知道不知道海水的不同密度。我说不知道,还说科学缺乏这方面的精确观察。

"我在这方面做了些观察,"他对我说,"而且能肯定这些观察的可靠性。"

"是吗?"我说,"可是,'鹦鹉螺'号是个化外世界,艇上学者们的秘密到不了陆地上去呀!"

"您说得对,教授先生,"沉默了一会儿以后,他对我说,"这是个化外世界。它和陆地不相干,就像太阳周围和地球相伴的那些行星和地球不相干一样,地球上的人永远看不到土星或木星上的学者们的著作。不过,既然命运把我们这两个世界的人连到了一起,我可以把我观察到的结果告诉您。"

"您说吧,艇长,我听着。"

"您知道,教授先生,海水比淡水密度大,但海水的密度并不是一样的。实际上,如果我把淡水的密度用一来表示,大西洋海水的密度就是一又千分之二十八,太平洋海水的密度是一又千分之二十三,地中海海水的密度是一又千分之三十……"

"啊!"我想,"他去地中海冒过险?"

"爱琴海的海水密度是一又千分之十八,亚得里亚海的海水密度是一又千分之二十九。"

可以肯定,"鹦鹉螺"号没有躲避经常有船只出没的欧洲海域,我由此得出结论,他会带我们去——可能用不了多久——文明大陆。我想,内德·兰德要是知道这个情况,自然会十分满意的。

几天里,日子就在各种试验中度过,有关于不同深度的海水含盐度的,有关于海水带电情况的,有关于海水颜色的,有关于海水透明度的,在做这些试验的时候,内莫艇长充分发挥了他的聪明才智,也给了我悉心的照顾。然后,我又连着几天没看见他,我在艇上又变得孤零零。

一月十六日,"鹦鹉螺"号停在水面以下仅仅几米的地方不走了,像睡着了似的。艇上的电器都没有开动,螺旋桨也不转了,一任潜艇在海水中荡漾。我估计水手们正在忙于内部维修,机器运行起来的时候动作剧烈,维修是必不可少的。

这时,我和我的同伴们目睹了有趣的一幕。客厅的舷窗护板没关,因为"鹦鹉螺"号的舷灯没开,海水一片昏暗。预示雷雨将至的昏暗天空布满厚厚的积云,使大洋的表层海水也缺乏足够的亮度。

在这种条件下观察海里的情况,最大的鱼在我看来也是影影绰绰的。就在这时,"鹦鹉螺"号突然变得通明。起初,我以为是舷灯亮了,往水里射出了一股电光。我错了,一瞥之间,我就发现了自己的错处。

"鹦鹉螺"号正浮在一层被磷光照亮的海水里,磷光在昏暗的海水里变得耀眼。亮光来源于不可胜数的带光的微生物,由船的金属外壳反射回来,亮度增强。这时,我惊奇地看到,发亮的海水中的光,就像熔炉里化了的铅水,或是白热化了的金属块;因此,对比之下,水中某些明亮的部分反倒变成了阴影,而原来的阴影却消失了。不!这已经不再是我们习用的照明装置发出来的光!那里面有一种异乎寻常的活力在运动!你会觉得这种光有生命!

其实,那是一群一望无际的海洋生物,有深海纤毛虫,有粟粒状夜光虫,这是一些真正的半透明的小水母球,身上有极细的触角,夜里会发光,三十立方厘米的水里最多可容纳两万五千个。水母、海星、海月水母、海笋和其他一些发磷光植形动物发出的光,和这些海洋生物发出的光交相辉映,光就显得更强。这类发磷光的植形动物身上浸满了被海水分解了的有机物的油脂,可能还有鱼分泌出来的黏液。

"鹦鹉螺"号一连几个小时漂浮在这种发光的水里。看着那些大型海洋动物像蝾①一样在水中嬉戏,我们兴趣盎然。在这片发光但不灼热

---

① 蝾,中世纪传说里的动物,据说蝾能够在火里生活。

的水里，我看到的还有体形优美动作迅速的鼠海豚，它们是大海中不知疲倦的丑角；有身长三米的剑鱼，聪明，能预知海上风暴，时不时地用身上的长箭碰撞客厅的水晶玻璃。接着出现的是一些比较小的鱼，各种鳞豚，鲭鱼，狼鱼，以及上百种各式各样的鱼，它们游过这片发光的水时，划出一道道水纹。

这种发光的景色非常奇妙！也许某种大气条件增加了这种现象的强度？也许海面上起了暴风雨？不过，"鹦鹉螺"号停在海面几米以下深的地方，感觉不到暴风雨的力量，依然安闲地在平静的水中晃荡。

我们就这样行驶着，不断为某种新奇景色所陶醉。孔塞伊在观察他那些植形动物、节肢动物、软体动物和鱼，并加以分类。日子过得很快，我已经不再计算。内德根据自己的口味想方设法改善伙食。我们成了真正的蜗牛，终日待在壳里；我可以肯定地说，变成一只完美的蜗牛，很容易。

因此，我们觉得这种生活很安逸，很自然，已经不再去想地球上还存在着一种不同的生活，但就在这时发生了一件事，使我们再次意识到自己处境的奇特。

一月十八日，"鹦鹉螺"号正位于东经105度、北纬15度的海域。天气恶劣，海面风急浪大，波涛汹涌。大风从东方刮过来。气压计上的度数几天来一直在下降，预示着一场风暴即将来临。

大副来测量时角时，我已经在平台上。我照往常一样等着他说每天都说的那句话。可是，这天，这句话变了，但我仍然听不懂。几乎就在同时，内莫艇长出现，他双手举着望远镜，朝水平线望过去。

艇长几分钟里一动不动，两眼没离开望远镜框住的那个点。接着他把望远镜放下，和大副交谈了几句。大副显得异常激动，他极力克制自己，但是白搭。内莫艇长比较能够克制，仍然是一副冷冰冰的样子。另外，他好像对什么事提出了相反的意见，大副做出了非常肯定的回答。从他们不同的声调和手势来看，至少我觉得是这样。

我也聚精会神地往他们观察的方向看了看，但什么也没发现。水天一色，天空和海洋混在了一起，但水平线依然清晰可辨。

内莫艇长在平台上来回走着，从一端走到另一端，不看我，也许他根本就没看到我。他步伐坚定,但不像平时那样均匀。他有时停下来,两手交叉着抱在胸前,仔细地看着大海。在一望无垠的大海上,他想找什么呢?再说了,"鹦鹉螺"号此刻离最近的海岸也有几百海里啊!

大副又拿起望远镜,固执地望着水平线;他一边走来走去,一边不断地顿足,显得特别神经质,和他头头的镇定成了鲜明的对比。

其实,这其中的秘密,必定会真相大白,而且用不了多长时间,因为,根据艇长的命令,机器加大了马力,螺旋桨转得更快了。

这时,大副又把艇长的注意力吸引过去。艇长停止走动,举起望远镜朝大副指着的那个点望去。他看了很长时间。我好奇心顿起,就跑回客厅,拿来我平时使用的那架高倍望远镜。回来以后,我在构成平台突出部分的舷灯窗上靠好,准备把海天之际的水平线好好搜索一遍。

可是,望远镜还没有举到眼睛那里呢,就被人飞快地夺走。

我转过身去。站在我面前的是内莫艇长,但我认不出他来了。他样子大变,目光阴郁的眼睛凹陷在皱起的眉头之下,牙齿半露着,全身僵直,双拳紧握,脑袋缩在两个肩膀中间,表明他内心充满强烈的仇恨。他一动不动。我的望远镜从他手里落到地上,滚到他脚底下去了。

是我无意之中惹他生气了?还是这个不可思议的人以为我发现了什么禁止"鹦鹉螺"号上的客人知道的秘密?

不!这仇恨不是冲着我来的,因为他没有看我,他的目光一直固执地盯着水平线上那个难以识破的点。

内莫艇长总算克制住了自己。他刚才那张变得让人认不出了的脸上又恢复了往日的平静。他跟大副用外国语说了几句话,然后向我转过身来。

"阿罗纳克斯先生,"他用相当专横的语气对我说,"我现在要求您遵守您向我许下的诺言。"

"艇长,关于什么的诺言?"

"您的两个同伴和您,必须让我关起来,一直关到我认为可以让你们出来的时候为止。"

"您是主人,"我对他说,两只眼睛盯着他,"可是,我能向您提个问题吗?"

"您不能提任何问题,先生。"

听到这句话,我觉得没什么可争的了,只能服从,因为任何反抗都是不可能的。

我下到内德·兰德和孔塞伊住的那间舱室,把艇长的决定告诉了他们。那加拿大人听到这个消息会有什么反应,可想而知,就不用我说了。另外,也来不及解释,等在门外的四名水手,把我们带到我们来到"鹦鹉螺"号那天晚上住过的房间。

内德·兰德想提什么要求,但人家只是在他身后把门一关,算是回答。

"先生,能告诉我这是怎么回事吗?"孔塞伊问。

我把事情的经过对我的两个同伴说了说。他们跟我一样吃惊,也都说不出个所以然来。

这时,我陷入沉思,内莫艇长那张满是忧虑的奇怪面孔,一直在我眼前晃动,挥之不去。我无法把两种合乎逻辑的想法联系到一起,陷入了种种荒唐的假设中;这时,内德·兰德说了一句话,把我从聚精会神的状态中拉了出来。

"看!午饭都准备好了!"

真的,饭已经摆在桌子上。很明显,内莫艇长在下令让"鹦鹉螺"号开足马力的同时,也让人给我们准备了午饭。

"先生允许我向他进一言吗?"孔塞伊问我。

"说吧,小伙子。"我回答。

"那好!先生还是吃点吧。这样保险,因为不知道会发生什么事。"

"你说得对,孔塞伊。"

"真倒霉,"内德·兰德说,"他们端上来的是艇上的老一套。"

"内德老兄,要是连饭也没得吃了,您会说什么呢?"孔塞伊回了他一句。

一句话把捕鲸手的抱怨生生给堵了回去。

我们开始吃饭。吃饭的时候几乎没人说话。我吃得很少。孔塞伊出于谨慎,一直在"勉强"地吃;内德是一口也不少吃,不管发生什么事都是如此。饭很快吃完,接着,我们三个人就都斜靠在自己待的地方。

这时,囚室里的那盏半圆形灯灭了,我们陷入一片漆黑之中。内德·兰德很快睡着了,让我吃惊的是,孔塞伊也沉沉睡去。我在想,是什么东西在他身上引起了这么不可抗拒的睡意呢?在我这样想着的时候,自己也觉得困得不得了。我想睁眼,却不由自主地把眼睛阖上。我被痛苦的幻觉缠住。显然,我们刚才吃的饭里搀了催眠药!就是说,为了让我们对内莫艇长的计划一无所知,光是把我们关起来还不够,还得让我们睡过去!

这时我听到关舱盖的声音。使潜艇轻轻摇动的海浪感觉不到了。这样说来,"鹦鹉螺"号可能已经离开海面,又下潜到静止不动的水层里去了?

我想抵制睡意。办不到。我的呼吸弱下来。我冷得要命,四肢冰凉,沉得抬不起来,就像瘫痪了一样。眼皮真像灌了铅,把眼睛盖住,怎么也睁不开。一种充满幻觉的病态睡意,把我整个控制住。接着,幻觉消失,我就什么也不知道了。

## 二十四　珊瑚王国

第二天醒来的时候,我头脑异常清醒。令我十分吃惊的是,我竟然在自己的房间里!我的两个同伴大概也是在一无所知的情况下被人送回舱室的。这天夜里发生的事,他们和我一样,也一直被蒙在鼓里,要揭开这个秘密,只能看将来有没有机会了。

我想离开房间。我是又一次自由了呢,抑或依然是个囚徒?我完全自由了!我开了门,走到纵向通道上,登上中间那架梯子。昨天关上的舱盖,此刻开着。我来到平台上。内德·兰德和孔塞伊正在那里等我。我问了问他们,他们什么也不知道。他们睡得很死,什么都记不得了,发现又待在自己的舱室里,他们也吃了一惊。

在我们眼里依然是那样寂静和神秘的"鹦鹉螺"号,此刻正从容不迫地漂浮在海面上。艇上好像没有任何变化。

内德·兰德用他那双锐利无比的眼睛观察了一番大海。大海上什么也没有。那加拿大人在海上没有发现任何新东西,既没有船,也不见陆地。风是从西面吹来的,猎猎作响,被风吹起来的长长的海浪,使艇身晃动,感觉十分明显。

换完空气以后,"鹦鹉螺"号一直在海面以下平均十五米深的地方行驶,以便能迅速浮出水面。一月十九日这天,一反常态,潜艇多次浮出水面,每当这时,大副就登上平台,接着,那句说惯了的话就在艇里面回响。

内莫艇长不露面。艇上的人,我只看到那个面无表情的侍者,他准时准点给我送来饭菜,仍然是一言不发。

两点时分,我正在客厅忙着整理笔记,艇长推门进来。我跟他打了个招呼。他朝我轻轻点了点头,轻得几乎看不出来,没有说话。我接着做我的事,同时想,他也许会把昨天夜里发生的那件不寻常的事做个解释。他什么也没说。我看了他一眼。我觉得他脸色疲惫,两眼通红,像是一夜不曾阖眼,而且显得悲伤、焦虑。他走来走去,坐下去又立刻站起来;随便拿起一本书,接着又扔下;眼睛盯着那些仪器,但不像平时那样做记录。他坐立不安,好像非常烦躁。

终于,他来到我面前,问我:

"阿罗纳克斯先生,您是医生吗?"

我想不到他会问我这个问题,愣住了,两眼盯着他看了一会儿,没说话。

"您是医生吗?"他又问了一遍,"您的同事里有好几个人学过医,像格拉蒂奥莱、穆坎-唐东和其他一些人,都学过医。"

"不错,我是医生,我在医院里当过住院实习医生。"我说,"进巴黎国立自然史博物馆之前,我行过几年医。"

"那好,先生。"

很明显,我的回答让内莫艇长感到满意。但是,因为我不知道他要干什么,就等他接着往下问,以便根据情况做出回答。

"阿罗纳克斯先生,"艇长对我说,"您愿意给我的一名水手治疗吗?"

"有人生病了?"

"是的。"

"我现在就可以跟您去。"

"来吧!"

我承认,我心跳得厉害。不知道为什么,我觉得水手生病和昨天夜里发生的事,两者之间存在着某种密切联系,而这个秘密至少和那个病人一样让我感到关切。

内莫艇长把我带到"鹦鹉螺"号的船尾,让我走进水手舱旁边的一间舱室。

舱室里的床上,躺着一个四十岁左右的人;那人有一张刚毅的脸,是个典型的盎格鲁-撒克逊人。

我朝那人弯下身去。这不仅仅是个病人,还是个受了伤的人。他的头裹着带血的纱布,枕在两个枕头上。我把纱布打开,那人两眼直直地看着我,连哼都没哼一声。

伤势非常严重。头盖骨是被钝器打碎的,脑浆都露出来了,伤处深及脑髓。流出来的脑浆里有血块,像酒糟。脑子既被挫伤又受了震荡。病人呼吸微弱,肌肉痉挛了几下,令他的脸抽搐。大脑大面积发炎,导致失去感觉,动作瘫痪。

我给伤者号了号脉。脉搏是间歇的。肢体的顶端已经凉下来,我发现死亡临近,却又似乎无法阻止。我为这个不幸的人缠好绷带,把他头上的纱布又整了整,然后转向内莫艇长。

"他是怎么受的伤?"我问他。

"这无关紧要!'鹦鹉螺'号撞了一下,机器上的一根杠杆断了,掉下来砸了他。"艇长支支吾吾地回答,"您觉得他的情况怎么样?"

我犹豫着没有说话。

"您说吧,没事儿!"艇长对我说,"这个人听不懂法语。"

我又看了一眼伤号,接着说道:

"这人再过两小时就要死了。"

"没有救治的办法?"

"没有。"

艇长把手攒成拳头,掉了几滴眼泪,我还以为他生来就不会流泪呢。

我又观察了一阵那个垂死之人,生命正从他身上一点一点消失。电灯光照着他的床,使他的脸显得更加苍白。我看了看他那颗聪明外露的额头,痛苦,也许还有贫困,早早就在上面刻下了皱纹。我想从他临终前下意识地说出的话里,意外地发现他的秘密!

"您可以走了,阿罗纳克斯先生。"内莫艇长对我说。

艇长留下,我离开了,回到房间,心情被刚才所见到的场面搞得很不平静。一整天,我都被不祥的预感闹得心神不安。夜里我睡不安稳,几次从睡梦中惊醒,好像听到远处有悲歌声,像丧葬时唱圣诗的声音。难道是他们在用那种我所不懂的语言做临终前的祈祷?

第二天早晨,我登上平台。内莫艇长已经在我之前来到。一看见我,他就朝我走过来。

"教授先生,"他对我说,"今天去一趟海底,您觉得怎么样?"

"带着我那两个同伴吗?"我问。

"那要看他们愿意不愿意了。"

"我们听您的命令,艇长。"

"那就请你们去穿潜水服吧!"

关于那个垂死的或是已经死了的人,他只字未提。我去找内德·兰德和孔塞伊,把内莫艇长的提议告诉了他们。孔塞伊迫不及待地接受了,内德·兰德这一次也表示很愿意跟我们一起去。

当时是早晨八点。八点半,我们已经穿好这次远足需要穿的潜水服,装备好了照明和呼吸设备。双重门打开,在内莫艇长和跟着他的十二名水手陪同下,我们踏上距离海面十米深的海底,"鹦鹉螺"号就停在那里。

过了一个缓坡,就是高低不平的凹地,深度大约有十五法寻。这里和我第一次在太平洋里远足时看到的情景截然不同,没有细沙,没有海底草地,更没有深海森林。我随即看出,内莫艇长今天带我们来的这个极佳之处,是珊瑚王国。

在植形动物门海鸡冠纲里,有个柳珊瑚目,该目包括三个科:柳珊瑚科、木贼科和珊瑚科。珊瑚就属于最后这一科。这是一种很有趣的东西,先被归入矿物界,后被归入植物界,最后又被归入动物界。这种东西在古人眼里是药物,在现代人眼里是饰物。最终把它归入动物界的,是马赛人佩索内尔,时间是一六九四年。

珊瑚是聚集在易碎的石质珊瑚骨上的微小动物群。珊瑚虫有个独特的生殖器官,进行无性繁殖;珊瑚虫各有自己的生活,同时又有共同的生活。因此,这是一种天然的社会主义。我读过关于这种奇怪的植形动物的最新著作,根据博物学家所做的精确观察,珊瑚虫在模仿树木形状的同时,正在矿化。对我来说,没有比参观大自然在海底种下的石化森林更有意思的了。

鲁姆科尔夫灯打开。我们沿着一个正在形成中的珊瑚礁走着。随着时间的推移,这些珊瑚礁有朝一日会把印度洋的这个部分封闭起来。路两边是杂乱无章、缠在一起的小珊瑚丛,上面开满了长着白色花瓣的星状小花。只是,和陆地上的植物相反,这些附着在地面礁石上的树枝状结晶物,是从上往下生长的。

灯光照在这些色彩鲜艳的珊瑚树枝叶上,造成各种各样的迷人景象。我似乎看到这些膜性圆柱形管足在海水的涌动下摇曳。一些身轻似燕、游得像鸟儿飞一样的鱼,在珊瑚枝间游来游去。我真想采集一些带有精美触角的新鲜花冠。这些花冠有的已经盛开,有的含苞待放。可是,我的手一旦接近这些有生命的花,这些有生命的含羞草,整个珊瑚群体就会立即处于戒备状态,那些白色的花冠会缩进红色的花套里,花儿会在我看着的时候枯萎,珊瑚丛会变成一堆圆形石头。

命运把我带到这里,让我得以面对植形动物的这些珍贵品种。这里的珊瑚可以和地中海沿岸诸国——法国、意大利及柏柏尔人的国家①——的珊瑚媲美。这些珊瑚色彩鲜艳,无愧于"血红花"和"血红泡"——珊瑚市场给极品珊瑚取的雅号——这些饱含诗意的称谓。珊瑚可以卖到五百法郎一千克。此处海水下面的珊瑚,够全世界采集珊瑚的

---

① 指突尼斯和摩洛哥等国。

人发大财的。这种珍贵材料常常和其他珊瑚骨混在一起,形成一些密实而又难以分辨的整体,一种被称作"马克西奥塔"的东西,我以为那是一些典型的美丽红珊瑚。

珊瑚丛越来越密,树枝状结晶物也越来越大。在我们面前,是真正石化了的矮林,千姿百态,犹如结构奇特的建筑。内莫艇长走进一条昏暗的长廊,长廊的缓坡把我们带到一百米的深处。我们那些蛇形管灯的灯光,照在天然拱门凹凸不平的表面上,照在像分枝吊灯灯架似的穹隅上,会产生神奇的效果。在矮珊瑚林中间,我还观察到一些别的珊瑚虫,也很有意思,如海虱珊瑚和节叉鸢尾珊瑚;还有几丛珊瑚藻,有绿的,有红的,那是些真正的带咸石灰质硬皮的海藻,经过长期争论,博物学家们才最终把它们划入植物界。不过,照一位思想家所说的,"这里可能是真正的起点,生命在这里从麻木不仁的睡眠中隐隐约约地苏醒过来,尚未脱离艰难的起点。"

走了两个小时之后,我们终于到达三百米左右深的海底,就是说,到达了珊瑚开始形成的极限深度。不过,这里已经没有孤立的珊瑚丛和不起眼的矮珊瑚林。这里有的是大片森林,是巨大的矿化植物,是变成了化石的参天大树。大树被花彩状珊瑚纠集着,这是一些海生"藤本植物",袅娜多姿,五光十色。我们从大树伸展在昏暗海水中的高大枝叶下顺利通过,脚下却是另一番景色,那是由笙珊瑚、脑珊瑚、石珊瑚、星形贝和菌贝铺就的五彩缤纷的花毯。

多美丽的景色啊!笔墨无法形容。不能交流感想,真真令人遗憾!干吗要戴这么个金属和玻璃的头盔,使我们彼此不能交谈!至少也应该让我们像大海里的鱼那样生活啊,要不就让我们像两栖类动物那样,随心所欲,想下水就下水,想待在陆地上就待在陆地上!

这时,内莫艇长停下来不走了。我和我的同伴也都停住脚步,回过头一看,艇长的手下围着他站成一个半圆形的圈子。再仔细点看,我发现其中的四个人肩膀上扛着一个狭长的东西。

我们站在一大片林间空地的中央,周围是高大的海底森林,是些树枝状结晶物。灯照在这片空地上,形成的光像黄昏,把地上的影子拉得老长。空地尽处逐渐变暗,只有带活力的珊瑚尖发出点点微光。

内德·兰德和孔塞伊站在我身边。我们看着,我意识到我们要看到的将是个十分奇特的场景。我看了一眼地面,发现地面上有些地方是鼓起来的,鼓得不高,上面堆着一层石灰质的土,排列有序,看得出来是人为的。

林间空地的中央,在一个用石块草草搭起来的台座上,立着一个珊瑚十字架。十字长长的,像石化了的血做成的。

内莫艇长打了个手势,一名水手走上前去,到离十字架几步远的地方,从腰间拔出一把十字镐,开始挖坑。

我一下子全明白了!这块林间空地是一座公墓,这个坑,是一座坟,那个长长的东西,是夜里死去的人的尸体!内莫艇长和他手下的人到这里来,是为了把他们的同伴埋葬在这个人迹不到的海底公墓中!

我的情绪从来没有这么激动过!我的头脑里从来没有过这样强烈的想法!我不愿看到眼前的景象!

坟在慢慢挖着。受到惊扰的鱼,到处乱窜。我听得到十字镐刨地的声音,镐尖碰上掉到海底的燧石,不时地溅出火星来。坑在变长,变宽,很快就深得能够容得下尸体了。

这时,几个抬尸体的人走上前去。用白色足丝裹着的尸体,被放到带水的墓里。内莫艇长双臂成十字形抱在胸前,死者生前的朋友们都跪在地上祈祷……我和我的两位同伴,也都像举行宗教仪式时那样躬身行礼。

墓穴被用刚挖出来的土填上,形成一个不大的坟头。

坟头做好以后,内莫艇长和他的手下站起来,走到坟前,再次跪下,伸出双手和死者诀别……

现在,送葬队伍已经走上回"鹦鹉螺"号的路,经过森林中的拱形物,沿着矮林和珊瑚丛,一路往上爬。

终于,能看见艇上的灯火了。灯火的亮光一直把我们引回"鹦鹉螺"号。一点钟,我们回到艇上。

换完衣服,我就上了平台,在舷灯旁坐下。我被可怕的念头纠缠着。

内莫艇长走过来。我站起身,对他说:

"这么说,那个人是像我说的那样,夜里死了?"

"是的,阿罗纳克斯先生。"内莫艇长答道。

"那他现在是在珊瑚公墓里和同伴们待在一起了?"

"是的,他被众人遗忘了,但没被我们遗忘!我们挖了坟墓,珊瑚虫将会把我们那些死去的人永远封闭在坟墓里!"

艇长突然用颤抖的手把脸捂住,想止住呜咽声,但终于没有止住。然后他说了一句:

"那里就是我们静谧的墓地,离波涛汹涌的海面有好几百英尺!"

"艇长,你们那些死去的人起码可以在那里安静地睡去,不受鲨鱼的侵扰!"

"是的,先生。"内莫艇长严肃地说,"不受鲨鱼和人的侵扰!"

(第一部分完)

# 第 二 部 分

## 一　印度洋

　　海底旅行的第二部分从这里开始。第一部分写到珊瑚墓为止,那个激动人心的场面在我脑海里留下了极深刻的印象。由此看来,内莫艇长的全部生活都是在无垠的大海里度过的,甚至连坟墓都已经在人迹不到的海底准备停当。那里,没有海洋里的怪物去打扰"鹦鹉螺"号的主人和他朋友们的长眠,不论生死,这些人都紧密地连在一起!"也不受人的侵扰!"艇长当时是补充了这么一句的。

　　对人类社会的不信任,到了根深蒂固的地步!

　　至于我,我不再满足于那些使孔塞伊觉得满意的假设。这个忠实的小伙子坚持认为,"鹦鹉螺"号的艇长只是个被埋没了的学者,他在用蔑视回敬世人对他的冷漠。在他看来,艇长是个不被人理解的天才,他厌倦了陆地,才无可奈何地躲到这个人迹不到的地方来,他的本性在这里可以得到自由发挥。但是,我觉得这种假设只能解释内莫艇长的一个方面。

　　实际上,他那天晚上把我们关起来,并用药物强制我们睡觉,搞得神神秘秘;艇长粗暴地从我手里夺掉望远镜,不让我观察海面,未免过于谨慎;而那个水手受的致命伤,说是因为"鹦鹉螺"号撞了一下,就更令人难以置信。所有这一切,很自然地让我理清了思路。不!内莫艇长不仅仅是在逃避人类!他这艘神奇的潜艇也不仅仅为他那自由的本性服务,可能还被用于进行我所不了解的可怕的报复。

　　目前,我还什么都不清楚,在一片昏暗中我看到的还只是一点微光,所以我应该只限于记录,或者说,发生什么事记录什么事。

另外,我们和内莫艇长之间没有任何关系。他知道,从"鹦鹉螺"号上逃跑是不可能的,所以没让我们作任何承诺来约束自己。我们只是几个俘虏,几个勉强算是被待之以礼的冒充乘客的俘虏。而且,内德·兰德也从来没有放弃重获自由的希望。可以肯定,他会利用命运给他带来的任何机会。我可能也会像他那样干。不过,把艇长出于慷慨让我们深入了解到的"鹦鹉螺"号的秘密带走,我并非不感到有点不好意思!因为,到底是应该恨这个人,还是应该欣赏这个人?他是个受害者还是个刽子手?我还拿不准。另外,海底旅行一开始就美不胜收,所以,坦率地说,我想在彻底抛弃他之前,先周游完海底世界。我要把积聚在海底的各种神奇之物都看个遍。我想看到任何人还都没有看到过的东西。为了满足我这种强烈的好奇心,即使付出生命,我也在所不惜!可是,到现在为止,我都发现了些什么呢?什么都没有发现!或者说,几乎什么都没有发现,因为我们在太平洋里才航行了六千法里!

然而我又清楚地知道,"鹦鹉螺"号正在接近住着人的陆地,一旦遇到逃生的机会,如果我为了追求未知事物而牺牲我的同伴,那将是十分残忍的。必须和他们一起逃走,甚至应该带领他们逃走。可是,会遇到这样的逃生机会吗?作为一个被人强行剥夺了自由的人,我希望遇到这样的机会,但作为一个学者,一个好奇心强的人,我又害怕出现这样的机会。

一八六八年一月二十一日这天中午,大副来测量太阳的高度。我登上平台,点起一支雪茄,看着他测量。我明显地觉得大副不懂法语,因为我好几次大声自言自语,如果他懂法语,他会不由自主地流露出注意的神情,可他总是无动于衷,一言不发。

在大副用六分仪进行观测的时候,"鹦鹉螺"号的一个水手——就是到克雷斯波岛远足时陪我们去的那个膀大腰圆的人——来擦舷灯玻璃。于是,我就琢磨起这盏舷灯来。舷灯的透镜光片是像灯塔那样安装的,亮度增加了一百倍,光线也都集中照在需要照的地方。这盏电灯组装得好,能够使它的全部光能都得到发挥。因为灯光是在真空中产生的,就既保证了光的均匀,也保证了光的强度。真空还能节省石墨导体的消耗,光弧就是在石墨尖端之间形成的。对内莫艇长来说,这项节约很重要,因为,更新石墨棒,可能不太容易。但是,在真空状态下,石墨棒的损耗微乎其微。

"鹦鹉螺"号又要在水下航行,我回到客厅。舱盖关上,潜艇朝正西驶去。

这时,我们已经是在印度洋上乘风破浪。印度洋的总面积为五亿五千万公顷,海水清澈得让人望着眼晕。在印度洋上,"鹦鹉螺"号一般都是在一百到两百米的深处航行,几天里一直是这样。换了别人,换个不像我这样热爱海洋的人,可能会觉得时间漫长,生活单调;可是,我却没工夫去觉得单调和厌烦。我每天都要到平台上去散步,全身心地沉浸在大洋上令人振奋的空气之中;我还要看客厅舷窗外目不暇接的景色,读图书馆里的藏书,根据记忆写笔记,这些事把我的时间都占去了。

我们几个人的身体状态都非常之好。艇上的伙食很合我们的口味。内德·兰德有抵触情绪,动脑筋做了不少花样菜肴,对我来说,那些东西完全没有必要。而且,气温稳定,甚至用不着担心感冒。另外,那种在普罗旺斯被叫做"海茴香"的珊瑚草,潜艇上存了不少,用"海茴香"身上的珊瑚虫嫩肉,可以制出上等咳嗽糖浆。

几天里,我们看到大量蹼足类水鸟,有鸥或海鸥。我们打下来几只,烧了烧,就成了很不错的海上野味。一些在海上作长途飞行的大鸟,远离陆地,飞得累了,就落在海水上面休息;在这些大鸟中间,我发现几只漂亮的信天翁;信天翁属长翼科,叫起来难听,像驴。蹼足科的,有军舰鸟,飞得快,在海面上捕鱼,动作干净利落;有为数众多的鹲或曰稻草尾巴鸟,以赤尾鹲居多,这种尾巴上有几根稻草似的红毛的鹲,大小像鸽子,羽毛白中透红,使黑色的翅膀显得分外突出。

"鹦鹉螺"号的渔网打上来好几种玳瑁属海龟,背是鼓起来的,身上的玳瑁很值钱。这种爬行动物能很容易地潜到海底,闭上长在鼻子外孔边上的那块肉,就能在水下待很长时间。为了躲避海里的动物,有些玳瑁睡觉的时候缩进壳里,有几只,捕上来的时候还睡着呢!一般说来,海龟肉不怎么样,但海龟蛋却是一味佳肴。

说到鱼,在我们通过舷窗发现它们水中生活的秘密时,总能引起我们的赞叹。我观察到几种到那时为止我一直没有机会看到过的鱼。

我要提到的鱼，主要是红海、印度海和大西洋赤道附近的美洲海岸特有的贝壳鱼。这类鱼像甲鱼、犰狳、海胆和甲壳动物一样，都有鳞甲保护；鳞甲既不含白垩，也不是石质的，而是真正骨质的东西，有的呈三角形，有的呈四边形，都非常坚固。在鳞甲呈三角形的鱼里，我记下来的几种，都是长五厘米、肉有营养、味道鲜美、长着棕尾黄鳍的。我建议在淡水里驯养这种鱼，其实，有些海鱼很容易就能适应淡水。我要提到的，还有背上长着四个小包的四边形鳞甲鱼；有身体下面带白点的鳞甲鱼，能驯养得像鸟一样听话；有三角形的带针刺的鳞甲鱼，针刺是由骨质粗皮的延长部分构成的，奇怪的是这种鱼会叫，叫声像打呼噜，因而得了个"海猪"的外号；有像单峰驼似的鱼，身上长着个锥形大包，这种鱼的肉硬得像牛皮，嚼不烂。

我还要从孔塞伊大师逐日记的笔记里，再摘录出几种鱼：这一带特有的单鼻豚属的鱼，比如身上长着三条纵纹的赤背白胸豚，色彩绚丽、身长七英寸的电豚。然后是其他属里的鱼，有卵形鱼，就像一个黑褐色的蛋，身上有细带子，没有尾巴；有虎鱼，这是海里的真正豪猪，身上带刺，能够鼓成一个浑身是刺的球；有各个大洋里都有的海马；有海蛾鱼，嘴巴长长的，胸鳍很宽，长得像翅膀，使这种鱼即使不能飞，至少也能够蹿到空中去；有尾巴上带一圈一圈鳞、身体扁平的鸽子鱼；有大嘴巴的巨颌鱼，长二十五厘米，通体发光，让人看了赏心悦目，是一种极好的鱼；有脑袋凹凸不平、颜色青灰的美首鱼；有多得数也数不清、会蹦会跳的鳎鱼，身上有黑道，胸鳍长，能在水面上飞速滑行；有味道鲜美的帆鱼，能够把鳍像帆似的竖起，顺风漂流；有好看的彩鱼，大自然对这种鱼格外眷顾，把它们打扮得五颜六色，有黄色、有天蓝色、有银白色、有金黄色；有鱼翅如丝的绒翼鱼；有杜父鱼，总是被污泥弄得脏兮兮的，能够发出某种微微的响声；有鲂鮄，这种鱼的肝被视为毒药；有波迪昂鱼，眼睛上长着个能活动的眼罩；最后是哨子鱼，嘴巴长长的，像个管子，是大洋里真正的猎手，身上有一种无论是沙瑟波公司还是雷明顿[1]公司都设计不出来的枪，用这种枪捕杀昆虫，

---

[1] 雷明顿，美国工业家，生于1816年，是步枪的发明者。

一滴水就够。

按拉塞佩德的分类方法,第八十九属的鱼属硬骨鱼第二亚纲,特点是有鳃盖和鳃膜。在这类鱼里,我发现了鲉鱼,头部有刺,只有一个背鳍。这类鱼有的有细鳞,有的没有,这取决于它是属于哪个亚属的。第二亚属的,我看到了二趾鱼,长四到五厘米,身上有黄道,但头长得令人惊讶。至于第一亚属的,我看到了几种不同类型的怪鱼,正是那种被叫做"海蟾蜍"的鱼,大脑袋,有的头上带着深深的道道,有的头上带着膨胀得大大的隆起。这种鱼身上有立着的刺,全身散布着一些突起,生着一些不规则而又难看的角,身子和尾巴表皮肥厚。海蟾蜍的刺造成的伤很危险,这是一种讨厌而又可怕的鱼。

从一月二十一到二十三日,二十四小时之内,"鹦鹉螺"号行驶了二百五十法里,或曰以每小时二十二海里的航速行驶了五百四十海里。途中我们所以能够辨认出一些鱼来,是因为那些鱼受到了电光的吸引,总追着我们;大多数因为船速太快而落在了后面,但也有一些鱼在一段时间里能够跟得上"鹦鹉螺"号。

二十四日早晨,在南纬5度12分、东经94度33分处,我们看到了基灵岛。这是个石珊瑚岛,上面长满好看的椰子树;达尔文先生和菲茨罗伊船长来过这里。"鹦鹉螺"号从离这座荒凉小岛的绝壁不远处驶过。拖网打上来不少各种类型的真蛸和棘皮动物,还有不少软体动物门的奇妙有趣的甲壳类动物。几个珍稀动物丰富了内莫艇长的收藏,我为他的收藏添加了一个星点状珊瑚,这种寄生的珊瑚骨通常附着在贝壳上。

基灵岛很快就在水平线上消失,潜艇向西北驶去,直奔印度半岛南端。

"这是一片开化了的土地,"那天内德·兰德对我说,"比巴布亚的那些岛强多了,在那些岛上,野蛮人比狗子还多!在印度的土地上,教授先生,有公路,有铁路,有英国人的城市、法国人的城市和印度人的城市。我们走不了五英里就能碰上个同胞。怎么,和内莫艇长不辞而别的时候还没到吗?"

"不行,内德,不行,"我语气坚定地答道,"就像你们水手常说的,走着瞧!咱们看看再说吧。'鹦鹉螺'号正在接近有人居住的大陆。它会回到欧洲去的,就让它把我们带到那里去吧!到了我们的海上,我们就要看看该如何动作了。另外,我以为内莫艇长也不会像在新几内亚那样,让我们到马拉巴尔海岸或科罗曼德尔海岸上去打猎。"

"怎么!先生,我们就不能不经他允许吗?"

我没有回答那加拿大人的话。我不想争论。其实,我心里想的是,命运既然把我扔到了"鹦鹉螺"号上,我就要充分利用这个机会。

从基灵岛起,我们行驶的速度慢了下来,航行变得随意、任性,经常把我们带到海里很深的地方去。使用了好几次侧翼斜面板,都是在艇内通过杠杆操纵的。这样,我们就到达了两三千米的深处,但依然没能够查实印度洋的深度。印度洋底,有些地方连一万三千米长的探测器都没触到过。至于海水深层的温度,温度计一直指着零上四度,毫无变化。我观测到的只是,在海洋上层,深一些地方的海水总是比海面的水凉些。

一月二十五日,由于洋面上一片荒凉,"鹦鹉螺"号就在水面上行驶了一天;大功率的螺旋桨击打着海浪,溅起很高的浪花。在这种情况下,人怎么会不把这艘潜艇当成一个庞大的鲸类动物呢?这天,我四分之三的时间是在平台上度过的。我两眼望着大海。水平线上什么东西都没有,下午四点,才有一艘大汽船从西迎面近舷驶过。有一阵儿,汽船的桅杆可以看到,但汽船发现不了紧贴着海面的"鹦鹉螺"号。我想,这艘汽船应该是半岛-东方公司的,专跑锡兰岛到悉尼的航线,经停乔治国王角和墨尔本。

下午五点,在热带地区转瞬即逝的黄昏降临之前,我和孔塞伊被一个奇妙的场景惊呆了。

我们看到的是一种迷人的动物,照古人的说法,碰到这种动物的人会交好运。亚里士多德、阿泰纳、老普利尼和奥皮安①等人,都研究过这种动物的习性,并为赞扬这种动物使出浑身解数,搬出希腊和意大利学者作诗的百般技巧。他们把这种动物叫做"鹦鹉螺"或"庞贝螺"。不过,现代科学没有认可他们这种叫法,这种软体动物如今叫船蛸。

你要是去请教孔塞伊,就会从这个诚实的小伙子那里知道,软体动物

---

① 奥皮安,古希腊诗人。

门分为五个纲;第一个纲是头足纲,属于这个纲的动物,有的裸露,有的带壳;头足纲有两个科,两鳃科和四鳃科,靠鳃的数目区分;两鳃科包括三个属,船蛸、枪乌贼和乌贼,而四鳃科只分一个属,即鹦鹉螺。说了这么一大通之后,如果一个人头脑迟钝,还是闹不明白,仍然把"带复吸盘"的船蛸和"有触手"的鹦鹉螺混为一谈,那就真不可救药了。

当时游荡在水面上的正是船蛸,大约有几百只。这些船蛸属于身上长着小包的那个种,是印度洋特有的。

这些迷人的软体动物倒着向后运动,靠的是身上那根作为运动器官的管子,它们把吸进去的水通过管子排出,身子就向后运动。船蛸长着八只触手,靠其中六只又细又长的触手浮在水面,另外两只带蹼的圆乎乎的触手,像两张小帆似的迎风招展。船蛸那螺旋形带波纹的壳,我看得清清楚楚。居维叶把船蛸的壳比做造型优美的小船,十分贴切,确实像一条船。小船载着那个往船上分泌东西的动物,而那动物却并不粘在船上。

"船蛸想离开它的壳就可以离开,"我对孔塞伊说,"但它从来也不离开。"

"就跟内莫艇长一样。"孔塞伊恰如其分地答道,"因此,最好把他这艘潜艇叫'船蛸'号。"

"鹦鹉螺"号在这群软体动物中间就这样漂浮了大约一个小时。然后,不知道这些软体动物突然受到了什么惊吓,像接到了信号似的,所有的帆一下子都降了下来;触手收回,身体缩起,壳翻过去,重心改变,整个船队就都消失在水下。这只是刹那间的事,从来没有一只船队能够这样整齐划一地行动。

此刻,夜幕突然降临,被微风吹起的海浪在"鹦鹉螺"号舷侧顶列板下形成长长的波纹,静静地涌动着。

第二天,一月二十六日,我们从东经82度处穿过赤道,又回到北半球。

一整天,一大群鲨鱼一直跟着我们。这种可怕的动物在这片海域繁殖,把这里变得非常危险。这其中有烟灰角鲨,棕色的背,灰白色的肚子,长着十一排牙齿;有眼睛角鲨,脖子上有一个被白圈围着的大黑点,看上去像一只眼;有圆吻角鲨,浅绿色,嘴是圆的,上面分布着不太明显的小点。这些力大无穷的动物,有时会猛烈地用力撞击客厅舷窗上的玻璃,让人担心。这时,内德·兰德按捺不住了。他想重新回到海面上去,叉死那些巨大的海洋动物,特别是嘴里长满了马赛克似的牙齿的星鲨和五米长的大虎斑鲨,因为它们一而再地激怒他。不过,没过多久,"鹦鹉螺"号加快速度,轻而易举就把这些游得最快的鲨鱼都甩到了后面。

一月二十七日,在宽阔的孟加拉湾入口,我们多次遇到一些在海面上漂着的尸体,情景至为悲惨!这是印度城市里的死人,被恒河冲到大海里来的,还没被那些秃鹫——印度惟一的殓尸客——吃完。不过,鲨鱼是少不了要来帮助秃鹫完成这项丧葬活计的。

晚上七点时分,半露在海面上的"鹦鹉螺"号在乳白色的海里航行着。一望无际的大洋,海水好像都变成了奶。是月光照的吗?不是,因为月亮才出来两天,此刻已经落入水平线以下,被太阳的余晖遮住了。整个天空,虽然星光灿烂,与白色的海水相比,仍然显得黑淡。

孔塞伊简直不敢相信自己的眼睛,他问我,是什么原因造成了这种奇怪现象。幸好我还能够回答他。

"这就是人们所说的'乳海',"我告诉他,"在安波阿纳和这片海域,经常出现这种大面积的白色波浪。"

"可是,先生能告诉我产生这种现象的原因吗?"孔塞伊问,"因为,我的意思是说,总不会是水变成了奶吧!"

"不是,小伙子,这种使你感到吃惊的白色,只不过是由为数众多的纤毛虫纲小动物造成的。那是一种发光的小虫子,从外观上看,无色,呈胶状,像头发丝那么细,长不过五分之一毫米。这些小动物相互连在一起,有时能够连绵几法里。"

"几法里!"孔塞伊叫起来。

"是的,小伙子,不必去估算这些小动物的数量!你估算不出来,因为,如果我没记错,有些航海者曾经在这样的乳海上航行过四十多海里。"

船蛸。

我不知道孔塞伊是不是拿我的话当事事,但他好像陷入了深思,可能在估算,四十平方海里中有多少个五分之一毫米。"鹦鹉螺"号在这灰白色的海上行驶了几小时。我发现,潜艇无声地从这样的肥皂水上滑过,犹如在泡沫的旋涡里航行;海湾里的水流和逆流之间有时会留下这样的泡沫旋涡。

快到半夜时,海水的颜色突然恢复正常;但在我们身后,一直到水平线尽头,被白色海水映照着的天空,好像浸在北极光的模糊光线之中。

## 二　内莫艇长的新建议

一月二十八日,"鹦鹉螺"号于中午在北纬9度4分处重新回到海面,这时可以望见西面八海里以外的陆地。我首先看到的是群山,大约有两千英尺高,山形颇有点奇形怪状。位置测定完毕,我走进客厅;我们的位置在地图上标出之后,我即刻认出,出现在我们面前的是锡兰岛,挂在印度半岛上的一颗明珠。

我到图书室去找有关这个岛的书籍。锡兰岛是地球上最富庶的岛屿。我恰巧找到了 H. C. 西尔写的一本书,书名是《锡兰和僧伽罗人》。古代人给这个岛取了很多不同的名字。回到客厅,我先把锡兰的方位记下来。它的位置在北纬5度55分到9度49分、东经79度42分到82度4分之间;长度二百七十五英里,最宽的地方为一百五十英里,周长九百英里,面积两万四千四百四十八平方英里,也就是说,比爱尔兰稍微小些。

就在这时,内莫艇长和大副走进来。

艇长朝航海图望一眼。然后转向我:

"锡兰岛,"他说,"一个靠采珠出名的地方。阿罗纳克斯先生,去参观一个采珠场,您会有兴趣吧?"

"那是毫无疑问的,艇长。"

"那好,这是件很容易的事。只是,我们能够看到采珠场,却看不到采珠人。采珠的季节还没到。不过这没什么关系。那我就下令朝马纳尔湾开去,夜里就能到。"

艇长跟大副说了几句话,大副随后就出去了。过了一会儿,"鹦鹉螺"号潜入海里,气压计显示,潜艇一直在三十英尺深的水中行驶。

于是,我摊开航海图,寻找马纳尔海湾。我在锡兰西北海岸、北纬第九道线那里找到了这个海湾。海湾是由马纳尔小岛延伸而形成的,要到那里去,必须沿着锡兰岛的整个西海岸行驶。

"教授先生,"内莫艇长这时对我说,"好多地方都有人采珠,孟加拉湾、印度海、中国海、日本海、美洲南部的海、巴拿马湾和加利福尼亚湾,到处都有人采珠,但是,哪儿都没锡兰这里好。我们来得可能早了一点。采珠人要到三月份才云集马纳尔湾;到那个时候,三十天中,有三百条船来这里,采集海里的珠宝,干这种获利颇丰的营生。每条船上有十个划船的,十个采珠的。采珠人又分为两组,轮番下海,靠两脚间夹着的一块大石头下潜到平均约十二米的深处,石头用绳拴在船上。"

"这么说,那种原始的办法还一直在用?"我说。

"一直在用,"内莫艇长答道,"虽然这些采珠场属于这个世界上最聪明的民族——英国人,但一直在沿用原始的采珠法。这些采珠场是根据一八〇二年的亚眠条约让给英国人的。"

"可我觉得,像您使用的那种潜水服,在采珠方面会大有用场的。"

"是啊,那些可怜的采珠人在水里不能待多久。英国人珀西瓦尔①在锡兰旅行的时候提到过一个叫卡弗尔的,说此人能一口气在水里待五分钟,不过我觉得这事不怎么可信。我知道,有的潜水员能在水里待五十七秒钟,最棒的能待到八十七秒;不过这样的人很少,而且,回到船上以后,这些不幸的人总是从鼻子和耳朵里往外淌血水。我认为,采珠人能够承受的时间平均为三十秒,在这三十秒里,他们把摸到的珍珠母急急忙忙往一个小网袋里装。采珠人一般都活不了多大岁数,视力减弱了,眼底出血了,身上结了伤疤,另外,甚至还常常在海底发生中风。"

"是啊,"我说,"这是一种悲惨的职业,满足的也只是人的虚荣心。不过,艇长,您知不知道,一条船一天能采到多少珍珠母?"

---

① 珀西瓦尔(1762—1812),英国政治家。

"也就四到五万只吧。但我也听说过,一八一四年英国派人来为政府采珠,那些采珠人在二十天里竟采到七千三百万个珍珠母。"

"那些采珠人至少也都得到了应有的报酬吧?"我问。

"仅够糊口而已,教授先生。巴拿马的采珠人一周只挣一块钱。最常见的计酬法是,一个有珍珠的珍珠母一个苏①,可是,有多少珍珠母是没有珍珠的啊!"

"给这些让主人发了大财的穷人一个苏,这也太卑鄙了!"

"就是这样,教授先生,"内莫艇长对我说,"您和您的同伴将要参观的是马纳尔海底沙洲,如果碰巧有个早来的采珠人已经在那里,那我们就看看他怎么干活。"

"艇长,就这么说定了。"

"顺便问一句,阿罗纳克斯先生,您怕不怕鲨鱼啊?"

"有鲨鱼?"我叫了起来。

这个问题,至少我觉得是无须问的。

"啊?怕不怕?"内莫艇长又问了一遍。

"说实话,艇长,我跟这种鱼还没混熟。"

"我们这些人倒是跟鲨鱼混熟了。"内莫艇长说,"您慢慢也能跟它们混熟的。另外,我们会带上枪,说不定我们还能顺便打到一条呢!打鲨鱼挺有意思的。那好,明天见,教授先生,明天一大早见。"

语调轻松地说完这句话,内莫艇长就离开了客厅。

如果有人邀你到瑞士的山里去猎熊,你会说:"太好了!明天我们去猎熊!"如果有人邀你到非洲的阿特拉斯平原去猎狮子,或者到印度的丛林里去打老虎,你会说:"啊!啊!看来我们要去打老虎或狮子去了!"可是,如果有人邀请你到海里去捕鲨鱼,接受邀请之前,你可能就要考虑考虑了。

接受邀请之后,我用手抹了抹额头上渗出的几滴冷汗!

"还是好好考虑考虑吧!"我心里说,"不着急。在海底猎水獭,像我

---

① 苏,法国辅币名,相当于二十分之一古斤银的价格。

们在克雷斯波岛的森林里干的那样,还说得过去。可是,往你差不多确信能够碰上鲨鱼的海底跑,那可就是另一回事了! 我清楚地知道,在某些地方,特别是在安达曼群岛,黑人一手拿一把刀,一手拿一根绳子,可以毫不犹豫地去捕鲨鱼,但我也知道,和这种可怕的动物对阵的人,大多有去无回! 况且,我又不是黑人;就算我是黑人,在这种情况下有些犹豫,我认为也算不上不得体。"

于是,我就在那儿满脑子鲨鱼地想来想去,想着鲨鱼那个能把人拦腰撕成两半、长着好几排牙齿的大嘴。想着想着,我就觉得腰已经疼起来。而且,艇长向我发出这个糟糕的邀请时表现出来的那份冷静,我也接受不了! 他那样子不就像是在说,到树林子里去打见人就跑的狐狸吗?

"有了!"我心想,"孔塞伊是不会愿意去的,这样我就用不着陪艇长去了。"

至于内德·兰德,说实话,我对他是否明智没有把握。不管危险有多大,对他那好斗的天性都有吸引力。

我接着看希尔的那本书,但我只是机械地翻翻。我在字里行间看到的是鲨鱼大张着的嘴。

就在这时,孔塞伊和内德·兰德走进来,样子很安静,甚至还带点高兴。他们还不知道将要发生什么事呢。

"千真万确,先生,"内德·兰德对我说,"您那个内莫艇长——让他见鬼去吧! ——刚刚向我们提出了一项让人高兴的建议。"

"啊!"我惊叹一声,"你们都知道了……"

"先生别见怪,"孔塞伊接过话茬说道,"'鹦鹉螺'号的艇长,邀请我们明天陪先生去参观锡兰那些令人惊奇的采珠场。他发出这个邀请时用词委婉,举止像个真正的绅士。"

"他没跟你们说别的吗?"

"没有,先生。"那加拿大人答道,"只说他已经和您谈过了要到海底走走。"

"是这样。"我说,"怎么,他没跟你们谈到……"

"他什么都没说,博物学家先生,您也陪着去,是真的吧?"

"我……当然！我看出来了,兰德师傅,您对这事很感兴趣。"

"是啊！这事有意思,太有意思了！"

"也许有危险！"我话里有话地加了一句。

"有危险,"内德·兰德说,"只是到一个产珍珠母的沙洲走走,能有什么危险！"

很明显,内莫艇长认为,让我的同伴们头脑里想到鲨鱼是没好处的。这时,我局促不安地看着他们,好像他们都已经缺胳膊断腿。我应该不应该提醒他们呢？毫无疑问,应该,可我不晓得从何说起。

"先生,"孔塞伊对我说,"先生能把采珠的事详细地跟我们说说吗？"

"说采珠的事本身呢,还是说可能碰到的意外……"

"说采珠的事,"那加拿大人打断我,"到现场之前,还是先了解一下好。"

"那好！请坐,朋友们,我这就把刚从英国人希尔那里学来的东西,都告诉你们。"

内德和孔塞伊在沙发上坐下,那加拿大人第一个问:

"先生,珍珠是什么啊？"

"我的好内德,"我对他说,"这要分人。对诗人来说,珍珠是海的眼泪;对东方人来说,珍珠是凝固了的水珠;对妇女们来说,珍珠是光彩夺目的椭圆形首饰,她们把它戴在手指上、脖子上或耳垂儿上;对化学家来说,珍珠是磷酸盐和石灰碳酸盐的混合物,还带一点明胶;对博物学家来说呢,珍珠不过是双壳类软体动物分泌螺钿质器官的一种病态分泌物。"

"属软体动物门,"孔塞伊说,"无头纲,介壳目。"

"博学的孔塞伊,你说得非常正确。不过,在那些介壳目动物中,鲍鱼、大菱鲆、砗磲和海江珧,一句话,所有那些分泌螺钿质,即分泌那种蓝色、淡蓝色、紫色或白色物质,把自己的瓣膜内壁覆盖起来的软体动物,都有可能生珠。"

"河蚌也能生珠吗？"那加拿大人问。

"当然能！苏格兰、威尔士、爱尔兰、萨克森、波希米亚和法兰西的一些河里的蚌,都能生珠。"

"好！那以后在这些地方可得注意点了。"那加拿大人说。

"但是，"我接着说道，"最好的生珠软体动物是珍珠母、乳白珠贝和珍贵的小纹贝。珍珠只是一种呈小球形的凝结物。它或者附着在牡蛎壳上，或者嵌进牡蛎的肉褶里。内膜上的珍珠是附着在壳上的，肉褶里的珍珠是单摆浮搁着的。不过，珍珠总要有个硬东西做核，可以是一颗不孕的卵，也可以是一粒沙子，几年间，珍珠物质在这颗卵或这粒沙子周围一点一点沉淀，形成许多同心圆的薄层。"

"能在一个牡蛎中找到好几颗珍珠吗？"孔塞伊问。

"小伙子，能。有些珠母简直就是个珠宝匣子。有人提到过，一个牡蛎里就有不下一百五十条鲨鱼，但我有点不信。"

"一百五十条鲨鱼！"内德·兰德叫了起来。

"我说鲨鱼了吗？"我急忙大声问，"我想说的是一百五十颗珍珠。说鲨鱼跟这个就沾不上边了。"

"那倒是。"孔塞伊说，"不过，现在先生可不可以说说，用什么办法把珍珠取出来呀？"

"有好多种方法，常用的方法是，附着在内膜上的，可用镊子夹。但最常用的方法，是把珠母摊在铺满海岸的草席上。这样，珠母就会在空气中死去，十天之后，就都腐烂，可以取珍珠了。这时，采珠人会把这些珠母放进一个装满海水的大蓄水池里，把珠母打开，清洗，取珠的两道工序就在这时开始。首先，要把商业上说的'纯白'、'白杂'和'杂黑'等珍珠挑出来装箱，交货的时候是每箱一百二十五到一百五十千克。然后，再把珠母的软组织拿出来，用水煮，再用筛子筛，好把最小的珍珠也取出来。"

"大小珍珠，价格不一样吧？"孔塞伊问。

"不仅大小珍珠价格不一样，"我回答，"还要看形状，看'水色'——就是说要看颜色如何，看'光泽'——就是说，闪出来的五颜六色的光，肉眼看起来要赏心悦目。最美丽的珍珠叫处女珠或范珠；这类珍珠是在软体动物的组织里单个形成的，色白，常常不透明，但也有乳白色透光的，多数为圆形或梨形。圆形的做手链，梨形的做耳坠。因为珍贵，所以都是论颗卖。其余的珍珠都是附着在珠母壳上的，长得也不很规则，论分量卖。

最差的一等叫小粒珍珠,论箱卖,主要用在教堂的装饰上。"

"可是,按照个头大小来分选珍珠的活,干起来大概是很慢也很难的。"那加拿大人说。

"不,老弟。干这活用笊和筛子,用十一只眼数不等的笊或筛子。用二十到八十个眼的筛子筛出来的珍珠是一等品,用一百到八百个眼的筛子筛出来的,是二等品,用九百到一千个眼的筛子筛出来的,就是小粒珍珠了。"

"这办法还挺聪明的。"孔塞伊说,"我明白了,珍珠的挑选分等是用器械进行的。先生能不能再跟我们说说,养殖珠母,收益如何?"

"希尔的书里写着,"我答道,"锡兰采珠场的年收入为三百万条角鲨。"

"法郎!"孔塞伊纠正道。

"对,法郎!三百万法郎。"我又说了一遍,"但我认为,采珠场现在的进项没有过去多了。美洲的采珠场也是这样,在查理五世①治下,美洲采珠场年产四百万法郎,如今减少了三分之一。总的说来,世界采珠的年收入大约为九百万法郎。"

"怎么,不提一下那些标出过天价的明珠吗?"孔塞伊问。

"可以提提,小伙子。有人说,恺撒献给塞尔维丽娅的那颗珍珠,折合成现在的钱是十二万法郎。"

"我甚至听人说过,"那加拿大人说,"古时候有一位夫人喝醋泡过的珍珠。"

"那人就是克雷奥芭特②。"孔塞伊说。

"那可不怎么好。"内德·兰德补充了一句。

"糟透了,内德老兄。"孔塞伊接着说道,"可是,一小杯这样的醋值十五万法郎,这可是个好价钱。"

"没娶这个女人做老婆,我真觉得遗憾。"说着舞动了一下胳膊,那样

---

① 查理五世(1500—1558),神圣罗马帝国皇帝、西班牙国王。
② 克雷奥芭特(公元前69—公元前30),古代埃及艳后,曾为恺撒情妇。

子还挺吓人的。

"内德·兰德想娶克雷奥芭特!"孔塞伊叫了起来。

"可是,孔塞伊,我也得结婚啊!"那加拿大人很认真地说,"事情没搞成,可不是我的错。我甚至还给我的未婚妻凯特·唐德尔买了一串珍珠项链呢,可她嫁给了别人。嗨,那副项链连一块半钱都不值,不过,教授先生,我的话您可得信,项链上的那些珍珠,都是留在二十眼的筛子上的上等货。"

"内德,您太老实了,"我笑着说,"那是养珠,只是些在珍珠精里泡过的玻璃球。"

"嘿!那种珍珠精,也应该是很贵的。"那加拿大人说。

"不值个什么!那不过是些欧鮍鱼鳞上的银色物质罢了,从水里把这些东西捞上来,保存在氨水里就行。那东西不值钱。"

"也没准,凯特·唐德尔就是为了这个才嫁给别人的。"兰德师傅很不在乎地说。

"不过,"我说,"说到价值连城的珍珠,我以为,哪个国王拥有的珍珠也没有内莫艇长的那颗好。"

"就是这颗。"孔塞伊说,用手指着玻璃橱里那颗珍珠。

"对。我估计得错不了,如果我说这颗珍珠值二百万……"

"法郎!"孔塞伊急忙把话接了过去。

"是的,"我说,"二百万法郎。毫无疑问,内莫艇长没花费什么,他不过是举手之劳,把这颗珍珠捡起来而已。"

"嘿!"内德·兰德大声说道,"明天我们到海底的时候,谁敢说我们就不会碰到一颗这样的!"

"算了吧你!"孔塞伊说。

"为什么不能?"

"我们在'鹦鹉螺'号上要几百万法郎有什么用?"

"在艇上是没用,"内德·兰德说,"可是……在别处呢?"

"嗨!在别处!"孔塞伊边说边摇头。

"还是兰德师傅说得对。"我说,"就算我们永远也不能把一颗价值几百万的珍珠带回欧洲或美洲,它至少能增加我们冒险故事的真实性,同时也能增加我们冒险故事的传奇色彩。"

"这我信。"那加拿大人说。

"可是,采珠有危险吗?"孔塞伊问,他这个人总是什么都要问到。

"不危险,"我即刻答道,"如果加些小心,就更没危险了。"

"干这行有什么可怕的吗?"内德·兰德问,"也就是喝几口海水吧!"

"就是您说的那样,内德。不过呢,"我说,想试着用内莫艇长那种从容洒脱的口吻说话,"勇敢的内德,您怕鲨鱼吗?"

"我怕鲨鱼!"那加拿大人答道,"一个职业捕鲸手怕鲨鱼!干我这行的谁会把鲨鱼放在眼里?"

"我这里说的,"我接着说,"不是用钩子把鲨鱼拖上甲板,割下尾巴,开膛破肚,掏出心来,再扔回海里。我说的不是这个。"

"那您要说的是……?"

"对,您想得没错。"

"在水里?"

"在水里。"

"没问题,但得有一把好捕鲸叉!您知道,先生,鲨鱼有个缺陷,得翻过身来肚子朝上才能咬人,趁它翻身的时候……"

内德·兰德说到"咬"这个字的时候,能让人脊梁骨冒凉气!

"你呢,孔塞伊,你觉得那些角鲨怎么样?"

"我嘛,我得跟先生实话实说。"

"我正求之不得呢。"我心里想。

"如果先生要去和鲨鱼搏斗,"孔塞伊说,"我看不出他的忠实仆人有什么理由不跟他一起去!"

## 三 一颗价值千万的珍珠

夜深了,我躺下。我睡得相当不好,梦见的都是鲨鱼。词源学上说,"鲨鱼"(requin)一词是从"安魂曲"(requiem)这个词派生出来的,我觉得这说法既十分正确,又非常荒唐。

第二天早晨四点,我被内莫艇长专门派给我的侍者叫醒。我匆匆起床,穿好衣服就来到客厅。

内莫艇长已经在客厅等我。

"阿罗纳克斯先生,"他对我说,"您准备得怎么样,可以出发了吗?"

"我准备好了。"

"请随我来!"

"那,我的同伴们呢,艇长?"

"已经通知他们,那俩人正等着我们呢。"

"我们不换潜水服了?"我问。

"还不到时候。我没让'鹦鹉螺'号离海岸太近,我们离马纳尔沙洲还有相当一段距离;不过,我已经让人把那只小艇准备好,小艇会把我们带到准确的下水地点,这样我们就能少走很长一段路。潜水服在小艇上,等海底探险要开始的时候再穿。"

内莫艇长带我朝中间的梯子走去。我们拾阶而上,来到平台。内德和孔塞伊已经在那里,正兴高采烈地等着这场"余兴节目"开始。小艇已经从潜艇上卸下,放到水上,"鹦鹉螺"号上的五名水手正握着桨等我们。

天还很黑。浮云蔽空,偶尔有几颗稀疏的星露出。我眼望着陆地,但只看到一条模模糊糊的线,那线把西南到西北的四分之三的水平线都遮住了。因为"鹦鹉螺"号夜里曾经沿着锡兰岛西海岸航行,这时正停在海湾的西面,确切地说,是停在这个由陆地和马纳尔岛形成的海湾的西面。这里,昏暗的海水下面,是珠母沙洲,一个取之不尽的珠场,长度超过二十海里。

内莫艇长、孔塞伊、内德·兰德和我,我们坐在小艇的后面。小艇的船长开始指挥,四名水手紧握船桨。船缆解开,我们离开了潜艇。

小艇朝南划去。水手们不急不躁。我注意到,他们的桨吃水很深,划得很用力,但十秒钟才划一下,这是战船上常用的划法。在小艇靠余速滑行时,清澄的水珠像熔化了的铅似的,劈劈啪啪地击打着黑黝黝的海水。一股从大洋里涌过来的小海浪,使小艇横摇了一下,浪尖打在船头,汩汩作响。

我们大家都默不作声。内莫艇长在想什么呢？也许是想他正在接近的陆地，觉得这陆地离他太近了；这和那加拿大人的想法截然相反，对他来说，陆地似乎还离得太远。至于孔塞伊，他在这儿只是个看热闹的。

快到五点半的时候，地平线上露出了一抹微光，使海岸的上部变得清晰可见。海岸东边较平，南边稍稍隆起。此处距离海岸还有五海里，海滩和雾蒙蒙的海水混在一起，看不清楚。在我们和海岸线之间，海面上空无一物。没有一条船，也没有一个采珠人。在这个采珠人聚会的场所，此刻是一片寂静。正如内莫艇长所说的，我们来早了一个月。

六点，太阳突然升起，那速度是热带地区所特有的。热带地区没有黎明，也没有黄昏。阳光穿透东方水平线上的积云，太阳喷薄而出。

我清楚地看到了陆地，上面稀稀拉拉长着几棵树。

小艇朝马纳尔岛驶去，岛的南部是圆的。内莫艇长从座位上站起来，观察大海。

他打了个手势，锚抛下；锚链没下去多少，因为水深超不过一米，珠母堆在这个地方形成一个最高点。在退潮海水的推动下，小艇立即向外海靠了靠。

"咱们到了，阿罗纳克斯先生，"内莫艇长对我说道，"您看到了，这个港湾很狭窄。一个月之后，大批采珠船要来的就是这个地方，采珠人就要在这里大胆地下水搜寻。这片海域所处的地理位置好，避开了大风，海上也不起大浪，这对采珠人的工作十分有利。现在，咱们套上潜水服下水。"

我一声没吭，一边看着让人不放心的海水，一边在小艇水手的帮助下开始穿那件沉重的海服。内莫艇长和我那两位同伴也都在穿。这次远足，"鹦鹉螺"号上的水手没人陪我们。

我们很快被囚禁在那套橡胶服里，从脚跟一直到脖子，空气罐也系在了背上。至于鲁姆科尔夫灯，这里用不着。我在把脑袋伸进铜头盔之前，问过内莫艇长灯的事。

"用不着灯，"内莫艇长答道，"我们不到太深的地方去，阳光就足够了。另外,在这个地方的海里用电灯也不安全,会把危险动物突然招来。"

在内莫艇长说这些话的时候,我朝孔塞伊和内德·兰德转过身去。可是,两个人都已经戴上金属头盔,既听不见,也答不上话了。

我还有最后一个问题要问内莫艇长:

"武器呢?"我问他,"我们的枪呢?"

"枪?要枪干什么?你们那些山民打熊,不就是用匕首吗?难道钢刀不比铅弹丸可靠?这里有一把刀,您把它别在腰上。咱们走吧!"

我看了看我的两个同伴。他们也像我那样武装起来了,内德·兰德还多了一样东西,手里挥舞着一把大捕鲸叉,那是他离开"鹦鹉螺"号之前放到小艇上的。

接着,我也学着内莫艇长的样,让人把沉重的铜罩子戴到头上。储气罐立即开始放气。

又过了一会儿,小艇上的水手把我们一个一个放下水去;在一米五深的地方,我们两脚踩到了平整的沙地。内莫艇长朝我们打个手势,我们跟着他,沿着一个缓坡下行,消失在水里。

一到水里,那些一直纠缠着我的想法,突然从我脑子里消失得无影无踪。我行动十分自如,这更使我增强了信心,而我的注意力也完全被水中的奇景吸引过去,无暇去想象别的东西了。

阳光射进水里,给了我们足够的光线,连最小的东西都能够看得见。走了十分钟以后,我们到了水深五米的地方,海底变得差不多是平的了。

我们所到之处,那些好奇的鱼,像沼泽中成群的沙锥似的,一群一群地一哄而起。有些鱼是单鳍属的,是一些没有别的鳍、只有尾巴的怪鱼。我认出了爪哇鳗,那是真正的海蛇,长八十厘米,肚子是灰色的,如果不是两肋上有金黄色的道道,很容易和康吉鳗搞混。硬鳍属里的鱼,我见到了色彩绚丽的燕雀鱼,身子极扁,呈卵形,脊鳍似镰,可以食用,腌制晒干以后就是一道叫"卡拉瓦德"的名菜。有长轴属的唐格巴斯鱼,身上披着一层纵向八边形鳞甲。

太阳冉冉升高,深处的海水也被照亮。海底在一点点变化,细沙不见了,路真正变成由鹅卵石铺成的了,上面覆盖着一层软体动物和植形动物。在这两个门的动物里,我发现的有身上长着不匀称薄壳的胎形贝,这是红海和印度洋特有的一种贝类;有橙色的圆壳满月蛤、钻状的螺旋贝;有波斯紫红贝,色彩绚丽,我在"鹦鹉螺"号上见到过;有长着角的骨螺,身长十五厘米,立在海里像一只要抓人的手;有浑身是刺的角螺、舌形贝;有鸭科贝,这是一种可以吃的贝类动物,在印度斯坦市场上有卖的;有发光水母;还有扇形的眼贝,是印度洋里最多的植形动物。

在生机勃勃的植形动物中间,在水生植物形成的绿廊下,有成群笨拙的节肢动物在爬行,其中主要有外壳呈三角形的长齿蟹,三角形的角有些圆;有这个水域特产的椰子蟹;有令人厌恶的单性虾,样子让人看了就觉得恶心。还有一种我见过多次的动物,其讨厌程度不在单性虾之下,那就是达尔文先生研究过的那种大螃蟹,大自然给了这种动物吃椰子的本能和足够的力气,它能够爬到岸边的椰子树上,把椰子从树上扔下来摔裂,然后再用它那个有力的大钳子把椰子掰开。这里,在清澈的海水中,这种大螃蟹爬行起来灵活无比,而那些无拘无束的螯,就是经常光顾马拉巴尔海岸的那种,却只是在松动的石块之间慢慢挪动。

快七点了,我们终于来到珠母沙洲;数以百万计的珠母在这里繁殖。这种珍贵的软体动物都附着在岩石上,由褐色的吸盘紧紧地固定在上边,动弹不得。它们在哪一点上不如珠蚌呢?大自然可并没有拒绝赋予珠蚌活动的能力。

杂色珠母的两片壳几乎相等,呈圆形,壁厚,外面凹凸不平。其中有几只壳呈层状,上面有一道道从顶部辐射出来的淡绿色花纹;这是些年头短的小牡蛎。其他的,那些表层硬而黑的,就都是十年或十年以上的老牡蛎了,大的能有十五厘米宽。

内莫艇长用手指给我看成堆的珍贵珠母,我明白了,这座"珠矿"是取之不尽的,因为,大自然的创造力超过了人的破坏本性。这种破坏本性很强的内德·兰德,身上挂着个网袋,此刻正急急忙忙往里面装漂亮的软体动物呢。

但我们不能停下来,得跟着艇长;他朝一条似乎只有他认识的小径走过去。地势明显变高,有时我一举手,胳膊就能露出水面。过了一会儿,沙洲地面又忽然低下去。我们总是围着一些又细又高、呈小方尖塔形的岩石转。在这些小方尖塔形岩石昏暗的凹凸曲折之处,有一些大型甲壳类动物支起长长的爪,看上去像战车,站在那里定睛望着我们;在我们脚下,是成群的爬虫,有多须的、藤须的、卷须的和环须的,在那里爬行,无拘无束地伸展着它们的触角和触须。

这时,我们面前出现一个大洞,洞的周围是秀丽的岩石,岩石上覆盖着深海植物细长的茎。一开始,我觉得这个洞黑不见底,射进去的阳光一点点地变弱,变得模模糊糊,最后在水里消失。

内莫艇长走进去,我们跟在他身后。我的眼睛很快就适应了这种相对的黑暗。我看到,一些坐落在花岗岩柱础上的巨大天然石柱,犹如托斯卡纳①式建筑的廊柱,支撑着洞顶,洞顶的横梁歪歪扭扭,形状千奇百怪。我们这位让人琢磨不透的向导,为什么要把我们带到这样一个海底地下室来呢?没过多久我就明白了。

我们走下一个陡坡,两脚踩到一个圆井似的东西的底部。内莫艇长停在那里,用手指给我们看一样东西,那东西我进来的时候没发现。

那是一只硕大无朋的珠母,一个大砗磲,简直就是一个盛满圣水的圣水罐,是一个两米多宽的承水盘,因此,比陈列在"鹦鹉螺"号客厅里的那只珠母还要大。

我走近这个大得惊人的软体动物。它用吸盘附着在一块花岗岩石台上,在岩洞中不生波澜的水里独自生长着。我估计,这只牡蛎的重量有三百千克。可是,这样的一只有十五千克肉的牡蛎,要吃上几打,得有高冈大②的肚子才成。

显然,内莫艇长知道这里有这么个双壳类软体动物,不是第一次来。我以为,他带我们来无非是让我们看看自然界的奇观。我想错了。内莫艇长最感兴趣的,是看看这个砗磲现在长得怎么样了。

---

① 托斯卡纳,古代意大利中部的一个王国。
② 高冈大,法国作家拉柏雷(1483?—1553)的作品《巨人传》里的主人公。

砗磲的两扇壳半开着。内莫艇长走上前去,把匕首伸到两扇壳里,以防它闭上;然后,他用手把砗磲边缘上那块带流苏的壳掀起来。

　　这时,在叶状褶之间,我看到一颗浮摆在那里的珍珠,大小相当于一个椰子。珍珠是圆的,晶莹剔透,色泽诱人,能够做一件价值连城的首饰。出于好奇,我伸出手去,想抓起来掂掂分量,摸摸!可是,内莫艇长朝我打个手势,制止了我,接着,他很快地把匕首撤出,让那两扇壳突然闭起。

　　这时我才明白内莫艇长的用意。他要把那颗珍珠留在砗磲的套膜里,让它慢慢生长。砗磲渗出来的分泌物,每年都要在那颗珍珠上添一个同心层。只有艇长一个人知道这个岩洞的所在,大自然这粒令人赞叹的果实就在那里"成熟"着;也可以说,只有他一个人在养着这颗珍珠,以便有朝一日把它运到他那间摆满珍宝的陈列室。他甚至会像中国人和印尼人那样,往那个软体动物的褶下放几块玻璃和几块金属,让这些玻璃和金属块一点点被真珠层覆盖起来,长成珍珠。不管怎么说,和我所见过的珍珠相比,和内莫艇长收藏品里那颗闪闪发光的珍珠相比,我估计这颗珍珠至少值一千万法郎。这是自然界的一个上等珍奇之物,不是首饰,因为我不知道哪个女人的耳朵戴得动一颗这样的珍珠。

　　硕大的软体动物参观完毕。内莫艇长离开那个岩洞,我们又爬上来,回到珠母沙洲,这里的水一片澄净,尚未被采珠人搅浑。

　　我们像真正闲逛的人那样彼此离得很远地走着,谁愿意停就停下来,愿意走得远些就走得远些。我呢,也已经不再担心,危险被我的想象力可笑地夸大了。已经可以明显地感觉到浅滩底离水面越来越近,没过多一会儿,我的头就超出水面一米。孔塞伊走过来,用头盔碰了碰我的头盔,用眼睛和我打了个招呼。不过,这块升起来的高地只有几个图瓦兹长,我们很快就又回到自己的天地里——我以为现在我可以这样形容海了。

　　十分钟以后,内莫艇长突然停下。我还以为他是停下来往回走呢。完全不是这么回事。他打个手势,命令我们藏在他身旁一个很大的洼坑里。他手指着水里的一个点,我注意地看了看。

　　在距离我五米远的地方,有一个影子,贴着地皮。我立刻想到鲨鱼,不安起来。但我错了,这一次,和我们打交道的仍然不是海洋里的猛兽。

那是一个人,是个大活人,可能是个印度人,也许是个黑人,总之是个不幸的采珠人,不到季节就来采珠了。我看到,他的船就停在他头上几英尺的地方。他一会儿潜入水中,一会儿浮出水面。他两脚夹着一块石头,石头打磨成圆锥形,像个糖块似的,用绳子拴在船上,帮助他更快地下到海底。这块石头就是他的全部工具。下到大约五米深的海底以后,他立即跪下,摸着珠母就往袋子里装。然后浮上去,把袋子里的东西倒掉,再夹起那块石头下来,重新开始捞,每次持续三十秒。

那采珠人没看见我们。岩石的阴影把我们遮住了。况且,那个可怜的印度人怎么会想到我们这边水里有人,有跟他一样的人,正在一个细节不落地窥探他的采珠动作呢!

有好几次,他就是这样浮上来,潜下去。他每次捞上来的珠母超不过十个,因为珠母都用有力的吸盘附着在礁石上,必须把它们从礁石上剥下来才行。他冒着生命危险捞上来的牡蛎,又有多少是没有珍珠的啊!

我全神贯注地看着。那人的动作很有规律。半个小时里,没发生任何危险。我已经对这种有意思的采珠情景熟悉起来,就在这时,突然之间,在那印度人跪到地上的时候,我看到他做了个受到惊吓的动作,站起来就往水面上蹿。

我知道他为什么害怕了。一个巨大的阴影出现在那个不幸的采珠人上方。这是一条大个儿的鲨鱼,斜着就扑过来了,眼睛里冒着火,嘴巴大张着!

我吓得说不出话,动弹不得。

凶猛的鲨鱼晃动一下有力的尾鳍,径直向那印度人扑过去;那印度人往旁边一闪,没让鲨鱼咬着,但没能躲过鲨鱼尾巴;他被鲨鱼尾巴当胸扫个正着,倒在地上。

这个场面也就持续了几秒钟。鲨鱼游回来,翻了个身,准备把那印度人咬成两段。说时迟那时快,我觉得蹲在我身边的内莫艇长噌地站起来,拿着匕首径直朝大鲨鱼冲去,和鲨鱼进行肉搏。

大鲨鱼正要咬不幸的采珠人时,发现这个新对手,于是又翻过身去,迅速朝新对手扑去。

内莫艇长当时的姿势,现在依然历历如在眼前。他俯下身去,以令人赞叹的沉着冷静,等着那可怕的鲨鱼;鲨鱼扑过来,艇长灵巧地一闪,躲过冲击,却把匕首插进鲨鱼肚子。但胜负还在未定之前,一场可怕的搏斗开始了。

你简直可以说,那鲨鱼吼了起来!血从它的伤口突突往外冒。海水的颜色变红,已经不再透明,望过去,我什么也看不见了。

一直什么也看不见,而突然之间,透过一小块清净的海水,我瞥见勇敢的艇长,他正紧紧抓住鲨鱼的一个鳍,和这个庞然大物进行着肉搏,一刀一刀往鲨鱼肚子上戳,但一直没能给它致命的一击,就是说,没能正好戳到鲨鱼的心脏。鲨鱼挣扎着,怒气冲冲地搅动着海水,搅起来的旋涡差点儿把我冲倒。

我真想跑过去助艇长一臂之力。可是,我像被恐惧钉在了那里一样,一步也迈不动。

我惊恐不安地看着。看得出,斗争形势发生了变化。艇长倒在了地上,他是被压在身上的大鲨鱼打翻在地的。接着,鲨鱼张开像一台剪切机似的血盆大口,向艇长咬去,要不是手持捕鲸叉的内德·兰德像闪电似的冲向鲨鱼,用锋利的捕鲸叉刺中鲨鱼的要害,艇长就完了。

海面上全是血。那鲨鱼愤怒得难以形容,在它的大力搅动下,海水波涛汹涌。内德·兰德一击而中,那鲨鱼已经奄奄一息。心脏被击中,鲨鱼在吓人的痉挛中挣扎,涌起的浪把孔塞伊掀翻了。

内德·兰德把艇长解救出来。艇长并未受伤,他站起来,径直朝那个印度人走过去,把拴着石头的绳子飞快割断,将那人抱在怀里,脚下使劲一蹬,浮出水面。

我们三个人跟着他。片刻之间,我们奇迹般地摆脱危险,来到采珠人的小船上。

内莫艇长做的第一件事是让那个不幸的人恢复知觉。我不知道他能不能成功。我想他能成功,因为,那可怜的人在水里淹的时间不长。不过,鲨鱼尾巴那一击,也可能已经要了他的命。

幸好,在孔塞伊和艇长的大力按摩之下,我看到那溺水的人一点一点恢复了知觉。他睁开眼睛。看到四个铜做的大脑袋围着他看,他会多么惊讶、甚至会多么害怕啊!

一场可怕的搏斗开始了。

尤其是，内莫艇长从衣兜里掏出一小袋珍珠放到他手里时，他会怎么想呢？海洋人的慷慨施舍，被那个锡兰穷印度人用一只颤抖的手接了过去。他那双惊恐的眼睛也分明在说，他不知道这些既救了他的命，又让他发了财的人，究竟是些什么样的超人。

按艇长的手势，我们又回到珠母洲，按原路返回，走了半个小时，我们碰到了把"鹦鹉螺"号上的小艇固定住的锚。

一到船上，我们大家就在水手们的帮助下，把沉重的铜头盔摘掉。

内莫艇长的第一句话是对那加拿大人说的。

"谢谢，兰德师傅。"艇长对他说。

"这下子就扯平了，艇长。"内德·兰德答道，"我一直欠您这么个人情。"

艇长只是嘴角上泛出一点笑意。

"回'鹦鹉螺'号！"他说。

小艇在波浪上飞驰。几分钟之后，我们碰上了漂在水面上的鲨鱼尸体。

根据鲨鱼鳍尖上的黑色，我辨认出，那是印度洋里可怕的黑鲨，是真正的鲨鱼。这种鲨鱼身长超过二十五英尺，嘴大，占整个身子的三分之一。根据它上颚呈等腰三角形排列的六排牙齿，可以断定这是一条成年大鲨鱼。

孔塞伊带着纯粹是科学上的兴趣端详着这条鲨鱼，我确信，他正在把它归入软骨纲，固定鳃软骨翼目，板鳃科，角鲨属。这样分类是对的。就在我看着这堆一动不动的东西时，小艇周围突然出现十几条凶猛的黑鲨；这群黑鲨对我们不理不睬，扑向鲨鱼尸体，彼此争夺，把尸体撕成了碎块。

八点半，我们回到"鹦鹉螺"号上。

回到艇上以后，我开始思考我们在马纳尔沙洲远足时遇到的这次意外事件，顺理成章地得出两个结论。一个是内莫艇长有无与伦比的勇气，一个是他有为人献身的精神。而为了逃避人，他却跑到了海底。不管这个怪人说的是什么，他还没到泯灭人性的地步。

我把这些想法对他说了，他以稍微带点激动的语调回答说：

"那个印度人,教授先生,是被压迫国家的居民;我是站在被压迫国家人民一边的,现在如此,而且,只要我一息尚存,我就永远站在被压迫国家人民一边!"

## 四 红 海

一月二十九日,锡兰岛从水平线上消失,"鹦鹉螺"号以每小时二十五海里的速度,行驶在马尔代夫群岛和拉克代夫群岛之间那些像迷宫一样的航道上。我们甚至一度紧靠着基坦岛航行。基坦岛原来是石珊瑚岛,是瓦斯科·德·伽马①于一四九九年发现的。这个岛是拉克代夫群岛的十九个岛里的一个,位于北纬10度到14度30分、东经50度72分到69度之间。

到这天为止,从日本海上的出发点算起,我们已经航行一万六千二百二十海里即七千五百法里。

第二天——一月三十日——"鹦鹉螺"号浮到洋面时,已经看不到陆地。潜艇朝西北偏北行驶,直奔阿曼湾而去。阿曼湾地处阿拉伯半岛和印度半岛之间,是波斯湾的出海口。

十分明显,这是一条不能通行的海路,没有可能的出口。那么,内莫艇长要把我们带到哪里去呢?那天,那加拿大人问我,我们这是要去哪儿,我说不清楚,那加拿大人没能得到满意的回答。

"兰德师傅,我们要去的是异想天开的艇长想去的地方。"

"他这次异想天开,带我们走不了多远。"那加拿大人说,"波斯湾没有出口,如果我们进了波斯湾,过不了多久我们就得往回返。"

"那又怎么样!兰德师傅,那就往回返呗。从波斯湾出来以后,如果'鹦鹉螺'号想去红海看看,曼德海峡就在那里,随时可以通过。"

"先生,我想用不着我告诉您吧,"内德·兰德说,"红海的封闭程度并不比波斯湾差,因为苏伊士地峡还没打通,即便打通了,像我们这样一

---

① 瓦斯科·德·伽马(1469—1524),葡萄牙航海家。

艘神秘的潜艇,也不敢冒险到两头是闸门的运河里去。所以,红海还不是带我们去欧洲的路。"

"所以呀,我并没说我们要回欧洲去。"

"那您是怎么设想的呢?"

"我设想的是,参观完阿拉伯半岛和埃及这两处奇特的水域以后,'鹦鹉螺'号还会重返印度洋,可能穿过莫桑比克海峡,也可能穿过马斯克林群岛的外海去好望角。"

"那到了好望角以后呢?"那加拿大人穷追不舍地问。

"我们就进入大西洋了呀,大西洋我们还没去过呢。哎!我说内德老弟呀,这次的海底旅行,您是不是觉得很累啊?您一定是对海底那些不断变换的奇景感到腻烦了吧?我可不,没有多少人有机会做这样的旅行,要是现在就结束旅行,我会非常恼火的。"

"可是,阿罗纳克斯先生,"那加拿大人说,"您知道不知道,我们被囚在'鹦鹉螺'号上都快三个月了?"

"不,内德,我不知道,我也不想知道,我是既不数日子,也不计钟点。"

"那么,结论是什么呢?"

"到时候就有结论了。另外,对这件事我们无能为力,说也白说。我的好内德,要是您来对我说:'我们有逃跑的机会了,'我们就来研究一下逃跑的事。但现在情况并非如此,所以,跟您坦率地说吧,我不认为内莫艇长会到欧洲海域去冒险。"

从这段短短的对话里可以看出,因为对"鹦鹉螺"号着了迷,我已经进入角色,成了这艘潜艇的艇长。

至于内德·兰德,他是用这句话结束谈话的,形式是自言自语:"说得好听,不过,照我看,受拘束的地方不会有欢乐。"

一直到二月三日,整整四天,"鹦鹉螺"号都待在阿曼湾,以不同的速度,在不同的深度航行。潜艇似乎在无目的地行驶,好像拿不定主意走哪条路,不过,它始终没越过北回归线。

离开阿曼湾时,有一阵我们瞥见了马斯喀特,那是阿曼国最重要的城市。我很欣赏这座城市的奇特外观,城市周围是黑色岩石,在黑色岩石上是白色房屋和城堡,黑白分明。我看到清真寺的圆顶,清真寺尖塔优美的塔尖,还有城里那些清新翠绿的露台。但这都不过是一晃而过,"鹦鹉螺"号很快就潜入这片昏暗的海里。

然后,潜艇又沿着阿拉伯海岸距马哈拉和哈德拉曼六海里的地方航行,可以看到起伏的山峦,山上的古建筑遗迹。二月五日,我们终于驶入亚丁湾。亚丁湾是插入曼德海峡的一个真正的漏斗,把印度洋的水引入红海。

二月六日,"鹦鹉螺"号在水面上航行,能看到亚丁。亚丁坐落在一个岬角上,一八三九年被英国人占领,变成要塞;那岬角由一条狭窄的地峡与大陆相连,和难以接近的直布罗陀相似。我看到这座城市清真寺里那些八角形尖塔。按照埃德里齐①的说法,这座城市从前是这一带最富庶最繁华的贸易口岸。

我原以为,到这里以后,内莫艇长就该往回走了;可是我错了,他根本不往回走,这着实让我吃惊。

第二天,二月七日,我们驶入曼德海峡,在阿拉伯语里,这个名字的意思是"泪门"。海峡宽二十海里,长只有五十二公里,对全速前进的"鹦鹉螺"号来说,通过这道海峡也就是一个小时的事。但我什么也没看见,甚至连英国政府借以加强亚丁地位的丕林岛也没看见。因为,从苏伊士去孟买、加尔各答、墨尔本、波旁岛②和毛里求斯的汽船太多,"鹦鹉螺"号难于在海上露面,一直小心翼翼地在水下潜行。

到中午,我们终于在红海上破浪前进。

在《圣经》的传说中,红海是个有名的湖;这里雨少,也没有大河流入,蒸发得又极快,每年失去的水位高达一米半!这是个很奇怪的海湾,如果像个湖似的完全封闭起来,它可能已经完全干涸;在这一点上,红海不如毗邻的里海或死海,里海和死海的水平只下降到这个程度:蒸发掉的

---

① 埃德里齐(1099—1164),阿拉伯地理学家。
② 今称留尼汪。

海水,刚好和它们所得到的雨水量相等。

　　红海长两千六百公里,宽度平均为二百四十公里。在古埃及托勒密王朝和罗马帝国时代,红海曾经是世界贸易的大动脉,等到苏伊士地峡凿通以后,它一定会重现往日的辉煌,苏伊士铁路已经把这种重要性部分地体现出来。

　　内莫艇长想怎么干就怎么干,他一时心血来潮,就把我们带进这个海湾,他是怎么想的,我甚至也不想搞明白了。不过,"鹦鹉螺"号进入红海,我无保留地赞成。潜艇正以中速行驶,一会儿在水面上,一会儿下潜,为的是躲开某一艘船只;这样一来,这个如此奇妙的红海,表面和水中的情况我就都能够看到。

　　二月八日清晨,莫卡出现在我们眼前;这是一座已经变成废墟的城市,城墙已经不住炮声的震动,有些地段的城墙上长着一些绿油油的海枣树。从前这里是一座很大的城市,城里有六个集市,二十六座清真寺,城墙长三公里,由十四个城堡护卫。

　　接着,"鹦鹉螺"号向非洲海岸靠近,那里的海很深,海水清澈晶莹,透过客厅的舷窗,我们得以欣赏鲜艳的珊瑚丛,让人赞叹不已,还有披着一层绿油油海藻和墨角藻的大礁石,也让人觉得赏心悦目。邻近利比亚海岸的这些火山岛和暗礁上的风光景色,千变万化,令人目不暇接,简直无法描绘!"鹦鹉螺"号很快就向东岸驶去,这里的树枝状结晶也争奇斗艳。这里是德哈马海岸,因为,这时不仅海面以下有一片片盛开着的植形动物,海面上十法寻的地方也有,纵横交错,煞是好看;水面上的生长随意,千姿百态,但色彩却不及水面下的鲜艳,水使它们永葆清新。

　　我在客厅舷窗前这样度过的时光是多么迷人啊!在我们那盏电舷灯的照耀下,我看到多少动植物新品种啊!有伞形菌类植物;有深灰色的海葵;有形似排箫的笙珊瑚,像笛子似的,就等着牧神潘①来吹了;有红海特有的贝类,生活在石珊瑚洞里,底部扭曲,成了个短短的螺旋;最后,还有各种各样我不曾见过的珊瑚骨,即通常说的海绵。

---

① 潘,希腊神话里的畜牧神,人身羊足,头上有角,喜音乐。

海绵纲是水螅型珊瑚虫的第一个纲，这个纲正是由这种奇特的动物构成的，其使用价值不容置疑。海绵并非如某些博物学家依然认为的那样，是植物，海绵是动物，是海绵纲里最低等的动物，是较珊瑚的珊瑚骨还低一等的珊瑚骨。其动物属性不容置疑，我们甚至不能接受古人的说法，认为这是一种介于植物和动物之间的物种。然而，必须指出，对海绵有机组织的结构方式，博物学家们的意见并不一致；有的认为是珊瑚骨，有的认为是单一独立的个体，米尔恩·爱德华兹先生就持后一种观点。

海绵动物纲包括三百多个种，大多数海里都有，甚至某些河里也有；河里的被称为淡水软体动物。不过，海绵最喜欢的还是地中海、希腊群岛、叙利亚海岸和红海的海水；这些地方生长繁殖的海绵是上品，叙利亚黄海绵，柏柏尔地区的硬海绵，身价很高，可以卖到一百五十法郎。既然我不可能希望到地中海东岸诸港——因为中间隔着个苏伊士地峡——去研究这种植形动物，就只能在红海里对它们进行观察了。

因此，在"鹦鹉螺"号以平均八到九米的深度、沿东海岸紧贴着那些美丽岩石缓慢行驶的时候，我把孔塞伊叫到身边。

那里生长着各式各样的海绵，有带根的，有叶状的，有圆的，有手掌状的。那些采集海绵的人比学者们更有诗意，给各种各样的海绵取了一些恰如其分的名字，如花篮、圣餐杯、纺锤、鹿角、狮子足、孔雀尾、海神的手套，等等。从海绵的纤维组织——上面有一层半流体的胶状物质——中不断流出细细的水丝，那是给每个细胞带去生命的水，又被海绵用收缩动作排出体外。珊瑚虫死了以后，这种半流体的胶状物质也随即在释放出氨水的同时烂掉、消失。这时，剩下的就只有这些角质或胶质的纤维。这就是家用海绵，颜色近乎橙红。海绵的柔韧性、渗透性或抗浸泡性不同，用途也多种多样。

这些珊瑚骨附着在岩石上，附着在软体动物的壳上，甚至附着在水生植物的茎上，连最小的洼坑里也长满这种东西；有的摊开着，有的立着，或者像产生珊瑚石灰质的那些突起似的，垂在那里。我告诉孔塞伊，这种海绵有两种采集方法，或者用网，或者用手。后一种方法需要使用潜水员，但是比较可取，因为不把珊瑚骨组织碰坏，就可以得个好价钱。

另一些在海绵动物旁边大量繁殖的植形动物,主要有形态优雅的水母;软体动物里有各种各样的枪乌贼,根据道比尼的说法,这种枪乌贼是红海里特有的;爬行动物里有条纹龟,属龟鳖目,是餐桌上富于营养的佳肴。

至于鱼类,数量极多,也常常有些很可观的。"鹦鹉螺"号拖网打上来的就有:鳐鱼,其中有利姆鳐,椭圆形,棕红色,身上有不规则的蓝色斑点,可以从两个锯齿状刺鳍上很容易认出这种鱼来;有银脊鲟;有尾巴上长着许多斑点的赤鲟;有身上披着两米长袍子在水里上下游动的锦鲟;有与鲨鱼是近亲、但没有牙齿的软骨奥冬鱼;有背上长包、包尖形成一个曲形针、一英尺半长的单鳍贝壳鱼;有海鳝,银尾,蓝背,棕胸,胸背之间有一道灰边;有属于鲭科的松鱼,身上有狭窄的金色条纹,而且像法国国旗似的,有蓝白红三种颜色的道道;有身长四十厘米的硬鳍鱼;有美丽的加郎鱼,身上点缀着七道油黑油黑的横纹,鳍分蓝黄两色,鳞分金黄银白两种;有团足鱼;有长着黄脑袋的耳环豚;有鹦嘴鱼、隆头鱼、鳞豚和虾虎鱼,等等,还有成千种我们已经去过的大洋里都有的鱼。

二月九日,"鹦鹉螺"号停在红海最宽处,西岸是苏阿金港,东岸是贡富达港,这是一处直径为一百九十海里的地方。

这天中午,测完位置以后,内莫艇长来到平台上,我正在那里。我暗下决心,至少要试探出他以后的计划是什么,否则就不放他下去。他一看见我,就朝我走过来,亲切地递给我一支雪茄,对我说:

"怎么样啊?教授先生,您喜欢这个红海吗?红海里有各种鱼,有各种植形动物,遍地是海绵,珊瑚像森林,这些您都欣赏够了吗?您看见岸边的那些城市了吗?"

"是的,内莫艇长,"我答道,"'鹦鹉螺'号太适合于进行这样的研究了。啊!这简直是一艘有智慧的潜艇!"

"是的,先生,这艘潜艇有智慧,大胆,无懈可击!它什么都不怕,既不怕红海可怕的风暴,不怕它的激流,也不怕它的暗礁。"

"确实,红海被列为最危险的海,"我说,"如果我没记错的话,红海在古代名声就不好。"

"红海可恶,阿罗纳克斯先生。希腊和罗马的历史学家都不说红海的好话;斯特拉彭①说过,在地中海季风期和雨季,红海的风特别急,浪特别大。阿拉伯学者埃德里齐笔下的红海叫科尔佐穆湾,他说,有大量船只在这里的沙洲失事,夜里没人敢冒险在这里航行。他认为,红海最容易生成可怕的风暴,到处是不怀好意的小岛,'一点好东西没有',水底下没有,水面上也没有。实际上,这样的观点在阿利阿乌斯、阿加塔西德和阿尔岱米多的书里都能找到。"

"很显然,这些历史学家都没有搭乘过'鹦鹉螺'号。"我开玩笑地说。

"确实如此。"艇长笑着说,"要是从这一点看,现代人比古代人也强不了多少。发明蒸汽机,用了几个世纪的时间!谁知道一百年之后会不会造出第二艘'鹦鹉螺'号来啊!进步是缓慢的,阿罗纳克斯先生。"

"您说得不错。"我答道,"您的潜艇比时代超前一个世纪,也许是几个世纪。这样一项秘密不得不因发明它的人死亡而消失,是多么不幸啊!"

内莫艇长没接这个话茬。沉默几分钟之后,他说:

"您刚才跟我提到古代历史学家,说他们认为在红海里航行危险,是这样吗?"

"是这样。"我说,"不过,也许他们的担心是被夸大了?"

"是,也不是,阿罗纳克斯先生。"内莫艇长答道,那样子就像一个对"他的红海"了如指掌的人,"现代船只装备齐全,打造坚固,由于有了强大的蒸汽机,因而能牢牢地掌握航向,危险小了;但是,对现代船只已经不再构成危险的东西,对古代船只能造成各种危险。您得设身处地想想,古代航海家乘的船只是些用棕榈绳子绑在一起的木板,用树胶把缝子溜上,再涂一层鲨鱼油。他们就是乘这样的船去冒险的。他们甚至连测量航向的工具都没有,就那么估摸着在自己所不熟悉的海里航行。在这样的条件下,海难经常发生,在所难免。但是,到了现代,那些来往于苏伊士和南方诸海港的汽船,对红海的风暴就没什么可怕的了,即使在季风季节遭遇

---

① 斯特拉彭(公元前64?—公元23?),古希腊地理学家和历史学家。

到逆风,也不再觉得可怕。出发前,船长和乘客无须再上供求神保佑,回来以后也不用再头戴花冠、身披黄带子到附近的庙里去谢神。"

"我同意您所说的。"我说,"蒸汽机好像把海员的感恩之心泯灭了。不过,艇长,我觉得您好像专门研究过红海,既然如此,您能不能告诉我,红海的名字是怎么来的?"

"关于这个问题,阿罗纳克斯先生,有好多种说法。您想知道十四世纪的一位编年史作者是怎么说的吗?"

"想知道。"

"那位异想天开的史学家认为,以色列人渡过了海,海水在摩西说完话之后又应声合在一起,于是埃及法老就葬身于波涛之中①,此后就有了红海这个名字。摩西说的是:

> 海水变朱红,
> 以志此奇迹,
> 自此称红海,
> 非蓝亦非绿。

红海的名称就是这样来的。"

"这是诗人的说法,艇长。"我说,"我对这种解释感到不满足。所以我还要请教一下您本人的说法。"

"我的解释是这样的。依我看,阿罗纳克斯先生,红海这个称谓应该是从希伯来文'Edrom'一词翻译过来的,而古人所以给它取了这么个名字,是因为红海的水颜色特别红。"

"可是,到现在为止,我看到的海水一直都非常清澈,没有一点特殊的颜色啊!"

"是这样,但若继续往这个海湾的里面走,您就会看到这种特殊的颜色。我记得我看到过的托尔港就完全是红的,红得像血泊。"

---

① 《圣经》故事,说摩西率领以色列人离开埃及,法老带兵追赶,至红海,摩西用杖指海,海水分开,出现一条大路,以色列人走过去以后,摩西又把手杖伸向大海,海水立即合拢,把追兵淹死。

"这种颜色,您认为是因为有极微小的海藻才形成的吗?"

"不错。这是一种红色胶状物质,是从一种叫做'三瓣藻'的细弱胚芽中产生出来的,三瓣藻极细小,四万个才能占满一个平方毫米的面积。我们到托尔港的时候,您可能会看到。"

"如此说来,内莫艇长,您不是第一次乘'鹦鹉螺'号来红海?"

"不是第一次,先生。"

"那好,既然您刚才提到以色列人渡海和埃及人遭难的事,我就想向您请教了:历史上这件大事,您在海底发现了什么遗迹没有?"

"没有,教授先生。之所以没有,理由非常充分。"

"什么理由?"

"那是因为,摩西率领他的人民渡海的地方,如今已经淤起来了,全是沙子,骆驼走在上面也仅仅只能湿了腿。这您就明白了,我的'鹦鹉螺'号去不了那里,没有足够的水。"

"那么,那个地方在……?"我问。

"那个地方就在苏伊士往北不远,是海湾里从前的一个深水港,当时的红海是一直伸展到咸水湖的。如今,不管那次渡海是不是一个奇迹,以色列人去迦南那个希望之乡时,都要从那个地方经过,而法老的军队正是在那里失利的。所以我想,在那片沙地上进行考古发掘,一定能挖出大量埃及制造的兵器和其他器械来。"

"这是很明显的。"我答道,"但愿考古学家迟早会进行这样的发掘,最好是苏伊士运河凿通以后,新的城市建起来之前。对'鹦鹉螺'号这样的潜艇来说,苏伊士运河完全没用!"

"肯定是这样,但这样的运河对全世界都有用。"内莫艇长说,"古代人早就明白,把红海和地中海连接起来,对他们的商业活动有利;不过他们没想直接开凿一条运河,而是想借助尼罗河。根据传说,那条连接尼罗河和红海的运河,很可能在拉木塞斯二世①在位的时候就已经开工。可以肯定的是,公元前六一五年,内格斯搞了一条运河,引尼罗河水,穿过与

---

① 拉木塞斯二世,公元前14世纪埃及国王。

阿拉伯隔海相望的埃及平原。这条运河的宽度能容两艘古罗马三层桨战船并行，长度是，这种战船上行要走四天。这项工程由西斯塔普斯①的儿子、波斯国王大流士接着进行，可能是在普托雷梅二世②治下结束的。斯特拉彭见过这条运河用于航行；但是，因为在布巴斯特附近的运河起点和红海之间的坡度太缓，运河一年里只有几个月可以通航。运河用于商业的时间较长，直到安东尼时代③。后来运河被遗弃，泥沙淤积，奥马尔哈里发④治下又下令重开。为了阻止把给养运到反对派穆罕默德·本·阿卜杜拉手里，阿尔-芒索尔哈里发终于在七六一或七六二年下令将运河填塞。远征埃及的时候，你们那位波拿巴将军在苏伊士的荒漠中发现了这些工程的遗迹；而且，他遇到涨潮，差点淹死，几个小时以后他到达哈德伽罗特，三千三百年前，摩西曾先于他在那里栖身。"

"您看，艇长，把地中海和红海连起来，使从加的斯⑤到印度的路程缩短九千公里，这么一件古人没敢干的事，莱塞普⑥先生干起来了；要不了多久，他就会把非洲变成一个大岛。"

"是这样，阿罗纳克斯先生，您有理由因您的这位同胞而感到骄傲。这个人为国家民族增的光，超过了那些伟大的船长！开始的时候，他也和别人一样，有烦恼，遭拒绝，但他终于成功了，因为他生来有坚强的意志。想想也挺可悲的，这样一项本应由国际合作进行的事业，一项足以使一个朝代生辉的事业，却要由一个人的毅力来实现。所以，要向莱塞普先生致敬！"

"是的，要向这个伟大的公民致敬。"我说，内莫艇长刚才说话的语气令我吃惊。

---

① 西斯塔普斯，公元前6世纪波斯帝国的一个总督。
② 普托雷梅二世，古代埃及国王，公元前81—公元前80年在位。
③ 安东尼时代，指古罗马的七位皇帝，其在位时期为96—192年。
④ 奥马尔哈里发，奥马尔是穆罕默德继承人之子，哈里发指伊斯兰国家领袖，奥马尔是第二个哈里发。
⑤ 加的斯，西班牙西南部港口。
⑥ 莱塞普(1804—1894)，法国外交家，开凿苏伊士运河是他主持的。

"可惜,"他接着说道,"我不可能带着您穿行苏伊士运河①,不过,后天,我们到地中海以后,您可以看到塞得港长长的防波堤。"

"到地中海!"我叫了起来。

"是的,教授先生。这让您吃惊吗?"

"让我吃惊的是,后天就到那里。"

"真的?"

"真的,艇长,虽然自从到您的艇上以后,我应该习惯于对任何事都不再感到吃惊!"

"可是,您为什么感到吃惊呢?"

"因为那可怕的船速。如果经好望角绕过非洲,后天就到地中海,您将不得不让'鹦鹉螺'号高速行驶,那速度会是很可怕的。"

"谁跟您说要绕过非洲了,教授先生?谁跟您说要经过好望角了?"

"可是,除非'鹦鹉螺'号能够在陆地上行驶,从苏伊士地峡上面开过去……"

"或者从苏伊士地峡下面开过去,阿罗纳克斯先生。"

"从下面?"

"当然。"内莫艇长平静地说,"今天人类正在狭长的地峡上面做的事,大自然很久以前就已经在下面做过了。"

"什么!有通道!"

"对,一条地下通道,我命名为阿拉伯隧道。从苏伊士下面开始,直通佩鲁兹湾。"

"可是,这个地峡都是流沙啊!"

"在一定深度以上是流沙,但到了五十米深的地方,地层就是坚实的岩石。"

"您发现这个通道,纯属偶然吗?"我问,我越来越感到惊奇。

"偶然加推理,教授先生,甚至可以说,推理多于偶然。"

"艇长,我在听着您说话,可我的耳朵却拒不接受它所听到的东西。"

---

① 苏伊士运河于1869年通航。

213

"啊！先生！'他们有耳朵，但他们什么也听不到。'①这话什么时代都适用。这个通道不仅存在，而且我已经使用多次。如果不是这样，我今天不会到红海的这个绝境里来冒险。"

"要是问问您是怎么发现这个隧道的，是不是有点冒失？"

"先生，"艇长答道，"在永远不会再分开的人之间，不会有什么秘密。"

我没理睬他这话的弦外之音，等着听他讲是如何发现这条通道的。

"教授先生，"他对我说，"这条通道只有我一个人知道，而引导我发现这个通道的，是博物学家的一个简单推理。我发现，红海和地中海里的鱼，有相当一部分品种绝对相同，比如，海蛇、车鱼、鲀鱼、绞车鱼、簇鱼和飞鱼。这件事确定下来之后，我就想，这两个海之间是否相通呢？如果相通，地下的水流也只能从红海流向地中海，因为红海海面高。于是，我在苏伊士附近逮了很多鱼，在鱼尾巴上套个铜环，再把它们扔回海里。几个月之后，我在叙利亚海岸捉到几条这种带铜环的鱼。红海与地中海相通的事，就这样被我搞清楚了。我利用'鹦鹉螺'号去找这条通道，找到之后就冒险进到里面。教授先生，您很快也会穿过我这条阿拉伯隧道的！"

## 五　阿拉伯隧道

这次谈话中与孔塞伊和内德·兰德直接有关的部分，我当天就告诉了他们。我对他们说，两天之后我们就要到达地中海，孔塞伊听了高兴得直拍手，可那加拿大人却只是耸了耸肩。

"一条海底隧道！"他叫了起来，"一条连接两个海洋的海底隧道！有谁听说过？"

"内德老兄，"孔塞伊开了腔，"您以前听说过'鹦鹉螺'号吗？没有！可是它存在。所以，别这么轻率地耸肩膀，不要因为您没听说过就拒不承认事实。"

---

① 原文为拉丁文。

"咱们走着瞧吧!"内德·兰德顶了他一句,一边摇了摇头,"其实,有这么一条通道,我正求之不得呢!我愿意相信这位艇长,如果他真能把咱们带到地中海去,那再好不过。"

当晚,"鹦鹉螺"号漂浮在北纬21度30分处,已经接近阿拉伯海岸。我看到了吉达港,那里是埃及、叙利亚、土耳其和印度进行贸易的重要商埠。这座城市的建筑物总体、系在码头上的船、因为吃水深而只能泊在锚地上的巨轮,我都看得十分清楚。太阳已经偏西,但仍然在城里的房子上洒满阳光,使房子的白色更加耀眼。城外,几间木板或茅草屋表明,那是贝都因人居住的区域。

吉达港很快就在昏暗的夜色中消失,"鹦鹉螺"号也潜入到微微发着磷光的水中。

第二天,二月十日,几艘汽船迎面驶来,"鹦鹉螺"号又潜入海底航行。但到中午测定方位时,海面上已经没有船只,潜艇又浮出水面,露出吃水线。

孔塞伊和内德·兰德陪着我,来到平台上坐下。在湿漉漉的雾里,东边的海岸只显出一个模糊不清的轮廓。

我们靠在小艇船舷上,天南海北地聊着,这时,内德·兰德伸手指着海上的一个点对我说:

"教授先生,那儿有个什么东西,您看见没有?"

"我什么也没看见,内德,"我说,"我没有您那么好的眼睛,这您知道。"

"再仔细看看,"内德又说了一遍,"那里,左前方,差不多和舷灯在一条线上!您没看到一团黑糊糊的东西似乎在动?"

"还真是这样,"我仔细观察了一番之后说,"我看到了,水面上好像有个长长的黑糊糊的物体。"

"又一条'鹦鹉螺'号?"孔塞伊说。

"不是。"内德·兰德说,"不过,如果我没搞错,那是一只海兽。"

"红海里有鲸鱼吗?"孔塞伊问。

"是的,小伙子,"我答道,"有人碰到过。"

"可这不是鲸鱼,"内德·兰德又说了一句,眼睛一直没有离开所说的那个东西,"鲸鱼和我是老相识,要是鲸鱼,我一眼就能认出来。"

"咱们等等吧,"孔塞伊说,"'鹦鹉螺'号正朝那个方向开,一会儿我们就知道那是什么了。"

确实如此,那个黑糊糊的东西很快离我们就只有一海里了。那东西好像大海里的一座暗礁。是什么东西呢?我还真说不上来。

"啊!它动了!它潜进水里了!"内德·兰德大喊大叫地说,"真是见了鬼了!这能是个什么动物呢?它尾巴不分叉,不像鲸鱼或抹香鲸,它的鳍倒像是被截去了一段的胳膊。"

"这么说是……"我说。

"好啊!"那加拿大人又叫起来,"那家伙翻身朝上,把乳房亮出来了!"

"美人鱼!"孔塞伊叫道,"一条真正的美人鱼,先生不会不以为然吧!"

美人鱼这个名字提醒了我,我明白了,这东西是属于人鱼目的海洋生物,寓言把人鱼目的海洋生物变成了美人鱼,一种一半是女人一半是鱼的东西。

"不对,"我对孔塞伊说,"这不是美人鱼,而是一种奇特的动物,只在红海里还剩下几头。这种东西叫儒艮。"

"属人鱼目,鱼形群,单子宫亚纲,哺乳动物纲,脊椎动物门。"孔塞伊应声说道。

孔塞伊这么一说,也就没有什么可补充的了。

但内德·兰德还一直在看。看到这头动物,他眼里闪动起贪婪的目光。他好像已经准备好要用捕鲸叉去捕这头动物。你会觉得他在等时间,准备纵身跳进大海,向那头动物发起攻击。

"啊!先生,"他对我说,激动得声音都颤抖了,"'这东西',我还从来没捕到过呢。"

"这东西"三个字已经把捕鲸手的意思表达得淋漓尽致。

这时,内莫艇长出现在平台上。他看到了那头儒艮,明白了那加拿大

人的意思,就直接对他说:

"兰德师傅,您是不是一拿起捕鲸叉,手就痒痒啊?"

"您算是说对了,先生。"

"重操旧业,在您捕获过的鲸类动物记录里再添上一头,您不会不高兴吧?"

"那是不会让我不高兴的。"

"那好,您可以去试试。"

"谢谢,先生。"内德·兰德答道,眼睛炯炯发光。

"只是,我劝您别失手让它跑了。"艇长又说了一句,"这是为您好。"

"打儒艮危险吗?"虽然那加拿大人直耸肩,我还是要问。

"有时候危险。"艇长答道,"这种动物有时会回过头来追攻击它的人,把小船掀翻。不过,对兰德师傅来说,这样的危险算不了什么。他眼力好,手有准头。我嘱咐他别让那头儒艮跑了,是因为大家把儒艮当做精美的野味,而我又知道兰德师傅不嫌肉香。"

"哈!这东西竟然还很好吃?"那加拿大人说。

"是的,兰德师傅。儒艮的肉是真正的肉,特别受欢迎,在马来亚,那是只有王公们才能吃到的东西。因此,大家才对这种善良的动物大肆捕杀,搞得这种动物也像海牛似的,越来越少。海牛和儒艮是同属动物。"

"这样说来,艇长先生,如果这头儒艮是最后的一头,为了科学,是不是应该把它留下来呢?"孔塞伊很认真地说。

"兴许是吧,"那加拿大人给了他一句,"不过,为了厨房,还是把它捕回来好。"

"那就去捕吧,兰德师傅。"内莫艇长说道。

这时,艇上的七个人登上了平台,和往常一样,不说话,没表情。有一个人手里拿着一杆捕鲸叉,还有一根类似捕鲸手们使用的那种绳子。小艇已经从槽里卸下,放到海面上。六个划桨的人已经各就各位,小船的船长也已经操起舵。我和内德·兰德、孔塞伊坐在后面。

"艇长,您不去吗?"我问。

"我就不去了,先生,但我要祝你们打猎成功。"

小船离开潜艇,六个划桨的人划着,飞快地朝那头漂浮在离"鹦鹉螺"号两海里远的儒艮奔去。

到离那头鲸类动物几链远的地方时,小艇放慢了速度,桨无声地打在静静的水里。内德·兰德手持捕鲸叉,站到小艇的前面去了。捕鲸用的叉通常都拴着一根很长的绳子,被叉着的鲸鱼带着绳子跑的时候,绳子能够很快地放出去。可是,现在的捕鲸叉上的那根绳子只有十几法寻长,绳头只拴着一个小桶,小桶漂起来可以指示在水底下跑的儒艮在什么地方。

我站起来,清清楚楚地看到了加拿大人的那个对手。这头儒艮——也叫海马——非常像海牛,身体呈阔椭圆形,越往后越细,拖着一条很长的尾鳍。两侧的鳍,尖上是真正的手指。儒艮和海牛的区别在于,儒艮的上颚长着两颗尖尖的巨齿,一边一个,形成两根朝外的獠牙。

内德·兰德正准备捕杀的这头儒艮,个头特别大,至少有七米长。那儒艮一动不动,好像正在海面上睡觉,这是捕杀它的最佳时机。

小艇小心翼翼地靠近,离那头儒艮只有三法寻了。桨悬在了桨架上。我探着身子。内德·兰德身子稍微向后仰了仰,用训练有素的手把捕鲸叉掷了出去。

突然,听到了啸声,而儒艮不见了。毫无疑问,猛力掷出的捕鲸叉没叉着儒艮。

"真是见了鬼了!"那加拿大人气呼呼地大喊大叫着,"我竟没叉着它!"

"不,"我说,"它受了伤,这就是它流的血,不过您的叉没留在它身上。"

"我的捕鲸叉!我的捕鲸叉!"内德·兰德大声嚷嚷着。

几个水手又划起桨来,船老大让船朝着那个漂在水面上的小桶驶去。捕鲸叉捞上来了,小艇开始追踪那头儒艮。

儒艮时不时地浮上水面呼吸。伤得不厉害,因为它跑得飞快。水手们用力划着,紧追不舍。有好几次,离得只有几法寻了,那加拿大人已经准备掷叉;可是,那儒艮又突然潜入水中,叉不着它。

可以想象得到,性情急躁的内德·兰德该有多么愤怒。他把英语里最难听的骂人话都甩给那倒霉的儒艮了。我呢,看到儒艮让我们的诡计落空,却并不感到气恼。

我们穷追不舍,整整追了一个小时。我已经觉得捉不到了,但就在这时,那儒艮错打了主意,使它后悔莫及。它要报复。它返身朝小艇扑过来,轮到它向小艇发起进攻了。

这个动作没有逃过那加拿大人的眼睛。

"当心!"他喊道。

小艇的船长用那种奇怪的语言说了几句话,大概是让他的人多加小心吧。

儒艮在离小艇二十英尺的地方停住,突然用鼻孔吸起气来;它的鼻孔很大,不是长在口鼻面的下边,而是长在上边。接着,它鼓足劲,朝我们扑过来。

小艇躲避不及,差点被掀翻;艇里涌进很多水,足有一两吨重,必须淘出去。小艇没翻,是多亏了小艇船长动作灵巧,而小艇又是斜着而非正面被撞的。内德·兰德一手紧紧抓住船舷,一手拿捕鲸叉往那个庞然大物身上一下一下地刺。那家伙用嵌进了舷缘的牙把小艇叼离水面,就像狮子叼起一只狍子一样。我们都被掀翻在船上,东倒西歪,前仰后合,乱作一团,要不是一直和那头畜生奋力搏斗的内德·兰德终于击中它的心脏,真不知道这次冒险会是个什么结局呢!

我听到牙齿咬钢板的声音。那头儒艮带着捕鲸叉跑了。不过,没过一会儿,小桶就浮出水面,接着儒艮的身体也出现了,肚子朝上。小艇划过去,把儒艮拖在后面,向"鹦鹉螺"号驶去。

那儒艮重五吨,用了个力量很大的滑轮才把它吊上平台。那加拿大人坚持要看看操作上的所有细节,人家就当着他的面把那头儒艮肢解。当天晚上,侍者给我送来的晚饭里就有几块儒艮肉,是潜艇上的厨师精心烹制的。我觉得那肉非常嫩,就算比不上牛肉,至少比小牛肉好吃。

第二天,二月十一日,"鹦鹉螺"号的厨房里又多了一样可口的野味,一群海燕落在"鹦鹉螺"号上。这种海燕是埃及特有的尼罗河海燕,黑喙,灰头,头尖尖的,眼圈周围有白点,脊背、翅膀和尾巴浅灰,肚子和脖子发白,爪子是红的。我们还逮到几十只尼罗河鸭,一种高档次的野禽,脖子和头顶是白色的,上面有黑点。

这时"鹦鹉螺"号的航速低了下来,可以说,是徜徉着前行。我观察到,红海的水,越接近苏伊士盐分越少。

五点时分,我们看到了北面的拉斯·穆罕默德角。构成苏伊士湾和亚喀巴湾之间的贝特阿拉伯①末端的,正是这个拉斯·穆罕默德角。

"鹦鹉螺"号开进直通苏伊士湾的犹巴海峡。我清清楚楚地看到那座在两个海湾之间俯视拉斯·穆罕默德角的高山。那是何烈山即西奈山,当年,在这座高山之巅,摩西面对面地看到了上帝②。

"鹦鹉螺"号时而在海面航行,时而在水下行驶,于晚六时从托尔的外海通过;托尔是一座建筑在海湾尽头的城市,海湾的水呈红色,正是内莫艇长已经观察到的那个样子。接着,夜幕降临,四周一片寂静,偶尔可以听到鹈鹕和另一些夜鸟发出一两声啼叫;打破这寂静的还有海水拍击岩石的声音,以及远处传来的汽船螺旋桨击打港湾海水的声音。

八点到九点,"鹦鹉螺"号一直在水下几米处航行。根据我的计算,我们应该离苏伊士很近了。通过客厅的舷窗,我看到那些被我们的电光照得通明的岩石。我觉得海峡在一点一点变窄。

九点一刻,因为潜艇又浮出水面,我登上平台。我急于穿过内莫艇长的隧道,我坐不住了,想上来呼吸点夜里的新鲜空气。

没过多久,我发现一海里以外有灯光闪烁,因为有雾,光显得不那么亮。

"那是导航灯。"有人在我身边说了一句。

我转过身去,认出了艇长。

"那是苏伊士的导航灯,"他又说了一遍,"我们就要抵达隧道口了。"

"进入隧道不那么容易吧?"

---

① 阿拉伯半岛中部岩石地带的旧称。
② 《圣经》故事,说摩西率领以色列人出埃及,渡过红海,来到西奈山谒见上帝,领受"十诫",要以色列人遵守。

那大家伙把小艇叼了起来。

"不容易,先生。所以我得照老习惯,待在驾驶舱里亲自指挥操作。现在,阿罗纳克斯先生,您得下去了,'鹦鹉螺'号就要潜入水下,要等穿过阿拉伯隧道以后才会浮到水面上来。"

我跟着内莫艇长下去。舱盖关上,储水舱贮满水,潜艇下潜十来米。

我正要回房间,艇长把我叫住。

"教授先生,"他对我说,"您愿意在驾驶舱里陪陪我吗?"

"当然愿意,我只是不好意思提罢了。"我答道。

"那就请您过来吧!这样一来,在这次既是地下的又是海底的航行中所能见到的一切,您就都可以看到。"

内莫艇长把我带到中间的梯子那里。登上一半时,他打开一扇门,沿着上层的纵向通道往前走,进入驾驶舱。我们知道,那驾驶舱就在平台的尽头。

这是一间六英尺见方的小屋,几乎和密西西比河与哈得孙河上的汽船舵舱一样。屋子中间有一个竖着安放的正在运转的轮子,咬合在那个一直通到"鹦鹉螺"号后面的舵链上;四壁是四个透镜状厚玻璃的舷窗,使舵手能够看到各个方向。

这间小屋很暗,不过我很快也就习惯了;我看到了舵手,一个身强力壮的小伙子,两只手扶着舵轮。外面,海水被位于驾驶舱后面、平台另一端的舷灯照得通明。

"现在,"内莫艇长说,"来找我们的通道吧!"

驾驶舱和机房有电线相连,艇长可以从驾驶舱里同时指挥"鹦鹉螺"号的航向和操作。他按了一个金属钮,螺旋桨的转动立即明显地慢下来。

我们此刻正沿着陡峭的石壁行驶。我静静地凝视着高高的石壁,这是海岸沙土高原的坚实基础。我们离石壁只有几米的距离,就这样行驶了大约一个小时。内莫艇长一直目不转睛地盯着挂在驾驶舱里的双同心圆罗盘。只要他打个手势,舵手会随时改变"鹦鹉螺"号的航向。

我坐在左舷的窗旁,看着珊瑚美丽的基础结构、植形动物、海藻和甲壳类动物,甲壳类动物把长长的爪从岩石凹处伸出,不停地舞动。

十点一刻,内莫艇长操起舵轮,亲自掌舵。一条宽敞的走廊,黝黑而深邃,展现在我们面前。"鹦鹉螺"号大胆地开了进去。潜艇两侧立即响起一种不常听到的声音,那是红海的海水顺坡下泻到地中海的响声。"鹦鹉螺"号的机器虽然在使螺旋桨逆向转动,奋力减缓冲力,潜艇仍然像一支离弦的箭,飞奔而下。

在通道的狭窄石壁上,我只能看到一束束的光、一些直线和在灯光中急速行驶的潜艇留下的一道道光痕。我心跳得厉害,用手按着胸脯。

十点三十五分,内莫艇长放下舵轮,朝我转过身来,说:

"地中海到了!"

"鹦鹉螺"号被激流卷着,用了不到二十分钟,就通过了苏伊士地峡。

## 六 希腊群岛

第二天,二月十二日,太阳升起的时候,"鹦鹉螺"号又浮出水面。我急忙来到平台上。在南面三海里远的地方,佩鲁兹城的模糊轮廓隐约可见。一股激流把我们从红海带到这里。不过,这条下行容易的隧道,大概无法逆流而上。

快到七点的时候,内德和孔塞伊也来了。这两个形影不离的伙伴安安稳稳地睡了一夜,根本没怎么拿"鹦鹉螺"号的壮举当一回事。

"博物学家先生,这么说,这就是地中海喽?"那加拿大人带着点嘲弄人的语调问。

"内德老弟,我们正在地中海的海面上漂浮着呢。"

"什么!昨天夜里?……"孔塞伊不相信地问。

"是的,就在昨天夜里,我们只用了几分钟就通过了这个无法逾越的苏伊士地峡。"

"这事我根本就不信!"那加拿大人说。

"那您可就错了,兰德师傅。"我接着说,"南面那低低的圆弧形海岸就是埃及海岸。"

"这话您还是跟别人说去吧,先生。"那执拗的加拿大人顶了我一句。

"可既然先生说是,我们就得相信先生说的。"孔塞伊对他说。

"另外,内德,内莫艇长还在他的隧道里对我尽了地主之谊呢,在他亲自指挥'鹦鹉螺'号通过这条狭窄通道时,我一直待在驾驶舱里,就在他身边。"

"您听见了吗,内德?"孔塞伊问。

"您眼力好,"我又加了一句,"内德,您在这里能够看到塞德港的长堤,那长堤一直延伸到海里。"

那加拿大人全神贯注地张望起来。

"真的嗨!"他说,"教授先生,您说得对,您那位艇长还真是个人物呢!我们到地中海了。好。那就来说说咱们的事吧,怎么样?不过不能让别人听见。"

我知道那加拿大人要说什么。他既然要说,那就无论如何得谈谈。于是,我们三个人在舷灯旁边坐下,在那里我们可以少着些溅起来的浪花。

"内德,现在说吧!我们听着。"我说,"您想跟我们说什么?"

"我想跟你们说的很简单,"那加拿大人答道,"我们已经来到欧洲,在那位反复无常的艇长把我们带到南极洲或带回大洋洲之前,我要求离开'鹦鹉螺'号。"

说实话,和那加拿大人进行这类讨论,一直让我觉得为难。我无论如何不想阻止我的同伴们获得自由,可是,我又根本没有离开内莫艇长的愿望。由于有了他和他的这艘潜艇,我每天都在完善着自己的海底研究,而且就在海洋中修改我那本关于海底世界的书。我还能遇到这么好的机会,纵览海底奇观么?不会,肯定不会!所以,在完成这一圈的考察之前,我不能动离开"鹦鹉螺"号的念头。

"内德老弟,"我说,"请您坦率地回答我,您在艇里觉得烦闷吗?命运把您扔到内莫艇长手上,您觉得遗憾吗?"

那加拿大人没有立刻回答,过了一会儿,他两只胳膊往胸前一抱,说道:

"坦率地说,我对这次的海底旅行并不觉得遗憾。能这样旅行一次,我还高兴呢;不过,已经旅行这么长时间,总不能没完没了吧!这就是我的想法。"

"旅行会结束的,内德。"

"到什么地方结束?什么时候结束?"

"到什么地方结束?这我说不好。什么时候结束?我也说不准,或者不如这么说,我可以作一番设想:到了大海再没什么可给我们看了的时候,旅行就结束了。在这个世界上,一切有开头的东西都必定有结尾。"

"我的想法和先生的一样。"孔塞伊说,"把全世界的海洋跑个遍以后,内莫艇长就把我们三个人放走,像常说的那样,让我们'远走高飞',这是极有可能的。"

"远走高飞!"那加拿大人叫了起来,"你是想说让我们'无影无踪'吧?"

"别说得那么邪乎,兰德师傅。"我接着说,"我们根本用不着怕内莫艇长会把我们怎么样,不过我也不同意孔塞伊的想法。我们掌握着'鹦鹉螺'号的秘密,所以我并不希望,为了恢复我们的自由,'鹦鹉螺'号的艇长会听任我们使这些秘密在全世界不胫而走。"

"那么,您希望的到底是什么呢?"那加拿大人问。

"我希望的是,六个月之后能跟现在一样,出现一些我们能够也应该利用的机会。"

"嚯,瞧您说的!"那加拿大人来了这么一句,"请问,博物学家先生,六个月之后我们会在什么地方啊?"

"也许在这里,也许在中国。您知道的,'鹦鹉螺'号跑得很快。它穿越大洋,就像燕子穿过天空,或者像特快列车穿过大陆。它不怕有船只来往的海洋。谁能说它不会去法国海岸、英国海岸或美洲海岸呢?在那些地方,要逃跑和这里一样容易。"

"阿罗纳克斯先生,"那加拿大人说,"您的这些说法从根上就错了。您用将来时说话:'我们将来可能在这里!我们将来可能在那里!'我用现在时说话:'我们此刻在这里,因此要利用这个机会。'"

内德·兰德用他的逻辑对我步步紧逼,我觉得自己已经落败,再也找不出什么对我有利的说法。

"先生,"内德接着说道,"咱们假设一下,万一内莫艇长今天就给您自由,你接受不接受?"

"我不知道。"我回答。

"如果他补充一句,说他今天给您的东西,您若不要,他以后就不会再给了,您接受不接受?"

我没回答。

"孔塞伊老弟是怎么想的呢?"内德·兰德问。

"孔塞伊老弟嘛,"那忠诚的小伙子慢条斯理地答道,"孔塞伊老弟没什么可说的。在这个问题上,他是绝对地无所谓。他跟自己的主人一样,也跟他的同伴内德一样,都是单身汉。家里没人等着他,上无父母,下无妻小。他伺候先生,想先生所想,说先生所说,他最大的遗憾是,你老兄不能指望他凑成个多数。这里出场的只有两个人:一方是先生,另一方是内德·兰德。这话说完,孔塞伊老弟就只有洗耳恭听的份儿,并准备好了给你们打分。"

看到孔塞伊这么彻底地置身事外,我忍俊不禁,微微一笑。说实话,那加拿大人还是应该高兴的,孔塞伊总算没跟他对着干。

"那好,先生,"内德·兰德说,"既然孔塞伊要置身事外,咱们就两个人来讨论好了。我的话已经说过,您也听见了。您的答话是什么?"

很明显,必须拿出个说法,总是闪烁其词,我也觉得别扭。

"内德老弟,"我说,"我的回答是这样的。您反对我,反对得有道理,和您的意见相比,我那些说法站不住脚。不能指望内莫艇长发善心,最起码的谨慎也会使他不能让我们自由。反过来说,我们也应该小心谨慎,一有离开'鹦鹉螺'号的机会,就把它抓住。"

"好,阿罗纳克斯先生,这话说得透彻。"

"只是,"我说,"我还有一点意见,只一点:机会必须是真正可以利用的。逃跑必须一举成功,因为,如果失败了,我们就再也不会有逃跑的机会,内莫艇长也饶不了我们。"

"这话说得对。"那加拿大人答道,"但您的意见适用于一切逃跑的意图,两年之后逃跑或两天之后逃跑,都适用。因此,问题依然是这个:有利的时机一旦出现,就得立刻把它抓住。"

"同意。但是,内德,现在能告诉我,您所说的有利时机是什么吗?"

"一个伸手不见五指的黑夜,'鹦鹉螺'号到达离欧洲海岸最近的地方,就是个有利时机。"

"那您是想泅水逃跑啊?"

"对,如果我们离海岸近得可以游得到,而潜艇又正好浮在水面上。要是离得太远,或是潜艇还在水下行驶,泅水就不行。"

"遇到这后一种情况怎么办?"

"要是遇到这后一种情况,我就想法把小艇夺过来。我知道怎么办。我们溜进小艇里去,把螺丝松开,然后浮出水面,待在前面驾驶舱里的舵手甚至发现不了我们逃跑。"

"那好,内德。那就等着这样的机会吧;但是切莫忘记,一旦失败,就会把我们完全断送。"

"我不会忘记的,先生。"

"好了,内德,您愿意听听我对您这计划的想法吗?"

"非常乐意,阿罗纳克斯先生。"

"那好。我想——我不说希望——我想这样的机会是不会出现的。"

"为什么?"

"因为,我们并没有放弃重新获得自由的希望,内莫艇长对此不可能视而不见,他会保持警惕,特别是在能够看得见欧洲海岸的海上。"

"我同意先生的看法。"孔塞伊说。

"那就走着瞧好了。"内德·兰德回了一句,态度坚决地点了点头。

"内德·兰德,现在,"我接着又说了一句,"到此为止,关于这件事一句话也不要再说。等到哪天您准备好了,就通知我们,我们跟着您走。这件事就完全拜托您了。"

这次不久之后产生了严重后果的谈话,就这样结束。现在我应该说,事情的演变似乎证实了我的预见,令那加拿大人大失所望。在这片船只往来比较频繁的海域,内莫艇长更多的是待在水下或远离海岸的外海,他这样做是对我们不放心呢,抑或仅仅是为了避免被地中海里航行的各国船只看到？我不得而知。即使"鹦鹉螺"号浮出水面,也只是把驾驶舱露出来,要不就潜入很深的海里,因为,在希腊群岛和小亚细亚之间,我们潜入两千米处仍不见海底。

我因此也就没能看到斯波拉泽斯群岛中的卡尔帕托斯岛,内莫艇长跟我提到过这个岛,当时他用手指指着地球平面球形图上的一个点,背诵了维吉尔①的一句诗:

预言家普罗透斯②
在海神波塞冬的卡尔帕托斯岛上

原来这里就是波塞冬的老羊倌普罗透斯当年住过的地方,如今成了卡尔帕斯托岛,地处罗得斯岛和克里特岛之间。透过客厅舷窗,我只能看到这个岛的花岗岩地基。

第二天,二月十四日,我决定用几个小时来研究一下希腊群岛的鱼类;可是,不知道是什么原因,客厅的舷窗一直关得严严实实。查看了"鹦鹉螺"号的航向以后,我发现,潜艇正朝着坎迪即原来的克里特岛行进。我登上"亚伯拉罕·林肯"号的时候,坎迪岛上刚刚爆发反对土耳其暴政的起义。可是,如今起义的进展如何,我一无所知,而且,和陆地没有任何来往的内莫艇长,也告诉不了我什么。

因此,晚上和艇长单独待在客厅里的时候,关于这件事,我就只字未提。况且,他好像也不想说话,一副心事重重的样子。过了一会儿,他一反常态,下令打开客厅里两个舷窗的防护板,从一个窗子走到另一个窗子,仔细察看着海水。他要干什么？我猜不透,于是我就用这段时间研究起眼前的鱼来。

在这些鱼里,我发现了虾虎鱼,亚里士多德提到过这种鱼,俗名"海花鳅",在尼罗河三角洲附近的咸水里,这种鱼比较多。在虾虎鱼旁边游动着的是身上半带磷光的大西洋鲷,一种被埃及人列为神的动物。这种

---

① 维吉尔(公元前70—公元前19),古罗马诗人。
② 普罗透斯,希腊神话里的海神,波塞冬之子。

鱼一旦在尼罗河里出现,即预示着河水泛滥,就要举行宗教仪式进行庆祝①。我还看到一些三十厘米长的屑鳞鱼,这是一种硬骨鱼,鳞甲透明,青灰色,杂有红色斑点;这种鱼以海生植物为食,所以肉味鲜美,在古代罗马美食家眼里是难得的珍馐。这种鱼的内脏,佐以海鳝的鱼白、孔雀脑和红鹳舌,就成了一道菜中神品,能让维特里乌斯②垂涎欲滴。

这片海域中的另一种动物引起我注意,使我回忆起我所知道的关于古代的一些事情。这种动物就是印颈鱼,远游的时候附着在鲨鱼肚子上;按照古代人的说法,这种小鱼,一旦附着在船体上,就能使行进中的船停下来,在亚克兴海战③中,就是因为一条印颈鱼拖住了安东尼的战船,才使屋大维④轻而易举地取得胜利。国家民族的命运竟系于何物!我看到的还有一些令人赞叹的花鱼,属鲈鱼目;对希腊人来说,这是一种神鱼,他们认为这种鱼能够把他们常去的海里的怪物驱除;这种鱼不愧"花鱼"的称号,身上的颜色绚丽多彩,仅红色就包含着从玫瑰红到宝石红这一系列的细微差别,连背鳍上都闪烁着飘忽不定的光。我正在目不转睛地看着海中这些奇异景色时,眼前突然出现一个意想不到的东西,使我大吃一惊。

水里出现一个人,一个腰带上挂着个皮袋子的潜水员。这不是一具漂浮着的尸体,是一个人,是一个正在用两只有力的手臂游动着的大活人!他消失了一会儿,因为要浮到海面上去换气,然后又立即潜下来。

我朝内莫艇长转过身去,声音激动地喊:

"一个人!一个遇难者!"我大声叫道,"必须不惜一切代价去救他!"

艇长没有回答我,他靠到舷窗上。

那人凑过来,脸贴玻璃看着我们。

令我大吃一惊的是,内莫艇长竟然朝他打了个手势!那人也朝他打了个手势,算是回答,接着就立刻浮上水面,从此再没出现。

---

① 古代,尼罗河泛滥于农业有利。
② 维特里乌斯(9—69),古罗马皇帝。
③ 亚克兴海战,发生于公元前31年,交战双方为屋大维和安东尼。
④ 屋大维,古罗马皇帝奥古斯都称帝前的名字。

"您不必担心,"艇长对我说,"这人是马塔潘角的尼古拉,绰号勒贝斯。在基克拉泽斯一带,赫赫有名。他是个大胆的潜水员,水就是他的家!他在水里待的时间比在陆地上待的时间长,总是不停地从一个岛游往另一个岛,一直能游到克里特岛去。"

"您认识他,艇长?"

"为什么不呢,阿罗纳克斯先生?"

说完这句话,内莫艇长朝放在客厅左舷窗旁的柜子走去。我看到,柜子旁边有一个边上包了铁皮的箱子,柜子盖上有个铜牌,铜牌上有"鹦鹉螺"号的标记,还有那句"动中之动"的格言。

这时,艇长把保险箱似的柜子打开,里面全是黄白之物。对我的在场,他毫不介意。

这些金锭,是一笔大钱,从什么地方来的?艇长是从哪里搞到这些金子的?他又要拿这些金子去干什么?

我一声不吭地看着。内莫艇长把金锭一个一个拿出来,有条不紊地码在小箱子里,把小箱子装得满满的。我估计当时柜子里的黄金有一吨多,也就是说值五百万法郎。

箱子盖好以后,艇长在箱子盖上写下地址,用的字应该属于现代希腊文。

写完之后,内莫艇长按了一下通船员舱位的按钮。来了四个人,费了很大劲,把箱子推出客厅。接着我听到那四个人用滑轮把箱子吊上铁梯子的声音。

这时,内莫艇长朝我转过身来,问:

"您刚才说什么来着,教授先生?"

"我什么都没说,艇长。"

"那好,祝您晚安。"

话一说完,内莫艇长就离开了客厅。

我回到房间时,仍然感到困惑不解,这是可以想象出来的。我试着睡觉,但是睡不着。我想在那个潜水员的出现和那个装满金锭的箱子之间找出某种联系。没过多一会儿,凭着上下左右的摇动,我感觉出"鹦鹉螺"号正离开海底,浮上水面。

接着,我听到平台上有脚步声。我明白了,有人在取小艇,并把小艇扔到了海上。小艇碰了"鹦鹉螺"号侧舷一下,然后就什么声音都没有了。

两个小时以后,刚才的声音又出现,平台上又响起人来人往的脚步声。小艇吊回到潜艇上,放回原处,"鹦鹉螺"号跟着也潜入水中。

那几百万法郎就这样送到了该送的地方。那是大陆上的什么地方呢?跟内莫艇长联系的是个什么样的人呢?

第二天,我把夜里发生的事对孔塞伊和那加拿大人讲了;这件事激起我极大的好奇心。我两个同伴吃惊的程度也不亚于我。

"可是,这钱他是从哪儿弄到的呢?"内德·兰德问。

这是个找不到答案的问题。饭后我去了客厅,开始进行工作。直到下午五点,我都在做笔记。这时,我觉得非常热——也许是情绪闹的吧——不得不把丝质的衣服脱掉。热得莫名其妙,因为我们不是待在纬度高的地方,另外,"鹦鹉螺"号停在水下,温度也不应该上升。我看了看气压计。气压计指示的深度是六十英尺,在这样的深度,空气的热度是不会太高的。

我继续工作,可是,温度高到了我不能忍受的地步。

"难道潜艇起火了?"我想。

我正要离开客厅,内莫艇长进来了。他走近温度计,看了看,然后朝我转过身来:

"四十二度。"他说。

"我感觉出来了,艇长。"我答道,"再这么热下去,我们可受不了啦。"

"啊!教授先生,温度只有在我们想让它升高的时候才会升高。"

"您的意思是说您可以根据自己的意思对温度进行调节?"

"不,但是我可以离开热源。"

"这么说,这温度是外面的?"

"当然。我们正在滚开的水里行驶。"

"这可能吗?"我叫了起来。

"您看看吧!"

护窗板打开,我看到,"鹦鹉螺"号周围的水完全是白色的。一股含硫的蒸汽在海水中翻滚,犹如滚开的水在锅炉里沸腾。我用手摸摸玻璃,玻璃烫得厉害,我不得不立刻把手缩回来。

"我们现在是在什么地方?"我问。

"在桑多林岛附近,教授先生,"艇长答道,"正好是在新卡蒙尼岛和旧卡蒙尼岛之间的海沟里。我是想让您见识见识海底火山喷发的奇景。"

"我还以为这些新岛的形成已经结束了呢!"我说。

"在有火山的海域里,永远没有结束这一说。"内莫艇长说,"地球在这样的地带永远都在地下火山的影响下改变着面貌。依照卡西奥多尔①和普林尼的说法,一座新的岛屿,忒伊亚女神岛,早在公元一九年就已经出现,地点就在这里,就在这些新近生成的岛屿这里。后来,女神岛消失,公元六九年再次升起,接着就又一次消失。从那时起直到今天,火山活动一直处于间歇状态。然而,一八六六年二月三日,一个新岛在新卡蒙尼岛附近随着升腾起来的含硫蒸汽浮出水面,并于当月六日和新卡蒙尼岛连在了一起。这个新岛被命名为乔治岛。七天之后,二月十三日,阿佛罗爱萨岛露出水面,在它和新卡蒙尼岛之间造成一个十米宽的海沟。这一现象发生的时候我正在这片海域,得以目睹整个过程。阿佛罗爱萨岛是圆形的,直径三百英尺,高三十英尺,由黑色玻璃态熔岩构成,杂以长石质的断片。最后,三月十日,一个更小些的小岛在新卡蒙尼岛旁边升起,被称作雷卡岛。从那时起,这三个小岛连成一体,构成同一个岛屿。"

"那么,我们眼前的这条海沟呢?"我问。

"在这里,"内莫艇长答道,一边用手指着希腊群岛的地图,"您看,我已经把这些新岛屿都标在了上面。"

"可是,这条海沟有朝一日会填起来吗?"

"有这个可能,阿罗纳克斯先生,因为,从一八六六年起,在旧卡蒙尼

---

① 卡西奥多尔(468—562),拉丁文作家、政治家。

岛的圣尼古拉港对面,已经升起八个小岛。所以,很明显,新旧卡蒙尼岛会在不远的将来连在一起。在太平洋,是纤毛虫造成岛屿,而在这里,造成岛屿的是火山喷发现象。您看,先生,在海底进行的工作就是这样。"

我又回到舷窗前。"鹦鹉螺"号已经停下。热气腾腾,不堪忍受。海水刚才是白的,现在变红了,这是铁盐造成的。客厅虽然关得严严实实,一股难闻的硫磺味还是渗了进来,我还看到鲜红的火焰,其耀眼程度,使电灯黯然失色。

我汗流浃背,闷得出不来气,快要热死了。真的,我真觉得快要热死了!

"我不能再在这滚开的水里待下去了。"我对艇长说。

"对,再待下去怕不行了。"艇长不动声色地说。

一声令下,"鹦鹉螺"号掉头向左,远离这座火炉,若继续跟它顶下去,潜艇不能不受损害。一刻钟之后,我们已经在海面上呼吸。

这时我想到,如果内德选择这片海域实施逃跑计划,我们是不能活着离开这片火海的。

第二天,二月六日,我们离开位于罗德岛和亚历山大岛之间的这块三千米深的海底盆地,经过基西拉岛海域,绕过马塔潘角,"鹦鹉螺"号就把希腊群岛抛到了身后。

## 七　四十八小时穿越地中海

地中海,蔚蓝色的海洋,举世无双;它是希伯来人的"大海",古希腊人的"海洋",古罗马人则说它是"我们的海"。地中海沿岸生长着柑橘、芦荟、海松和仙人掌,到处弥漫着香桃木的芳香。海岸上山峦起伏,形成屏障;海面上清风习习,空气清新而明亮。但是,地下的火焰从未停止过运动,一直对大海产生着影响,到如今仍然是一座真正的战场,波塞冬和普路托①在那里争夺着世界的霸权。米什莱②说过,正是在这

---

① 普路托,罗马神话中的冥界之神,波塞冬的兄弟。
② 米什莱(1798—1874),法国历史学家。

里,在地中海的沿岸和海面上,人类经受了地球上最艰苦环境的磨炼。

不过,这个面积为二百万平方公里的地中海再美,我也只能匆匆地看上一眼。我甚至连内莫艇长个人关于地中海的知识也未能请教,因为,在高速穿行地中海期间,这个谜一样的人物就没露过一次面。我估计,"鹦鹉螺"号在地中海水下穿行的路程有六百法里,整整走了两昼夜。二月十六日晨从希腊海域出发,十八日太阳升起的时候,我们已经越过直布罗陀海峡。

对我来说,事情十分明显,由内莫艇长避之惟恐不及的陆地紧紧夹着的地中海,不讨他的喜欢。地中海的波浪和微风,即使不会使他想起太多的憾事,也会给他带来太多的回忆。在这里,他不再有大洋带给他的那种行动上的从容,那种行事上的不羁;在这个接近非洲海岸和欧洲海岸的地方,他的"鹦鹉螺"号感到拥挤。

因此,我们的航速是每小时二十五海里,即十二法里。不用说,内德·兰德一定非常气恼,不得不放弃他的逃跑计划。每秒钟行进十二到十三米的速度,使他无法使用潜艇上的那个小艇。在这样的条件下逃离"鹦鹉螺"号,无异于从高速行驶的快车上往下跳,是极端冒失的。另外,我们这艘潜艇一直都是靠罗盘指示的方向和航速表指示的速度行驶着,只在夜里才浮出水面更新空气储备。

因此,我在地中海水下看到的景色,也只是和乘坐特快列车的旅行者看到的从眼前一掠而过的景色一样,就是说,是地平线上的远景,而非像闪电似的一闪而过的近景。然而,孔塞伊和我还是观察到了地中海鱼类中的几种鱼,这些鱼的鳍强而有力,能让它们跟着"鹦鹉螺"一起游一会儿。我们躲在客厅里的舷窗前,记了些笔记,使我现在得以就地中海的鱼类写上几句。

生活在地中海里的鱼类,我看到一些,瞥见一些,不用说,因为"鹦鹉螺"号开得太快,还有一些我根本没有看到。那就让我把在这种情况下看到的鱼,粗粗地进行一番分类吧!这会使我把这次走马观花式的考察表述得更清楚些。

在被电灯光照得通明的水里，有几条一米长的七鳃鳗像蛇一样游动着，这种鱼几乎能够适应各种气候。有一些尖嘴鳐，宽五英尺，腹白脊灰，身上有一些斑点；它们被水流带着往前游，看起来像一条条宽宽的围巾。还有一些鳐鱼一掠而过，我无法看清它们是否配得上古希腊人给的"鹰"这个称号，或者和现在渔民给它们取的外号是不是相称，如：老鼠、蟾蜍、或蝙蝠。有几条正赛着往前游的鸢鲨，十二英尺长，潜水员畏之如虎。有几条海狐，长八英尺，嗅觉极为灵敏，看起来就像几个淡蓝色的大影子。有几条鲷属剑鱼，其中有的长达一米三，色彩斑斓，身上好像穿着银白天蓝两色相间的带飘带的衣服，在暗色鳍的衬托下，格外醒目；这是用来祭祀维纳斯女神的鱼，眼睛嵌在金黄色的眉睫里；这种鱼很名贵，淡水和咸水都能适应，在江河湖海里都能生存，能适应各种气候和温度；这种远古时期就已经出现的鱼，至今仍然保持着原来的秀丽。有一些漂亮的鲟鱼，长九到十米，是一种能够游得很远的鱼，不时地用有力的尾巴撞一下舷窗的玻璃，亮出带棕色斑点的淡蓝色脊背；这种鱼长得像鲨鱼，但力气不及鲨鱼大，各处的海里都能碰到；春天，它们喜欢上溯到大江大河里去，喜欢逆流而上，去伏尔加河、多瑙河、波河、莱茵河、卢瓦尔河、奥得河，以鲱鱼、鲭鱼、鲑鱼等鱼类为食；鲟鱼虽然属于软骨纲，却很细嫩；可以吃鲜的，也可以晒干、醋渍或腌了吃，从前，鲟鱼曾经堂而皇之地上过卢卡拉斯①的餐桌。不过，在地中海的各种鱼中，我能最有效地观察到的，是硬骨纲的第六十三属，那是在"鹦鹉螺"号接近水面的时候。那是些鲭鲔，长着蓝黑色的脊背，肚子上有银白色的鳞，幅状的背鳍闪着金光。这种鱼以追逐船只闻名，它们想借船只的阴凉躲避热带地区火热的阳光。此言不虚，这一次它们就一直陪着"鹦鹉螺"号，就像当年跟着拉佩鲁兹率领的船队一样。在长长的几个小时里，那些鲭鲔一直在和我们的潜艇比速度，令我自始至终赞不绝口。这些动物跑得快是真正天生的：小小的脑袋，光滑而呈流线型的身子，有的长达三米，强有力的胸鳍，分叉的尾鳍。这些鲭鲔像某些成群结队飞行的鸟儿一样，也是组成人字形，也是那么快，古代的人

---

① 卢卡拉斯，古罗马将军，以奢华著称。

因此说它们懂几何学,有韬略。然而,它们却逃不脱普罗旺斯地区渔民的追捕。普罗旺斯人珍视这种鱼,就像当年普罗彭蒂德海①边和意大利的居民珍视这种鱼一样。这些珍贵的鱼就那么盲目而鲁莽地投入马赛人的渔网里,成千上万地死掉。

地中海里的鱼,有些我和孔塞伊只瞥见一眼,现在也提上一提,只是为了不把它们忘记。这其中有乳白色的电鳗,像抓不住的蒸汽一样,一闪而过;有康吉鳝,一种长三到四米的海鳗,身上点缀着绿、蓝、黄各色;有无须鳕,长三英尺,其肝味道鲜美;有绦鱼,形状像漂在水里的细长海带;有鲂鮄,诗人们把这种鱼叫琴鱼,海员们叫哨鱼,因为鲂鮄的口面上有两块三角形锯齿状薄片,像老荷马的乐器;有燕子鲂,游起来像燕子飞一样快;有石斑鱼,头是红的,背鳍上点缀着一些细丝;有西鯡,浑身是五颜六色的斑点,有黑的、灰的、棕色的、蓝的、黄的和绿的,这种鱼对银铃的声音敏感;有绚丽多彩的大菱鲆,它们是海里的锦鸡,是一种菱形鱼,鳍是黄色的,身上有棕色的点线,脊背和左侧通常有棕色和黄色的大理石花纹;最后还有成群的令人赏心悦目的海鲱鲤,这是大洋里真正的极乐鸟;一条海鲱鲤,古罗马人肯出一千枚小金币,他们在餐桌上宰杀海鲱鲤,为的是亲眼目睹鱼的颜色变化,从活着时的朱红色一直变到死后的苍白色,这是很残忍的。

我没有看到米拉莱鱼、鳞豚、箱豚、海马、茹昂鱼、向心鱼、鰤鱼、羊鱼、隆头鱼、胡爪鱼、飞鱼、鲲鱼、帕热尔鲷、泥铲鱼、颌针鱼,以及黄盖鲽、飞鲽、箬鳎、舌鳎、菱鲆等大西洋和地中海都有的、鲽目属的有代表性的鱼种,只能怪"鹦鹉螺"号穿越这个物产丰富的海域时开得太快,那速度令人头晕目眩。

至于海洋哺乳动物,经过亚得里亚海口时,我好像看到过两三头长着和真甲鲸一样脊鳍的抹香鲸;几头球头属的海豚,这是地中海特有的,额头上有浅白色的细线纹;十多头白腹黑毛的海豹,它们以"和尚"这个名字见闻于人,身长三米,活像个多明我会修士。

---

① 即今之土耳其的马尔马拉海。

孔塞伊那边好像看到一头六英尺宽的海龟,龟背上有三条突出的纵向脊。没有看到这头爬行动物,我觉得很遗憾,因为,根据孔塞伊向我描述的样子,我觉得那是一头棱皮龟,是稀有品种。我自己看到的只是些长甲龟。

说到植形动物,我欣赏了一阵子唇形水蛭,橘黄色,很好看,就趴在左舷舱窗的玻璃上;那是一条细长的线,像树似的分成无数条枝叉,枝端是再精致不过的花边,就连能和阿拉克内①比上一比的人也永远绣不出来。可惜的是,我不能搞到一个做标本;而且,如果不是"鹦鹉螺"号在十六日晚上莫名其妙地放慢速度,地中海的其他植形动物就可能无法展现在我眼前。放慢速度是因为遇到了特殊情况。

当时我们正行经西西里和突尼斯海岸之间的海域。在波恩角和墨西拿海峡之间的狭窄海面,海底几乎是突然地高起来的。那一带形成了一个真正的海脊,水深只有十七米,而海脊的两侧,深度都在一百七十米。因此,"鹦鹉螺"号只能小心翼翼地行驶,以免撞上海底的这道大坝。

我把这道长长的暗礁的位置,在地中海的航海图上指给了孔塞伊。

"可是,先生别见怪,"孔塞伊说,"这好像是一条真正的地峡,把欧洲和非洲连接起来了。"

"是的,小伙子,"我答道,"它把利比亚海峡整个给堵起来了,史密斯②进行的探测已经证明,从前,欧非大陆在波格角和富里那角之间是连在一起的。"

"这我信。"孔塞伊说。

"我还要补充一点,"我接着说,"跟这道坝相仿的坝,在直布罗陀和休达之间也有,在远古时代,那道坝把地中海完全封起来了。"

"好家伙!"孔塞伊有些吃惊,"要是有朝一日火山爆发,把这两道大坝都升出水面,那还了得!"

"那不太可能,孔塞伊。"

---

① 阿拉克内,希腊女神,工刺绣。
② 史密斯(1769—1839),英国地质学家。

"先生让我把话说完。要是这种现象发生,德·莱塞普先生可就惨啦,开凿地峡,他费了多大劲啊!"

"这话我同意,不过,我得跟你再说一遍,这种现象是不会发生的。地底下的力的强度一直在减弱。混沌初开的时候,火山多得数不过来,如今都一个一个熄灭;地球内部的热度低了,地球里层的温度每个世纪都在明显下降,这于地球有害,因为,这种热是地球的生命。"

"可是,有太阳……"

"光有太阳是不够的,孔塞伊。太阳能使一具凉了的尸体再热起来吗?"

"不能,据我所知不能。"

"所以呀,我的朋友,地球有一天就会是一具变凉了的尸体。地球将会变得无法居住,会像月亮似的,没有人烟,月亮早已失去生命的热力。"

"要经过多少个世纪啊?"孔塞伊问。

"要经过几十万年,小伙子。"

"这么说,要是内德·兰德不来捣乱,我们还来得及完成我们的旅行呢!"孔塞伊答道。

于是孔塞伊放了心,研究那道海脊去了,"鹦鹉螺"号正在离海脊不远的地方徐徐而行。

在海脊上,在岩石和火山岩构成的海底,生长着各种生机勃勃的海洋植物,有海绵、海参、海胆——一种长着透明的淡红色卷须的海胆,能发出微弱的磷光;有一种俗称海黄瓜的海参,正沐浴着七彩阳光;有巡游车盘,长一米,颜色粉红,能把周围的海水映得红红的;有海生水仙,形状像树,异常美丽;有长茎海罂粟;有大量各种各样可食用的漏卢属植物;还有绿色的海葵,长着灰色的茎,褐色的花盘,平时总是躲在自己触角的橄榄色长须里。

孔塞伊主要忙着观察软体动物和节肢动物,虽然这些动物的术语有点枯燥,但小伙子忠心耿耿,我不能把他观察到的东西忽略不计,那样不公道。

在软体动物门里,他提到的有梳状扇贝,量很大;有大海菊蛤,很多,层层叠叠的；有三角形的水叶贝；有三叉玻璃贝，长着黄须，壳是透明的；有橙黄色的无壳侧鳃贝、身上长满了绿色斑点的海鞘、俗称海兔的腹足贝、铲形贝、多肉的无触角贝、地中海特产的伞形贝；有鲍鱼，壳可以做成十分珍贵的螺钿；有火焰扇贝、不等蛤，据说，比起牡蛎来，朗格多克①人更喜欢不等蛤；有马赛人嗜之如命的缎锦蛤、又白又肥的双层帘蛤；有盛产于北美沿岸的帘蛤，在纽约，帘蛤销量十分可观；有各种颜色的带盖梳形贝；有缩在洞里的石蛏，我闻到过这种贝类的胡椒味；有身上长着皱纹的帘心蛤，壳顶隆起，两侧突出；有长着猩红色突起的辛提贝；有形似威尼斯小舟、顶部呈弧形的食肉贝；有状如王冠的菲洛尔贝、壳上带螺纹的阿提朗特贝；有灰色的泰提贝，身上带白点，有一层薄膜，就像蒙上了一块带流苏的面纱；有长得像小蛣蝓的琴贝、用背爬行的龟螺；有耳形贝，其中有勿忘草形的耳形贝和长着椭圆形外壳的耳形贝；有浅黄色的梯螺、滨螺、轮贝、瓜叶菊贝、岩贝、薄片贝、宝石贝、潘朵拉贝，等等。

关于节肢动物，孔塞伊在笔记上把它们划分为六个纲，其中的三个纲，即甲壳纲、蔓足纲和环节纲，属于海洋生物。如此划分是正确的。

甲壳纲下分九个目，第一目是十腕（足）目，即那些头和胸通常连在一起的动物，这种动物的口腔由好几对节肢构成，胸上长着四到六对爪，可以行走。孔塞伊使用的是我们的导师米尔恩-爱德华兹的方法，把十腕（足）目分成三组：无尾组、短尾组和长尾组。这些名称有点不够规范，但准确、贴切。在短尾组里，孔塞伊提到的，有额头上长着两根叉开长刺的阿马提无尾虾；有无尾蝎，不知什么原因，在希腊人那里，这种动物象征着智慧；有棍状海蜘蛛和带刺的海蜘蛛，这类蜘蛛平常生活在深海，来到坝顶，可能是迷路了；有十足蟹、矢形蟹、菱形蟹和粒形蟹，孔塞伊还指出，这类蟹易消化；有无齿伞花蟹、蹦蟹、西蒙蟹和毛绒蟹，等等。长尾组又被分成五科，即：鳞甲、掘足、螯虾、长臂虾和足目等五科。孔塞伊提到的，有虾肉备受女人青睐的普通龙虾、虾蛄、沿海虾和各种可以食用的虾，但他对包括龙虾在内的螯虾科没再细分，因为普通龙虾是地中海里仅有的龙

---

① 指法国的朗格多克地区，位于地中海沿岸。

虾。最后是无尾组,他提到的,有正在争抢一只被遗弃的贝壳的普通托西纳虾,它们平时就藏在这种贝壳里;有额头带刺的同源蟹、寄居蟹和包尔塞拉内蟹,等等。

孔塞伊所做的观察就说到这儿。他没时间了,无法去观察螯目、端足目、同源目、同孢目、三叶虫目、鳃足亚纲、介形亚纲和切甲目的动物,以便把甲壳纲里的动物补充完整。要使对海洋节肢动物的研究变得完整,他恐怕还应该提提剑水蚤和银色蚤所属的蔓足纲,也不应该不把环节纲再细分为管栖目和前肢目。可是,过了利比亚海峡那段隆起的海底以后,"鹦鹉螺"号又以常速在深水里航行了。于是,没有了软体动物,没有了节肢动物,也没有了植形动物。有的只是几条大鱼,像影子似的一闪而过。

二月十六日夜,我们进入地中海的第二个海底盆地,最深的地方达三千米。"鹦鹉螺"号在螺旋桨的推动下,借助于侧翼的斜板,滑向海底。

海洋深处没有自然界里的奇观,呈现在我眼前的是一些惊心动魄的恐怖场景。确实,我们当时正航行在地中海的海难多发区。从阿尔及利亚海岸到普罗旺斯海边,沉过多少船、失踪了多少船啊!和浩瀚的太平洋相比,地中海只不过是个湖泊;但这是个喜怒无常的湖泊,说变就变,对那些扬帆行驶在海面上的单薄的单桅三角帆船来说,地中海今天是海天一色、碧空万里,温顺得好像在爱抚它们,但明天可能就是惊涛怒吼,浊浪排空,把最坚固的船只摧毁,使它们葬身海底。

因此,在深海中航行的这段时间里,我看到很多静卧在海底的沉船,有的上面已经长满了珊瑚,有的上面只有一层锈;看到许多锚、大炮、炮弹、船上的铁器设备、螺旋桨的叶片、机器的残片、碎了的汽缸和坏了的锅炉;还看到一些漂在水里的船体,有的朝上,有的朝下。

这些沉船中,有的是相互碰撞而沉没的,有的是触礁而沉没的。我所看到的,有的是垂直下沉的,桅杆直立着,船索已经被水泡得僵硬。那些船就像在一个有防风浪设备的大锚地里抛锚停下,正等待起航时刻的来临。"鹦鹉螺"号从这些沉船中间经过时,把这些船照得通明,看起来,这些船好像要向"鹦鹉螺"号挥旗致敬,并告诉它自己的船号似的!可惜不是,在这片发生过灾难的不祥之地,只有寂静和死亡!

我注意到,"鹦鹉螺"号越接近直布罗陀海峡,沉船的遗骸就越多。这里,非洲海岸和欧洲海岸离得更近,海峡变得更窄,船只相撞的事故也就越频繁。我看到不少铁船底和汽船残骸,令人惊讶;有的躺在那里,有的立着,就像一些身躯庞大的动物。有一条船,一侧已经裂开,烟囱弯着,轮子只剩下轮毂,舵已经和艉柱分开,但还被一条铁链子连着,船尾部的名牌已被海水腐蚀,样子变得十分凄惨可怖!这艘汽船遇难的时候,死了多少人啊!有多少人就这样葬身海底了啊!船上的水手里是否有什么人幸存下来,讲述了这场可怕的灾难?或者,这场灾难的秘密至今仍然无人知晓?不知为什么,我忽然觉得海底的这条船有可能是二十多年前连船带货沉入海底的"阿特卡斯"号,它失踪以后再没有人提起过!啊!地中海海底的历史,这一大片堆积着尸骨、无数财富被毁、无数生灵遇难之处的历史,写出来会是一部多么悲惨的历史啊!

"鹦鹉螺"号却无动于衷,从沉船残骸中疾驰而过。二月十八日凌晨三时许,"鹦鹉螺"号来到直布罗陀海峡入口。

这里有两股水流:一股在上层,引大洋之水进入地中海,很久以来即已为人所知;还有一股逆流在下层,它的存在今天也已得到证实。确实,来自大西洋的水,来自注入地中海的各条大江大河的水,一直不断地增加着地中海的水量,海平面应该逐年升高,因为,蒸发不足以维持进出平衡。可是,事实上并非如此,于是人们就自然而然地认为,下层有一股逆流,通过直布罗陀海峡,把地中海多出来的海水注入大西洋盆地。

实际上确是如此。"鹦鹉螺"号就利用这股逆流,从狭窄的海峡疾驰而过。刹那间,我瞥见雄伟的赫克里斯①神庙遗迹;按照普林尼和阿维纽斯②的说法,神庙是和它所在的那座小岛一起沉没的。几分钟之后,我们已经漂浮在大西洋海面。

---

① 赫克里斯,希腊神话中的英雄。
② 阿维纽斯,公元6世纪的拉丁诗人和地理学家。

## 八　维哥湾

大西洋！浩瀚的大洋,长九千海里,平均宽度为两千七百海里,总面积达两千五百平方海里。古代人,除迦太基人和奔波在欧洲和非洲西海岸的古代荷兰商人以外,对这个大洋几乎一无所知！大西洋海岸蜿蜒曲折,环绕地区幅员广大;世界上最大的河流,如圣劳伦斯河、密西西比河、亚马逊河、拉普拉塔河、奥里诺科河、尼日尔河、塞内加尔河、易北河、卢瓦尔河、莱茵河,都流入大西洋,为大西洋带来充足的水量;这些河流,有的流经最文明的国家,有的流经最野蛮的地区！大洋碧波万顷,蔚为壮观;海面上悬挂着各国旗帜的船只往来不断,大洋似乎也就受到了全世界的保护;但是,大洋尽处是两个可怕的海角,一头是合恩角,一头是暴风角,都是令航海家望而生畏的地方！

"鹦鹉螺"号三个半月跑了近一万法里,行程比绕地球一圈还多;如今,它又乘风破浪,在大西洋海面上驰骋起来。我们现在要去哪里？前面等着我们的是什么？

从直布罗陀海峡出来以后,"鹦鹉螺"号即驶向公海。它又浮出水面,我们也就又能够天天到平台上去散步了。

潜艇一浮出水面,我就与内德·兰德和孔塞伊一起登上平台。在距离十二海里的地方,圣文森特角隐约可见,那是西班牙半岛的西南端。这天,刮起强劲的南风,海水上涨,波涛汹涌。"鹦鹉螺"号左右摇晃得厉害,巨大的海浪不时地冲击着平台,人在上面几乎站立不住。于是,吸几口新鲜空气之后,我们就下去了。

我回我的房间,孔塞伊回他的舱室;但那加拿大人没回舱室,而是一直跟着我,一副心事重重的样子。我们从地中海匆匆而过,没能使他的计划付诸实施,那份失望,他也不怎么掩饰。

关好房门,他坐下来,静静地看着我。

"内德老弟,"我对他说,"我理解您,您没有什么可自责的。在'鹦鹉螺'号开得那么快的时候想逃跑,那是发疯！"

内德·兰德不说话。他双唇紧闭,眉头紧锁,表明他正在被一个念头死死纠缠着。

"这没什么,"我接着说,"还没到绝望的时候。我们正沿着葡萄牙海岸北上,法国、英国都离得不远。在那里,我们能很容易地找到避难的地方。是啊!如果'鹦鹉螺'号从直布罗陀海峡出来以后朝南去,把我们带到没有大陆的地区去,我会和您一样感到不安。可是,现在我们都已经知道,内莫艇长没有逃避开化的海洋,我想,再过几天,您行动起来就会比较保险了。"

内德·兰德又死死地盯了我一眼,然后,终于开口说话:

"就定在今天晚上。"他说。

我腾地站起来。坦率地说,我没想到他要跟我说这件事。我想回答那加拿大人的话,但不知道说什么好。

"我们说好的,要等待机会。这个机会,现在我已经抓住。我们离西班牙海岸只有四海里。今天晚上,夜色昏黑,风从海上往大陆吹,是拍岸风。阿罗纳克斯先生,您有言在先,现在就看您的了。"

因为我一直不说话,那加拿大人就站起来,走近我:

"今天晚上九点。"他说,"我已经通知孔塞伊。到那个时候,内莫艇长已经待在自己的房间里,还可能已躺下。无论是机械师还是船员,谁都发现不了我们。我和孔塞伊奔中间的梯子,您呢,阿罗纳克斯先生,您就待在离我们两步远的图书室里,等我们的信号。桨、桅杆和帆都在小艇上,我甚至还在小艇上放了些吃的呢!我搞到一把活扳子,好把固定在'鹦鹉螺'号上的小艇卸下来。所以,已经是万事俱备。晚上见!"

"海上天气不好。"我说。

"是不怎么好,"那加拿大人答道,"可是,得冒这个险。自由是要付代价的。不过,那小艇结实,顺风顺水,几海里算不得一回事。谁知道我们明天会不会远离海岸,到一百海里以外的公海上去呢?只要情况顺利,十到十一个小时以后,我们就可能在陆地上的某个地方上岸,要不然就是死了。所以,听凭上帝的安排吧!晚上见!"

说完,那加拿大人就扔下我走了。我几乎惊呆了。我原来设想的是,遇到机会,我会有时间考虑,有时间商量。可没想到,这位生性固执的伙伴不容我这么做。不过话又说回来,我又能和他说什么呢?内德·兰德一百个有理!眼下差不多就是一个机会,他抓住了。我能食言吗?能为纯粹个人的兴趣而把同伴们的前途断送吗?这个责任我担当得起吗?谁敢说,内莫艇长明天一定不会把我们带到远离陆地的公海上去?

这时,呼啸声起,说明正在往储水舱里灌水,接着,"鹦鹉螺"号潜入大西洋海底。

我待在自己的屋子里。我想躲开艇长,免得让他看见我那双惶惶不安的眼睛。郁闷的一天就这样过去,一会儿想恢复自由,一会儿又为离开这艘奇妙的"鹦鹉螺"号而感到遗憾;离开,我的海底考察就半途而废!我还没有观察到大西洋海底,还没有把它的秘密像印度洋和太平洋里的秘密那样揭示出来!就这样离开这个大洋,离开"我的大西洋"——我喜欢这样叫它——就像小说刚看完第一卷而没了下文,美梦做到一半就被惊醒!就这样结束,我心有不甘!我情绪恶劣,几个小时就这样过去,时而想象自己已经和同伴们安全到达陆地,时而希望出现某种意外情况,使内德·兰德无法实现他的计划——我知道这种希望不理智。

我去了客厅两次。我想看看罗盘。我想看看"鹦鹉螺"号是正在带着我们接近海岸还是驶离海岸。都不是,"鹦鹉螺"号既没有靠近海岸,也没有驶离海岸,一直在葡萄牙水域沿着大西洋海岸向北行驶。

因此,只能打定主意,准备逃跑。我的行李不重,除了笔记没别的。

关于内莫艇长,我想的是,对我们的逃离,他会怎么想;我们的逃离会在多大程度上使他感到不安,会给他造成多大伤害;如果我们逃跑时被发现了,他会怎么办?如果我们逃到半路失败了,他又会怎么办?我当然没有理由怨他,正相反,我应该感激他,因为没有比他更坦诚好客的了。不辞而别,也不能说我忘恩负义,我们和他之间没有任何誓言的约束。为了把我们永远留在身边,他靠的是环境造成的形势,而不是我们的承诺。不过,他公然要把我们永远囚禁在潜艇上的意图,也就使我们逃跑的愿望变得合情合理。

我们参观桑托林岛以后,我还一直没有见过艇长呢。也许,命运会在我们出发之前让我和他面对面碰上？这既是我希望的，也是我害怕的。我注意听了听，看能不能听见他在我隔壁屋子里走动的声音。没有，什么声音都没有。那间房里可能没人。

这时我忽然想到，那怪人也许根本就不在船上。自从小艇离开"鹦鹉螺"号去执行一项秘密任务的那一夜起，关于这个人，我思想上稍稍起了些变化。我想，不管他嘴上怎么说，内莫艇长和陆地可能一直以某种方式保持着联系。他从来不离开"鹦鹉螺"号吗？我常常一连几个礼拜碰不见他，他干什么去了？在我以为他愤世嫉俗情绪大发作的时候，他会不会正在远处的一个什么地方进行一项其性质一直不为我所知的秘密活动呢？

这些想法和一些别的念头搅在一起，就这样不停地纠缠着我。在我们所处的这种不同寻常的境遇中，猜想的范围必然会无边无际。我觉得难受，要支持不住。等待中的这一天，真是度日如年！我心急如焚，每一个小时都显得那么漫长！

像平常一样，我在房间里用餐。我心里满满的，吃不下，七点就离开了饭桌。离我应该去和内德·兰德会合的时间——我一直在分分秒秒地计算着——还有一百二十分钟。我越来越烦躁，脉搏跳得越来越快；我坐立不安，不停地走来走去，希望通过活动使我烦乱的心静下来。在这种鲁莽的举动中可能会丧命，这还不是我最担心的；我最怕的是，离开"鹦鹉螺"号之前，计划暴露，被带到怒容满面的内莫艇长面前，或者，比这个更糟，他不发怒，只是因我的背弃而伤心难过。想到这些，我心跳得更厉害了。

我想最后再看一眼客厅。我从纵向通道走过，来到那间陈列室，我曾经在那里度过很多愉快而有益的时光。我看着那些价值连城的宝物，那副样子，就像个即将被发配而永远不再回来的人。这些自然界的奇珍异宝，这些艺术杰作，我在其中生活了这么多时日，如今就要永远地弃之而去了！我还想通过客厅里的舷窗看看大西洋的海水，可窗子的防护板关得严严实实，一层钢板把我和这个我尚不熟悉的大洋隔开了。

在客厅转了一圈以后，我来到开在墙隅斜面上的那扇门旁；这扇门开向艇长的房间。让我甚为吃惊的是,门是虚掩着的。我不由自主地退了回来。如果内莫艇长在房间里,他能够看到我。但我没听到任何声音,于是就又往前走去。房间里没人。我推开门,往里走了几步。一切都是老样子,像修道士住处那样严整、朴实。

这时,墙上挂着的几幅蚀刻版画,映入了我眼帘。我第一次参观的时候没注意过这些画,那些是把一生都献给了人类伟大理想的历史伟人的肖像:在"波兰完了!"①的呐喊声中倒下去的柯斯丘什科②、"现代希腊的莱奥尼达斯③"博扎里斯④、爱尔兰的保卫者奥·康乃尔⑤、美利坚合众国的缔造者华盛顿、意大利爱国人士马宁⑥、倒在奴隶主枪弹下的林肯和吊在绞刑架上的那个为黑人解放而牺牲的约翰·布朗⑦——那样子和维克多·雨果描写布朗被处死的可怕场面一样。

这些伟人的思想和内莫艇长的思想之间有着什么样的联系呢?我能通过这些肖像参透内莫艇长生活中的秘密吗?难道他是被压迫人民的领袖和受奴役种族的解放斗士?是十九世纪最近发生的政治或社会动荡中的头面人物?美国的南北战争是一场可怕的战争,是一场悲惨然而万古流芳的战争,难道他是这场战争中的英雄?……

突然,钟声响了,敲了八下。钟锤敲在铃上的第一声就把我的思绪打断。我蓦然一惊,就像有一只看不见的眼把我心中最隐蔽的思想看穿了似的,于是,我急忙从那间屋子里走出来。

出来之后,我看了一眼罗盘。我们的航向一直是正北。航速表显示的速度是中等,气压表指示的深度是六十英尺。看起来,情况于实施那加拿大人的计划有利。

我又回到自己的房间。我穿得暖暖的,脚上穿的是潜水靴,头上戴的

---

① 原文为拉丁文。
② 柯斯丘什科(1746—1817),波兰民族解放运动领导人。
③ 莱奥尼达斯,古斯巴达国王。
④ 博扎里斯(1788—1823),希腊爱国者。
⑤ 奥·康乃尔(1775—1847),爱尔兰民族主义运动领袖。
⑥ 马宁(1804—1857),意大利民族主义运动领袖。
⑦ 约翰·布朗(1800—1859),美国奴隶解放运动领袖。

是水獭帽，身上穿的是丝面海豹皮里的外套。我已经准备就绪。我等着。潜艇上静悄悄，打破这寂静的只有螺旋桨的嗡嗡声。我竖起耳朵听了听，看会不会听到突然传来一个声音，表明内德·兰德的逃跑计划已经被发现。我心惊胆战，怕得要命。我想让自己沉着点，但是做不到。

只差几分钟就九点了，这时，我把耳朵贴到艇长的门上。什么声音都没有。我离开房间，回到客厅；客厅里半明半暗，但是没有人。

我打开通往图书室的门。图书室里光线也不足，也是空无一人。我走到开向中间梯子间的门旁站好，等待着内德·兰德发出信号。

就在这时，螺旋桨的转速明显地慢了，接着就完全停了下来。"鹦鹉螺"号要干什么？这种暂停于实施内德·兰德的计划是有利还是有害？我拿不准。

静得要命，打破寂静的只有我的心跳声。

突然，我觉得轻轻一震。我明白了，"鹦鹉螺"号停在了海底。我更加担心起来。我没有接到那加拿大人的信号。我想去找内德·兰德，劝他把逃跑的计划往后推迟。我觉得，潜艇不是在正常条件下航行。

这时，大客厅的门打开，内莫艇长走进来。他一看见我，就开门见山地说：

"啊！教授先生，"他说，声调很友好，"我正找您呢。您是否了解西班牙的历史？"

即使一个人对自己本国的历史能倒背如流，在我当时所处的情况下，心乱如麻，脑海里一片空白，也说不出一个字来。

"怎么样？"内莫艇长又问了一遍，"您听清楚我的问题了吗？您了解西班牙的历史吗？"

"非常粗浅。"我答道。

"学者们都是这个样子，只专一门。"艇长说，"那么，请坐。"他又加了一句，"我来给您讲一段西班牙历史上的逸闻。"

艇长躺在一张沙发上，我机械地坐到他旁边的阴影中。

"教授先生，"他说，"您听好。在某些方面，这个故事和您有关，因为它回答了一个您可能没有解决的问题。"

"我洗耳恭听,艇长。"我说。对这位艇长的意图,我心里一片茫然,思忖着他要讲的故事是否和我们的逃跑计划有关。

"教授先生,"内莫艇长接着说,"如果您愿意,我们从一七〇二年说起。您不会不知道,那个时候,你们的国王路易十四非常自负,他以为专制君主用手一指就能让比利牛斯山缩到地底下去。就是这位路易十四,这时把自己的孙子安茹公爵强给了西班牙人。安茹公爵成了西班牙国王菲利普五世,治国无能,在外部又遇到了很强的对手。

"实际上,一年之前,荷兰王国、奥地利王国和英格兰王国在海牙签署了一项盟约,目的就是要把菲利普五世的王冠摘下来,戴到一位大公的头上去;盟国连名号都给这位大公取好了,称查理三世。

"西班牙不得不对这个联盟进行抵抗。可是,这个国家几乎没有一兵一卒;不过,只要它那些满载美洲金银财宝的大帆船能够进港,钱它是不缺的。一七〇二年年末,西班牙就正好在等着这样一支船队的到来;因为盟国的海军在大西洋上巡弋,这支船队就由法国战船护航。海军元帅沙托-雷诺指挥的这支舰队,共有二十三艘战船。

"船队应该驶往加的斯,由于海军元帅得悉英国舰队正在那一带海域巡航,于是决定驶向一个法国港口。

"船队的西班牙船长们反对这个决定,他们希望被带到一个西班牙港口,不能去加的斯,就去维哥湾;维哥湾位于西班牙西北岸,没有被封锁。

"海军元帅沙托-雷诺生性怯懦,就照他们的意见办了。于是,大帆船队进了维哥湾。

"不幸的是,维哥湾是一个敞开的锚地,无法设防。因此,必须抓紧时间,在盟国舰队到来之前把大帆船上的东西卸下来。如果不是突然出现了一个无聊的竞争问题,东西原本是来得及卸下来的。

"我说的这些,您都听明白了吗?"内莫艇长问我。

"听明白了。"我说,仍然不知道他为什么要给我上这堂历史课。

"那我就接着往下说。事情的经过是这样:加的斯的商人们享有一项特权,所有从西印度来的货物都要由他们收购。因此,把大帆船上的金银锭卸在维哥湾,就损害了他们的权益。于是,他们到马德里去告状;菲利普五世毫无主见,下令封存船上货物,船队留在维哥湾锚地,等着敌人舰队远离。

"可是,就在菲利普五世做出这项决定的时候,英国舰队于一七〇二年十月二十二日抵达维哥湾。虽然力量不及对手,沙托-雷诺海军元帅还是进行了英勇的战斗。但是,寡不敌众,眼看船上的财宝就要落入敌手,这时,他下令将船只悉数焚毁凿沉,那些船只就带着大量财宝沉入海底。"

内莫艇长停住不说了。我承认,直到此刻,我仍然不明白这个故事和我有什么关系。

"然后呢?"我问。

"然后,阿罗纳克斯先生,"内莫艇长答道,"我们来到维哥湾,下面就该您去揭示这件事的秘密了。"

艇长站起来,让我跟着他。这时我已经恢复常态,就站起来跟着他。客厅里光线很暗,但舷窗的透明玻璃外面,被照亮的海水在闪闪发光。我张望着。

在"鹦鹉螺"号周围,半海里范围之内的海水被电灯光照得通明。沙地亮晶晶的,清晰可见。身穿潜水服的海员正在黑糊糊的沉积物中间清理被海水泡烂的桶、开膛破肚的箱子。从桶和箱子里流出来的是金锭和银锭,是像瀑布一样倾泻而出的金币和珠宝。沙地被这些东西盖满了。然后,水手们满载着那些珍贵的战利品回到"鹦鹉螺"号,卸下之后,再回头去运;海底的金银珠宝,真是取之不尽。

我明白了。这里就是一七〇二年十月二十二日那场海战的战场,这里就是西班牙政府那些满载金银财宝的大帆船沉没的地方,这里就是内莫艇长来取金银珠宝的地方,根据需要,他把价值数百万法郎的宝物装到"鹦鹉螺"号上去。美洲献出来的金银珠宝都给了他,都给了他一个人!他成了这些珍宝直接和惟一的继承人!这些珍宝都是从印加人①和被费

---

① 哥伦布发现美洲大陆以前,在今秘鲁有个印加帝国。

尔南德·科尔特兹①打败的人那里掠夺来的!

"教授先生,您是否知道,海里蕴藏着大量财富?"他微笑着问我。

"我知道。"我回答,"据估计,悬浮在海水里的银有两百万吨。"

"大概如此。不过,开采海水里的银,成本太高,超过所获的利润。这里则相反,我只要把人家丢的捞起来就行;不仅在维哥湾,还有成千个发生过海难的地方,地点都已经标在我那张海底地图上。现在您明白了吧,我是个亿万富翁呢!"

"艇长,我明白了。不过,恕我冒昧,您在维哥湾这里的开发,只不过是比另一家公司捷足先登而已。"

"哪一家?"

"有一家公司,已经得到西班牙政府授权,打捞沉在海底的那些大帆船。股民们都被高额红利的诱饵吸引住了,因为,沉在海底的财宝,估计值五个亿。"

"五个亿!"内莫艇长说,"当时有五个亿,现在没那么多了。"

"确实如此。"我说,"因此,知会一下那些股民,可能是个善举。可是,谁知道他们接受不接受呢。赌徒们觉得最遗憾的,通常不是他们输掉的钱,而是他们那种疯狂希望的破灭。说到底,我不怎么同情这些人,我更同情成千上万的穷人,大量的财产,好好分配本可使他们受益,可是却和他们无缘!"

我没有过早地表示我感觉到的这种遗憾,怕伤害内莫艇长。

"和他们无缘!"艇长有些激动地说,"先生,这么说,您认为这些财产丢失了,是我把它们捡了起来?您是不是以为,我费劲打捞这些珍宝是为了我自己?谁跟您说我不会好好地利用这些财宝了?您是不是以为,我不知道世界上还有受苦人和被压迫的人?不知道还有需要解救的穷人?……"

内莫艇长不往下说了,他可能已经后悔,觉得说得太多了。但我已经把他的意思猜透。不管迫使他到海底来寻求自由的原因是什么,首先他

---

① 费尔南德·科尔特兹(1485—1547),西班牙殖民者。

仍然是一个人！他仍然为人类的痛苦而忧伤，对待所有受奴役的种族和受奴役的人，他都是慈悲为怀！

于是我明白了，"鹦鹉螺"号在起义的克里特岛附近行驶的时候，内莫艇长送出去的数百万法郎是给谁的。

## 九　消失了的大陆

第二天，二月十九日早晨，内德·兰德来到我的房间，一脸的灰心丧气。我知道他会来。

"怎么样，先生？"他问。

"哎，内德，昨天是命运跟我们作对。"

"是啊！您那位艇长真该死，他干吗非要在我们正准备离开他的潜艇时停下来呢？"

"内德，那是因为他有事，他要到银行家那里去。"

"银行家！"

"或者说是去他的银行。我的意思是，他的财产存在大洋里比存在国库里还安全。"

接着，我就把头天夜里发生的事从头到尾对那加拿大人说了一遍，隐隐地希望能使他回心转意，打消扔下艇长逃跑的念头；可是，我讲完这件事，只是让内德感到十二万分遗憾，后悔他自己没能到维哥湾的古战场上去转一圈。

"不过这也没什么，还有希望！"他说，"只是这一叉没叉着罢了！下一次我们就会成功，需要的话，今天晚上就……"

"您知道'鹦鹉螺'号正往哪个方向开吗？"我问。

"不知道。"内德回答。

"那好，中午我们去看看它的方位。"

那加拿大人回孔塞伊那里去了。我穿好衣服就去了客厅。罗盘上显示的情况让人不放心。"鹦鹉螺"号正在朝西南偏南方向行驶。我们和欧洲背道而驰了。

我有点焦急地等着地图上标出方位来。快到十一点半的时候,储水舱的水排净,潜艇又浮出水面。我飞快朝平台走去,内德·兰德已经先到了。

眼睛已经看不到陆地,只有浩瀚的大海。天边有几艘帆船,可能是去圣克罗角等顺风过好望角的。天阴沉沉的,正在酝酿着一场风暴。

内德气急败坏,想透过雾蒙蒙的天际,看到一片渴望的陆地。

中午,太阳露了一面。大副利用这个短暂时机测了测太阳的高度。接着,大海更加波涛汹涌,我们下去,舱盖跟着也就关上。

一个小时以后,我查看了地图,"鹦鹉螺"号在地图上的位置是西经16度17分,北纬33度22分,离最近的海岸一百五十法里。再没法逃了,我把这个情况告诉那加拿大人的时候,他的恼怒是可想而知的。

我本人倒不怎么太懊恼,反而有一种如释重负的感觉,可以相对平静地重新开始做我平时做的工作了。

晚上,快十一点的时候,内莫艇长来了,让我感到十分意外。他彬彬有礼地问我,昨天熬了一夜是否觉得累。我说不累。

"要是这样,阿罗纳克斯先生,我建议咱们去做一次有意思的远足。"

"您说吧,艇长。"

"至今为止,您参观过的海底还只是白天阳光照射下的海底,黑夜里去看看海底,您觉得怎么样?"

"我非常愿意。"

"我得事先告诉您,这次的远足会很累,得走很长的路,爬一座山,路也不好走。"

"艇长,您这样说反而更激起了我的好奇心。我随时准备跟您去。"

"教授先生,那咱们就走吧!穿潜水服去。"

到了更衣室我才知道,这次的远足,无论是我的同伴还是潜艇上的人,没人跟我们一起去。内莫艇长根本就没让我带内德·兰德或孔塞伊。

我们很快就把潜水服穿好。有人把充满了气的储气罐给我们背在背上,但没准备电灯。我向艇长指出了这一点。

"用不着电灯。"他答道。

我以为他没听清我的话，但我已经来不及再说，因为艇长的头已经被那个金属罩子罩上了。我也装备完毕。我觉得有人塞到我手里一根铁棍子，几分钟之后，那套程序都已经做完，我们就踏上了三百米深处的大西洋海底。

时近午夜，海水漆黑一片。不过，内莫艇长指给我看，远处有一个暗红的亮点，是一片微光，离"鹦鹉螺"号约有两海里远。亮点是什么？靠什么发光？在海水里何以能够不灭？我都说不上来。不管怎么说，那亮点在给我们照路，虽然模糊，我还是很快就适应了这种特有的昏暗；另外，我也明白了，这种场合为什么用不着鲁姆科尔夫灯。

内莫艇长和我并肩而行，笔直地朝着那个亮点前进。平坦的海底于不知不觉中升高了。我们拄着铁棍子，步子跨得很大；不过，总的来说，我们走得很慢，因为脚常常陷进满是海藻和扁平石块的淤泥之中。

走着走着，我听到头顶上有响声。那响声有时很大，形成连绵不断的噼里啪啦的声音。我很快就明白了个中的原因。那是雨点打在海面上的响声。我本能地想到，我要淋得像个落汤鸡了！在水里被雨淋成落汤鸡！这想法怪诞得让我自己也忍俊不禁，笑了起来。说到底，穿着厚厚的潜水服，是感觉不到水的，只觉得自己是待在比陆地空气密度大些的空气里，如此而已。

走了一个半小时以后，脚下变得碎石满地。水母、微小的甲壳类动物和刺胞亚门腔肠动物，用身上的磷光把碎石路微微照亮。我看到成堆的石头，上面长满了植形动物和乱糟糟的海藻。我的脚常常在一片片黏糊糊的海藻上滑一下子，如果没有那根铁拐杖，早就摔倒好几次了。回过头去，我还能看到"鹦鹉螺"号的舷灯，离得越来越远，颜色开始泛白。

我刚才说到过的一堆堆石头，在海底有规律地摆放着；对这种规律，我无从解释。我看到一条条很大的海沟，在黑暗中不见尽头，长度根本无法估计。还有一些别的特点，令我目不暇接。我觉得沉重的铅鞋底好像踩在了一层枯骨上，发出嘎巴嘎巴的响声。我走过的这一大片平地究竟是什么地方呢？我想问问艇长，可是，他的手语，使他那些同伴跟随他在海底远足时能够和他交谈，我是一窍不通。

这时,给我们作向导的那片暗红色的光,更亮了,把远处烧得通红。这个水下的光源使我好奇到了极点。那是一种释放电的现象吗?还是另一种还不为地球上的学者所知的自然现象呢?要么是——这个想法突然在我头脑里一闪而过——人为的?是人点的火?我也许会在大洋深处碰上内莫艇长的同伴和朋友?他的同伴和朋友也是一些跟他一样过着一种奇特生活的人,他现在是来看望他们?我在这里会看到一处流亡者的殖民地吗?那些流亡者厌倦了陆地上的烦恼,到大洋深处来寻找并且找到了一片独立自主的天地?这些疯狂的、让人无法接受的想法,一直纠缠着我,眼前不断出现的奇景又把我搞得异常兴奋,在这种精神状态下,即使在海洋深处碰到一座内莫艇长梦寐以求的海底城市,我也不会感到惊奇的!

路越来越亮了。变白了的光从一座约八百英尺高的山顶上射过来。不过,我所看到的仅仅是反射光,是晶莹的海水滤过的。光源,那个发出这种无法解释的光的地方,在山的另一侧。

大西洋海底,石头的迷宫纵横交错,而内莫艇长能在其间毫不犹豫地一往直前。他熟悉这条昏暗的路。他可能常到这里来,不会迷失方向。我怀着对他的十足信任,跟着他往前走。在我眼里,这人就像海里的一个精灵;他在我前面走的时候,那高大的黑色身影映在远处亮晶晶的海底上,令我仰慕不已。

已经是凌晨一点。我们来到第一道山坡前。要爬上这道山坡,必须冒险通过一片宽阔的矮林,里面的羊肠小道狭窄崎岖,非常难走。

是的!这是一片死树林,树上没有叶子,没有汁液,在水的作用下,已经炭化;矮林中间也有一些高大的松树,俯视着周围的一切。树就像一块块煤,立在那里,由深入海底的根支撑着,树的枝叶像黑色的精制剪纸,清晰地映在水的天花板上。这情景令人不禁想到哈尔茨山①山腰上的那片森林,不过,这里的森林是泡在水里的。崎岖的小路上布满了海藻和墨角藻,海藻和墨角藻之间全是蠢蠢而动的甲壳类动物。我往前走着,攀上岩

---

① 德国的一座小山,矿产丰富。

石,跨过倒下的树干,扯断树与树之间的海生藤本植物,惊动了在树枝间游来游去的鱼。我简直着了迷,再也感觉不到累。我那位从不知疲倦的向导在前,我紧随其后。

啊!景色美丽,难以言传!水中的树木与岩石,下面阴森可怖,上面绚丽多彩,在被水的反射力增强了的光照下,呈现出各种红色,无法描摹!我们攀登过的岩石,有的大块大块地塌了下去,轰鸣声似雪崩。到处是一眼望不到头的昏暗长廊。这里,出现了大片大片的空地,似乎是人开辟的,所以我有时就想,这处海底地区的某个居民会不会突然出现在我面前。

可内莫艇长还在往上爬,我不想落在后面,大胆地跟着他往前走。铁棍子帮了我大忙。在两旁都是空洞的狭窄小道上,踏错一步都十分危险;但我脚步坚定,没有一点眩晕的感觉。一会儿,我跳过一道裂缝,那深度,若在陆地的冰上是会让我裹足不前的;一会儿,我冒险从横躺在深渊上的摇摇晃晃的树上走过,两眼欣赏着此地的苍莽景色,无暇照看脚下。那里,是一些倾斜的巨大岩石,石基已被海水侵蚀得不稳,好像在向平衡法则挑战。岩石上长出一些树木,像被一股巨大压力挤出来的,彼此支撑着。还有一些天然的塔形岩石,一些宽宽的、陡峭的、形似两座城堡之间护墙的岩石,其倾斜的角度,是地面上万有引力的法则所不能允许的。

这种由水的高密度造成的差异,我自己不是也感觉到了吗?虽然我穿着笨重的潜水服,戴着铜头盔,穿着铅底靴子,但在爬那些陡峭得几乎爬不上去的坡时,我不也是一跃而过,轻巧得像比利牛斯岩羚羊吗?

在我把这次水下远足当故事讲的时候,我依然有一种不真实的感觉!我讲述的是一些表面看来不可能有,而其真实性又不容置疑的事情。我不是在做梦。一切都是我亲眼目睹,亲身经历的!

离开"鹦鹉螺"号两个小时以后,我们越过矮树林,来到山脚下;在我们头顶一百英尺的上方,峭壁陡立,遮住了山那边的强光,在水面上投下一片阴影。一些石化了的形状怪异的灌木,时不时地浮动一下。成群的鱼,像草丛中受惊的鸟似的,从我们脚下一哄而起。岩石上有钻不进去的孔,有很深很深的洞,有深不可测的窟窿,在这些洞和窟窿里有一些可怕的东西,我能够听到它们活动时发出的响声。看到一根巨大的触角挡住路,或是听到黑糊糊的洞里有一对可怕的大螯咔嚓一声合上,我就吓得心都不跳了!黑暗中有成千上万的亮点在闪烁,那是蜷缩在窝里的巨型甲壳类动物的眼睛。大龙虾像持戟的士兵,张牙舞爪,发出金属的响声;躯体异常庞大的蟹,如同一尊尊架在炮座上瞄准的大炮;令人望而生畏的章鱼,触角交错,像一堆蠕动着的蛇。

这个我还不认识的异乎寻常的世界,是个什么样的世界?这些似乎把岩石当成了第二层盔甲的节肢动物,属于哪个目?它们的植物性生存的秘密,大自然是从什么地方发现的?它们在大洋深处生活了多少个世纪?

但我不能停下。内莫艇长已经熟悉这些可怕的动物,对它们不怎么在意。这时我们来到第一个平台,那里还有其他料想不到的东西等着我。在那里,我看到一些风景如画的遗迹,可以看出,那是人工的,不再是出于造物主之手。那是些成堆的石块,城堡和庙宇的形状依稀可辨;石块上面覆盖着一层鲜花盛开的植形动物;海藻和墨角藻取代常春藤,给石块披上一件厚厚的植物大衣。

可是,因地震而沉入海底的地球这个部分,原来是哪里?是谁把这些岩石和石块摆成史前时期石冢的样子的?我现在身处何地?一时心血来潮的内莫艇长带我来的是什么地方?

我想问问他。因为问不了,我就让他停下来。我拉住他的胳膊。但他摇了摇头,指着山顶,好像在对我说:

"走!还得走!且得走呢!"

我鼓足劲跟着他,几分钟之后,我爬上一座峭壁,比那一大堆石块高出十多米。

我看了看我刚刚爬上来的这一侧。山高也就七百到八百英尺;可是,在另一侧,山的高度超过一倍,大西洋那部分的海底深得多。我举目远望,看到一大片被强光照亮的地方。实际上,这山是一座火山。在峭壁下面五十英尺处,在石块和熔岩渣像雨点似的溅落的地方,有一个很大的火山口,喷着岩浆;岩浆像火的瀑布,消散在海水里。火山处在这样一个位置上,就像一把硕大无朋的火炬,把海底照亮,直到很远很远的地方。

我说的是海底火山口喷出岩浆,没说喷出火焰。火焰需要空气中的氧,所以不能在水下形成;但岩浆本身有构成白热化的要素,能够达到白热的程度,可以和水抗衡,水一和它接触就变成蒸汽。蒸汽的气流带着瓦斯迅速消散,而岩浆一直流到山脚下,就像维苏威火山喷出来的东西流到托雷-德尔格雷科港①一样。

其实,我眼前出现的就是一座被摧毁的城市;城市建筑七零八落,东倒西歪,屋顶塌了,庙宇毁了,圆拱散了,石柱倒了,但你依然能够从中感到托斯卡纳②式建筑的雄伟;远处,是一条引水渠的遗迹;这里是一座卫城的加高了的城基,样子有点像帕泰农神庙③;那里是码头的遗迹,犹如一个古代港口,曾在一个消失了的大洋边上庇护过商船和三层桨战船;更远处,是倒塌了的长长的城墙,是宽阔的寂静无人的街道,内莫艇长带我来看的,简直就是一座沉入海底的庞贝古城!

我这是在什么地方?我这是在什么地方呀?这一点,无论如何我要知道。我想说话,我想把箍住我脑袋的铜盔摘掉。

但尼莫艇长朝我走过来,用手势制止了我。然后,他拾起一块白垩质石块,朝一块黑色玄武岩走去,写下这么个字:

### 亚特兰蒂斯④

我眼前突然一亮,一切都明白了!亚特兰蒂斯,不就是泰奥庞波斯⑤笔下的那座梅罗比德古城吗!不就是柏拉图笔下的大西洋城吗!不就是奥利金⑥、鲍尔菲利奥斯⑦、让布里科斯⑧、德·安维尔⑨、马尔特-布

---

① 托雷-德尔格雷科港,意大利城市,多次遭地震火山破坏。
② 托斯卡纳,古代意大利中部的一个王国。
③ 帕泰农神庙,古代雅典的著名建筑。
④ 亚特兰蒂斯,传说中沉入大海的岛屿,据说在直布罗陀以西的大西洋中。
⑤ 泰奥庞波斯,古希腊历史学家。
⑥ 奥利金(185—254),古希腊人,基督教早期著名卫道者。
⑦ 鲍尔菲利奥斯(233—304),新柏拉图派哲学家。
⑧ 让布里科斯,公元4世纪的新柏拉图派哲学家。
⑨ 德·安维尔(1697—1782),法国地理学家。

朗①、洪堡②等人不承认其有的那片大陆吗！他们认为那只是一种传说。承认其有的也大有人在：波塞多尼奥斯③、老普林尼、安密阿纽斯－马塞卢斯④、德尔图里安⑤、恩格尔、谢雷⑥、图尔讷福尔⑦、布丰⑧、德·阿弗扎克诸人，就都信其有。如今，这座城市就展现在我眼前，还在为那场灾难提供着不容置疑的证据！这就是说，这个被淹没了的地区曾经存在过，曾经在欧洲以外、亚洲以外、利比亚以外存在过，它就在离海格里斯擎天柱⑨不远的地方，强悍的亚特兰蒂斯人在那里生活过，古代希腊的头几场战争就是和亚特兰蒂斯人打的！

在自己的著作里记下那个英雄时代丰功伟绩的历史学家，正是柏拉图本人。他的《泰迈奥斯与克利迪阿斯对话录》，可以说是受诗人和立法者梭伦⑩的启发写成的。

萨伊是一座古城，根据刻在城里神庙圣墙上的年表，萨伊城那时就已经有八百年的历史。一天，梭伦和萨伊城里的几位智者聊天，其中的一位提到另一座更老的城市，说那座城市的历史比萨伊城古老一千年，是雅典第一城，有九百个世纪的历史，曾经遭受亚特兰蒂斯人的入侵，并且部分被毁。据这位老者说，亚特兰蒂斯人占据着一个比非洲和亚洲加在一起还大的大陆，其所覆盖的面积，从北纬12度一直到40度。他们统治的范围甚至达到了埃及。亚特兰蒂斯人想迫使希腊人也接受他们的统治，但是，在希腊人不屈不挠的抵抗面前，他们不得不撤退。几个世纪以后，地壳发生剧变，洪水地震接踵而来，亚特兰蒂斯在一昼夜间就被彻底毁灭，

---

① 马尔特－布朗(1775—1826)，丹麦地理学家。
② 洪堡(1769—1859)，德国博物学家。
③ 波塞多尼奥斯(公元前135—公元前51)，古希腊多葛斯学派哲学家。
④ 安密阿纽斯－马塞卢斯(330—400)，希腊历史学家。
⑤ 德尔图里安(160—240)，迦太基基督教神学家。
⑥ 谢雷(1747—1804)，法国将军。
⑦ 图尔讷福尔(1656—1708)，法国植物学家。
⑧ 布丰(1707—1788)，法国博物学家。
⑨ 指直布罗陀海峡两岸的两座山。
⑩ 梭伦(公元前640—公元前558)，雅典立法者，希腊七贤之一。

沉入大海；它的几个最高的山峰仍然露出海面，那就是如今的马代拉群岛、亚速尔群岛、加那利群岛和佛得角群岛。

内莫艇长写下的那个字，令我振奋，让我回想起这么一段历史。鬼使神差，我居然来到这个消失了的大陆的一座山脚下！我用手触摸的是几万年前的地质时期的废墟！我走在先民曾经走过的地方！我脚上穿着的笨重靴子，踩的是传说时代动物的骸骨，这些而今已经炭化了的树，当年曾经为动物遮阴！

啊！为什么我的时间这么少！我真想沿着陡峭的山坡到底下去，把那个广袤的、可能连接着非洲和美洲的大陆跑遍，去参观一下那些洪荒以前的城市。那里，在我的目力所及之处，也许就是尚武的马基莫斯城邦和虔诚的优西比乌斯城邦，这些城邦的居民都是巨人，在那里生活了几个世纪；他们力大无穷，能够搬动这些如今仍然抵御着海水侵蚀的巨石。也许，有朝一日会发生某种地壳上升现象，使这些沉在海底的废墟重新浮出海面！在大洋的这部分地区，已经发现数不胜数的海底火山；经过这片海底动荡的海面时，很多船只都曾感到过剧烈的震动。有的船只听到过沉闷的响声，说明地底下发生了碰撞；有的船只收集到喷出海面的火山灰。这片土地，直到赤道，仍然受着地下火山作用的影响。谁敢说，在遥远的将来，通过火山喷出物的堆积，通过一层层岩浆的堆积，火山顶就不可能冒出大西洋海面！

就在我这样天马行空地遐想，并准备把这壮观景色的所有细节都牢牢记住的时候，内莫艇长靠在一块长满苔藓的石头上，意醉神迷，一动不动，宛如一座雕像。他是在追思那些已经作古的先人、思考人类命运的秘密吗？这个不愿意过现代生活的怪人，就是到这里来重温历史、体验古代生活的吗？我是多么想不顾一切地去了解他的思想啊！我是多么想赞同并理解他的思想啊！

我们在这个地方足足待了一个小时，一直就那么凝视着这片被火山岩映照着的土地；火山的喷发强度，有时大得吓人。沸腾的火山时不时地使山体表面发生一波一波的震动。沉闷的轰鸣声被海水清楚地传到很远的地方。

月亮出来了,苍白的月光于刹那间穿过海水照到这沉入海底的大陆上。这只不过是一束微光,造成的意境却无法描述。艇长站起来,朝这块海底平原投过去最后一道目光;然后,朝我打了个"随我来"的手势。

我们很快地下了山。走过那片石化了的矮树林,就看到了"鹦鹉螺"号的舷灯,亮得像一颗星。内莫艇长笔直地朝舷灯走去,在第一抹晨曦洒向海面的时候,我们回到了潜艇上。

## 十　海底煤矿

第二天,二月二十日,我醒得很晚。累了一夜,我一直睡到日上三竿,醒来的时候都十一点了。我匆匆穿好衣服。我着急地想了解一下"鹦鹉螺"号的航向。仪器显示,潜艇一直在朝南行驶,航速每小时二十海里,距离水面一百米。

孔塞伊走进来。我对他讲了夜里进行的远足,因为窗子开着,他还能部分地看到那沉入海底的大陆。

"鹦鹉螺"号真的在贴着亚特兰蒂斯大陆行驶,距离只有十米。潜艇像个被风带着在陆地草原上空飞过的气球;不过,说我们待在客厅里就像坐在特别快车的车厢里一样,更为贴切。近景从我们眼前一闪而过,那是些轮廓怪异的岩石,是已经从植物界过渡到矿物界的树林;石林一动不动的影子,在水下显得有点滑稽可笑。还有成堆的石块,盖着一层地毯似的轴形草和银莲花,上面直立着长长的水生植物;再就是些形状怪异的熔岩,说明火成岩曾在这里肆虐。

就在这些海底奇景在我们的电灯光下展示着的时候,我向孔塞伊讲述起亚特兰蒂斯人的历史来;这段纯属想象出来的历史,启发了巴伊①,使他写出那么多脍炙人口的作品。我对孔塞伊讲述着这些英勇无畏的人民所进行的战争,作为一个对亚特兰蒂斯的存在不可能再有怀疑的人,我和他讨论着亚特兰蒂斯这个问题。可是,孔塞伊心不在焉,似听非听;我

---

① 巴伊(1736—1793),法国作家、天文学家、政治活动家。

很快就明白了，孔塞伊为什么对我讲述的这段历史无动于衷。

原来，吸引他目光的是成群的鱼，在那些鱼经过的时候，孔塞伊就把真实世界忘记，一心一意地进行他的分类去了。在这种情况下，我只能跟他一起继续搞我们的鱼类学研究。

大西洋的鱼和我们至今已经观察到的鱼，其实也没什么大的区别。这里的鳐鱼个儿大，五米长，肌肉有力，能够跃出海面；角鲨种类很多，有一种海蓝色的角鲨，长十五米，长着三角形的锐利牙齿，通体透明，在海水里人几乎发现不了它们；有褐色的萨格尔鱼；有人头鱼，形似棱柱，皮上长着疙疙瘩瘩的鳞甲；有和地中海的鲟鱼相仿的鲟鱼；有喇叭海龙，长一英尺半，黄褐色，长着小小的灰鳍，既没有牙齿，也没有舌头，游动起来像柔软的细蛇。

在硬骨鱼中，孔塞伊记录下来的有：帆船鱼，颜色是黑的，三米长，上颚上长着刺，就像一把利剑；龙䲢，色泽鲜艳，亚里士多德时代叫海龙，脊上有刺，抓的时候非常危险；还有一些鲯鳅科的鱼，褐色的脊背上有蓝色小条纹，条纹上有金边；有美丽的地中海剑鱼；有月亮金口鱼，长得像个小小的盘子，反射着蓝光，太阳光照在上面，形成一些银亮银亮的小点；最后还有旗鱼，身长八米，结对而行，淡黄色的鳍样子像镰刀，刺长六英尺，这是一种胆子很大的动物，食物以草为主，有时也吃鱼，雄旗鱼像训练有素的丈夫，对雌旗鱼表现得惟命是从。

不过，在观察各种各样的海洋动物的时候，我仍然没有失去研究这长长的亚特兰蒂斯大陆的兴趣。有时，一些不规则的隆起的地面，使"鹦鹉螺"号不得不减速行驶，像鲸类动物在狭窄的海丘中间一样灵敏地滑行。如果在迷宫似的海底实在找不到路，潜艇就会像个汽艇似的浮起来，越过障碍之后，再下到距离海面几米的地方快速行驶。这样的航行很迷人，也令人赞叹，让人想到乘汽艇漫步，不同的是，"鹦鹉螺"号完全是在舵手的控制之下。

快到下午四点的时候，通常是布满石化树枝、满是厚厚淤泥的海底，一点点起了变化；海底变得碎石满地，间或有成堆的砾岩和玄武凝灰岩，还有星星点点的火山岩和含硫的黑曜岩。我想，平原很快就要让位于山区；果然，在"鹦鹉螺"号的某些位置变化中，我看到南面的地平线被一面峭壁挡住，好像把出路堵死了。显然，那道峭壁的高度超过了海平面。那应该是一片大陆，至少是一座岛屿，不是加那利群岛的，就是佛得角群岛的。因为没有标出"鹦鹉螺"号的方位——可能是有意不标，我无法知道我们在什么地方。不管怎么说，我觉得那峭壁标志着亚特兰蒂斯大陆的尽头；总起来看，我们只经过了这片大陆的很小一个部分。

黑夜也没有打断我的观察。只剩下我一个人了，孔塞伊已经回他的舱室。"鹦鹉螺"号放慢了速度，在海底那些隐约可见的乱石堆上轻松地滑行着，一会儿从上面掠过，像要停下，一会儿又突然浮出水面。这时，透过晶莹的海水，我瞥见了几颗明亮的星星，正是黄道十二宫里的那五六颗星，拖在猎户座的尾巴上。

就这样欣赏海上和天空的美景，我本来还会在舷窗前待更久的，但舷窗的护板关上了。这时，"鹦鹉螺"号已经到达峭壁脚下。潜艇会采取什么步骤？我无法猜到。我回了房间。"鹦鹉螺"号停下不动了。我躺到床上，打算睡几个小时就起来。

可是，第二天我到客厅的时候，已经八点。我看了看气压计。气压计告诉我，"鹦鹉螺"号这时正在水面上浮着。另外，我也听见平台上有脚步声。可是，潜艇纹丝不动，说明海面上风平浪静。

舱盖开着，我一直登上舱口，奇怪的是，我非但没有看到所期待的阳光，周围竟是一片沉沉夜色。我们这是在什么地方？我搞错了？天还没亮？不会！天上连一颗星也没有，夜也不是这么个黑法。

我正觉得莫名其妙，这时传过来一个声音：

"是您吗，教授先生？"

"啊！是艇长啊，"我答道，"我们这是在哪里啊！"

"在地下，教授先生。"

"在地下！"我叫了起来，"可'鹦鹉螺'号不是漂在水面上吗？"

"'鹦鹉螺'号总是漂在水面上的。"

"那我可就不懂了！"

"请稍等。我们的舱灯就要打开了，如果您想把情况弄明白，您会如愿以偿的。"

我登上平台,等着。周围黑得厉害,我甚至连内莫艇长都看不见。可是,举目望天,在我头顶上,我似乎看到了一线微光,像是由一个圆圆的洞射进来的昏暗阳光。这时,舷灯突然亮了。舷灯的光太强,那一线模糊的微光消失了。

电灯光刺眼,我把眼睛闭了一会儿,然后才睁开再看。"鹦鹉螺"号停着,浮在一个布置得像码头的岸边。"鹦鹉螺"号此刻漂浮其上的海,是个被一圈峭壁围起来的湖,直径两海里,即周长六海里。水面的高度——气压计上有显示——只能和外面的海面高度一样,因为这湖和外面的海必定相通。峭壁内倾,呈拱形,像一个扣着的大漏斗,有五六百米高。顶上有一个圆洞,显然,我刚才看到的那一缕微光,就是从那里射进来的阳光。

在仔细研究这个大洞的内部情况之前,在搞清楚这个洞是人工的还是天然的之前,我走向内莫艇长。

"我们现在是在什么地方?"我问。

"在一个已经熄灭了的火山的正中心。"艇长答道,"由于地壳发生了剧烈变动,海水侵入了这个火山内部。教授先生,就在您睡觉的时候,'鹦鹉螺'号通过一条开在大洋海面十米以下的天然通道,钻进了这个潟湖。这里是'鹦鹉螺'号的母港,安全、方便、神秘,能挡住任何方向来的风!您能在你们的大陆或岛屿沿岸找到一处这么好的锚地吗?这个避风港能够躲过任何风暴。"

"内莫艇长,您在这里确实很安全。"我答道,"谁能追您追到一座火山里来呢?不过,顶上是不是有个窟窿啊?"

"是有个窟窿。那是火山口,过去那地方堵满了岩浆、蒸汽和火,如今成了个风口,我们呼吸的新鲜空气就是从那个口进来的。"

"那么,请问这是一座什么样的火山呢?"

"这片海域上,小岛星罗棋布,这座火山就属于其中的一座小岛。对过往的船只来说,这座小岛不过是一处普通暗礁,但对我们来说,它是个巨大的洞穴。我偶然发现了它,在这一点上,偶然帮了我大忙。"

"可是，人不能从上面那个火山口下来吗？"

"下不来，就跟我上不去一样。火山内壁下面一百英尺以内可以攀登；但到了上面，内壁突出在外，就无法攀登了。"

"我明白了，艇长。大自然时时处处都在帮您。在这个湖里，您是安全的，除了您以外，任何人也来不了这里。可是，要这么个避风港干什么呢？'鹦鹉螺'号不需要港口。"

"先生，'鹦鹉螺'号是不需要港口，但它需要电作动力，需要燃料发电，需要钠来生产燃料，需要煤生产钠，需要煤矿采煤。而正是在这里，海底下有整片整片的森林，在地质时期就都陷进了泥里；如今树木已经矿化，变成了煤，成了我的一座取之不尽的煤矿。"

"艇长，如此说来，是您手下的人在这里当矿工了？"

"正是。这些海底煤矿和澳大利亚新南威尔士的煤矿一样。我手下的那些人，身穿潜水服，手持十字镐，就在这里采煤，连煤我也不向陆地要。我烧煤生产钠的时候，烟就从这个火山口出去，别人看了会觉得这是一座活火山。"

"您的那些同伴，我们能看看他们是怎么干活的吗？"

"不行，至少这次不行，因为我正忙着周游海底世界呢。我这次来，仅仅是为了提取一点储存的钠，不耽搁，只有装船的时间，就是说，只有一天的时间，装好了我们就走。阿罗纳克斯先生，要是您想参观这个洞穴，到泻湖上转转，您就好好利用这一天吧！"

我向艇长道了声谢，然后就去找我的两个同伴，他们都还在舱室里没出来呢。我请他们跟我走，没告诉他们现在是在什么地方。

他们登上平台。孔塞伊这个人是见怪不怪，认为在海底睡了一觉以后，醒来的时候人在山底下，是一件非常自然的事。内德·兰德就不同了，他只想知道这个洞穴有没有出口。

吃过早饭，快十点的时候，我们上了岸。

"我们这可是第二次登上陆地了。"孔塞伊说。

"我不把这个地方叫'陆地'，"那加拿大人说，"而且我们也不是在上面，而是在底下。"

在火山内壁山脚和泻湖的水之间,有一片沙地,最宽的地方有五百英尺。沿着沙滩,可以自由自在地围着泻湖走一圈。不过,火山峭壁的底部起伏不平,上面有成堆的大块火山岩和浮石,非常好看。这成堆的风化物,被地下火烧得像挂了一层釉子,舷灯一照,熠熠生辉。湖岸上含云母的尘土,被我们的脚蹬起来,在空中飞舞,像闪光的云。

离沙洲越远,地势越高,我们很快就到了长长的、弯弯曲曲的山坡上。这是些真正的斜坡,缓缓升高,但走在这些没有被水泥固定的砾石上要特别小心,在这些由月长石和石英石构成的粗面岩上,脚会打滑。

这个巨大天然洞穴的火山岩性质在在可见。我向我的同伴们指出了这一点。

"请你们设想一下,"我对他们说,"当这里面满是沸腾的岩浆,满到上面的山口,就像冶炼炉里白热化的铁水满到炉口时,这个漏斗该是个什么样子?"

"我完全能够想象得出来。"孔塞伊答道,"可是,先生是否想说说,那个'大铁匠'为什么半途而废,把手里的活儿停了下来?那个大火炉怎么又变成一个水波不兴的湖了?"

"孔塞伊,很可能是某次的地壳运动,造成大洋底下那个成了'鹦鹉螺'号通道的口子。于是,大西洋的海水就冲进这座火山。'水火不同炉',当时这两种元素一定发生过剧烈冲突,而以海神的胜利告终。不过,这已经是几个世纪以前发生的事,如今,被淹没的火山已经变成一座寂静的岩洞。"

"说得好。"那加拿大人插了一句,"我同意这样的说法,不过,我觉得遗憾的是,教授先生说的那个通道,没有开在水平面以上。"

"可是,内德老兄,您别忘了,如果那个通道不开在水下,'鹦鹉螺'号是开不进来的!"孔塞伊反驳道。

"我还要补充一句,内德师傅,要是海水没有从火山底下冲进来,那么,火山至今仍然是火山。所以,您的遗憾是多余的。"

我们越爬越高。山坡越来越陡,也越来越窄,有时还有些深坑,得跳过去;还有一些直上直下的大石块拦路,必须绕行,得爬,得匍匐而行。不过,靠着孔塞伊的灵巧和内德·兰德的力气,所有这些障碍都被我们克服了。

到了约三十米的高度,地质发生了变化,但并没有变得更不好走。地上已经不再是砾岩,不再是粗面岩,而变成黑色的玄武岩了。玄武岩成片铺开,上面凝结着很多气泡;砾石和粗面岩形成一些有规则的棱柱,排列得跟廊柱一样,支撑着这个巨大的穹顶,成为天然建筑的一项杰作,令人赞叹。接着,我们看到,在成片的玄武岩之间,是长长的蜿蜒曲折地流过的岩浆,而今已经冷却,上面嵌着沥青的条纹,有些地方又像一块块宽宽的硫磺地毯。从上面火山口射进来的阳光强了些,在永远被掩埋在这座死火山里的碎渣子上,投下一道朦朦胧胧的光。

然而,我们直线前进的路很快就中断了,在大约二百五十英尺高的地方,我们遇到了难以逾越的障碍。拱顶的拱形曲线变成了垂直的,直线攀登不得不改为盘旋而上。到这里,植物界开始和矿物界竞争。几棵小灌木,甚至有几棵树,从峭壁上的洞里长出来。我认出几棵大戟属植物,流着有腐蚀性的汁液。一些垂头丧气的向阳花,余香缥缈、业已半凋的花冠耷拉着,因为永远沐浴不到阳光而显得名不符实。在长叶枯萎的芦荟脚下,星星点点地生长着一些菊花,样子显得有些腼腆。在一条条岩浆流之间,我还发现了一些小紫罗兰,依然清香扑鼻。我承认,我贪婪地闻了闻。芳香,是花的灵魂,而水生植物的花,色彩绚丽,却没有灵魂!

我们来到一簇长得很壮的龙血树脚下,树根已经把岩石撑裂。这时,内德·兰德喊了起来:

"啊!先生,有个蜂巢!"

"蜂巢!"我一边重复着他的话,一边做了个完全不信的手势。

"对!一个蜂巢。"那加拿大人又说了一遍,"旁边还嗡嗡飞着好多蜜蜂呢!"

我往前走了几步,想弄个明白。在一棵龙血树的树窟窿边上,确实有几千只灵巧的昆虫,这种昆虫在加那利群岛极多,那里的蜂蜜,品质均属上乘。

十分自然,那加拿大人想弄些蜂蜜存起来,我若反对,会显得不通情理。一堆混合着硫磺的干树叶被他用打火机点着了,他开始用烟熏那些蜜蜂。嗡嗡声越来越小,蜂巢被掰开,流出几磅芳香的蜂蜜,把内德·兰德的小背包装得满满的。

"等我把面包树粉用蜂蜜和好,就能给你们做出味道鲜美的点心。"他对我们说。

"那可就太棒了!"孔塞伊说,"那可就是香料蜜糖面包了。"

"先别管什么香料蜜糖面包,"我说,"咱们还是接着往前走吧,这儿挺有意思的。"

在我们走的一些小道拐弯处,能看到湖的全貌。"鹦鹉螺"号的舷灯把整个湖面都照亮了,湖面一平如镜,既无波浪,也无涟漪。潜艇的平台上,堤岸上,到处是忙碌的人影,在亮如白昼的灯光照射下,黑色的人影被勾勒得十分清晰。

我们沿着支撑拱顶的前排岩石的最高处迂回前行时,我发现,蜜蜂并非这座火山里惟一的动物代表。有些猛禽在各处的黑影里翱翔盘旋,或者从它们筑在岩石上的巢里飞出逃走。那是一些白肚子的鹰和叫声尖利刺耳的红隼。几只美丽肥硕的大鸨,也在斜坡上迈着瘦长的腿极力逃脱。看到这么多可口的野味,那加拿大人会不会垂涎三尺,会不会因为没有带枪而后悔不迭,就可想而知了。他想用石块代替铅弹打鸟,几经失败之后,他终于打伤了一只美丽的大鸨。要说他为嘴伤身,豁出性命去逮那只受了伤的大鸨,绝非夸大其词;不过他确实有办法,最终还是把那只鸟装进了盛着蜂蜜的袋子里。

岩脊已经无法攀登,我们只好下来朝湖边走去。在我们的上方,那个大张着的火山口,就像一口大井。从那里可以清楚地看到天空;我看到,被风从西面吹来的乱云疾速飞逝,底层的云片湿漉漉的,从山巅掠过。这清楚地说明,云层不高,因为这座火山离海面充其量也不过八百英尺。

在那加拿大人完成逮到大鸨的壮举一个半小时以后,我们又回到湖边。湖边的植物,有代表性的是海马齿,一片片的,像地毯;这是一种花序为伞状的植物,糖渍醋泡,味道均佳。这种植物有好几种名字,也叫虎耳草,又叫海茴香。孔塞伊薅了几把海马齿。至于动物,这里的各种甲壳类动物成千上万,有龙虾、黄道蟹、瘦虾、糠虾、盲蛛、加拉提亚虾;另外,还有很多贝壳类动物,有宝贝、骨螺和帽贝。

这里还有个看上去很漂亮的洞。我和我的同伴们高高兴兴地躺到了洞中的细沙上。被火烧得平滑如镜的洞壁,像挂了一层釉子,闪闪发光,因为上面撒满了云母粉。内德·兰德敲了敲洞壁,想测量一下有多厚。我忍俊不禁,笑了起来。于是,我们就又围绕着他那个永不放弃的逃跑计划聊了起来。我相信,用不着多费口舌就能使他充满希望:内莫艇长南下,仅仅是为了补充他的钠元素。我因此希望,现在他即将返回欧洲和美洲海岸;这样一来,那加拿大人再次实施那个失败过一次的逃跑计划时,也就更有成功的希望。

我们在这个迷人的洞里躺了一个小时。谈话开始的时候很热闹,此刻已经是意兴阑珊,大家都有了点睡意。我觉得没有任何理由熬着,就任由自己沉沉睡去。我做了个梦——谁也无法选择做什么梦——梦见自己成了个无性繁殖的软体动物,这个洞好像成了我的两瓣甲壳……

突然,我被孔塞伊的声音叫醒。

"当心!快起来!"那老实巴交的小伙子喊道。

"怎么了?"我问,一边坐起来。

"水都把我们泡起来了!"

我站起来。海水像激流似的往我们待的洞里灌;既然我们不是软体动物,那就得赶紧跑,一刻也不能耽搁。

转眼之间,我们已经来到那个洞的顶上,没有危险了。

"这是怎么了?又是什么新现象啊?"

"不是什么新现象,朋友们,这是海潮。"我答道,"这只不过是差点把我们像沃尔特·司各特[①]小说的主人翁一样淹没的海潮!外面的大洋涨潮了,根据非常自然的平衡法则,湖里的水面也得升高。我们只是洗了半个澡而已。咱们回'鹦鹉螺'号去换衣服吧!"

---

① 沃尔特·司各特(1771—1832),英国苏格兰小说家、诗人、历史小说首创者、浪漫主义运动的先驱。

他豁出性命去逮那只鸟。

三刻钟以后,我们结束了环湖漫步,回到艇上。水手们此刻也已经把钠装上潜艇,"鹦鹉螺"号随时可以起航了。

可是,内莫艇长没有下达任何命令。难道他是要等天黑以后再悄悄从他的海底通道出去?有这个可能。

不管怎么说,第二天,"鹦鹉螺"号离开它的母港以后,就潜入大西洋海面以下几米深的水里,航行在远离陆地的海洋里了。

## 十一 马尾藻海

"鹦鹉螺"号的航向没有改变。因此,重回欧洲海岸的一切希望,暂时只能抛在一边。内莫艇长指挥潜艇一直向南行驶。他要把我们带到什么地方去呢?我不敢想象。

这一天,"鹦鹉螺"号穿过大西洋上一个相当奇特的地区。众所周知,大西洋里有一股叫做墨西哥湾流的巨大暖流。这股暖流从佛罗里达水域流出以后,直奔施皮茨贝格群岛。但在进入墨西哥湾之前,在靠近北纬44度的地方,暖流一分为二,变成两股,大股流向爱尔兰和挪威海岸;小股转而向南,流到亚速尔群岛,抵达非洲海岸并画了个长长的椭圆形之后,又流回安的列斯群岛。

这小股暖流——说它像一条手臂,不如说像一条项链更恰当——就用它的热水圈把大西洋的这部分水域围了起来。这部分水域,寒冷、平静、一波不兴,就是人们所称的马尾藻海。这是大西洋上一个真正的湖泊,暖流的水围着马尾藻海转一圈,至少需要三年。

严格地说,马尾藻海所覆盖的海域,正是亚特兰蒂斯沉入海底的那一部分。某些作者甚至认为,这片海里生长着的大量海草都是从那个旧大陆的草原上移植过来的。然而,说这片海草——海藻和墨角藻——产自欧洲和非洲海岸,是墨西哥湾流带到这个地区的,这种可能性更大。这也是促使哥伦布设想存在着一个新大陆的原因之一。这位大胆探险家的船队到达马尾藻海以后,在海藻中间航行,举步维艰;海藻使船队无法前进,引起船员们的巨大恐慌;为了通过这片海域,他们整整耽误了三个礼拜。

"鹦鹉螺"号此时来到的就是这样一片水域。这是一块真正的草原,是一块由海藻、墨角藻等织成的地毯,非常之厚,非常之密,船只在上面冲开一条路,要费九牛二虎之力。因此,为了不让"鹦鹉螺"号的螺旋桨被海藻缠住,内莫艇长一直让潜艇在海面以下几米深的水里航行。

"马尾藻"这个名字来源于西班牙文"sargazzo",意为"海藻"。这种海藻,漂浮藻或多汁藻,是这一大片海域里的主要海藻。根据《地球自然地理》的作者、大学问家莫里①的说法,这些水生植物聚集在大西洋这片平静海域的原因如下:

"对这种现象的解释,我觉得可以从人的经验里得出。把一块一块的软木或随便什么能够漂浮的东西放到容器里,然后让容器里的水循环着转起来,你就会看到,那些散乱的物体会朝水面的中心聚拢,最后汇集成团;就是说,那些物体是朝动静最小的那一点集中。在我们面对的这种现象里,容器是大西洋,环流是墨西哥湾暖流,漂浮物体集中的中心点是马尾藻海。"

我同意莫里的见解,而且能够在这个船只很少进入的特别地方对这种现象进行研究。在我们的头顶上,漂浮着来自各地的物体,堆积在淡褐色的海藻中间;有从安第斯山和落基山上冲下来、经亚马逊河与密西西比河漂到这里的大树;有大量遇难船只的残骸,残留的龙骨或船底,被撞毁的船板,上面爬满了贝类动物和茗荷儿,沉得再也无法漂到洋面。时间还将证明莫里的另一个见解也是正确的,即:几个世纪以来如此这般地堆积起来的物体,终将在水的作用下矿化,形成一个取之不尽的煤矿。那是有远见的造物主准备的珍贵储藏,以便人类把陆地上的煤矿采光以后使用。

在这些难以理清的海藻和墨角藻中间,我发现了一些迷人的玫瑰红色海鸡冠,拖着长长触须的海葵,绿、红、蓝各色水母,特别是居维叶提到过的那种巨大的根足水母,淡蓝色的伞状膜上镶着紫边。

二月二十二日一整天都是在马尾藻海里度过的。喜欢吃海生植物和甲壳类动物的鱼,在这里能找到丰盛的食物。第二天见到的海面,又和平

---

① 莫里(1817—1892),法国历史学家。

常一样。

从这个时候开始,十九天中,即从二月二十三日到三月十二日,"鹦鹉螺"号一直都在大西洋中间,以每昼夜一百法里的不变速度带着我们前进。很明显,内莫艇长是要完成他的海底旅行计划,而我也不怀疑,绕过合恩角以后,他会再度返回南太平洋海域。

这时,内德·兰德可就有理由担心了。在这不见岛屿的辽阔大洋上,根本就别打算离开这艘潜艇。再也想不出任何对抗内莫艇长意志的办法。惟一可取的策略是忍;不过,用力量和计谋不能得到的东西,我倒希望可以用说服的办法得到。旅行结束以后,如果我们发誓永不泄露他的存在这个秘密,内莫艇长会不会同意恢复我们的自由呢?我们会信守誓言的。但这是个微妙的问题,必须和内莫艇长谈。可是,我去向艇长要求自由,这合适吗?他一开始不就已经正式宣告,为了保住他的秘密,必须把我们永远囚禁在"鹦鹉螺"号上吗?我四个月来的沉默,该不会让他以为我默认了这种状况吧?重提这件事会不会引起他的怀疑,为我们的计划带来不利的后果,遇到机会时反而使我们不能实施逃跑计划了呢?所有这些,我都想到了,而且是想了又想。我把这些想法对孔塞伊说了,他也觉得很为难。总之,我虽然不是个容易泄气的人,但也明白,和大陆上的同类重逢的机会一天比一天渺茫,尤其是现在,在内莫艇长莽撞地朝南大西洋跑的时候!

在我上面提到的十九天里,旅途中没发生任何特别的事。我很少见到艇长。他在工作。我在图书室里经常看到他摊在那里的书,主要是一些关于博物学的著作。我那本关于海底世界的书,他也已经读过,在空白的地方作了批注,有些是驳斥我的理论和体系的。不过,艇长只用这种方式使我的著作变得精练,却很少和我进行讨论。有时,我能听到他在那架管风琴上奏出哀怨的曲调。他弹琴时感情充沛,不过只在夜里弹,只在"鹦鹉螺"号沉睡在荒凉的大洋时,他才在一片昏暗的寂静之中弹奏。

在旅途的这一段,我们整天都在海面上航行。大海一片荒凉,像被遗弃了似的。仅见的几艘载货去印度的帆船,正朝好望角驶去。有一天,我们受到一艘捕鲸船上几条小船的追击,捕鲸船上的人可能把我们当成一头有价值的大鲸鱼了。内莫艇长不愿意让那些勇敢的人白费力气和时间,他把潜艇潜入海里,结束了这场追捕。这件事好像令内德·兰德着实兴奋了一番。如果我说,那加拿大人会因为我们这头钢板鲸没被那些捕鲸手用鱼叉叉死而感到遗憾,我相信自己没有说错。

这段时间里,我和孔塞伊观察到的鱼类,和我们在其他纬度下所观察到的,没有什么大的区别。主要是一些可怕的软骨鱼属,下分三个亚属,这三个亚属又至少包括三十二个种,如:条纹角鲨,长五米,扁平的头比身子还宽,尾鳍是圆的,脊背上长着七条黑色平行纵向条纹;珠形角鲨,炭灰色,长着七个鳃,只有一个脊鳍,差不多正好长在身体的中间。

也有不少大鲨鱼游过,那是一些非常贪吃的鱼。我们有理由不相信渔民们的传说,但他们确实是这么说的。他们说,在鲨鱼的肚子里,有人发现过一个牛头和一整头小牛,有人发现过两条金枪鱼和一个穿着制服的水手,有人发现过一个带刀的士兵,还有人发现过一个骑在马上的骑兵。实在说来,这些话都不可信。这样的大鲨鱼,"鹦鹉螺"号的拖网没网上过一条,我也就无从验证它们贪吃的程度。

一群群体态优美而调皮的海豚,跟了我们好几天。海豚行进的时候总是五到六个一群,像田野里的狼似的,它们捕猎时也成群结队;另外,据哥本哈根一位教授的说法,在贪吃方面,海豚不亚于鲨鱼。这位教授从一头海豚的肚子里就掏出过十三条鼠海豚和十五头海豹。其实那是一头逆戟鲸,属于已知的最大动物,身长有时超过二十四英尺。这一科的海豚包括六个属,我所看到的这些海豚属逆戟属,特点是口鼻面极其狭长,是头顶长的四倍,身长大约三米,背黑腹白,白色的肚子上略带粉红色,且稀稀拉拉地散布着一些小斑点。

在这片海域,还有一些奇特的棘鳍目和石首科的鱼。一些诗人气质多于博物学家气质的作家说,这类鱼唱的歌非常悦耳,声音圆润,比人唱的还好听。我不说他们说得不对,但在我们经过的时候,这些石首鱼却连一支小夜曲也没给我们唱,我对此感到遗憾。

最后,孔塞伊还对一大批飞鱼进行了分类。海豚捕食飞鱼,真是一绝,没有什么比看这个更有意思的了。不管飞鱼一次飞多远,也不管它划出的飞行轨迹什么样,即使是飞过"鹦鹉螺"号,那倒霉蛋飞鱼也躲不开海豚那大张着的嘴。这些飞鱼,有的是海贼鱼,有的是鸢形鲂鮄,都长着一张会发光的嘴。夜里,这些飞鱼在空中划出一道道亮光,然后潜入水里,状若流星。

一直到三月十三日,我们都是在这样的环境中航行。这一天,"鹦鹉螺"号被用来当探测器了,令我兴奋莫名。

从太平洋海域出发到现在,我们已经航行约一万三千法里。当时的方位是南纬45度37分,西经37度53分。这里是"先驱"号船长德纳姆①当年探测过的地方;他把水砣放到了一万四千米深处,但未能触及海底。美国"国会"号驱逐舰的帕克中尉,也在这里进行过探测,到一万五千一百四十米的深处,仍未见底。

为了检查一下这些不同的探测结果,内莫艇长决心让"鹦鹉螺"号潜入到海底最深处。我准备好了,要把探测结果记录下来。客厅舷窗的防护板业已打开,为达到前所未有的深度而进行的操作已经开始。

我们都想到了,不能用往储水舱里灌水的办法下潜。储水舱可能无法使"鹦鹉螺"号达到它所需要的比重。而且,上浮的时候要排水,水泵也可能没有那么大的力量,无法克服外面的压力。

于是,内莫艇长决定沿着一条足够长的对角线,靠与潜艇吃水线成四十五度角的侧翼斜板下潜到洋底。接着,螺旋桨以最高的速度旋转起来,四个叶片用难以描述的力量击打着海水。

在大力推动之下,"鹦鹉螺"号的艇体,像一根被拨动的琴弦似的颤动着,一点一点潜入海里。艇长和我守在客厅里,眼睛盯着气压计急速转动的指针。没过一会儿,就越过了大部分鱼类生活的地方。若说有些鱼只能生活在江河湖海的上层,那么,还有一些鱼必须生活在水极深的地方,但这种鱼为数不多。生活在深水里的鱼,我所看到的有,生着六个鼻孔的类似鲨鱼的鱼,长着一双大眼的叫"望远镜"的鱼,带甲的马拉马硬骨鱼——这种鱼前胸鳍灰,后胸鳍黑,长着一块硬骨护胸甲,还有长尾鳕。

---

① 德纳姆(1786—1828),英国航海家。

长尾鳕生活在一千二百米深的地方，就是说，这种鱼要承受的压力是一百二十个大气压。

我问内莫艇长，他是否见过生活在更深的水层里的鱼。

"鱼？极少。"他回答，"不过，在科学的现阶段，我们还能做出什么样的推测？我们又知道些什么呢？"

"艇长，有些东西我们还是知道的。我们知道，往大洋深处去，植物消失在先，动物消失在后；在依然还能见到动物的地方，水生植物已经踪迹皆无。我们知道，姥鲨和牡蛎生活在两千米深的水中，北冰洋探险英雄迈克·克林道克从两千五百米深的地方捞上来一只海盘车。我们还知道，英国皇家海军军舰'牛头犬'号上的水手从两千六百二十法寻深即一法里多深的地方捞上来一只海星。可是，内莫艇长，您也许还要对我说，我们什么也不知道吧？"

"不，教授先生，"艇长答道，"我不会这么无礼。但是，我想请教，这些动物为什么能够生活在这么深的水里，您能解释一下吗？"

"这可以从两个方面来解释。"我答道，"首先，由于海水的含盐度和密度不同，造成一些垂直的水流，所产生的运动足以维持海百合类动物和海星的基础生命。"

"完全正确。"艇长说。

"其次是因为，如果说氧是生命的基础，我们知道，海水里氧的含量是随着海水深度的增加而增加，并非随着深度的增加而减少，而且，深层海水的压力还有助于把氧压紧在底层。"

"啊！这您也知道？"内莫艇长略带吃惊地说，"好吧！教授先生，您应该知道这些，因为实际情况确是如此。其实，我还可以补充一点，从海面上打上来的鱼，鱼鳔里氮比氧多，相反，从深海里打上来的鱼，鱼鳔里的氧比氮多。这说明您的体系是对的。不过，我们还是继续观察吧！"

我又把目光投向气压计。气压计指示的深度是六千米。我们已经下潜一个钟头。"鹦鹉螺"号靠侧翼滑动，不停地下潜着。空无一物的海水清澈无比，其透明度令人叹为观止，难于描绘。一个小时之后，我们已经到达一万三千米即约三又四分之一法里的深处，但依然感觉不到海底。

不过,到一万四千米处,我瞥见一些从海水中突现出来的黑色山峰。但这些山也许像喜马拉雅和勃朗峰那样高,甚至比那些山还高,所以,海底的深度依然难以估计。

"鹦鹉螺"号虽然受到强大的压力,却仍然在下潜。我感觉到,潜艇钢板衔接的地方在颤动,栏杆上的铁条在弯曲,墙板发出了嘎吱嘎吱的响声,客厅舷窗的玻璃被水压得好像往里凸了。如果这艘潜艇不是像艇长说的那样,能够像个实心物体那样抗住压力,恐怕早已退却了。

贴着水下岩石斜坡下潜的时候,我又看到几个牡蛎,几个龙介,几个活旋螺,还有一些海星。

但没过多久,生命的最后一批代表也消失了;在三法里之下,"鹦鹉螺"号已经超过海底生命的极限,就像气球升到了可以呼吸的大气层以上的高空。我们到达了一万六千米的深度——四法里,而"鹦鹉螺"号的船侧这时所受到的压力为一百六十个大气压,就是说,艇表每平方厘米承受的压力为一百六十千克!

"到这样一个深得从来没有人来过的地方,真正地不可思议!"我大声说道,"您看,艇长,您看看这美丽的岩石,这些空空如也的洞穴,看看地球上这片最深的地方,在这里,生命已经无法存在!这种景色,世所未见,为什么我们就只能把这样的景色仅仅留在记忆之中呢?"

"您是想带回一些比记忆更好的东西吗?"内莫艇长问我。

"您这话是什么意思?"

"我的意思是说,拍一张这片海底地区的照片,是再容易不过的事!"

这个新提议令我惊奇。我还没来得及表示听了这话感到的惊奇呢,一架照相机就已经拿到客厅里。是内莫艇长叫人拿来的。舷窗的防护板大开着,水被电灯照得通明,光线分布均匀。我们这种人造光既没有一丝阴影,也不会有丝毫的减弱。照这样的相,太阳光也不见得就更好。在螺旋桨的推动和侧翼斜板的控制之下,"鹦鹉螺"号一动不动。照相机瞄准了大洋底下的这片景色,几秒钟之后,我们就得到了一张非常清晰的底片。

书里这张是冲出来的照片。照片上的岩石是最原始的,从没见过天日;构成地球强大基础的这些底层花岗岩,岩石上这些深邃的洞穴,以及这整幅由黑色轮廓衬托着的无比清晰的画面,俨然一幅出自某个佛来米艺术家笔下的油画。远处是连绵起伏的山,线条优美,成了这幅画的背景。这黑黝黝的大山,平滑,光洁,既无苔藓,亦无斑点,形状怪异,稳稳当当地坐落在地毯似的沙地之上,沙子在电灯光的照射下闪闪发光——这样的景致,我实在难以描绘。

这时,照完相后,内莫艇长对我说:

"咱们上去吧,教授先生。应该见好就收,也不能让'鹦鹉螺'号长时间承受这样的压力。"

"上去吧!"我回答。

"站稳了!"

我还没弄明白艇长为什么要嘱咐我站稳,就已经跌倒在地毯上。

根据艇长发出的信号,螺旋桨发动,侧翼斜板变成了垂直的,"鹦鹉螺"号像个气球似的被带了上来,快得像闪电。它颤动着从水中升起。一时间什么东西都看不清楚。只用四分钟,"鹦鹉螺"号就从距离海面四法里的深处升到水面。浮出海面以后,潜艇像一条飞鱼似的,又落在水上,溅起高高的水柱。

## 十二  抹香鲸和长须鲸

三月十三日夜里,"鹦鹉螺"号又朝南驶去。我想,到达合恩角以后,潜艇会掉头向西,折回太平洋海面,以便完成这次的环球旅行。然而,完全不是这么回事,潜艇继续南下,直奔南大西洋地区。它到底要上哪儿?去南极?那简直是发疯!我开始认为,艇长的鲁莽,证明内德·兰德的担心非常有道理。

那加拿大人已经有一阵子不再和我谈他的逃跑计划。他变得沉默寡言,几乎一声不吭。看得出来,长时间的囚禁已经使他大为不悦。我感觉得出,他越来越感到愤怒。碰到艇长的时候,他眼里冒火,我一直担心他那火暴脾气会使他走极端。

这一天,三月十四日,孔塞伊和他到房间里来找我。我问他们来干什么。

"想向您提个简单的问题,先生。"那加拿大人答道。

"问吧!内德。"

"您估计'鹦鹉螺'号上有多少人?"

"这我可说不好,老弟。"

"我觉得,"内德·兰德接着又说,"操纵这样一艘潜艇,不需要很多人。"

"确实,"我回答,"照它的装备条件看,大概最多十来个人也就够了。"

"那,艇上的人为什么会比这个数字多呢?"那加拿大人问。

"你说为什么?"我反问他。

我两眼盯着内德·兰德,他的心思很容易猜到。

"因为,"我说,"如果我能相信自己的预感,如果我真把艇长的生活弄明白了,那么,'鹦鹉螺'号就不仅仅是一艘潜艇。它大概是个避难所,是那些像艇长一样和陆地断绝了关系的人的避难所。"

"有这个可能。"孔塞伊说,"不过,'鹦鹉螺'号能容纳的人终归有限,先生不能估计一下最多能容纳多少人吗?"

"这怎么估计呀?孔塞伊。"

"靠计算。先生既然已经知道潜艇的容积,就一定能知道潜艇容纳的空气数量;另外,我们也知道一个人每天消耗多少空气,把计算结果拿来,和'鹦鹉螺'号每隔二十四小时就得浮出水面换气这一点联系起来,一比较……"

孔塞伊的话还没说完,他的意思我就明白了。

"我明白你的意思了,"我说,"不过,虽然计算起来容易,却得不出一个非常确切的数字。"

"那没关系。"内德·兰德把话接过去,坚持要进行计算。

"计算起来是这样。"我说,"一个人一个小时要消耗掉含在一百升空气里的氧,即二十四小时里要消耗两千四百升空气。因此,需要求的数就是,'鹦鹉螺'号能容得下多少个两千四百升空气。"

"太对了!"孔塞伊说。

"我们知道,'鹦鹉螺'号的容积是一千五百桶,每桶是一千升,"我接着说道,"因此,'鹦鹉螺'号里的空气就是一百五十万升,这个数用两千四百来除……"

我用铅笔飞快地计算着:

"……得出来的数是六百二十五。这就等于说,'鹦鹉螺'号上的空气足够六百二十五个人用二十四小时。"

"六百二十五!"内德重复了一遍。

"不过,有一点可以肯定,"我补充道,"在这么多乘客、水手和高级船员中,我们占的比数不到十分之一。"

"对我们三个人来说,还是太多了点!"孔塞伊嘀咕了一句。

"因此,可怜的内德,我只能劝您忍耐。"

"甚至比忍耐还要糟,"孔塞伊插了一句,"得屈从。"

孔塞伊用的词恰如其分。

"无论如何,"他又接着说道,"内莫艇长不可能总往南走!有朝一日,他必得停下来,哪怕是到了冰山脚下呢,然后他还得往回走,回到已经开化了的海洋里来!那时,就到了重新实施内德·兰德计划的时候。"

那加拿大人摇了摇脑袋,用手摸了一下额头,一句话没说,转身走了。

"请先生允许我向阁下进一言。"孔塞伊在内德走后说道,"这个可怜的内德,想的都是他不可能得到的东西。他想的完全是他过去的生活。他觉得,他对禁止我们做的事都感到遗憾。往事纠缠着他,他心里难过,得理解他。他在这里有什么可干的?什么可干的也没有。他不像先生那样是个学者,所以就不会像我们那样,能从海里那些美好的东西身上得到乐趣。他千方百计要得到的,就是回到家乡的小酒馆去喝上一杯!"

确实,对那加拿大人来说,潜艇上的单调生活大概是无法忍受的,他习惯了无拘无束的、充满活力的生活。能够使他感兴趣的事太少。可是,这一天,发生了一件意料之外的事,又使他回忆起捕鲸手的美好时光。

快到上午十一点的时候,"鹦鹉螺"号停在海面上,碰上了一大群鲸鱼。碰到这么多鲸鱼,我并不感到吃惊,因为我知道,鲸鱼这种动物被人类穷追猛打,都跑到高纬度的远海里来了。

鲸鱼在海洋世界里所起的作用,对地理发现所产生的影响,都是相当可观的。正是鲸鱼,带着追捕它的人——先是巴斯克①人,接着是阿斯蒂里②人、英国人与荷兰人——从世界的一个角落到另一个角落,锻炼了他们不惧海洋艰险的大无畏精神。鲸鱼喜欢去南北冰洋。根据古老的传说,那些鲸类动物甚至把追捕它们的渔民一直带到了离北极只有七法里的地方。即使这传说不实,有朝一日也会变成真事,很可能出现这样的情况:为了到南极或北极去追捕鲸鱼,人类到达了地球上这些陌生的地方。

海上风平浪静,我们在平台上坐着。高纬度地区的十月,气候如秋,风和日丽。是那加拿大人发现东面水平线上有一条鲸鱼的,他是不会弄错的。大家凝神远望,看到离"鹦鹉螺"号五海里的地方,一条鲸鱼黑色的脊背正有节奏地在波浪中隐现。

"啊!"内德·兰德大喊大叫,"如果我是在一条捕鲸船上,碰上这样一条鲸鱼可就美了!这是个大家伙!看,它喷水柱用的劲有多大啊!真是见了鬼了!干吗非要把我困在这么一个铁桶里啊!"

"内德,怎么,您还没把捕鲸的事忘掉啊?"我说。

"先生,捕鲸手怎么能把自己的老本行忘了呢?难道捕鲸这么激动人心的事,也会让人感到厌倦?"

"内德,您从来没在这片海域捕过鲸鱼吗?"

"我从来没在这片海域捕过鲸鱼,先生。我只在北冰洋的白令海峡和戴维斯海峡捕过鲸鱼。"

"如此说来,南极的长须鲸您还没见过。到现在为止,您捕过的鲸鱼都是露脊鲸,这种鲸鱼是从来不冒险穿过炎热的赤道的。"

"啊!教授先生,您说的是些什么啊!"那加拿大人反驳道,他不大相

---

① 欧洲地区名,分属法国和西班牙。
② 阿斯蒂里,古代西班牙的一个省名。

信我所说的。

"我说的是事实。"

"瞧您说的！告诉您吧,一八六五年,也就是两年半以前,我在格陵兰岛附近捕到过一条鲸鱼,肋上还叉着白令海峡一位捕鲸手的鱼叉呢。所以,我就得问问您了,一条在美洲西部被人叉着过的鲸鱼,如果没有经合恩角或好望角穿过赤道,怎么会在格陵兰岛附近被逮着呢?"

"我也是这样想的,和内德老兄的想法一样,"孔塞伊插言道,"我等着听先生的回答。"

"朋友们,先生的回答是,不同种类的鲸鱼都局限在一个地方,在哪个海域就待在哪个海域,不会离开。如果有一条鲸鱼从白令海峡来到戴维斯海峡,原因也很简单,只是因为在美洲海岸或亚洲海岸存在着一条连接两个海峡的通道。"

"非得相信您不可吗?"那加拿大人问,眯起一只眼。

"必须相信先生。"孔塞伊回答。

"照这么说,"那加拿大人接着说道,"因为我从来没在这片海域捕过鲸鱼,我就不了解这里的鲸鱼了?"

"这话我已经跟您说过,内德。"

"那就更应该去熟悉它们。"孔塞伊说。

"瞧！瞧啊！"那加拿大人激动得大叫起来,"那条鲸鱼离得近了！朝我们游过来了！它这是在嘲笑我！知道我奈何不了它！"

内德跺起脚来。他举起手,好像手里正握着一把鱼叉。他的手在颤抖。

"这里的长须鲸跟北冰洋里的露脊鲸一样大吗?"他问。

"差不多,内德。"

"我看到过大个的露脊鲸,先生,长达一百英尺！我甚至听人说过,阿留申群岛的乌拉莫克鲸和乌姆加里克鲸,长度超过一百五十英尺呢!"

"我觉得这有点夸张。"我答道,"那不过是些鳗鲸,脊上有鳍,跟抹香鲸一样,鳗鲸通常比露脊鲸小。"

"啊！"那加拿大人又叫了起来,目不转睛地看着洋面,"鲸鱼靠近了,游到'鹦鹉螺'号旁边来了!"

接着又说:

"您说,抹香鲸像个小动物!可有人说抹香鲸是大动物。这种鲸类动物非常聪明。据说,有的抹香鲸能用海藻和墨角藻把自己遮住。有人就把这些抹香鲸当成小岛,在上面支起帐篷,住在那里,还生火……"

"还在上面盖房子。"孔塞伊说。

"是啊,那真是个调皮鬼。"内德·兰德答道,"然后,忽然有一天,那抹香鲸潜入海里,就把上面住的人都带到了海底深渊。"

"就像《水手辛巴德历险记》里说的那样。"我笑着插了一句,"哎!兰德师傅,您好像特别喜欢那些稀奇古怪的故事。您的那些抹香鲸都太神了,我劝您别信这个!"

"博物学家先生,"那加拿大人一本正经地答道,"鲸鱼的事必须全信!——瞧,这条鲸鱼游得多快!逃了!有人说,鲸鱼十五天就能绕地球一周。"

"这我不否认。"

"可是,阿罗纳克斯先生,混沌初开的时候,鲸鱼游得比现在还要快,这您可能就不知道了。"

"啊!这个我确实不知道,内德!可是,为什么会这样呢?"

"因为,那个时候鲸鱼的尾巴是直的,跟鱼尾巴一样;就是说,那尾巴被压得扁扁的,直直的,击水能左右开弓。后来,造物主发现鲸鱼游得太快,就把它的尾巴给卷了起来;从那个时候起,鲸鱼尾巴击水就改为从上到下,不能游那么快了。"

"好了,内德。"我说,用他的话问了他一句,"非得相信您不可吗?"

"那倒不一定。"内德·兰德回答,"比如,要是我对您说,有的鲸鱼长三百英尺,重十万斤,那您就不必相信。"

"这确实是太大了点。"我说,"不过,必须承认,有些鲸类动物能够长得非常大,因为,据说一头鲸鱼最多能产一百二十吨鱼油呢!"

"这我倒是见过。"那加拿大人说。

"我相信您见过,内德,就像我相信某些鲸鱼有一百头大象那么大一样。想想吧,这么个庞然大物全速跑起来会有多大的冲力啊!"

"鲸鱼真能撞毁轮船吗?"孔塞伊问。

"说能撞毁轮船,我不信。"我答道,"不过,我倒是听人说过,一八二〇年,也正是在这个南部海域,一头鲸鱼撞上了'埃塞克斯'号,使那艘船以每秒四米的速度往回倒。海水从船尾灌进去,'埃塞克斯'号几乎立即就沉没了。"

内德用嘲讽的眼神看着我。

"我还被鲸鱼用尾巴扫过一下子呢!"他说,"不用说,是在小船上。我和伙伴们被扔出去六米高。但要和教授先生说的那条鲸鱼比,我的这条只能算是鲸鱼仔了。"

"鲸鱼这种动物活的时间长吗?"孔塞伊问。

"能活一千年。"那加拿大人毫不犹豫地答道。

"您是怎么知道的呢,内德?"

"因为有人这么说过。"

"人家为什么这么说呢?"

"因为人家知道。"

"不,内德,不是知道,是推测。我现在就告诉您,那是怎么推测出来的。四百年前,渔民第一次捕捉鲸鱼的时候,捕到的鲸鱼比现在的个儿大。于是,有人就合乎逻辑地推测说,现在的鲸鱼所以小,是因为时间不够,没有发育完全。布丰说鲸鱼能够、甚至应该活一千年,根据的就是这个。您明白了吗?"

内德·兰德没明白,他不听了。那头长须鲸一直在向我们靠近,他正用眼睛贪婪地盯着。

"啊!"他大喊大叫起来,"不只是一条鲸鱼了,是十条,二十条,是一大群!可我像被捆住了手脚,什么也不能干!"

"内德老兄,"孔塞伊说,"您干吗不请求内莫艇长允许您去捕呢?……"

孔塞伊话音还没落,内德·兰德就从舱盖那里滑下去,跑着去找艇长了。过了一会儿,两个人一起来到平台上。

内莫艇长看了看那群正在离"鹦鹉螺"号一海里的水中嬉戏的长须鲸。

"这是些南极鲸。"他说,"够让一个捕鲸船队发财的了。"

"哎！先生,让我去捕鲸,哪怕只是为了让我别把捕鲸手的行当给忘了呢！"那加拿大人请求道。

"为了捕杀而捕杀,那又何必呢！潜艇不需要鱼油。"内莫艇长答道。

"可是,先生,"那加拿大人不肯罢休,"在红海,您曾经命令我们去追捕过一头儒艮啊！"

"那是为了给船员们搞点鲜肉,而现在只是为捕杀而捕杀。我很清楚,为捕杀而捕杀是人类的一项特权,但我不接受这种残忍的消遣方式。兰德师傅,您那些同行捕杀南极鲸和露脊鲸这类无害而善良的动物,应该受到谴责。他们就是这样使巴芬湾里的鲸鱼日渐减少,并终将使这种有益的动物绝迹的。所以,您还是让这些可怜的长须鲸安静一会儿吧。您不插手,抹香鲸、箭鱼和锯鳐这些天敌就已经够它们对付的了。"

可以想象,听这番说教时那加拿大人的脸色会有多难看。跟一个捕鲸手讲这样的道理,纯粹是白费口舌。内德·兰德看着内莫艇长,显然没听懂他想说的意思。但是,艇长是对的。渔民们那股毫无节制的野蛮劲,总有一天会使大洋里的最后一头鲸鱼销声匿迹的。

内德·兰德两手往兜里一插,吹起口哨,背过脸去。

这时,内莫艇长一边看着那群长须鲸,一边对我说：

"我刚才说,除了人以外,长须鲸的天敌已经够多的了,我这话没错。过不了一会儿,这些长须鲸就会遇到强大的对手。阿罗纳克斯先生,您没看到吗,下风离这儿八海里的地方,有一些黑点在动？"

"看到了,艇长。"我答道。

"那是些抹香鲸,一些很可怕的动物,我有时会碰到成群结队的抹香鲸,一群有两三百头！对这种作恶多端的残忍动物,倒是应该进行捕杀。"

听到这话,那加拿大人猛地转过脸来。

"哎！艇长,"我说,"还来得及,就是为了那些长须鲸……"

"冒这样的险毫无意义,教授先生,'鹦鹉螺'号足以驱散那些抹香鲸。我想,潜艇钢铸的冲角能抵得上兰德师傅的捕鲸叉。"

那加拿大人满不在乎地耸了耸肩。用船的冲角去攻击抹香鲸!这种事谁听说过?

"等一下,阿罗纳克斯先生,"内莫艇长说,"我们要让您看一场您不曾见过的捕杀。别可怜那些凶恶的抹香鲸,那只不过是些牙尖嘴大的畜生!"

牙尖嘴大!形容那些长着畸形大头的抹香鲸,没有比这更贴切的了。有的抹香鲸长达二十五米,大脑袋就占去三分之一;上牙床上长着二十五颗圆柱形大牙,长二十厘米,顶部呈圆锥形,每颗重两斤。长须鲸就差多了,上颚只有鲸须。那种被称作"鲸蜡"的珍贵油脂,就在抹香鲸的大脑袋上,在脑袋上那些被软骨分成的脑腔里,多达三四百千克。根据弗雷多尔的意见,抹香鲸是一种丑陋的动物,不像鱼,倒像蝌蚪。抹香鲸的身体构造不合理,可以说,它整个左侧的骨骼都有"缺陷",因此只能用右眼看东西。

说话中间,那群怪物一直在靠近。抹香鲸看见了长须鲸,已经准备好向长须鲸发动攻击。事先就可以料定,抹香鲸会获胜,不仅因为它们比无进攻能力的对手长得结实,还因为它们能够长时间待在水里,无须到水面上来呼吸。

援助长须鲸的时间到了。"鹦鹉螺"号潜入水里。孔塞伊、内德和我在客厅的舷窗前坐好。内莫艇长到舵手身边去了,他要像操纵一尊有毁灭能力的大炮似的去操纵他的潜艇。过了一会儿,我感觉到螺旋桨的转速加快,潜艇的速度提高了。

"鹦鹉螺"号到场的时候,抹香鲸和长须鲸之间的战斗已经开始。潜艇先要冲到这群大头动物中间去。看见一头新怪物前来参加战斗,抹香鲸开头没当回事。但过了不久,它们就不得不防备这头怪物的攻击了。

真是一场惊心动魄的厮杀!就连那个一开始没什么情绪的内德·兰德,也终于鼓起掌来。"鹦鹉螺"号成了艇长手里挥舞着的一把吓人的捕鲸叉!潜艇朝密密麻麻的一大群抹香鲸冲过去,从这头冲到那头,所过之处,留下的只是些还在蠕动的半截动物尸体。抹香鲸用力大无穷的尾巴猛击潜艇,潜艇浑然不觉;冲击抹香鲸群时潜艇所产生的震动,也大不到哪儿去。结果了一头抹香鲸之后,"鹦鹉螺"号接着就冲向另一头,原地转身,进退自如,不放过自己的猎物;它驾驶起来得心应手,左冲右突,抹香鲸跑到深水层去,它跟着一头扎下去,抹香鲸浮出水面,它也跟着冲出水面;它既能从正面攻击,也能从斜刺里攻击,既能把抹香鲸拦腰斩断,也能把它撕裂;潜艇的出击是全方位的,速度的快慢,运用自如,武器就是它那个可怕的钢铸的冲角。

真是一场大屠杀,血肉横飞!海面上响声一片,那些被吓得丧魂失魄的抹香鲸,发出它们特有的尖厉的呼啸声和咆哮声!本来一平如镜的海水,被它们用尾巴搅得波涛汹涌。

这场令人难以置信的大屠杀,持续了一个小时,那群大脑袋的抹香鲸是在劫难逃。有的时候,十来头抹香鲸实行集群攻击,试图把"鹦鹉螺"号压垮。我们在舷窗前能够看到它们长满巨齿獠牙的大嘴,令人望而生畏的眼睛。内德·兰德已经控制不住自己,对着那些抹香鲸,又是威胁,又是谩骂。我们感觉得到,那些畜生在从四面八方往潜艇上爬,死死纠缠,就像矮树丛中的一群猎犬,咬着一头野猪的耳朵不放。但"鹦鹉螺"号一加大马力,就把它们连拖带拉地掀出海面,既不在乎它们死沉死沉的分量,也不怕它们用大力气夹住不放。

终于,一大群抹香鲸变得稀稀拉拉,海水恢复了平静。我觉得潜艇正在浮出水面。舱盖打开,我们争先恐后,登上平台。

海面上布满了支离破碎的尸体。威力强大的炸弹都不可能把这么一大群抹香鲸炸成这个样子,个个都是身首异处,体无完肤。潜艇在这堆巨大的尸体中间漂浮着,抹香鲸的脊背是淡蓝色的,肚皮青白,身上凹凸不平,长满了大包。几头被吓坏了的抹香鲸已经逃得无影无踪。好几海里的海面上,海水被染红,"鹦鹉螺"号航行在血海之中。

内莫艇长走近我们。

"怎么样,兰德师傅?"他问。

"不怎么样!先生。"那加拿大人回答,他已经没有了刚才的那种狂热,"这的确是个很可怕的场景。不过,我是个捕鲸手,不是屠夫,可刚才那一幕完全是一场屠杀。"

"屠杀的是一些作恶多端的动物,"内莫艇长答道,"'鹦鹉螺'号可不是刽子手里的一把刀。"

"我更喜欢自己的捕鲸叉。"那加拿大人顶了艇长一句。

"各人有各人使的家伙。"艇长答道,两眼盯着内德·兰德。

我很担心,生怕内德控制不住自己,若是他发起火来动了粗,那后果可就不堪设想了。可巧,这时他看到一头鲸鱼,怒气顿消。"鹦鹉螺"号正朝那头鲸鱼靠近。

那头长须鲸没能逃脱抹香鲸的锋利牙齿。看得出,那是一头南极长须鲸,通体漆黑,脑袋扁平。从解剖学角度看,南极长须鲸与北极的露脊鲸和诺尔–卡贝鲸有所不同,它们的七截颈椎的连接方式有异,而且,长须鲸还多生了两根肋骨。眼前这头可怜的长须鲸身子侧着,肚子上有几个被咬出来的洞,已经死了。它有个鳍被咬伤,鳍上挂着一头幼鲸,也死了,它没能把自己的鲸宝宝从这场屠杀中拯救出来。死去的长须鲸,嘴大张着,一任拍岸浪似的海水通过鲸须流进流出。

内莫艇长让"鹦鹉螺"号靠近那具长须鲸尸体,他的两名手下跳到那长须鲸身上;我多少有些吃惊地看到,那两个人把鲸鱼乳房里的乳汁全部挤干了,就是说,足有两三桶之多。内莫艇长给了我一杯鲸奶,还是热的呢。我情不自禁地向他表示了我对这种饮品的反感。他向我保证,说这种奶品质极佳,和牛奶毫无二致。

我尝了一口,觉得他说得不错。因此,鲸奶就成了我们有益的储备,把这种奶制成咸味的黄油或奶酪,可以使我们日常的伙食得到改善。

我发现,从这一天起,内德·兰德对内莫艇长的态度越来越坏,这使我感到不安,于是决定密切监视那加拿大人的一切举动。

## 十三 大浮冰

"鹦鹉螺"号又沿着西经5度线,以相当快的速度,坚定不移地朝南驶去。这样看来,它真要去南极?我以为不会,因为,到那时为止,一切驶抵地球上这个点的尝试,都是以失败告终的。另外,季节也太晚了,因为南半球的三月十三日相当于北半球的九月十三日,秋分就要到了。

三月十四日,我发现南纬50度处有浮冰,但还都只是些二十到二十五英尺的灰白色碎块,构成一些冰礁,被海水拍击着。"鹦鹉螺"号一直在海面上行驶。内德·兰德在北冰洋上捕过鲸鱼,这种冰山景色对他来说已不新鲜。我和孔塞伊却是生平第一次欣赏到这样的美景。

放眼远望,南面海天相接的地方,横亘着一道外表发光的白色长带,英国捕鲸手给这条长带取的名字是"炫目冰带"。不管云层多厚,也无法使那条冰带变得暗淡。冰带预示着大浮冰和冰山已经离得不远。

果然,更大块的浮冰很快就出现了,浮冰的光泽随着云雾的变化而变化。有的带有绿色纹理,犹如硫酸铜液在上面流过,形成一些起伏有致的线条;有的像大块紫晶石,被阳光照射得晶莹剔透;有的像多面水晶,反射出霞光万道;有的看起来像石灰石,足可以用来建造一座大理石城市。

越往南,这类浮动的小岛越多,也越大。极地鸟在冰山上筑的巢成千上万。那是些海燕、海鸥和剪水䴕,鸣叫声震耳欲聋。有些鸟把"鹦鹉螺"号当成了鲸鱼的尸体,落在上面用喙去啄潜艇的钢板,发出清脆的响声。

这期间,潜艇一直在浮冰中穿来穿去,内莫艇长经常待在平台上。他聚精会神地观察着这片人迹罕至的海域。我有时看到,他那副刚毅的表情中流露出振奋。他是不是在想,对人类来说南极海域是禁区,而他成了这里的主人?在这片从未有人涉足的地方,他是否有了到家的感觉?也许是吧。但他一声不响,一动不动,只在他作为一个善于驾驶船舶者的本能占了上风的时候,他才回过神来。他驾轻就熟地指挥着"鹦鹉螺"号,巧妙地避开大块浮冰的撞击;有些大块浮冰长好几海里,高低不同,约在七十到八十五米之间。我们常常感到视线被完全遮住。在南纬60度,通道全部消失。可是,经过细心寻找,内莫艇长很快就找到一条狭窄通道,于是就从那里大胆钻过去,而他并非不知道,通道将在他身后合龙。

"鹦鹉螺"号被一只灵巧的手操纵着,就这样通过了这些冰块。对精确性感到痴迷的孔塞伊,根据冰的形状和大小进行了分类:有冰山,有一望无际的冰原;破碎了的冰原,环形的叫冰圈,长形的叫冰条。

气温相当低。摆在外面的温度计,指示的温度是零下二到三度。但我们都穿着暖暖的皮衣,海豹和海熊为此做出了奉献。"鹦鹉螺"号内部有电暖气供热,多冷都不怕。而且,它只要下潜几米,温度也就适宜了。

早两个月来到这个纬度,我们就能享受极昼;但现在已经有了三四个小时长的黑夜;再过些日子,在这片环极地域里,就是长达六个月的黑夜了。

三月十五日,我们通过纽舍特兰群岛和南奥克尼群岛所处的纬度。内莫艇长告诉我,从前这里生活着一群一群的海豹,但英国和美国的捕鲸手嗜杀成性,把成年海豹和怀孕的母海豹捕杀殆尽,使这个昔日生机勃勃的地方,变得死气沉沉。

三月十六日晨八时许,"鹦鹉螺"号沿着55度经线驶入南极圈。浮冰从四面八方向我们围拢过来,遮住我们的视线。然而,内莫艇长还是沿着一条又一条通道前行,不停地向南驶去。

"可他这是要往哪里去啊?"我问。

"往前去,"孔塞伊答道,"不管怎么说,走不了的时候,他就会停下来。"

"这我可不敢肯定!"我说。

坦率地讲,我承认,我不讨厌这样的冒险远足。这个新地区的美好事物使我惊奇到什么程度,我无法描述。浮冰姿态优美。这里,有数不尽的清真寺尖塔形和寺庙形的浮冰,从整体上看,就像一座东方城市;那里,好像是一座被地震摧毁的城市废墟。在斜射的太阳光下,这里的面貌在一刻不停地改变着,或者一下子消失在暴风雪卷起的灰蒙蒙的雾气中。另外,四面八方都有浮冰呼啸着坍塌、破裂、翻滚,景色的变换,一如透景画①里的风景。

"鹦鹉螺"号潜在水里的时候,遇到这些小山似的冰块失衡,就能听

---

① 透景画,19世纪流行的一种配合特殊照明的大幅风景画。

到巨大的响声,令人毛骨悚然;坍塌的大冰块所造成的可怕旋涡,直达海洋深处。这时,"鹦鹉螺"号就会左右滚动、上下颠簸,像一条失去了控制、任凭风吹浪打的船。

再也看不到一条通路的时候,我常常想,这下子我们是被彻底困住了;可是,在直觉的指引下,内莫艇长根据一点点迹象就找到了新的通道。在侦察冰原上细细的淡蓝色水路时,他从未搞错过。因此,我怀疑他曾经驾驶"鹦鹉螺"号来南极海域探过险。

可是,三月十六日这天,冰原死死地挡住了我们的去路。这还不是大浮冰,而是一个被冻得结结实实的大冰原。这样的障碍阻挡不住内莫艇长,他驾驶着潜艇向着冰原猛烈冲去。"鹦鹉螺"号像个楔子似的冲进这片易碎的冰原,咔嚓咔嚓地把冰原冲裂,那声音让人听了害怕。潜艇就像一个由无穷的力量操纵着的古代破城锤。破裂的冰块被扔出去老高,像冰雹似的落在我们周围。仅仅靠着自身的冲力,我们的潜艇就为自己开辟出一条通道。有的时候,潜艇被冲力带上冰原表面,它就把冰压碎;有的时候,潜艇被封在冰原下面,俯仰之间,它就把冰打碎,开出一些很大的口子。

这几天,冰雹一直在猛烈地攻击我们。大雾漫漫,站在平台两端,你看不到我,我看不到你。狂风乱吹,突然转向,从罗盘上看,风从四面八方吹来。雪积得很厚,须用镐刨。零下五度,"鹦鹉螺"号表面的各个部分就结了一层厚厚的冰。如果是帆船,就连动也动不了了,因为,所有的绳索都会冻在滑轮槽里。只有这样一艘没有帆、以不烧煤的电机为动力的潜艇,才能冲击这样高的纬度。

在这样的条件下,气压计的指针通常都在下面,有时甚至降到七十三点五厘米。地磁南极和地球的南部不能混为一谈。实际上,照汉斯顿的说法,地磁南极差不多位于南纬70度,西经130度;但根据迪佩里①所做的观察,地磁南极位于西经135度,南纬70度30分。接近地磁南极的时候,罗盘根本不准了,指针像发疯了似的乱摆,指示着彼此矛盾的方向。

---

① 迪佩里(1786—1865),法国航海家。

这时,必须把罗盘挪到潜艇上的各个部位,进行多次观察,取一个平均值。不过,记载行经的路线往往靠估计,而在这样一个方位点总在不断改变的蜿蜒通路中间航行,用这种估计的办法是不能令人满意的。

最后,到了三月十八日,经过几十次无效的冲击以后,"鹦鹉螺"号发现自己完全不能动了。它面对的不再是冰圈、冰条或冰原,而是连接在一起的重重叠叠、岿然不动的冰山。

"大浮冰!"那加拿大人对我说。

我明白,对内德·兰德来说,如同对所有在我们之前到过这里的航海家一样,眼前的障碍是无法逾越的。临近中午时太阳露了一会儿头,内莫艇长得以进行一番观察,比较准确地测出了我们的位置:西经51度30分,南纬67度39分,已经是南极地区比较靠南的一个点。

我们眼前,没有海,没有流动的海水。横亘在"鹦鹉螺"号冲角之下的,是混杂着参差不齐、犬牙交错的冰块的大冰原;那些冰块,形状怪异得令人难以想象,就像冰雪解冻、发生凌汛时的江河的样子,不过要壮观得多。目力所及之处,可以看到一些有二百英尺高的尖尖山峰和细得像针似的冰柱;更远些的地方,是连绵不断、颜色发灰的陡峭冰峰,是明亮如镜的巨大冰原,上面闪着透过蒙蒙雾气射出来的阳光。剩下的就是这荒凉世界中死一样的寂静。打破这寂静的,只有海燕和剪水鹱翅膀的振动声。此刻,一切都被冻住,甚至连响声都被冻住了。

冒险前进的"鹦鹉螺"号,就这样在一片冰原中停了下来。

"先生,"这天,内德·兰德对我说,"如果您的艇长再往前开……"

"那又怎么样?"

"他就是个出类拔萃的人。"

"为什么呢,内德?"

"因为,没有人能够越过大浮冰。您的艇长是个强人,可是,不管怎么说,他强不过大自然;到了大自然设置的极限,人就得停下来,不管情愿不情愿。"

"确实如此,内德·兰德,可是,我还是想知道大浮冰后面有什么!这墙一样的冰山,真让我恼火!"

"先生说得对，"孔塞伊说，"障碍只是为了刺激学者才出现的。任何地方都不该有什么障碍。"

"算了吧！"那加拿大人说，"大浮冰后面有什么，谁还不知道！"

"那到底有什么？"我问。

"冰，没完没了的冰！"

"您确信这一点，内德，"我回敬道，"可我不信，因此我才想过去看看。"

"依我说呀，教授先生，您还是死了这条心吧！"那加拿大人说，"您到了大浮冰跟前，这已经够不错的了。您不可能走得更远，您的那位艇长不能，他的'鹦鹉螺'号也不能。不管他愿意不愿意，我们都得掉头向北，就是说，得回到理智善良的人住的地方去。"

我应该承认，内德·兰德说得有理，只要那潜艇不是为了在冰原上航行而造的，它就得在大浮冰面前停下来。

实际上，不管如何使劲，也不管用什么高招，就是无法把冰破开，"鹦鹉螺"号依然动弹不得。一般来说，不能再往前走，退回去也就是了。但现在的情况是，既不能进，也不能退，因为，来路早已结冰封死；而且，只要我们的潜艇停在这里，也很快就会被冻起来。甚至下午两点就出现了这样的情况，艇体两侧的冰结得惊人地快。我得承认，内莫艇长的做法已经不仅仅是不谨慎了。

这时我正在平台上。艇长观察了一会儿情况之后，对我说：

"怎么样，教授先生，您有什么想法？"

"我想，我们是被困住了，艇长。"

"困住了！您说'困住了'是什么意思？"

"我的意思是说，我们既不能前进，也不能后退，既不能往左，也不能往右。我以为这就叫被'困住了'，至少在有人居住的大陆上是这样理解的。"

"这样说来，阿罗纳克斯先生，您是以为'鹦鹉螺'号脱不出身来了？"

"很难，艇长，因为季节已经太晚，解冻是没指望了。"

"啊！教授先生，"内莫艇长用嘲笑的口吻答道，"您还是老样子！看见的只是些障碍！我呢，我可以肯定地告诉您，'鹦鹉螺'号不仅能够脱身，而且还能行驶得更远！"

"往南？"我问，眼睛盯着艇长。

"是的，先生，它要到磁极去。"

"到磁极去！"我叫了起来，不由自主地做了个不相信的动作。

"是的，"艇长冷冷地说，"到地磁南极去，到那个汇集了地球上所有的经线、尚不为人知的点上去。我是不是能靠'鹦鹉螺'号干我想干的一切，您是知道的。"

这我当然知道！我还知道，这个人大胆到了鲁莽的地步！南极比北极更难接近，而最勇敢的航海家也连北极都还没有到过，那么，超越眼前林立的障碍去南极，岂不是一桩绝对的疯狂之举，岂不是只有疯子才能想得出来的事！

这时我突然想起来问内莫艇长，他是否已经发现这个人类的脚还从未踏上过的地磁南极。

"没有，先生，"他答道，"我们一道去发现。别人失败过的地方，我不会失败。我还从来没让'鹦鹉螺'号到南极的这么远的地方来过呢，不过我要再跟您说一遍，它还会走得更远。"

"我愿意相信您，艇长，"我接着用稍微带点嘲弄的口气说，"我相信您！让我们前进！对我们来说，不存在障碍！让我们打碎这大浮冰！把它炸掉，如果炸不掉，就让'鹦鹉螺'号长出翅膀，从上面飞过去！"

"为什么要从上面？教授先生，"内莫艇长不动声色地问，"不是从上面过去，要从下面过去。"

"从下面！"我叫了起来。

艇长的打算一披露，我即刻茅塞顿开。我完全明白了，"鹦鹉螺"号无与伦比的性能，在这种非人力所能完成的壮举中，将再次为他效力！

"教授先生，看得出来，我们已经开始想到一块去了。"艇长似笑非笑地对我说，"您已经看到，这种尝试可能行得通，但我要说的是，这样做一定能成功。对一艘普通船只说来办不到的事，对'鹦鹉螺'号说来，轻而易举。如果地磁南极是一块露出水面的陆地，它会在陆地前面停下来；如果地磁南极是在海里,潜艇一定会驶到地磁南极的那个点上去!"

"确实,"我说,我已经沿着内莫艇长的思路考虑问题了,"有一条定律,密度最大的海水总是在比冰点高出一度的地方,根据这个道理,即使海面上结了冰,冰下面依然是流动着的海水。如果我没搞错,大浮冰淹没在水下的部分和露出水面的部分之比,应该是四比一吧?"

"差不多是这样,教授先生。冰山露出海面一英尺,海面以下就藏着三英尺。因此,既然这些冰山高不过一百米,深入到海里的部分也就是三百米。可是,对'鹦鹉螺'号来说,三百米算得了什么呢?"

"那实在是算不了什么,先生。"

"'鹦鹉螺'号甚至可以到更深的地方去,那里的海水温度划一,即使海面的温度为零下三四十度,我们也丝毫不受影响。"

"正确,先生,太正确了!"我兴奋地答道。

"惟一的困难,"内莫艇长接着说道,"在于我们得连续几天潜在海里,不能更新空气储备。"

"就这么一个问题呀?"我问,"'鹦鹉螺'号有那么多大储气舱,把那些大储气舱都装满,氧气就够我们用的了。"

"您设想得很好,阿罗纳克斯先生。"艇长笑着答道,"可是,我不想让您埋怨我鲁莽,所以我要把所有的不同想法事先都摆出来。"

"您还有什么不同想法?"

"只有一个。如果南极点有海,而海上又结满了冰,我们就很可能浮不出海面!"

"好了,先生,难道您忘了,'鹦鹉螺'号不是有个令人生畏的冲角吗?我们不是可以把这个冲角沿着对角线扬起来,撞开冰原吗?"

"嘿!教授先生,今天您可是主意蛮多啊!"

"另外,艇长,"我越来越兴奋,就又补充说道,"怎见得南极点就不像北极点那样,也是没有冰封的海呢?寒冷的极地和地球的极点不是一回事,在北极不是一回事,在南极也不是一回事。发现新的证据之前,我们可以这样设想,地球的这两个点,或者是在陆地上,或者是在没有冰封的海上。"

"我也是这么想的,阿罗纳克斯先生。"内莫艇长答道,"我只是想提醒您,您对我的计划提出那么多不同意见之后,现在反倒用赞成这个计划的意见来压我了。"

内莫艇长说得不错,我竟然大着胆子说服起他来了!这样,就好像是我带着他去极地了!我走到他前头,把他落下了……可怜的傻瓜,根本就不是这么回事!对事情的利弊,内莫艇长比你看得清楚,他是拿你开心,看着你对不可能的事想入非非!

不过,艇长连一分钟也没耽搁。他叫来大副。两个人用我听不懂的语言交谈着,话说得很快。大副没有露出丝毫的惊讶,若不是事先和他打过招呼,就是他觉得计划可行。

不过,大副即使再面无表情,也没有孔塞伊的面无表情来得彻底。在我把我们要直抵南极的想法告诉他以后,这个忠实的小伙子只说了一句"悉听尊便",算是对我通报消息的回答,而我还得以此为满足。至于内德·兰德,要比谁肩膀耸得高,那就非这个加拿大人莫属了。

"看到了吧,先生,"他对我说,"您和您那位艇长,让我觉得可怜!"

"可是,内德师傅,我们将到达极地。"

"有这个可能,但你们去了就回不来!"

内德·兰德回舱室去了,临走的时候对我说:"是为了不闹出事来。"

然而,这项大胆计划的准备工作已经开始进行。"鹦鹉螺"号的大泵正在往储备舱里灌气,并用高压储存。快到四点的时候,内莫艇长向我宣布,平台上的舱盖即将关闭。我朝着我们就要通过的厚厚的大浮冰望了最后一眼。天清气朗,大气相当纯净,冷得厉害,零下十二度;不过,因为风停了,这样的温度似乎也还受得了。

有十多名拿着铁镐的水手登上"鹦鹉螺"号两侧,把围着潜艇水下部分结的冰凿开。这项工作很快就完成了,因为新结的冰还不厚。我们所有的人都进到潜艇里边。潜艇吃水线以下的海水没有结冰,储水舱灌满海水。接着,"鹦鹉螺"号就潜入水中。

我和孔塞伊在客厅里坐下。通过舷窗,我们看到南冰洋底层的水。温度计的水银柱升起来了。气压计的指针在表盘上移动着。

正如内莫艇长预料的那样,到了大约三百米深的地方,我们就能在连绵起伏的大浮冰下面航行了。不过"鹦鹉螺"号还在下潜,一直到八百米深的水层。水面的温度是十二度,这里已经不到十一度,几乎升高了两度①。不消说,由于有暖气设备,"鹦鹉螺"号内部的温度一直很高。所有的操作都完成得异常准确。

"不会让先生失望,我们会过去的。"孔塞伊对我说。

"我指望的就是这个!"我充满信心地答道。

在畅通无阻的海里,"鹦鹉螺"号沿着西经52度线直接朝南极进发。从南纬67度30分到90度,还有22度30分的行程,就是说,还要行驶五百多法里。"鹦鹉螺"号的航速平均为每小时二十六海里,这是特快列车的速度。保持这样的速度,四十个小时足可到达南极。

入夜以后,有一段时间,新奇的景象把我和孔塞伊吸引住了,我们一直待在客厅的舷窗前。在舷灯电光的照耀下,海水通明,但空无一物。被禁锢的海水里没有鱼类栖息,它们只把这里当成一条通道,一条从南冰洋到南极海的通道。我们行驶的速度很快,这一点可以从潜艇长长的钢壳的震动中感觉出来。

近凌晨二时,我想去歇几个小时。孔塞伊也站起来跟我走了。穿过纵向通道时,我没有碰到内莫艇长。我估计,他此刻正在驾驶舱里。

第二天,三月十九日,早晨五点我就来到客厅。电动测速仪显示,"鹦鹉螺"号的速度慢下来了。这时它正谨慎地浮向水面,一点点往外排着储水舱里的水。

我的心怦怦直跳。我们能够浮出水面,呼吸到南极的自由空气吗?

不能。听到砰的一声,我明白了,"鹦鹉螺"号撞上了大浮冰底部;声音浊重,可知冰依然很厚。实际上,用航海的术语说,我们是"搁浅"了,不过方向是倒着的,是在水下一千英尺的地方。这说明,在我们头顶上的浮冰有两千英尺厚,露出水面的部分为一千英尺②。如此说来,这里的大

---

① 原文如此。
② 原文如此。

浮冰比我们在潜艇上看到过的大浮冰要高。形势令人担忧。

一整天里,"鹦鹉螺"号反复试了多次,每次碰到的都是墙一样的顶棚。有几次,潜艇碰到大浮冰的时候是在水深九百英尺处,估计大浮冰的厚度为一千二百米,其中的二百米露出了水面。这个高度是"鹦鹉螺"号下潜处大浮冰高度的两倍。

我仔细记录着这些不同的厚度,得出了连绵不断的大浮冰在水下延伸形成的轮廓图。

傍晚,我们的情况没有出现任何变化。大浮冰总是在四五百米的海水深处。大浮冰的厚度明显减少,可是,在我们和洋面之间,仍然存在着多大的厚度啊!

八点了,按照潜艇的日常习惯,四个小时前"鹦鹉螺"号就该更换空气。不过,虽然内莫艇长还没有动用储气舱里的氧气,我还没觉得太难受。

这一夜,希望和恐惧在脑子里轮番出现,搅得我迟迟不能入睡。我起来好几次。"鹦鹉螺"号一直在继续进行着试探。凌晨三时许,我发现,碰到大浮冰底部时,水深只有五十米了。这就是说,我们距离水面只有一百五十英尺。大浮冰渐渐变成了冰原。高山变成了平原。

我目不转睛地看着气压计。我们一直沿着一条对角线上浮;在电光的照射下,发亮的水面闪着银光。大浮冰的厚度在水上和水下都沿着长长的斜坡在减少,在一海里一海里地减少。

最后,到了三月十九日这个值得纪念的日子的早晨六点,客厅的门打开,内莫艇长露面了。

"海上没有结冰!"他对我说。

## 十四 南 极

我奔向平台。是啊!海水没有结冰。海面上只有一些小冰块,一些浮动的冰山;远处,是碧波荡漾的大海;天空中有成群的鸟,水里有成群的鱼;海水的颜色,由浅到深,从湛蓝转向橄榄绿色。温度计指着的刻度是零上三度。有大浮冰挡着,这里的气候差不多可以说是春天。极目北望,大浮冰的身影消失在水天之际。

"我们到南极了?"我问内莫艇长,心突突地跳着。

"我还说不准,"他答道,"等到中午,我们测测。"

"可是,太阳能够穿过云层露面吗?"我望着灰蒙蒙的天空问道。

"能露出一点就行。"艇长答道。

在南边,距离"鹦鹉螺"号十海里处,海上孤零零地伫立着一座二百米高的小岛。我们朝小岛驶去,但行进得十分谨慎,因为这片海域可能有暗礁。

一小时以后,我们抵达小岛。两小时以后,我们绕着小岛行驶了一周。小岛周长为四到五海里。一条水道把这座小岛和一块面积相当大的陆地分开,那也许是个大陆,一眼望不到尽头。这片土地的存在,似乎证实了莫里的假设。莫里是个聪明的美国人,他确实指出过,在南极和南纬60度之间,海面上布满了浮冰,浮冰体积很大,在北大西洋是从来见不到的。他由此得出结论,说南极圈里圈着大块陆地,因为冰山不能在空旷的大海上形成,只能生成于海边地区。根据他的计算,覆盖着南极的冰像个大冰帽,直径约四千公里。

这时,因为怕搁浅,"鹦鹉螺"号停在距离沙滩三链远的地方,沙滩上伫立着一块岩石。小艇被放到海里。艇长、他的两名携带着各种工具的部下、孔塞伊和我,一行人登上小艇。时间是上午十点。我没有看见内德·兰德。那加拿大人大概是不愿意认输,不肯面对南极。

划了几下,小艇就上了沙滩,再也划不动了。孔塞伊正要往地上跳,我一把把他拉住。

"先生,"我对艇长说,"第一个踏上这片土地的荣誉属于您。"

"是的,先生,"艇长答道,"我可以毫不犹豫地踏上南极的土地,因为,到现在为止,这里还不曾留下过人类的足迹。"

话音刚落,他已经身轻似燕地跳到海滩上。他可能已经激动得心跳加快。他攀登到一块岩石的岬角上,默默站在那里,两手交叉着抱在胸前,一动不动,眼里充满激情,俨然成了南极的主人。他这样意醉神迷地待了五分钟,然后才转身朝向我们。

"先生,下来吧!"他高声说道。

我从小艇上下来,孔塞伊跟着我,把两个水手留在了小艇上。

这长长的一条土地,上面都是淡红色的凝灰岩,就像用碎红砖铺成的。地面上盖满了火山岩渣,熔岩流,还有浮石。可以肯定,这些都是火山里喷出来的。某些地方还有一些散发着一股硫磺味的火山气体,说明火山内部还聚集着正待爆发的能量。可是,登上一处高高的悬崖之后,我游目四顾,方圆几海里内却不见一座火山。我们知道,在南极地区西经167度、南纬77度32分处,詹姆斯·罗斯①曾经发现过正在活动的埃雷比斯火山和泰罗尔火山的火山口。

我觉得,在这片荒芜的土地上,植物少得可怜。黑色的岩石上长着一些松萝属地衣。某些微小生物的胚芽,如退化了的硅藻,像蜂房似的分布在两个含石英的贝壳中间;长长的粉红色和深红色墨角藻,挂在鱼鳔上,被海浪带到岸边。此地植物贫乏,只有这些。

海岸上稀疏地散布着一些软体动物,有小贻贝,帽贝,甲壳光滑的心形贝。特别值得一提的是膜贝,长方形的身上长着一层膜,头由两个圆圆的瓣膜组成。我还看到很多北半球也有的膜贝,只有三厘米长,鲸鱼一口能吞下成千上万。这些迷人的翼足类动物,是真正的海蝴蝶,为岸边的海水平添了生机。

至于植形动物,浅滩上有几株乔木状的石灰质珊瑚;照詹姆斯·罗斯的说法,这种珊瑚在南冰洋里一千米的深处都有;还有一些小海鸡冠,以及大量的海盘车和海星,星罗棋布,摊在地上。这类海盘车和海星是这种特有的温度下独有的。

不过,天空最有生机,各种各样的鸟在空中翱翔,上下翻飞,鸣叫声把我们的耳朵都快震聋了。有些鸟聚集在岩石上,看着我们走过,毫无惧色,而且很随便地朝我们走近。这是些企鹅,在岸上显得很笨重,但在水里却显得十分轻巧灵活,常常被错认成金枪鱼。企鹅叫声很怪。它们总是成群结队待在一起,动作少而叫声高。

---

① 詹姆斯·罗斯(1777—1856),英国航海家。

鸟类之中，我看到的有涉禽科的白鸽，大小像鸽子，颜色是白的，喙短，呈圆锥形，眼睛周围有个红圈。孔塞伊打了几只储备起来，因为，如果烹饪得法，这种鸟能成为一道可口的佳肴。天空中不时有煤烟色的信天翁飞过；这种翼展长达四米的鸟，被说成大洋里的秃鹫，是再恰当不过了。大个的海燕中，有飞起来翅膀像一张弓、以海豹为食的大海燕，有一种脊背黑白相间、像小鸭子似的鸽燕，还有其他各种各样的海燕，有通体灰白、翅膀边缘为褐色的，有蓝色的——蓝色的海燕为南冰洋所特有。我告诉孔塞伊："通体灰白的海燕肥得流油，法罗群岛上的居民只消往这种鸟身上插一根灯草，点着了就是一盏灯。"

"要是再插一根灯草，"孔塞伊说，"这种鸟不就成了完美无缺的灯笼了！不过，我们也不能要求大自然先在这些鸟身上插上灯草！"

走了半英里之后，地上出现很多洞穴；那是企鹅窝，是企鹅下蛋用的土洞，有很多企鹅从里面跑出来。内莫艇长后来叫人打了几百只，因为它们黑色的肉相当好吃。企鹅叫的声音像驴。这种动物，大小像鹅，全身呈板岩灰色，肚子是白的，脖子上有一个柠檬色的圈；它们任人用石块捕杀，不知逃避。

可是，雾一直不散，十一点了，太阳还没出来。不出太阳让我担忧。没有太阳，不可能测知方位。那么，如何才能确定我们是不是到达了南极呢？

我走近内莫艇长的时候，看到他正依在一块岩石上默默望着天空。他显得有些焦躁、气恼。可是，有什么办法呢？这个人胆子大，有本事，在海上能叱咤风云，面对太阳，可就一筹莫展了。

到了中午，太阳还是没有露面。云雾厚得连太阳在什么地方都看不出来。没过多久，天就下起雪来。

"明天再说吧！"艇长只对我说了这么一句，然后我们就在雪色茫茫中回到"鹦鹉螺"号上。

我们不在艇上的时候，网上来一网鱼。我饶有兴味地观察了一番刚刚捕上来的鱼。对大量的回游鱼来说，南极海域是个避难的地方；回游鱼逃脱了纬度相对不高地区的风暴，到这里却落入鼠海豚和海豹的血盆大

鸟儿成千上万。

口。我看到的,有几条十厘米长的南极海里的杜父鱼,这是一种软骨鱼,灰白色,有深灰色的横纹,身上带刺儿,有南极银鲛,身子长长的,有三英尺,皮是白色的,银亮光滑,头是圆的,有三个脊鳍,嘴筒像个吻管,弯向嘴巴。孔塞伊对这种鱼赞不绝口,我尝了尝,却觉得淡而无味。

暴风雪一直持续到第二天。平台上根本站不住。我在客厅里记录这次在南极探险中遇到的事故,耳边是在风雪中嬉戏的海燕和信天翁的叫声。"鹦鹉螺"号并没有停在那里不动,在擦着水平线而过的太阳撒下的微弱光线中,它又沿着海岸往南行驶了十几海里。

第二天,三月二十日,暴风雪停了。冷得更厉害了,温度计指示的是零下二度。雾散了,于是,我希望这一天能够进行观测。

因为内莫艇长还没有露面,小艇就接上我和孔塞伊,把我们放到陆地上。地质情况依旧,仍然是火山岩。到处都是岩浆、岩渣、玄武岩的遗迹,但却依然看不到把这些东西喷出来的火山口。这里和上次去的地方一样,也是鸟儿的天下,也是鸟儿使极地的这片大陆变得生机盎然。不过,这个鸟儿的王国里多了些哺乳动物,成群的海洋哺乳动物用温和的目光看着我们。这里的海豹有好几种,有的躺在地上,有的躺在漂流的冰块上,有的正从海里出来,有的正往海里走去。我们走近,这些哺乳动物并不逃跑,可能是因为还从未见过人,没和人类打过交道。我大致算了一下,够装满几百条船的。

"我的天!"孔塞伊叫了起来,"幸亏内德·兰德没跟我们一起来!"

"为什么这么说呢,孔塞伊?"

"因为那捕鲸手劲儿一上来,能把这些动物杀得一个不剩!"

"杀得一个不剩?这么说太夸张了。不过我相信,那位加拿大朋友要想捕杀几头漂亮的鲸类动物,我们确实无法阻止。捕杀这种无害动物,内莫艇长会感到痛心,因为他从来不让动物白白流血。"

"他做得对。"

"那当然,孔塞伊。不过,你告诉我,你是不是把这些美丽的海洋动物都已经分了类?"

"先生很清楚,实践上我不很精通。"孔塞伊答道,"先生要是不告诉我这些动物的名字……"

"这是些海豹和海象。"

"是两个属的动物,都属于鳍脚科。"博学的孔塞伊急忙接过去说道,"食肉目,趾甲群,单子宫动物亚纲,哺乳动物纲,脊椎动物门。"

"很好,孔塞伊。"我说,"不过,海豹和海象这两个属又都分成不少的种,如果我没记错,我们将会有机会在这里看到这些种。走吧!"

时间是早晨八点。离能够有效地观察太阳的时间还有四个小时。我带着孔塞伊走向一个辽阔的呈新月状的海湾,海岸上是花岗岩峭壁。

这里,目力所及之处,地面和浮冰上,黑压压一片,到处都是海洋哺乳动物,我不由自主地用眼睛去搜寻老海神普罗透斯,希腊神话中的那个牧羊人,他为海神波塞冬看管着这一大群动物。这里主要是海豹。海豹明显地分成好几群,每群都有公有母,公海豹看家,母海豹奶崽,几头健壮的年轻海豹,在几步以外的地方闲待着。海豹要活动时,得靠身体收缩,一点一点地跳,用起发育不完善的鳍来显得相当笨拙;这种不完善的鳍,在和它们同属的海牛身上,就发展成了前肢。应该说,海是它们的如意天地,在水里,这些脊柱能够活动、骨盆狭窄、毛短而密的蹼足动物,游起来令人叫绝。在地面上休息的时候,它们采取的姿态十分优雅。因此,古人看到它们面容温和、眼神生动——女人最美的眼神也没有它们的生动,眼睛清澈得如天鹅绒般柔和,神态迷人,才以他们自己的方式把这些动物诗化,把雄的变成半人半鱼的海神,把雌的变成美人鱼。

我告诉孔塞伊,这种颇具智慧的鲸类动物脑叶十分发达。任何一种哺乳动物,人类除外,都没有这么多的脑炎质。因此,海豹能够接受某种训练;海豹很容易驯化,而且我和一些博物学家都认为,只要训练得法,这些哺乳动物就能像猎犬似的,大有用处。

大部分海豹都在岩石或沙地上睡觉。严格说来,真正意义上的海豹没有外耳——这一点有别于海狗,海狗的耳朵是凸出的。在没有外耳的海豹里,我观察到几种狭嘴海豹,身长三米,白毛,脑袋像牛头犬,两颚各有十颗牙,上下各有四颗门齿,两颗呈百合花状的犬齿。狭嘴海豹中间,滑过去几头海象,那是一种长着短而灵活鼻子的海豹,是海豹中体形至大者,身长十米,体围二十英尺。我们走近的时候,这些海象没有任何反应。

"这些动物危险不危险?"孔塞伊问。

"只要你不攻击它,就不危险。"我答道,"海豹护崽时,凶起来是很可怕的,把小渔船打碎的事,并不稀罕。"

"护崽是它们的权利。"孔塞伊说。

"我没说不是。"

又走了两英里,我们被一个岬角拦住了去路;那岬角为这个海湾挡住了南来的风。岬角垂直下到海里,拍岸浪在上面溅起浪花。远处,响起呼啸声,犹如一大群反刍动物在吼叫。

"好啊!"孔塞伊说,"是公牛合唱吗?"

"不是,"我说,"是海象合唱。"

"海象在打架?"

"在打架,或者是在逗着玩。"

"先生不烦的话,应该过去看看。"

"必须过去看看,孔塞伊。"

于是,我们翻越浅黑色的岩石;地上的岩石,有的一脚踩上去便滚落了,有的结了冰,滑不留脚。我摔倒好几次,腰都摔疼了。孔塞伊因为比我谨慎,或者因为比我结实,倒没怎么失过脚,拉我起来的时候,他总是说:

"先生走路的时候要是能把两腿叉开,就能更好地保持平衡。"

到了岬角顶上,我瞥见一片白色大平原,平原上密密麻麻的,都是海象。那些动物在相互嬉戏。我们听到的是欢乐的叫声,不是愤怒的吼叫。在身体形状和四肢分布上,海象和海豹相似,但海象的下颚没有门齿和犬齿,而上颚的犬齿是两根八十厘米的长牙,牙槽周长有三十三厘米。这两颗牙本质细密,没有条痕,比大象的牙还要结实,而且不容易变黄,非常珍贵。海象因此而受到无节制的捕杀,濒临灭绝,每年被捕杀的海象有四千多头;而且,渔民捕杀海象的时候不加任何区别,怀了胎的母海象和小海象也不能幸免。

从这种奇特的动物身旁经过时,我可以从容不迫地进行观察,因为它们一动不动。海象的皮又厚又粗,颜色发黄,接近红棕色,毛短而稀。有几头海象长达四米。这里的海象比北极的海象安静,也不那么胆小,不派哨兵守卫营地。

对这座海象的城池进行一番观察之后,我想沿着原来的路返回。已经十一点了,如果条件允许内莫艇长进行测量,我希望测量的时候我能在场。可是,这天我对出太阳的事根本没抱希望。天边浓云密布,把太阳遮得严严实实。就好像太阳心生嫉妒,不愿意为人类揭示地球上这个难以接近的点。

尽管如此,我还是想回"鹦鹉螺"号。我们沿着岩石顶上一个狭窄斜坡往回走。十一点半,我们已经回到下船的地方。船停在那里,艇长已经从船上下来。我看到他站在一块玄武岩上。仪器都在身旁。他两眼盯着北面的天际,太阳此刻正在那里划出一条长长的弧线。

我站在他身旁等着,没有说话。午时到了,可是,和昨天一样,太阳还是没有出来。

命该如此。测量的事又泡汤了。如果明天还不能进行测量,测定方位的事就得彻底放弃。

确实,今天正好是三月二十日,明天,二十一日,是春分,太阳就要在地平线下连续待六个月,明天见到的就只有折射光了;太阳一消失,长长的极夜跟着就开始。自从九月的秋分以来,太阳从北面的地平线上露出,沿着长长的螺旋线上升,一直到十二月二十一日。到北半球夏至的时候,太阳才开始回落,明天就是太阳撒下最后几缕余晖的日子。

我把自己的看法和担忧告诉了内莫艇长。

"您说得对,阿罗纳克斯先生,"他对我说,"如果明天我测不出太阳的高度,六个月之内我就无法再进行测量。不过,也正因为航行偶然在三月二十一日把我带到这个海域,测量将变得十分容易,只要太阳在中午露个面就行。"

"那是为什么呢,艇长?"

"因为,在太阳划出的螺旋线太长的时候,准确地测定它在地平线上的高度是很困难的,仪器有可能出现严重误差。"

"那您到底如何进行测量呢?"

"我只用精密的时计。"内莫艇长答道,"如果明天,三月二十一日中午,太阳的圆盘——包括反射光在内——正好被北面的地平线一分为二,那我就是到了南极。"

"确实是这样。"我说,"不过,从数学的角度看,这样做不很精确,因为春分不一定就在中午降临。"

"很可能是这样,先生,但不会有一百米的误差,我们也不需要那么精确。那就明天见吧!"

内莫艇长回了潜艇。我和孔塞伊在海边上走来走去,一边观察一边研究,待到五点才走。除了一枚大得引人注目的企鹅蛋,我没捡到任何有意思的东西。企鹅蛋是浅栗色的,上面带的条纹和印记如同一些象形文字,把它变成一件稀有的摆设,收藏家大概肯出一千多法郎来买呢。我把企鹅蛋交给孔塞伊。那小伙子行事谨慎,像捧着一件中国瓷器似的,迈着稳健的脚步,把企鹅蛋捧回"鹦鹉螺"号,完好无损。

到了艇上,我把这只罕见的蛋放进陈列室的一个玻璃柜里。吃晚饭时,我津津有味地吃了一块海豹肝,那味道让人想起猪肉。接着我就躺下,居然像个印度教徒似的,睡下之前祷告太阳,求它保佑。

第二天,三月二十一日一大早五点,我就登上平台。内莫艇长已经先到。

"天有点放晴。"他对我说,"我觉得希望蛮大的。吃完早饭,我们就到陆地上去选个观测点。"

这件事说妥,我就去找内德·兰德。我想带他一起去。那加拿大人固执得很,他拒绝前往。我看得很清楚,他话越来越少,脾气越来越大。不过,在目前这种情况下,他固执地不肯去,我也不觉得遗憾。真的,陆地上海豹太多,用不着让这个不管不顾的渔民去受那份诱惑。

吃完早饭,我就来到陆地上。夜里,"鹦鹉螺"号又往前行驶了几海里。潜艇停在外海,离海岸足有一法里远,海岸上有一座四五百米高的尖顶山。小艇上有我、内莫艇长和两名水手,还有那些仪器,即一架精密时计,一架望远镜,一个气压计。

小艇行进时，我看到很多鲸鱼，都属于南极海域特有的三个种：一种是露脊鲸，就是英国人说的平脊鲸，这种鲸没有脊鳍；一种是英国人说的座头鲸即鳁鲸，肚子平滑，有很宽的灰白色鳍翅——虽说叫鳍翅，但并没有成为真正的翅；一种是黄褐色的鳍背鲸，是鲸类动物中最好动的。鳍背鲸是庞然大物，它们往外喷高高的、像烟雾一样的水汽柱时，那声音在很远的地方都能听到。这些不同种的哺乳动物，成群结队，在平静的水里嬉戏。看来，南极的这片海域，如今已经成了那些被渔民们穷追不舍的鲸类动物的避难地。

我也看到一些樽海鞘，这是一种喜欢群生的软体动物，长着长长的灰白色须带；还有一些个头儿很大的水母，在浪花翻滚的水里游动。

九点，我们靠岸。天晴了，云朵向南方飘去。雾离开了寒冷的水面。内莫艇长朝那座尖尖的山走去，他可能想把那座山当成观测场地。脚下是尖尖的火山熔岩和浮石，空气中弥漫着从火山喷气孔里喷出来的饱含硫化物的气体，在这样的情况下爬山，非常辛苦。艇长已经是个不习惯在陆地上行走的人，可他爬陡峭的山坡时那种敏捷，那份灵巧劲，我还是比不了，连专捕比利牛斯岩山羊的猎人都会羡慕不已。

爬上这座一半是斑岩、一半是玄武岩的山顶，我们用了两个小时。从山顶望过去，是一片向北延伸的大海，直达天际。我们脚下是白得耀眼的平原，头上是云雾散去不久的蓝天。北面，圆盘似的太阳像个火球，已经被地平线隐去一部分，成百条美丽的霞光从海水中花束似的射出。远处停着的"鹦鹉螺"号，像一头熟睡着的鲸鱼。我们身后，南面和东面，是广袤的原野，上面杂乱地堆积着岩石和冰块，一眼望不到头。

登上山顶，内莫艇长用气压计仔细记下山的高度，因为，进行观测时，山的高度也得考虑在内。

十二点差一刻，刚刚可以通过反射光见到的太阳，像个金盘子，把最后的几缕光辉撒向这个荒无人烟的大陆，撒向这片人迹不到的大海。

内莫艇长用的是一架带十字线的望远镜，能够用镜子矫正反射光；他举起望远镜，观测正沿着一条长长的对角线一点一点沉入地平线的太阳。我手里拿着精密时计，心跳得厉害。如果那半个太阳消失的时间正好与精密时计上的午时吻合,我们就真是在南极了。

"十二点整!"我高声叫道。

"南极!"内莫艇长庄严地答道,同时把望远镜递给我;通过望远镜可以看到,太阳正好被地平线分成均匀的两个部分。我望着山上的太阳余晖,看着阴影逐渐爬上山坡。

这时,内莫艇长用手扶着我的肩膀对我说:

"先生,一六〇〇年,荷兰人杰里特克在暴风雨中被洋流带到南纬64度,发现新设得兰群岛。一七七三年一月十七日,大名鼎鼎的库克沿西经38度线,到达南纬67度30分;第二年一月三十日,他又沿西经109度线到达南纬71度15分。一八一九年,俄国人别林豪森到达南纬69度,一八二一年他又沿西经111度线到达南纬66度。一八二〇年,布伦斯菲尔德在南纬65度受阻。同年,美国人莫雷尔沿西经42度线南下,在南纬70度14分处发现没有结冰的海,不过,他的故事不可尽信。一八二五年,英国人鲍威尔没能越过南纬62度线。同年,英国一个叫韦德尔的专捕海豹的普通渔民,沿西经35度线南下,一直到达南纬72度14分,后来又沿西经36度直达南纬74度15分。一八二九年,英国船'雄鸡'号船长福斯特在南纬63度26分、西经66度26分处的南极大陆靠岸。一八三一年二月一日,英国人比斯科在南纬68度50分发现恩德比地;一八三二年二月五日,他又在南纬67度发现阿德莱德地,二月二十一日在南纬64度45分发现格雷厄姆地。一八三八年,法国人迪蒙·迪维尔在南纬62度57分遇到大浮冰,发现路易-菲利普地;两年之后,一八四〇年一月二十一日,他又在南纬66度30分发现一个新沙嘴,命名为阿德利地;八天之后,他又在南纬64度40分发现克拉利海岸。一八三八年,英国人威尔克斯沿西经100度线到达南纬69度。一八三九年,英国人巴勒尼发现南极圈边缘上的萨布里纳地。最后,一八四二年一月十二日,英国人詹姆斯·罗斯率领'埃里伯斯'号和'恐惧'号,沿东经171度7分到达南纬76度56分,发现维多利亚地;同月二十三日,到达南纬74度,那是到那时为止人类到过的最高纬度;二十七日到达76度8分,二十八日到达77度32分,二月二日到达78度4分;一八四二年他再次来到南纬71度,就过不去了。现在,我,内莫艇长,于一八六八年三月二十一日到达南纬90度的南极,并领有了这片相当于已知大陆六分之一的土地。"

"您以谁的名义领有这片土地啊,艇长?"

"以我自己的名义,先生!"

说这话的时候,内莫艇长展开一面黑旗,当中绣着个金色的 N 字。然后,他转身朝着仅在海面上还撒有余晖的太阳,高声叫道:

"再见了,太阳!消失吧,你这颗光芒四射的恒星!请你在这片未被冰封的海底睡下,让六个月的漫漫长夜在我的新领地上投下它的阴影!"

## 十五　大事故还是小插曲?

第二天,三月二十二日早晨六点,开始为出发做准备。晨曦的最后一点微光也已在夜色中消失。天气很冷。星星显得格外明亮。那颗灿烂的南十字座星在头顶上闪烁,它是南极地区的南极星。

温度计指着零下十二度,风力增强,吹到脸上像刀割似的生疼。未被冰封的海面上浮冰在增多,大海似乎要完全凝冻。许许多多黑糊糊的冰块浮在水面上,预示着新冰层即将形成。很明显,冬季六个月里上冻的南极海域,绝对无法接近。在此期间,鲸鱼会怎么样呢?它们可能要从大浮冰下面通过,去找更适于生存的海域。习惯于在最恶劣的气候里生存的海豹和海象,则留在这片冰封的海域。这类动物有一种本能,会在冰原上挖窟窿,并且让这些窟窿永远敞开着,它们就到窟窿这儿来呼吸;在鸟类被寒冷赶走、迁徙到北方去的时候,这些海洋哺乳动物就成了南极大陆的惟一主人。

这时,储水舱已经灌满,"鹦鹉螺"号正缓缓下降。到达一千英尺的深度时,潜艇停下来。接着,潜艇的螺旋桨击打起海水,以每小时十五海里的速度,径直朝北驶去。傍晚,"鹦鹉螺"号已经行驶在大浮冰的冰壳下面。

出于谨慎,客厅的护窗板已经关上,因为潜艇有可能碰上沉在水里的大冰块。于是,我就用这一天的时间来整理笔记。我想的完全都是南极的事。我们好像是坐着漂浮的车厢在铁路上滑行,轻而易举、无惊无险地就到达了这个无法接近的地方。此刻,返程真的开始了。我还会遇到类似的惊喜吗?我觉得可能,海底的美好事物太多了,永远看不完!自从命运把我们扔到这艘潜艇上以来,五个半月过去了,我们航行了一万四千法里;在这次比绕赤道一周还长的行程中,发生了太多的事,有的好玩,有的可怕,但都使我们的旅行生色:到克雷斯波海底森林去打猎,在托雷斯海峡搁浅,珊瑚墓,锡兰采珠场,阿拉伯隧道,桑托林火山,维哥湾的数百万财宝,亚特兰蒂斯,南极!夜里,这些往事梦幻般一个接一个在我眼前出现,使我无法安眠。

凌晨三点,我被一下猛烈的撞击惊醒。我从床上坐起,想听听黑暗中有什么响动;就在这时,我一下子被甩到屋子中间。显然,"鹦鹉螺"号撞上什么东西以后倾斜了。

我扶着墙,经纵向通道去了客厅,客厅天花板上的灯还亮着。家具都倒了。玻璃柜幸亏底座结实稳当,没有倾倒。右舷墙上的画框垂直移位,都贴在了地毯上,而左舷墙上的画框,底边离墙一英尺,悬空挂着。如此看来,"鹦鹉螺"号是朝右倾斜,而且完全不能动了。

我听到潜艇里有脚步声,有说话声,但听不清说的是什么。内莫艇长没有露面。我刚要离开客厅,内德·兰德和孔塞伊走了进来。

"发生了什么事?"我劈面向他们问道。

"我正来问先生呢。"孔塞伊回答。

"真是见了鬼了!"那加拿大人大喊大叫着,"是怎么回事,我知道!'鹦鹉螺'号搁浅了,从倾斜的情况看,我觉得它不可能像上次在托雷斯海峡那样,能够脱身。"

"可是,潜艇至少回到海面上了吧?"我问。

"我们也说不清。"孔塞伊答道。

"这很容易就能搞清楚。"我说。

我看了一眼气压计。大大出乎我的意料,气压计指示的深度是三百六十米!

"这下可麻烦了!"我也叫了起来。

"得去问问内莫艇长。"孔塞伊说。

"可到哪儿去找他啊?"内德·兰德问。

"跟我来!"我对我的两个同伴说。

我们离开客厅。图书室里没人,中间的梯子那里没人,船员舱位那里,也没人。我估计内莫艇长应该守在驾驶舱里。最好的办法是等待。我们三个人又回到客厅。

那加拿大人发了一大通牢骚,我默默听着。他太有理由生气了。我一声不吭,让他尽情发泄,把气都发泄出来。

我们就这样待了二十分钟,时刻想捕捉到"鹦鹉螺"号内部发出来的一点点响声,就在这时,内莫艇长进来了。他那副样子就像没看见我们。平常,内莫艇长喜怒不形于色,但今天他脸上却显出有些担忧。他静静地看了看罗盘,看了看气压表,用手指指着地球平面球形图上的一个点,那个点就在南极海那一片。

我不想打断他。只在几分钟以后他转过身来朝着我的时候,我向他提了个问题;我是以其人之道还治其人之身,用的是他在托雷斯海峡时使用的说法:

"艇长,是个小插曲?"

"不,先生,"他答道,"这次是个意外事故。"

"严重吗?"

"可能。"

"会马上就有危险吗?"

"不会。"

"'鹦鹉螺'号搁浅了?"

"是的。"

"搁浅是因为……?"

"大自然的任性,而不是人的无能。操作上没出一点差错。可是,我们无法阻止平衡规律发生作用。我们可以无视人类的法则,但不能无视自然的法则。"

内莫艇长真会挑时候,竟在这种情况下谈起哲学来了。总之,他的回答没说出个所以然来。

"先生,您能告诉我这次事故是怎么造成的吗?"我问他。

"是一大块冰造成的,一座冰山调了个个儿。"他答道,"冰山底部被温度更高的水泡过,或是被反复撞击过,重心就会上移。重心上移之后,冰山就会整个转过来,会翻跟头。现在发生的就是这种情况。一大块冰倒下来的时候砸在了正在水下航行的'鹦鹉螺'号身上。接着,冰滑到了潜艇下面,以无法抗拒的力量把潜艇托上来,带到密度较小的水层里,潜艇就侧卧在那里了。"

"那我们不能把储水舱里的水排净,让潜艇脱身,恢复艇身的平衡吗?"

"现在就正在这么做,先生。您可以听到正在用水泵排水。请您看看气压计。气压计显示,'鹦鹉螺'号正在上浮,不过,冰块在和潜艇一道上浮;在遇到个什么障碍物止住冰块上浮之前,我们的处境不会有什么变化。"

确实,"鹦鹉螺"号一直向右倾斜着。冰块停下来,潜艇才可能恢复平衡。可是,谁知道那个时候我们会不会碰到上面的大浮冰?谁又知道我们会不会处于上下两头被冰夹住的可怕境地啊?

我在思索着眼前情况会出现的各种后果。内莫艇长不停地看着气压计。自从冰山倾倒以来,"鹦鹉螺"号已经上升了大约一百五十英尺,但倾斜的角度一直没有变化。

突然,艇身轻轻一震。"鹦鹉螺"号明显地恢复了一点平衡。客厅里悬挂着的东西明显地恢复了常态。板壁已接近垂直。我们谁也没说话。大家都激动地观察着、感觉着平衡的恢复。脚下的地板业已呈水平状态。十分钟过去了。

"我们终于站直了!"我大声说道。

"是啊!"内莫艇长一边说一边朝客厅的门走去。

"可是,我们还往上浮吗?"我问。

"那当然。"他答道,"现在储水舱还没有排净,排净之后,'鹦鹉螺'号就该浮在水面上了。"

艇长走了，没过一会儿我就发现，他已经下令停止"鹦鹉螺"号上浮。确实，潜艇很快就要碰上大浮冰的底座，最好还是让潜艇待在水里。

"真悬啊！"孔塞伊说话了。

"是啊！我们差点就被冰山压碎，至少差点就被冰困住。不过，要是不能更换空气……是啊，是挺悬的！"

"完蛋了才好呢！"内德·兰德嘟囔了一句。我不想跟那加拿大人进行无益的争论，便没答茬儿。而且，这时护窗板也已打开，外面的光从舷窗射进来。

就像我刚才说的，我们此刻完全在水里；可是，在"鹦鹉螺"号两侧十米远的地方，伫立着耀眼的冰墙。上下也都是冰墙。上面是大浮冰的底座，就像一块巨大的天花板；下面是那座翻了跟头的冰山，一点一点滑下去，最后卡在了两侧的冰墙上。"鹦鹉螺"号被困在一个真正的冰的隧道里；隧道的宽度大约有二十米，灌满了一波不兴的海水。因此，潜艇或前进或后退，都能很容易地从隧道里出来，然后再到几百米深的地方，在大浮冰底下找一条自由通道。

天花板上的灯灭了，但客厅里仍然十分明亮，因为冰墙把舷灯的光明晃晃地反射到客厅里。电光在不规则地裂开的大冰块上造成的效果，我无法描绘；冰块的每个角，每个棱，每个面，都因冰内纹理的性质不同而反射出不同的光；就像一座让人眼花缭乱的宝石矿，特别像一座蓝宝石矿，蓝宝石把自己投射出来的蓝光和祖母绿投射出来的绿光交织在一起。在像钻石般明亮、亮得让人睁不开眼的光点中，弥漫着温和无比深浅不同的乳白色。舷灯的亮度因此提高了一百倍，就像一等灯塔上通过凸透镜射出来的光一样。

"太美了！真是太美了！"孔塞伊大声说道。

"是啊！"我说，"这景色真是美极了。是不是啊，内德？"

"可不是嘛！真是见了鬼了！是很美。"内德·兰德回了一句，"太美了！不得不承认这很美，真让我感到恼火。我从来没见过这么美的景色。不过，看这样的美景是要付出高昂代价的。说实话，我以为我们在这里看到的东西，是上帝禁止人看的！"

内德说得对。这真是美得过头了。突然,孔塞伊叫了一声。我转过头去。

"怎么啦?"我问。

"先生闭上眼!先生别看!"

孔塞伊一边说一边急忙用手把眼睛捂住。

"你到底怎么了啊,小伙子?"

"我的眼花了,看不见了!"

我不由自主地朝舷窗那里望了望,火一样的光像要把舷窗吞噬,我也承受不住。

我明白是怎么回事了。"鹦鹉螺"号刚刚快速行驶起来,冰墙上静止的光一下子都变成闪光,无数的钻石光点也混合到了一起;被螺旋桨推动着飞速前进的"鹦鹉螺"号,等于是在一个光筒里行驶。

这时,客厅的护窗板已经关上。我们都用手遮住眼睛。在眼睛被强烈的太阳光照得难受的时候,我们就会用手把眼睛遮住,而那光线还在视网膜前闪动。眼睛需要一些时间才能恢复常态。

终于,我们把遮眼的手放了下来。

"天哪,简直无法相信。"孔塞伊说。

"我呢,我到现在也还是不信!"那加拿大人来了这么一句。

"等回到陆地上,"孔塞伊接着说道,"我们这些连大自然的美景都看够了的人,对可怜的大陆和那些出自人类之手的小景致,会怎么想呢!不行了,有人住的世界已经配不上我们了!"

从一个平时不动感情的佛来米人口里说出这样的话,可见我们的情绪高昂到了何种程度。不过,那加拿大人是必然要给这种情绪泼上几瓢冷水的。

"有人住的世界!"他摇着头说,"孔塞伊老弟,别担心,我们回不到有人住的世界里去了!"

当时是早晨五点。就在这时,"鹦鹉螺"号的前部发生了撞击。我明白,潜艇的冲角撞上了冰块。这应该是操作不当造成的,因为,在这个被冰块阻塞的海洋隧道里航行是非常不容易的。我因此想到,内莫艇长在调整方向,他在绕过障碍,或者正在随形就势,在隧道里蜿蜒而行。无论如何,往前开绝不会受阻。然而,出乎我的意料,"鹦鹉螺"号做了一个非常明显的往后退的动作。

"我们在往后退?"孔塞伊问。

"对,"我答道,"隧道的这一头肯定没有出路。"

"那怎么办啊?……"

"那还不很简单,"我说,"原路退回就是了,我们从南面的口出去不就行了吗?"

说这话的时候,实际上我心里没底,但我想装出一副很有把握的样子。"鹦鹉螺"号后退的动作加快,螺旋桨倒转着,潜艇带着我们飞速向后退去。

"要完了。"内德说。

"没关系,早几个小时或晚几个小时算不了什么,只要能出去就行。"

"说得对,只要能出去就行!"内德·兰德重复了一句。

我在客厅和图书室之间来回走了一会儿。我的两位同伴坐在那里一声不响。没过多久,我也歪在沙发上,拿起一本书,两眼机械地浏览着。

过了一刻钟,孔塞伊走向前来,对我说:

"先生看的书,真的很有意思吗?"

"非常有意思。"我回答。

"我相信这书很有意思。先生看的是自己写的书!"

"我自己写的书?"

确实,我手里拿着的是《海底世界》,自己竟一点没有意识到。我合上书,又开始踱步。内德和孔塞伊站起来走了。

"别走,朋友们!"我把他们叫住,"驶出这个死胡同之前,咱们待在一起吧!"

"悉听尊便!"孔塞伊说。

几个小时过去。我多次去看挂在墙壁上的那些仪器。气压计显示,"鹦鹉螺"号一直在三百米的深处,从开始到现在没变;罗盘指明,航向一直是南;测速计表明,潜艇的航行速度是每小时二十海里,在这样一个狭窄的地方,这是最高速度。但内莫艇长知道,他不能太急,他同时还知道,这个时候,几分钟就等于几个世纪。

八点二十五分,发生第二次碰撞。这一次是在后面。我脸都吓白了。我的两个同伴朝我靠了靠。我一把抓住孔塞伊的手。我们用眼光互相询问着,这时的眼神比话语来得还直接,更能表达我们的思想。

正在这个时候,内莫艇长走进客厅。我迎上前去。

"南面的路堵了?"我问他。

"是的,先生。倒下来的冰山把所有的路都堵死了。"

"我们被封锁住了?"

"是的。"

## 十六 缺 氧

就这样,"鹦鹉螺"号周围,头上、脚下,都是穿不透的冰墙。我们被大浮冰困住了!那加拿大人用可怕的大拳头使劲摇了一下桌子。孔塞伊一声不吭。我望着艇长。艇长脸上又摆出那副无动于衷的老样子。他两臂交叉着抱在胸前。他在思索。"鹦鹉螺"号已经一动不动。

艇长终于说了话:

"诸位,"他说,语调平静,"在我们所处的情况下,有两种死法。"

此刻,这个神秘人物就像一位正在给学生演算题目的数学教员。

"第一种死法,"他接着说,"是被压死。第二种死法,是被憋死。我不提饿死的可能,是因为'鹦鹉螺'号上的储备我们肯定用不完。那就让我们来考虑,在压死和憋死这两种可能之间进行选择。"

"我们用不着害怕窒息而死,"我说,"因为我们的储气舱是满满的。"

"储气舱是满的,"内莫艇长接着说,"但只够用两天,而我们在水下已经待了三十六个小时,'鹦鹉螺'号空气混浊,需要换气了。四十八小时以后,我们的储备就会用完。"

"艇长,那我们就设法在四十八小时之内脱身啊!"

"我们至少要试试,把包围我们的冰墙凿穿。"

"从哪一面凿呢?"我问。

"这要测量一下才能知道。我要把潜艇搁浅在下面的冰块上,让我的手下穿上潜水服去凿最薄的冰墙。"

"能打开客厅的舷窗吗?"

"打开也没什么妨碍,反正潜艇不动。"

内莫艇长出去了。一会儿就听到往储水舱灌水的声音。"鹦鹉螺"号缓缓下降,停在三百五十米深处的冰上,底下的冰就沉到这个深度。

"朋友们,"我说,"形势严峻,不过我对你们的勇气和能力有信心。"

"先生,"那加拿大人接过了话茬儿,"现在不是发牢骚惹您心烦的时候,我已经准备好,为了使大家都能得救,干什么都成。"

"好样儿的,内德。"我说,一边把手向他伸过去。

"我还要补充一句,"他接着说,"我使镐跟使鱼叉一样灵便,如果艇长觉得我有用,可以给我派活。"

"他不会拒绝您的帮助的。来吧,内德!"

我领着那加拿大人来到一个房间,"鹦鹉螺"号的水手正在那里穿潜水服。我把内德的建议告诉艇长,艇长接受了。那加拿大人穿上潜水服,很快就和其他人一样准备就绪。每个人身上都背一个鲁凯罗尔储气罐,里面已经灌满纯净的空气。对"鹦鹉螺"号的储备来说,他们罐去的空气相当可观,但这是必须的。鲁姆科尔夫灯倒是用不着,有水里的电灯光就足够了。

内德穿好潜水服以后,我就回了客厅。舷窗已经打开,我站在孔塞伊身旁,观察起周围的冰层来。

过了一会儿,我们就看到十多名水手站在冰上,内德·兰德也在里面,他个子高,好认。内莫艇长和他们在一起。

开凿之前,先进行测试,以保证方向正确。长长的探针插进旁边的冰壁;可是,插进二十米之后,探针还是停留在厚厚的冰墙中。头顶上的冰用不着探,因为那本来就是四百多米厚的大浮冰。于是,内莫艇长就转而探测底下的冰层。底下的冰层厚十米,穿过去就是水了。十米正是冰原的厚度。这样说来,我们需要凿掉的那块冰,在面积上要和"鹦鹉螺"号潜艇吃水线圈出来的面积相等。就是说,要凿掉六千五百立方米的冰,才能挖出一个洞,使潜艇沉到冰原底下去。

工程立即开始,并以一种不知疲倦、坚忍不拔的劲头继续下去。围着"鹦鹉螺"号开凿,难度太大,内莫艇长就让人在潜艇左舷后面八米远的地方画了一条长沟,然后,他手下那些人就在这条沟的几个点上同时开凿。十字镐立即对厚厚的冰层发起有力的攻击,大块大块的冰掉下来。由于存在着一种有趣的特殊重力作用,这些比水轻的冰块,可以说全部飞到了隧道顶上,底层的冰薄了多少,顶上的冰就厚了多少。不过没关系,只要底下的冰变薄就行。

苦干两个小时以后,内德·兰德回来的时候已经筋疲力尽。他那一批人都被换下来,我和孔塞伊加入到替换他们的那一批人中间。领导我们的是内莫艇长的副手。

我觉得水特别凉,不过,抡起镐来很快就暖和了。虽然顶着三十个大气压的压力,我活动起来仍然十分自如。

干了两个小时,回来吃东西,休息;这时我才发觉,鲁凯罗尔储气罐里的纯净空气和"鹦鹉螺"号内部满是碳酸气的气体,真有天壤之别。已经有四十八小时没换气了,艇内空气的质量大大降低。可是,十二个小时里,画定的面积上的冰,我们凿下来的厚度才只有一米,即大约六百立方米。就算每十二个小时都能完成这么大的工作量,把这件事圆满完成也得四天五夜。

"得四天五夜!"我对我的两个同伴说,"可我们储备的空气只够用两天的!"

"还有一点没算呢,"内德说,"即使从这个倒霉的囚笼里出去,我们还是被卡在大浮冰下面,仍然没办法换气!"

这样考虑是对的。谁能够预见我们脱身出去最少需要多长时间?"鹦鹉螺"号浮出水面之前,我们会不会因窒息而死?"鹦鹉螺"号命中注定要带着艇上的人葬身于这个冰的坟墓里吗?形势令人不寒而栗。不过,虽然每个人都清楚面临的是什么,大家还是决心把自己的义务尽到底。

跟我预计的一样,夜里,大洞中又有一层一米厚的冰被凿掉。可是,到了早晨,我穿着潜水服走在零下六七摄氏度的水里时,发现两侧的冰墙在向潜艇逼近。离大沟远些的水,因为人的劳动和工具的摩擦影响不到,有结冰的趋势。面对着这新的迫在眉睫的危险,我想的是:我们得救的希望究竟有多大? 如何防止这里的水结成冰? 这里的水结成冰,会把"鹦鹉螺"号的舱壁像玻璃似的挤碎的!

我没把这新出现的危险告诉我的两个同伴。他们正全力以赴地投身于艰苦的求生工作,干吗要冒着打击他们情绪的危险去和他们说这个呢? 但是,回到艇上以后,我把这种严重的复杂情况对内莫艇长讲了。

"这我知道。"他说,语调还是那么平静,最可怕的形势也改变不了他的沉着,"这又是一层危险,但我看不出有什么办法能够防止。得救的惟一希望,是我们干得比结冰的速度快。看谁能跑在前面。就是这样。"

跑在前面! 听听! 不过,我应该习惯于他这种说话的方式!

这一天,我抱着镐苦干了好几个小时。劳动支持着我。另外,劳动就意味着离开"鹦鹉螺"号,意味着能够呼吸到从储气舱灌来的纯净空气,意味着远离艇里缺氧的污浊气体。

到晚上,沟里的冰又少了一米。回到艇里,我几乎被空气里饱含的碳酸气憋死。啊! 我们怎么就不能用化学手段把这种毒气清除呢? 氧气我们不缺。这水里就含有大量的氧,用我们的强力电池把氧从水中分解出来,就能使艇里的气体变得清爽。这件事我想了很久,可又有什么用? 我们呼出来的碳酸气已经弥漫到潜艇的各个角落。要想把碳酸吸收,必须把许多容器装满苛性钾,并且要不停地摇动容器。可是,艇上没有苛性钾,又没有能够代替苛性钾的东西。

这天晚上,内莫艇长大概把储气舱的阀门打开了,往"鹦鹉螺"号里放了些新鲜空气。如果不采取这项措施,我们可能就醒不过来了。

第二天,三月二十六日,我又去干矿工的活计,开始刨五米深处的冰。隧道两侧和头顶上的大浮冰底部都变厚了,肉眼也能看得出来。很明显,"鹦鹉螺"号脱身之前这些冰就能合到一起。有一阵我绝望了,十字镐差点从我手中滑落:既然我得憋死,得被这些正在变成石头一样坚硬的冰卡死,还挖个什么劲?这种死法真是一种酷刑,一种甚至连野蛮人都想不出来的酷刑。我觉得自己好像正待在一个怪物大张着的嘴里,上下颚就要阖上,无法抗拒。

正在这时,指挥这项工作、自己也亲自参加劳动的内莫艇长来到我身边。我用手捅了他一下,指给他看我们这座监狱的墙。右舷的冰墙距离"鹦鹉螺"号艇身又近了将近四米。

内莫艇长明白我的意思,打个手势让我跟他走。我们回到潜艇上。脱掉潜水服,我就跟他去了客厅。

"阿罗纳克斯先生,"他对我说,"得采取个什么破釜沉舟的办法,不然我们就得被这些水结成的冰给封起来,就像被水泥封起来一样。"

"是啊!可是,怎么办呢?"

"啊!要是我的'鹦鹉螺'号能够顶住这种压力而不被压碎呢?"他大声说道。

"您这是什么意思?"我问,没弄明白他的想法。

"您就没想过,"他接着说道,"水的凝结会对我们有帮助?您就没想到,水结成冰以后会像把最坚硬的石头冻裂那样,把困住我们的冰原胀裂?您就不觉得,水不但不是毁灭我们的元凶,而且还是拯救我们的救星?"

"您说得也许对,艇长。但是,不管'鹦鹉螺'号抗挤压的力量有多大,它也顶不住这种可怕的压力,它会被压成一块铁片。"

"先生,这我知道。所以我们不能靠大自然来救助,得靠我们自己。必须不让水结冰,阻止水结成冰。不仅两边的冰在加厚,'鹦鹉螺'号前后的水剩下的也不到十英尺了。冰从四面八方向我们逼过来。"

"艇上储存的空气还够我们用多久?"我问。

艇长直视着我的眼睛,说:

"后天储备就会用光!"

我吓出一身冷汗。可是,听到这样的回答我应该感到吃惊吗?"鹦鹉螺"号是三月二十二日潜入未被冰封的南极海下的,今天已经是二十六日。五天以来;我们一直是靠艇上的储备生活着!清新空气得留给干活的人。就在此刻我写这件事的时候,仍然能够强烈地体验到当时那种感觉,觉得整个人都不由自主地被恐惧攫住了,似乎肺里缺少空气!

内莫艇长一直在静静地思索。看得出来,他心中有个想法,但又想把那个想法丢开。他对自己做出了否定的回答。最后,下面的话从他嘴里脱口而出:

"翻滚的开水!"他自言自语着。

"翻滚的开水?"我大声问道。

"是的,先生。我们被关在了一个相对说来比较狭窄的地方,如果我们不停地用'鹦鹉螺'号上的水泵往外喷翻滚的开水,难道不能提高这里的气温,延缓水结成冰吗?"

"这个办法必须试试!"我坚决地说。

"让我们试试吧,教授先生。"

当时外面的温度计指的是零下七度。内莫艇长把我领到厨房,巨大的蒸馏器开着,正在用蒸馏的办法制造饮用水。蒸馏器里是满满的水,电池发出的电热,通过泡在水里的蛇形管往外散发。几分钟,水就达到一百度。开水被引向水泵,新水接着又把蒸馏器灌满。电池发出的热非常高,从海里吸上来的冷水通过蒸馏器,到水泵里就已经是开水。

开始往外喷热水,三个小时之后,外面的温度计指示的就是零下六度,提高了一度。又过了两个小时,温度计指的已经是零下四度。

"我们会成功的。"根据多项指标跟踪检查了操作进程以后,我对艇长说。

"我想也是。"艇长答道,"我们不会被压碎了。我们怕的只是缺氧。"

夜里,水温升到零下一度。喷水已经不能把温度提得更高。不过,由于海水要到零下二度才结冰,结冰的危险总算被消除了。

第二天,三月二十七日,冰窟窿里的冰已经被挖去六米,只剩下四米。还得干四十八小时。"鹦鹉螺"号内部的空气已经不能更新。因此,这天的情况是越来越糟糕。

难以忍受的沉重感把我压垮。快到下午三点的时候,我的恐惧达到非常强烈的程度。哈欠一个接着一个,打得我的下巴都要掉了。为了呼吸到氧这种于呼吸不可或缺的气体,我的胸不停地起伏着,但氧气越来越少。我精神恍惚地躺在那里,没有力气,几乎也没有了意识。我那位忠实的孔塞伊,跟我同样的体征,跟我受着同样的罪,没离我左右。他拉着我的手,给我打气。我还能听见他低声说的话:

"啊!如果我能够不呼吸,把空气留给先生,那该有多好!"

听到他说出这样的话,我泪如泉涌。

我们大家都一样,在潜艇里觉得难以忍受,轮到自己穿上潜水服去干活时,是多么地急不可待,多么地幸福啊!冰层上,十字镐的声音响成一片。胳膊累了,手磨破了,可是,累点算什么!磨破点皮又算得了什么!维持生命的空气到了肺里!我们大口大口地呼吸!大口大口地呼吸!

然而,并没有人在水下多待,待的时间不超过干活的需要。任务一完成,我们就把氧气设备给了喘不上气来的同伴,让生命流入他们的体内。内莫艇长以身作则,带头严格遵守这项纪律。时间一到,他立即把氧气设备给另一个人,回到空气浑浊的艇上;他总是那样镇静,毫不动摇,一声不吭。

这一天,活儿干得比平常更有劲。要刨的冰只剩下两米厚。我们离可以自由航行的海水已经只有两米之遥。可是,储气舱也几乎空了。所剩无几的储备,应该留给干活的人。"鹦鹉螺"号上是一点也不能给了!

回到潜艇,我已经处于半昏迷状态。这一夜啊,我真是无法描述!这样的苦难是无法言传的。第二天,我呼吸困难。头脑昏昏沉沉,再加上眩晕,把我搞得像个醉鬼。我的两个同伴情况和我一样。有几个水手在呻吟。

这一天是我们被困的第六天,内莫艇长觉得锹和镐来得太慢,决定将那层把我们和水隔开的冰压碎。这个人一直保持着镇静和活力,靠精神的力量战胜肉体上的痛苦。他在不停地思考,不停地策划,不停地行动。

根据他的命令,潜艇减轻一些负荷,就是说,通过一种特殊的重力改变,使潜艇离开冰面。潜艇浮起来以后,大家就去拉,把它弄到那个根据它的吃水线画好后挖出的大沟里。然后,把储水舱灌满水,使潜艇进槽、沉下去。

这时，所有的人都回到了艇上，沟通艇内外的双重门已经关闭。于是，"鹦鹉螺"号在冰层上停住；那层把我们和海水隔开的冰，只剩一米厚，而且已经被凿得百孔千疮。

储水舱的阀门全部打开，成百立方米的水哗哗往里灌，使"鹦鹉螺"号的重量增加一百吨。

我们满怀希望地等着，听着，连痛苦都忘了；能否得救，在此一举。

尽管满脑子都是嗡嗡的响声，过了一会儿，我还是听到潜艇下面震颤的声音。潜艇倾斜了，冰带着一种奇怪的响声——就像撕纸——破裂了，"鹦鹉螺"号沉了下去。

"我们过去了！"孔塞伊在我耳边低声说道。

我答不出话来，身子不由自主地抖动，我抓住他的手，用力握了握。

突然，因为过度超重，"鹦鹉螺"号像一颗炮弹似的钻进水里，就是说，潜艇像掉进了真空中！

这时，所有的电力都集中用到水泵上，立即开始抽储水舱里的水。几分钟以后，降落被制止住，气压计甚至很快就显示出潜艇在上升。螺旋桨全速转动，使艇身——甚至螺栓——发出颤动，带着我们朝北行驶。

可是，还要在大浮冰下面行驶多长时间呢？还得一天？我可活不了一天了！

我呼吸困难，半躺在图书室的一张沙发上。我脸发青，嘴唇发紫，已经失去知觉。我什么也看不到，什么也听不见了。我没有了时间概念。我的肌肉已经不会收缩。

时间就这样流逝，我已经估计不出过了多久。但我意识到，末日已经来临。我明白，我就要死了……

我突然清醒过来。新鲜空气进到我肺里。我们浮上水面了吗？我们穿过大浮冰了吗？

没有！是我那两位忠实朋友内德和孔塞伊救了我。为了救我，他们不惜自我牺牲：储气罐底还剩下一点点气，他们也呼吸困难，但没有吸，而是留给了我，把生命一点一滴地输进我的身体！我想把储气罐推开，他们就把我的手按住。我尽情地吸了一会儿。

我把目光移向挂钟。时间已经是上午十一点,应该是三月二十八日了。"鹦鹉螺"号速度快得惊人,每小时四十海里。潜艇在水中疾驰。

内莫艇长在哪里?他死了?他手下那些人也和他一起死了?

从气压计上可以看出,我们此刻离水面只有二十英尺。把我们和大气隔开的只是普通的冰原。我们不能把这冰原打碎吗?

也许能!无论如何,"鹦鹉螺"号会这么干的。果然,我感觉到它冲角上扬,尾部下沉。采取这种态势很容易,靠储水舱里的水就能办到。接着,在强大的螺旋桨推动下,潜艇像个攻城锤似的,从下面撞击冰原。一次次的撞击,把冰原一点点撞破。最后,奋力一冲,"鹦鹉螺"号就冲到了冰原表面,把冰原压碎。

舱盖被打开,可以说是被掀掉了,清新的空气源源不断地流入"鹦鹉螺"号潜艇里。

## 十七 从合恩角到亚马逊河

我说不清自己是怎么到平台上的。可能是那加拿大人把我背上去的。我贪婪地大口大口地吸着海上的清新空气。我的两个同伴待在我身旁,也陶醉在这清新的空气里。很久没有饭吃的人,有人给饭吃的时候,不能无节制地扑上去暴食。我们却相反,用不着节制,大气中的原子,我们可以尽情地往肺里吸,而给我们送爽的正好是清凉的微风,那种令人感到十分惬意的微风!

"啊!"孔塞伊开了腔,"氧气真是太好了!先生可以尽情地吸,不用担心,有的是,够所有人吸的。"

内德·兰德不说话,大张着嘴,能把鲨鱼吓跑。他的"吸力"实在太大,就像个烧得正旺的火炉子!

我们的力气很快就恢复了。我往周围看了看,发现平台上只有我们三个人,艇上的人一个没有。甚至连内莫艇长也没上来。"鹦鹉螺"号上这些奇怪的水手呼吸流进艇内的空气就满足了。

我能开口说话的时候,最先说的就是对我这两位朋友表示谢意和感激的话。在我垂死之际,是内德和孔塞伊拼死挽救了我的生命。这样的牺牲精神,是如何感激也不为过的。

"好了,教授先生,"内德·兰德说道,"这事不值得一提!我们有什么价值啊?什么价值也没有。这是一道简单的数学题,您的生命比我们的生命更有价值,因此,必须把它保住。"

"不对,内德,"我答道,"我的生命不比你们的生命更有价值。任何人也不会比一个心地仁慈的好人更高尚,而您就是这样一个心地仁慈的好人!"

"好了!好了!不说了。"那加拿大人说,显得很不好意思。

"还有你,我忠实的孔塞伊,你受苦了。"

"跟先生说了吧,其实也说不上怎么苦。我是缺几口氧气,不过我觉得自己好像天生不怕缺氧。另外,看到先生昏过去,我就连呼吸都不想呼吸了。就像人家说的那样,您昏过去的场面,使我没有了呼……"

孔塞伊觉得自己落入了俗套,不好意思起来,就没把话说完。

"朋友们,"我激动地接过话茬儿,"从今以后,我们要生死与共,你们有权要求我……"

"这个权利我会尽量使用的。"那加拿大人答道。

"你说什么?"孔塞伊问。

"我是说,"内德·兰德接着说道,"我离开这艘地狱般的'鹦鹉螺'号的时候,要尽量使用这个权利,把你们带走。"

"说到这儿了,就顺便问一句,"孔塞伊说,"我们走的方向对吗?"

"对,"我答道,"因为我们是朝着太阳走,这里的太阳在北边。"

"这大概不成问题。"内德·兰德接着说道,"现在的问题是,我们得知道我们是去太平洋还是去大西洋,就是说,是去有船只来往的大洋,还是去荒无人烟的大洋。"

这个问题我回答不了,我也担心内莫艇长会把我们带到那个濒临美洲和亚洲的浩瀚大洋里去,那样他就可以把环绕海底世界的一个圈跑完,回到"鹦鹉螺"号能够完全独立自主地游弋的海域。可是,如果我们回到离有人居住的土地很远的太平洋,内德·兰德的计划可怎么实施啊?

这是个重要问题，要不了多久我们就能搞清楚。"鹦鹉螺"号跑得很快，不久就出了南极圈，朝合恩角驶去。三月三十一日晚七点，我们抵达美洲南端。

　　这时，过去的一切痛苦都被忘记。被困在冰里的记忆从思想中消失。我们想的只有未来。内莫艇长不再露面，在客厅里和平台上都没看见他。大副测的方位，每天都标在地球平面球形图上，使我可以得知"鹦鹉螺"号的准确方向。于是，这天晚上，一切都变得明朗，令我大感欣慰：我们正从大西洋北上。

　　我把观察到的结果告诉了内德·兰德和孔塞伊。

　　"好消息，"那加拿大人说道，"可是，'鹦鹉螺'号要到哪里去呢？"

　　"这我说不好，内德。"

　　"难道那艇长去了南极以后还要去迎战北极，从有名的西北通道返回太平洋？"

　　"这种可能性不能排除。"孔塞伊说。

　　"那好！我们就先给他来个不辞而别。"那加拿大人说。

　　"不管怎么说，这个内莫艇长是个了不起的人，"孔塞伊说，"认识他我们不会觉得遗憾的。"

　　"离开他更不会觉得遗憾！"内德·兰德顶了他一句。

　　第二天，四月一日，"鹦鹉螺"号在正午之前几分钟浮出水面时，我们看到西面有陆地。那是火地岛，到达这里的第一批航海家看到岛上浓烟滚滚——其实，浓烟是从土著人茅屋上升起的，就给这个地方取了这样一个名字。火地岛是个很大的群岛，宽三十法里，长八十法里，地处南纬53度到56度，西经67度50分到77度15分之间。海岸看起来很低，但远处有高山耸立。我甚至以为看到了海拔两千七百米的萨米恩托峰，一座山峰尖尖的金字塔形页岩山。内德·兰德告诉我，看山峰上有雾没雾"就能知道天气是好是坏"。

　　"那不就成了一支了不起的晴雨表了，老弟！"

　　"是啊，先生，一支天然晴雨表。当年我经过麦哲伦海峡的时候，一直都很准。"

这座山峰的轮廓此刻显得异常清晰，预示的是个好天气。这天天气确实不错。

"鹦鹉螺"号潜入水里，驶近海岸，但只贴着海岸行驶了几海里。通过客厅的舷窗，我看到一些长长的藤本植物，还有一些巨大的墨角藻，南极未冰封的海里也有这种墨角藻。这种墨角藻的丝黏糊糊的，很光滑，是真正的绳索，最长的能达到三百米，比大拇指还粗，柔韧，常常被当做船上的缆绳用。还有一种叫做维尔普的海草，叶子有四英尺长，沾满珊瑚黏糊糊的分泌物，像地毯似的长在海底。众多的甲壳类动物和软体动物，如蟹和乌贼，都拿维尔普海草当窝和食物。海豹和海獭正按照英国人的方式，把鱼肉和海里的蔬菜卷在一起，在那里大快朵颐。

"鹦鹉螺"号贴着土地肥沃植物茂盛的海底，飞快地往前行驶。傍晚接近圣马洛群岛，第二天我就看到圣马洛群岛上那些高耸入云的山峰。这里的海水不深。我因此不无理由地想到，这两个被无数小岛环绕着的大岛，从前可能是麦哲伦地的一部分。圣马洛群岛可能是约翰·戴维斯发现的，他给这个群岛取的名字是南戴维斯群岛。不久以后，理查德·霍金斯又把它叫做处女岛。后来，到十八世纪初，这些岛屿又被圣马洛的渔民改称圣马洛群岛；最后，群岛归了英国，英国人就把它叫做福克兰群岛①。

我们的拖网在这片海域打上来一些很好看的海藻，特别是那些根上栖息着贻贝的墨角藻；贻贝是世界上最鲜美的食物。十几只海鹅和海鸭落在平台上，一会儿就钻进了艇上的配餐室。鱼类里，我观察到的主要是一些属于虾虎鱼类的硬骨鱼，尤其是那些二十厘米长、身上长满黄白斑点的布尔罗鱼。

我也欣赏到不少水母。水母中最好看的是茧形水母，这是圣马洛群岛海域的特产。茧形水母有时像一把半球形阳伞，非常光滑，上面有一条条红褐色的线，边缘是十二条整整齐齐的花穗；有时又像一个翻过来的篮子，宽宽的叶子和长长的红色细枝条从篮子里优雅地逸出。这些水母靠

---

① 阿根廷人称之为马尔维纳斯群岛。

四个叶状臂游动,让它们那些肥大的触须在水上漂着。我本想保留些这种精美的植形动物做标本,但这些东西一旦离开它们赖以生存的海水,就不过是些云雾、影子和表象,就分散蒸发了。

圣马洛群岛的山巅从水平线中消失时,"鹦鹉螺"号也下潜到海里,在水深二十到二十五米的地方沿着美洲海岸行进。内莫艇长始终没露面。到四月三日为止,我们一直没有离开巴塔哥尼亚海域,有时在水下,有时在海面。"鹦鹉螺"号驶过普拉塔河的宽阔河口,于四月四日抵达乌拉圭海域,但是在离海岸十五海里远的外海上。潜艇的方向一直朝北,沿南美洲曲折的海岸行驶着。到那时为止,从我们在日本海登上潜艇算起,我们已经航行一万六千法里。

上午十一时许,我们沿西经37度线越过南回归线,从外海绕过弗里奥岬。令内德·兰德不悦的是,内莫艇长不喜欢和巴西有人住着的海岸接触太长的时间,潜艇以令人晕眩的速度开了过去。即使游得最快的鱼,飞得最快的鸟,也跟不上我们,这片海域里的自然奇观,我们一样也没有观察到。

连日来一直高速行驶,四月九日晚,我们看到南美洲最东端的圣罗克角。可是,"鹦鹉螺"号又离开了这里,到深海中去寻找位于圣克罗角和非洲海岸塞拉利昂之间的一个海底峡谷。这条峡谷在安的列斯群岛附近分叉,一直向北延伸,最后形成一片一千米深的大洼地。从这里开始,直到小安的列斯群岛,大洋的地质剖面图显示的是一座峭壁,长六公里,陡如刀削;佛得角附近的另一处悬崖也甚为可观,沉入海底的亚特兰蒂斯,就位于这两处悬崖峭壁之间。谷底有连绵起伏的大山,为谷底平添许多美景。我说的这些,主要根据是"鹦鹉螺"号图书室里的一些地图手稿;那些手稿显然是出自内莫艇长之手,是他根据自己的观察绘制的。

潜艇利用侧翼斜面板在这片荒无人烟的深海里游弋了两天。"鹦鹉螺"号能沿着长长的对角线航行,这使它可以到达海洋的任何深度。可是,四月十一日"鹦鹉螺"号突然浮出水面,我们在亚马逊河入海处又看到陆地。亚马逊河水量非常大,把河口几法里范围内的海水都淡化了。

越过赤道。西面二十海里处是法国属地圭亚那,在那里我们能够很容易地找到一个栖身之地。但是，风高浪大，小艇根本对付不了。内德·兰德可能也看出来了，因为他什么也没对我说。对他的逃跑计划我是只字不提，因为我不想促使他去做那种肯定会失败的尝试。

计划迟迟不能实施，我很容易就从有趣的研究中得到补偿。四月十一和十二日这两天，"鹦鹉螺"号一直在海面上，拖网奇迹般地打上来一些植形动物、鱼和爬行动物。

有些植形动物过去曾经打捞上来过。大部分是美丽的茎须海藻，属苋葵科；在不同种类的海藻中，有一种须形藻，是大西洋这片海域里的特产；短小的圆柱形茎干上，点缀着垂直的线条和红色斑点，头顶上的触须犹如盛开的花冠。说到软体动物，多数我已经见过，有锥螺；有橄榄形斑岩斧蛤，身上有很规则地交叉着的线，肉色的底壳上有鲜艳的粉红色斑点；有任性的蜘蛛螺，看上去就像惊得发呆的蝎子；有通体透明的玻璃贝、船蛸、味道鲜美的墨鱼；有几种枪乌贼，古代博物学家把它们归为飞鱼类，其主要用途是充当钓鳕鱼用的鱼饵。

这片海域里的鱼，有的我还没得到机会研究过，我记下了其中的几种。软骨鱼中，有化石花斑鱼，这是一种鳗鱼，长十五英寸，淡绿色的头，紫色的鳍，蓝灰色的脊，银褐色的肚子上布满了鲜艳的斑点，虹膜周围镶着一圈金边。这种奇特的鱼大约是被亚马逊河带到海里来的，因为它们是淡水鱼；有身上疙疙瘩瘩的鳐鱼，鼻口尖尖的，尾长而散，长着一根锯齿形的长刺；有长仅一米的角鲨，皮的颜色灰白，牙排成几行，向后弯曲着，俗称拖鞋匠鱼；有蝙蝠鮟鱇，一种淡红色、半米长、呈等腰三角形的鱼，胸肌是一长条肉，使它们的样子像蝙蝠，但它们鼻孔旁边又长着一个带角的东西，这又使它们多了个独角鲸的外号；最后还有几种鳞豚，一种是身体两侧有金光闪闪斑点的鲗豚，一种是淡紫色、像鸽子喉咙的毛一样绚丽多彩的刺豚。

术语有点枯燥，但准确，最后再说说我观察到的硬骨鱼：帕桑鱼，归类为无鳍属，口鼻面很圆而洁白似雪，身体呈锦缎般美丽的黑色，长着一条多肉的很长很细的带子；带刺的牙鱼；三厘米长、银光闪闪的沙丁鱼；一种长着两个肛鳍的鲭鱼；一种外号叫中脊黑鬼的鱼，通体皆黑，捕的时候要点起麦秸火把引它们过来。这种鱼身长两米,肉肥、白、结实,吃鲜的,味道像鳗鱼,晒干了吃,味道像熏三文鱼;隆头鱼,身体一半是红的,只在脊鳍和肛鳍的周围有鳞;金银鳞鱼,在这种鱼身上,金银色与红宝石和黄玉的颜色交相辉映;金尾鲷,肉味极鲜美,因为身上有磷光,在水中很容易暴露;橙色波布鲷,舌头纤细,身子橙黄;长着黑色硬鳍的金尾石龙鱼、苏里南群岛的突眼鱼,等等。

虽然说了"等等",我还是禁不住要再提一种鱼;对这种鱼,孔塞伊是久久不能忘怀的,原因就不必说了。

有一次,拖网打上来一条二十千克重的扁扁的鳐鱼,如果把尾巴剪掉,那鱼简直就是个圆圆的盘子。鱼身子下半部雪白,上半部粉红,通身是带黑圈的深蓝色圆点儿,皮很光滑,尾鳍裂成两半。那鱼在平台上挣扎,想靠着蹦跳回到大海里去,它使出浑身解数,再一蹦就成功了,这时,在一旁看着鱼的孔塞伊扑了过去,我还没来得及阻止,他已经用双手把鱼抓住。

孔塞伊一下子被掀翻,两腿朝天,半身麻木,大叫起来:

"啊!主人!主人!快来拉我一把。"

这可怜的小伙子头一次不跟我用"第三人称"说话。

那加拿大人跟我一起把他拉起来,给他揉胳膊按腿,等到知觉恢复以后,这位对鱼总是念念不忘的分类学家断断续续地说道:

"软骨纲,板鳃亚纲,固定鳃软鳍目,鳐鱼科,电鳐属!"

"是啊,我的朋友,"我答道,"把你搞成这副惨样的正是一条电鳐。"

"啊!先生可以放心,"孔塞伊说,"我是一定要报这个仇的!"

"怎么个报法啊?"

"吃它的肉!"

晚上他真这么干了,不过那纯粹是出于报复,因为,实在说来,电鳐的肉连嚼都嚼不动。

倒霉的孔塞伊碰到的是电鳐中最危险的一种,叫伞鳐。这种怪鱼的放电器官很大,两个主要放电器官的表面都不小于二十七平方英尺;放出来的电功率大,在水这样的导体中,能把几米以外的鱼电死。

孔塞伊一下子被掀翻。

第二天,四月十二日,白天里"鹦鹉螺"号驶向马罗尼河河口,接近了荷兰①海岸。那里有好几群海牛,以家族为单位生活着。它们和儒艮与海马一样,同属海牛目。海牛健壮,但温顺,属于不伤人的无害动物;身长六七米,体重至少得有四吨。我告诉内德·兰德和孔塞伊,有先见之明的造物主给这类哺乳动物安排了个重要角色。事实上,正是这些海牛,像海豹一样,吃掉了海底牧场上的草,因而把堵塞热带江河河口的杂草清除了。

"如今人类把这种有益的动物差不多捕杀光了。这样做所造成的结果是什么,你们知道吗?"我继续对他们说,"结果是腐烂的杂草毒化空气,被毒化的空气使黄热病肆虐,黄热病把这些美丽的地方变得荒无人烟。有害植物在炎热地区的海里丛生,黄热病就蔓延,势不可挡,从拉普拉塔河的里奥河口一直蔓延到佛罗里达!"

照图斯内尔②的说法,比起鲸鱼和海豹被灭绝以后我们的后人将会遇到的灾难来,眼下的黄热病根本算不了什么。鲸鱼和海豹被灭绝以后,海里将到处是章鱼、水母和枪乌贼,大海就会变成传染病源,因为海里再没有"上帝派来清除海面渣滓的大肚汉"了。

"鹦鹉螺"号的船员虽然并不蔑视这类理论,却还是捕上来六头海牛,为的是给食品储藏室增加些好肉。海牛肉比牛肉和小牛肉都高级。捕杀海牛没什么意思,它们毫无自卫意识,就那样任人捕杀。准备晒成干的几吨肉,就这样被储存到艇上。

大海上真是猎物多多,这一天我们还进行了一次别开生面的垂钓活动,为"鹦鹉螺"号增加了许多储备。拖网拖上来的鱼里,有一种脑后长着一块厚肉,像个椭圆形小盘,那是印颈鱼,属软鳍目第三科。这种鱼的扁平小盘由活动的横软骨构成,鱼可以利用这些横软骨制造真空,使自己像个吸盘似的附着在其他物体上。

我在地中海看到的印颈鱼也属于这一类。不过,这里的印颈鱼是软

---

① 当指荷属圭亚那。
② 图斯内尔(1803—1885),法国鸟类学家。

骨的，为这一带海域所特有。起网的时候，水手们把这些鱼都顺手放进装满水的大桶里。

捕捞工作结束以后，"鹦鹉螺"号又往海岸靠了靠。这个地方有些海龟在海面上睡觉。这类海龟珍贵，逮起来却很不容易，因为只要有一点响动就能把它们吵醒，而它们的背十分结实，渔叉也奈何不了。不过，用印颈鱼钓海龟却万无一失，一逮一个准儿。印颈鱼这种动物简直就是活鱼钩，能够给不会钓鱼的人带来欢乐和财富。

"鹦鹉螺"号上的人在印颈鱼的尾巴上拴个环儿，环儿要够大，不能影响鱼的活动；环上系一条长绳，绳的另一头系在艇上。

印颈鱼被扔到海里以后就立即扮演起它们的角色来，把自己固定在海龟的腹甲上。这种鱼有一股韧劲儿，宁肯把身体撕裂，也不会把附着的东西放开。我们把鱼拉上来，同时也就把它们附着的海龟拉了上来。

我们用这样的方法钓上来好几只身长一米、重两百千克的卡古阿讷海龟。龟背上带有白色和黄色斑点的褐色透明大块角质薄片，使这种海龟身价大增，变得十分珍贵。另外，从美食的角度看，这种海龟也是上品，是和甲鱼一样的佳肴。

钓完海龟，我们也就离开了亚马逊河河口，入夜时分，"鹦鹉螺"号又回到远海。

## 十八 章 鱼

几天里，"鹦鹉螺"号始终远离美洲海岸。显然，它不想涉足墨西哥湾或安的列斯海海域。对"鹦鹉螺"号来说，在这一带航行是不成问题的，因为这片海域的平均深度是一千八百米；但是，这片海域有暗礁，有汽船过往，可能于内莫艇长不适合。

四月十六日，我们看到三十海里以外的马提尼克岛和瓜德鲁普岛。有一阵我瞥见了岛上高高的山峰。

那加拿大人本来打算在墨西哥湾里实施逃跑计划，或是登上一块陆地，或是登上一条船——岛与岛之间，船只来往频繁，但潜艇不进海湾，就使他不知所措了。如果内德·兰德能够背着内莫艇长搞到那条小艇,在海湾里逃跑还是可行的,但在大洋之上,就连想也别想了。那加拿大人、孔塞伊和我,围绕着这个话题谈了很久。我们被囚禁在"鹦鹉螺"号上已经半年。我们航行了一万七千法里,可是,正如内德·兰德说的那样,却看不出个头来。因此,他向我提出一项建议,使我大感意外。他建议我直截了当地问内莫艇长:艇长是不是打算把我们无限期地留在艇上?

这样行事令我反感。照我看,也不会有什么结果。不该对"鹦鹉螺"号艇长抱任何希望,一切都只能靠我们自己。另外,一段时间以来,那个人变得更忧郁,更深居简出,更不好交际了。他好像在躲着我,我只是偶尔碰到他一两回。从前,他喜欢向我解释海底那些神奇之物;如今他由着我去进行我的研究,不再到客厅里来了。

他身上发生了什么变化呢?是什么原因使他变成这样的?我根本没惹着他呀!也许,我们待在潜艇上成了他的负担?不过,我不该希望他是个肯让我们恢复自由的人。

于是,我要求内德让我考虑考虑再行动。如果这次行动不能取得任何结果,便反而会使他对我们更加戒备,使我们的处境更加艰难,使那加拿大人的逃跑计划更难以实现。我还想,无论如何不能拿身体状况当说辞,除了在南极大浮冰下遇到的那次磨难,我们的身体从来没有这么好过,内德、孔塞伊和我,都一样。营养丰富的食物,于健康有益的空气,有规律的生活,几乎不变的气温,使疾病没有任何可乘之机。对一个想到陆地不觉得有任何遗憾的人来说,对内莫艇长这样的人来说——他这是在自己家里,想去哪儿就去哪儿,能够经由他所熟悉而不为人知的秘密通道到达自己的目的,这样的生活我可以理解,但我们不行,我们和人类没有断绝来往。就我而言,我也不想让我这些新鲜有趣的研究成果和我一道葬身海底。我现在能够撰写真正的关于海洋的书了,我希望我的书能够出版,越早越好。

在安的列斯海域,在距离海面十米处的海里,我通过客厅里开着的舷窗看到的,又有多少有意思的东西值得记入笔记本里啊!植形动物中,有一种叫僧帽的深海水母,样子就像个椭圆形的大气囊,带有螺钿的光泽,迎风伸展着体膜,让蓝色的触须像丝线似的飘着;这种东西看上去是迷人的水母,摸起来却是会分泌一种腐蚀性液体的海葵。节肢动物中,有一些属于环节动物门的动物,一米半长,长着一根玫瑰色的吻管,还有一千七百个运动器官,在水里蜿蜒而行的时候,一路洒下五颜六色的光。鱼门动物中,有蛇鲆鱼,软骨,是些庞然大物,身长十英尺,重六百磅,胸鳍呈三角形,脊背中央有些隆起,眼睛固定在脑袋前面的边缘上,浮在水面上的时候像船舶的残骸,有时会贴到我们的玻璃上,又像不透明的百叶窗;有美洲鳞豚,大自然赋予它们的只有黑白两色;有虾虎鱼,身长肉厚,鳍是黄的,上颌突出;有鲭鱼,长十六厘米,牙短而尖,身披细鳞,种属白鲭。接着,黑压压地来了一群羊鱼,鱼身两侧从头到尾布满了金线,游过来的时候舞动着它们那金光闪闪的鳍翅;这是从前奉献给狩猎女神狄亚娜的极品供物,是有钱的罗马人刻意搜求的东西,罗马人有一句谚语说得好:"打鱼的人吃不到羊鱼!"最后还有装饰着翡翠带子的金黄色苹果鳍鱼,全身披挂着天鹅绒和丝绸,穿戴得像韦罗内兹①画中的贵族老爷一样,从我们眼前游过;有舞动着胸鳍一闪而过的刺鲷;有十五英寸长、通体发着磷光的鲱鱼;有用多肉的尾巴击打着海水的鲻鱼、好像正在用锋利的胸鳍破浪而行的红鳜;银色的月亮鱼并非徒有其名,它们从水里跃出,真像泛着银光的新月。

如果不是"鹦鹉螺"号一点一点潜入深海,不知道我还能看到多少美好而新奇的东西呢!潜艇的侧翼斜面板带着它下潜,一直潜到两千到三千五百米的深处;那里的动物只有海百合、海星、挺直的茎上顶着一个花萼的迷人的水母头五角海百合、马蹄螺、血红色的齿贝、裂纹贝,以及沿海地区那类大型软体动物。

四月二十日,我们上升到平均一千五百米的深度。这时,离我们最近的陆地是巴哈马群岛,岛群就像散落在海面上的一些石堆。那里耸立着高大的海底峭壁,就像在宽大的地基上用粗糙石块垒起来的大墙;峭壁之间是一些黑洞,潜艇的电灯光也照不到底。

---

① 韦罗内兹(1528—1588),意大利画家,他的画以色彩丰富著称。

这些岩石上覆盖着长长的海草、宽宽的昆布和巨大的墨角藻,是一道真正由贴墙种植的水生植物构成的屏障,和泰坦①的世界十分相配。

从上面提到的高大植物说起,孔塞伊、内德和我,就都很自然地谈到海里那些大型动物。高大的植物显然是大型动物的饲料。可是,通过差不多停在那里不动的"鹦鹉螺"号舷窗,我在这些植物纤维上所看到的,依然只是些腕足类的节肢动物,如长脚蜘蛛、紫壳蟹和安的列斯海域特有的翼步螺。

十一点左右,内德·兰德让我注意,说大型藻类后面出现了异乎寻常的万头攒动的情景。

"嘿!"我叫了一声,"这儿可是真正的章鱼洞,要是在这里看到几头这样的怪物,我是不会感到惊奇的。"

"什么!"孔塞伊也来了精神,"是些枪乌贼,是些属于头足纲的普通枪乌贼吗?"

"不是,"我说,"是一些大个的章鱼。不过,兰德老弟大概是搞错了,因为我什么也没看见。"

"那真太遗憾了,"孔塞伊说,"我是真想面对面地看看这种章鱼。我多次听人说过,这种章鱼能把船拖到海底。这种动物叫海妖……"

"就叫'嗨哟'得了,反正是吹。"那加拿大人给了他一句。

"这种动物是叫'海妖'。"孔塞伊又说了一遍,没把同伴的讥讽当回事。

"你就甭想让我相信世上有这样的动物!"内德·兰德说。

"您为什么不信呢?"孔塞伊问,"我们连先生的独角鲸都信过!"

"我们信错了,孔塞伊。"

"您说得对!但别人可能仍然在信。"

"有这个可能,孔塞伊。不过,我是铁了心了,除非我亲手把它们开膛破肚,不然我是不会相信有这种怪物的。"

"这么说,先生也不相信有大章鱼了?"孔塞伊问我。

---

① 泰坦,希腊神话中天神与地神之子,为了登天,他在山上摞山。

"哪个该死的家伙会信这种事啊?"那加拿大人大喊大叫地说。

"很多人信,内德老弟。"

"打鱼的不会信。也许学者会信!"

"对不起,内德,信的人里有学者,也有打鱼的!"

"我是亲眼所见!"孔塞伊一本正经地说,"我记得清清楚楚,看见过一条大船被章鱼拉入海底。"

"你真看见啦?"那加拿大人问。

"是的,内德。"

"亲眼所见?"

"亲眼所见。"

"那我就要问问了,在什么地方?"

"在圣马洛。"孔塞伊答道,毫不含糊。

"在港里?"内德·兰德挖苦地问。

"不,在教堂里!"孔塞伊答道。

"在教堂里!"那加拿大人喊了起来。

"是的,内德老兄。我说的那条章鱼是一幅画上的!"

"好哇!"内德·兰德说着哈哈大笑起来,"孔塞伊先生把我给涮了!"

"确实,他说得对。"我插言道,"我听说过这幅画;不过,那幅画是根据传说画出来的,而您得知道,对博物学方面的传说该怎么看!另外,一说到怪物,人们就会想入非非。不仅有人说章鱼能把船拖到海底,还有个叫奥拉于斯·马格纳斯①的,说到过一条一英里长的章鱼,更像个小岛,而不像动物。还有人说过,尼德罗斯主教有一天在一块大礁石上设坛做弥撒,弥撒做完之后,那块礁石活动起来,回到海里去了。所谓的礁石实际上是一条大章鱼。"

"就这些?"那加拿大人问。

"不止这些。"我答道,"贝赫姆那个地方还有个叫蓬托皮堂的主教,也说到过一条章鱼,大到一个骑兵团能在上面操练!"

---

① 奥拉于斯·马格纳斯,挪威国王,1103—1115 年在位。

"老辈子的主教真行!"内德·兰德说。

"古代的博物学家也提到过大章鱼,说章鱼的嘴大得像海湾;因为太大,从直布罗陀海峡都出不去。"

"这真叫绝了!"那加拿大人说。

"可是,在这些故事里,究竟有没有点儿真的呢?"孔塞伊问。

"朋友们,一点儿真的没有!至少在那些超过了真实性极限、成了神话或传说的东西里,没有真的。不过,讲的人想象出来的东西,即使不是事出有因,也不完全是望风扑影。你不能不承认有大个的章鱼或枪乌贼,但个头儿比鲸类动物要小些。亚里士多德记载过,一条枪乌贼长五肘,即三米一。渔民常见的枪乌贼,长度也都超过一米八。的里亚斯特[1]和蒙彼利埃[2]的博物馆里都陈列着两米长的章鱼骨架。另外,根据博物学家的计算,一头长仅六英尺的章鱼,触角就有二十七米长,足可以说是个可怕的怪物了。"

"今天还有人捕章鱼吗?"那加拿大人问。

"虽然没人捕了,但至少水手们还能看得到。我在勒哈弗尔有个叫保罗·博斯的朋友,曾多次告诉我,他在印度洋碰到过一个这样的大怪物。不过,最让人吃惊、也让人无法再否认这种庞然大物存在的,是几年前即一八六一年发生的那件事。"

"发生了什么事啊?"内德·兰德问。

"是这么回事。一八六一年,在特里内费岛东北,差不多就是我们现在所处的这个纬度上,近海警卫舰'阿莱克顿'号上的水手发现,在他们的海域有一条巨大的枪乌贼。舰长布盖指挥警卫舰向那条枪乌贼靠近,用渔叉和枪进行攻击,但没起作用,因为渔叉和子弹穿过那些软绵绵的肉时,就像穿过没有一点弹性的果冻。试了几次,都不见效果,船员们就弄个绳套扔到水里,在那个软体动物周围转。套子套住章鱼的尾鳍,固定在尾巴上,接着就试着往舰上拉;但它太沉,硬是把尾巴拉掉了,没了尾巴的

---

[1] 意大利城市。
[2] 法国南部大城市。

章鱼也就消失在水里。"

"好,这算一件事。"内德·兰德说。

"我忠实的内德,这是个无可争辩的事实。因此,有人建议把这条章鱼叫'布盖章鱼'。"

"那么这条章鱼有多长呢?"那加拿大人问。

"有没有六英尺?"孔塞伊问,他又在舷窗前观察起峭壁下的凹坑来了。

"整整六英尺。"我回答。

"头上是不是长着八根触角,像一窝蛇似的在水里扭动?"孔塞伊接着又问。

"正是那样。"

"长在头顶的眼睛是不是发育得不好?"

"是的,孔塞伊。"

"嘴是不是真像鹦鹉的喙,但是大得出奇?"

"确实如此,孔塞伊。"

"那好!先生别不高兴,"孔塞伊平静地说道,"这里有一条章鱼,如果不是那条'布盖章鱼',至少也是它的兄弟。"

我望着孔塞伊。内德·兰德扑向舷窗。

"嘿,真是个吓人的大家伙!"他喊了起来。

我也过去看了,忍不住地感到恶心。出现在我眼前的,是一个十分吓人、张牙舞爪的怪物,收入畸形怪胎故事决不会逊色。

这是一条大章鱼,有八米长,正倒退着快速向"鹦鹉螺"号游来。它用呆滞的大蓝眼睛望着。长在头上的八只手——或者不如说是八只脚,所以它属于头足纲动物——发育得比身子长一倍,像复仇三女神①的头发那样拳曲着。可以很清楚地看到,触角内侧有二百五十个像半球形包膜的吸盘。这些吸盘有时造成真空,紧紧贴在舷窗玻璃上。章鱼的大嘴——角质的喙,长得跟鹦鹉的喙一样——垂直开阖。舌头也是角质的,

---

① 复仇三女神的头发由许多毒蛇盘结而成。

上面长着几排尖尖的牙齿,伸出来的时候像一把真正的大剪子一样颤动着。大自然怎么会造出这样的生物来啊!鸟喙竟然长在软体动物身上!身子是纺锤形的,中间部分隆起,是一大堆肉,大约有两吨到两吨半重。颜色不固定,受到刺激时变得极快,可以从铅灰色变成红褐色。

这条章鱼为什么生气呢?可能是因为看着"鹦鹉螺"号比它还大,而用吸盘或牙床子又抓不住。不过,这种章鱼可真是个怪物,造物主赋予它巨大的生命力,动作非常有力量,因为它有三颗心脏!

碰巧看到这条头足纲的章鱼,我就不想失去这个仔细观察它的机会。我克服了章鱼外观引起的厌恶感,拿起一支铅笔就画起来。

"这没准就是'阿莱克顿'号碰到的那条。"孔塞伊说。

"不会,"那加拿大人说,"这是个完整的,那个没尾巴!"

"这不成其为理由,"孔塞伊说,"这种动物的触角和尾巴能够再生,七年了,'布盖章鱼'的尾巴可能早就长出来了。"

"还有呢!如果这条不是,可能那些里面有一条是!"内德说。

可不是嘛,又有别的章鱼出现在右舷窗前。我数了数,一共七条。这些章鱼跟随着"鹦鹉螺"号,我能听到它们用喙啄艇体的声音;可以说,章鱼想把我们当成一顿美餐。

我继续画着。这些怪物在水里掌握的速度十分准确,和"鹦鹉螺"号完全一致,看起来好像一动不动,我几乎完全可以把它们临摹下来。当然,我们行驶的速度也不快。

突然,"鹦鹉螺"号停下来。撞了一下,整个潜艇都颤动了。

"触礁了还是怎么的?"我问。

"即便是触了礁,也没事了,因为潜艇没有搁浅。"那加拿大人回答。

"鹦鹉螺"号可能还在漂浮着,没有搁浅,但停住了,螺旋桨的叶片已经一动不动。一分钟之后,内莫艇长来到客厅,大副跟在他身后。

我已经有一段时间没见到他。我觉得他神情阴郁。他没跟我们说话,也没看见我们,径直朝舷窗走去,看了看那些章鱼,跟大副说了几句。

大副出去了。没过一会儿,护窗板关上,天花板上的灯开了。

我朝艇长走过去。

"观赏到这么多章鱼,真有意思!"我从从容容地对他说,那口气和站在水族馆玻璃缸前观赏鱼的人一样。

"您说得不错,博物学家先生,"他答道,"可是我们得跟它们进行肉搏。"

我愣了,望着艇长,以为没听明白。

"肉搏?"我重复了一遍。

"是的,先生。螺旋桨不转了,我想是一条章鱼的角质下颚骨被卷进了螺旋桨的叶片。我们走不了啦。"

"那您怎么办?"

"浮出水面,把这些害人的东西统统杀掉。"

"这活儿不容易干。"

"确实如此。章鱼的肉是软的,电子弹打上去遇不到足够的阻力,不能爆炸,没用。但我们可以用斧头砍它们。"

"也可以用渔叉叉,先生,"那加拿大人说,"如果您不拒绝我的帮助的话。"

"我接受您的帮助,兰德师傅。"

"我们跟你们一起去。"我说,然后就跟着内莫艇长朝中间的梯子走去。

梯子旁边已经集合了十多个人,手持太平斧,准备随时动手。我和孔塞伊也一人抄起一把斧头。内德·兰德手持一杆渔叉。

这时"鹦鹉螺"号已经浮出水面。站在梯子最上一级的水手在拧舱盖的螺丝。螺丝刚一拧下来,舱盖啪的一下就打开了;显然,那舱盖是被章鱼触角的吸盘吸起来的。

一根长长的触角立即像蛇似的滑进舱口,另有二十多根触角在舱口上面舞动。一斧头下去,内莫艇长就把那根可怕的触角砍断,被砍断的触角沿梯级拳曲着滑下来。

就在我们争先恐后地往平台上挤的时候,两根在空中舞动着的触角扑向站在内莫艇长前面的水手,用无法抵御的力量把他攫了去。

内莫艇长大吼一声,冲了出去。我们也都跟着冲到外面。

那场面真是惊心动魄！那个不幸的人被触角攫住，贴在吸盘上，被章鱼在空中随便地甩来甩去。他呻吟着，喘不过气来，声嘶力竭地喊着："救命！救命！"这两句用法语喊出来的话，使我大为震惊！这就是说，艇上有我一个同胞，也许还不止一个！这一声撕心裂肺的呼喊，令我终生难忘！

那个不幸的人算是完了。谁又能够把他从铁钳子似的触角中夺下来呢？不过，内莫艇长还是扑向那条章鱼，一斧头下去，又砍下它的一根触角。大副也怒气冲天，正在和爬到"鹦鹉螺"号艇身上的其他章鱼搏斗。水手们挥动着大斧，左劈右砍。那加拿大人、孔塞伊和我，我们也各自挥动手中的利器，往那一堆堆的肉上猛扎猛砍。空气中弥漫着浓烈的麝香味。这太可怕了。

有一阵，我以为不幸被章鱼缠住了的人能从章鱼的吸力中脱身了。那条章鱼的八根触角已经被砍掉了七根，仅剩的一根，像举着一根羽毛似的挥动着那个水手，来回卷着在空中摆来摆去。可是，就在内莫艇长和他的大副扑向那条章鱼的一刹那，那畜生从腹部的袋子里喷出一股黑水。我们一下子就什么也看不见了。待到这黑糊糊云雾似的东西散去，那章鱼不见了，我那位不幸的同胞也消失得无影无踪！

我们恨死了这些章鱼！大家已经忍无可忍，就在那十到十二条爬上"鹦鹉螺"号平台和两侧的章鱼中间，左劈右砍；那些被砍下来的蛇一般的肉段，在平台上流成河的血与乌黑的水中蠕动着，好像这些黏糊糊的触角也像九头蛇①似的又活了过来。内德·兰德的渔叉，专刺章鱼蓝色的眼睛，把章鱼的眼睛一只只刺瞎。但是，我这位大胆的同伴还是因为躲闪不及，突然被一条章鱼的触角掀翻在地！

啊！连急带吓，我的心都要碎了！那章鱼已经对着内德·兰德张开血盆大口，不幸的内德眼看就要被章鱼拦腰咬断。我扑过去救他。但内莫艇长先我一步到，手臂一扬，太平斧已经被甩进那畜生大张着的嘴里。那加拿大人奇迹般地得救以后，把渔叉整个叉进章鱼体内，直捣它的

---

① 九头蛇，希腊神话中的水蛇形怪物，头被砍掉之后可以再生。

三颗心脏。

"这是我对您救命之恩的报答!"内莫艇长对那加拿大人说。

内德给他鞠了个躬,没有答话。

这场战斗历时一刻钟。章鱼败了,有的缺手断足,有的被打死,终于全部离去,在水中消失。

内莫艇长浑身是血,一动不动地站在舷灯旁边,望着吞噬了他一个伙伴的海水,大滴的泪珠从他眼里涌出。

## 十九　墨西哥湾暖流

四月二十日那可怕的一幕,我们这些人都会终生不忘。我现在写到这件事的时候,仍然激动不已。写好以后,我又看了一遍。我还读给孔塞伊和那加拿大人听了,他们认为事实准确,但不够生动。要描绘这样的场面,得由我们最著名的诗人、《海上劳工》的作者①出手才行。

我说过,内莫艇长曾经眼望着海水流泪。他的痛苦是深沉的。从我们到艇上以后,这已经是他失去的第二个伙伴。这个人死得实在太惨!他被那条章鱼用可怕的触角紧紧缠住,憋得出不来气儿,终于骨碎筋断,血肉模糊,最后可能还被它用铁嘴钢牙嚼碎了;而且,他也无法到宁静的珊瑚墓中与同伴们一起长眠!

对我来说,搏斗中间,那个不幸的人绝望中发出的那一声惨叫,令我心碎。为了发出一声救命的呼唤,那可怜的法国人忘掉了他们约定的语言,又重新操起母语!那就是说,在"鹦鹉螺"号的水手中间,在那些已经和内莫艇长声气相通、患难与共,而且也像他一样逃避人群的水手中间,有我的一个同胞!在这个显然由不同国籍的人组成的神秘团体里,代表法兰西的,只有他一个人吗?这又是一个找不到答案的问题,和以前的那些问题一起,不断在我脑海里翻腾!

内莫艇长进了他的房间,在一段时间里我没有再见到他。不过,若根

---

① 指法国作家、法国浪漫主义文学运动领袖维克多·雨果(1802—1885)。

据潜艇——他是潜艇的灵魂,潜艇完全受他的影响——的情况进行判断,我觉得他此时的情况应该是悲哀、绝望、举棋不定!"鹦鹉螺"号不再保持既定航向。它在一往一复地徘徊,有时就漂浮在那里,像一具尸体似的随着海浪漂来漂去。螺旋桨里的东西已经清除掉,但没怎么启动。潜艇就那样转来转去,它不能离开这片海域而去,这里是它刚刚进行过战斗的战场,这片海水吞噬了它的一个成员!

十天就这样过去。到五月一日,望见巴哈马湾口的卢卡亚群岛以后,"鹦鹉螺"号才毫不犹豫地朝北驶去。于是我们沿着海洋里最大的一股水流前进;这股水流自有岸界,有自己的水产和温度,我称它为墨西哥湾暖流。

这其实就是在大西洋中自由流动的一条河,河水与大西洋的水并不相混。这是一条咸水河,河水比周围的海水还咸。平均深度为三千英尺,平均宽度为六十海里。在某些河段,它的流速为每小时四公里。河的流量不变,比地球上所有河流的流量都稳定。

莫里船长勘测到的墨西哥湾暖流的真正发源地——如果你愿意的话,也可以说是它的出发点——在比斯开湾。墨西哥湾暖流就是在那里形成的,在发源地,暖流的水温度还比较低,颜色也比较淡。南下之后,沿赤道非洲而行,在炎热地区阳光的照射下,水的温度升高;然后又穿越大西洋,直抵巴西海岸的圣洛克角,在那里一分为二,其中的一股还要大量吸收安的列斯海的热量。从那个地方起,墨西哥湾暖流——它担负着平衡温度、使热带海水与北部海水混合起来两项使命——就开始发挥调节器的作用。暖流水温在墨西哥湾里升至最高点,然后沿美洲海岸向北流淌,直奔纽芬兰;接着,在戴维斯海峡寒流的推动下,又沿着地球上最大的一个圈上的一条等角线,斜着奔向大洋;暖流在北纬43度附近分成两股,其中的一股,在东北信风的推动下重新回到比斯开湾和亚速尔群岛;另一股则继续北上,经爱尔兰和挪威海岸,直抵施皮茨群岛,到了那里,水温降到五度,造成北极不结冰的海域。

当时,"鹦鹉螺"号就航行在大西洋的这股暖流上。这股暖流从十四法里宽、三百五十米深的巴哈马海峡流出,以每小时八公里的流速前进。

在北上的过程中,暖流的流速有规律地递减;这种流速的递减是件好事,但愿永远如此,因为,正如有人指出的那样,一旦这股暖流的速度和流向发生变化,欧洲的气候就会发生突变,后果难以估量。

中午时分,我和孔塞伊待在平台上,我给他讲了墨西哥湾暖流的特点。讲完之后,我叫他把手伸到暖流里去。

孔塞伊照我说的做了。他大为惊奇:那水居然让人感觉不出冷热来!"这是因为,"我对他说,"从墨西哥湾流出之后,暖流的温度和人体血液的温度没有差别。这股墨西哥湾暖流就是一个大热水汀,使欧洲海岸得以四季如春,常年披绿。照莫里的说法,这股暖流的热量如果都利用起来,所提供的热可以使一条像亚马逊河或密西西比河那样大的铁水河永不凝固,奔流不息!"

墨西哥湾暖流此时的流速是每秒两米二五。暖流和周围的海水区分得清清楚楚,暖流的水被压挤得高出海面,和周围冰凉的海水不在一个平面上。另外,暖流的水颜色深,富于含盐物质,和周围的绿色海水相比,纯净的靛蓝色显得十分抢眼。两者的界限竟清楚到这种程度:"鹦鹉螺"号行驶到加洛林群岛附近时,我们居然能够看清,潜艇的冲角已经劈开暖流的水波,而它尾部的螺旋桨击打的却还是大西洋的海水。

这股暖流夹带着大量生物。地中海里那种极普通的船蛸,成群结队在这股暖流里漫游。软骨鱼类中,最引人注目的是鳐鱼,尾巴细而长,差不多占到了身体的三分之一,鳐鱼的身体呈一个宽大的菱形,长二十五英尺;还有一米长的小角鲨,头大,口鼻短而圆,尖尖的利齿排成几行,身上好像有鳞。

硬骨鱼中,我记录下来的,有灰隆头鱼,是这一带海域所特有的;有黑三棱鱼,眼球的虹膜闪动时像火光;有石首鱼,长一米,大嘴,小牙,能发出轻微的叫声;有我前面提到过的黑色的中脊索鱼;有高里菲鱼,蓝色的鱼身上,布满金线银线;有射水鹦鹉鱼,那是大洋里真正的虹,五彩缤纷的颜色足以和最美丽的热带鸟媲美;有头呈三角形的灰白丛鱼;有淡蓝色的无鳞菱形鱼;有一种两栖鱼,身上横着一条像个希腊字母 $t$ 字似的黄带子;有密密麻麻的小虾虎鱼,全身布满褐色斑点;有银头金尾的双翅鱼、各种各样的蛙科鱼;有身子细长闪着柔光的鲻鱼,拉塞佩德拿这种鱼当观赏鱼养过;最后还有美国高鳍石首鱼,这种鱼非常好看,全身披挂着"勋章"和"绶带",在这个不怎么把"勋章"和"绶带"当回事的伟大国家的海岸,频频出没。

我还要补充一点:夜里,墨西哥湾暖流的水,磷光闪闪,和我们的舷灯争辉,在经常威胁我们的暴风雨天气里更是如此。

五月八日,我们还在横越北卡罗来纳附近的哈特拉斯角。墨西哥湾暖流在这里的宽度是七十五海里,深度为二百一十米。"鹦鹉螺"号继续漫无目的地漂荡,好像艇上没人值班了。我承认,在这种情况下,逃跑能够成功。事实上,在有人居住的海岸上,到处都能很容易地找到藏身之处。大洋上,往返于纽约或波士顿和墨西哥湾之间的汽船,川流不息;在美国海岸各个点上进行贸易的小型双桅纵帆帆船,日夜穿梭。我们可以指望被他们收容。因此,尽管"鹦鹉螺"号离美国海岸还有三十海里,此刻仍然不失为逃跑的良机。

但是,天气非常糟糕,使那加拿大人的计划变得绝对无法实施。天气太恶劣了。我们接近的这个海域经常起风暴,是龙卷风和飓风的发源地,这两种风都是墨西哥湾暖流生成的。在一条脆弱的小艇上和波涛汹涌的大海对抗,无疑是自寻死路,内德·兰德自己也承认这一点。因此,他虽然饱受乡思之苦,非逃走不能解忧,也只好咬紧牙关忍耐。

"先生,"这天他对我说,"这一切该有个了结了,我想来个痛快的。您的那位艇长正在远离陆地,继续往北。跟您明说了吧,南极已经让我受够了,我不想再跟他去北极。"

"那怎么办啊,内德?此刻我们逃不了啊!"

"我说过我的想法,我现在还是原来那个主意。必须跟艇长摊牌。我们在你们国家海域的时候,您什么都没说。现在,到我们国家的海域了,我得说说。几天之后'鹦鹉螺'号就要到达与新苏格兰同一个纬度上;那里,靠近纽芬兰有一个宽阔的海湾,流入这个海湾的是圣劳伦斯河——圣劳伦斯河是我的河,是我出生之地魁北克市的河;一想到这些,我就冒火,就头发根发麻。先生,您等着瞧吧,我就是跳海,也不会再留在这艘潜艇上了,留在这里我非憋死不可!"

显然,那加拿大人是忍无可忍了。他那火暴脾气忍受不了长时间的囚禁。他日渐消瘦,脾气越来越坏。我能够理解他感到的痛苦,因为我自己也越来越思念家乡。我们已经差不多有七个月没得到陆地的任何消息。另外,内莫艇长很少露面,脾气也变了,特别是在那场和章鱼的大战之后,他变得更加沉默,所有这一切都让我觉得情况不妙。初到艇上时的那种热情,我已经感觉不到。只有像孔塞伊那样的佛来米人才接受得了这种情况,待在这种鲸类动物和其他海洋生物栖息的地方。真的,假如这个忠实的小伙子长的是鳃不是肺,我想他能成为一条与众不同的鱼!

"怎么样啊,先生?"看我不说话,内德·兰德接着又问。

"怎么,内德,您是要我去找内莫艇长,问他对我们到底打的是什么主意?"

"是的,先生。"

"这话他早对我们说过了呀!还去问?"

"问。我想最后再敲定一次。要是您愿意,您就用我的名义问,问他对我打的是什么主意。"

"可是,我碰到他的机会不多呀!他甚至在躲我。"

"那才更应该去看他嘛!"

"我会问他的,内德。"

"什么时候?"那加拿大人盯着问。

"碰到他的时候。"

"阿罗纳克斯先生,我去找他好不好?我这就去。"

"不,还是让我去吧。明天……"

"今天就去。"内德·兰德坚持着。

"好。今天我去看他。"我答应了那加拿大人。如果让他去找,肯定会把事情弄糟。

剩下我一个人了。既然决定去问,我想就立即去问个明白。我觉得把事情定下来比等待决定的好。

我回到自己房间。我在房间里听见内莫艇长房间里有脚步声。不能失去这个和他见面的机会。我敲了敲他的门。没人应声。我再敲,接着拧了一下门把手。门开了。

我走进去。艇长在屋里。他正伏身在桌子上工作,没听见我进来。我下定决心,不问明白就不出去,于是朝他走近。他突然抬起头来,皱起眉头,口气生硬地问:

"是您啊!找我有事?"

"想找您谈谈,艇长。"

"可我正忙着,先生,我在工作。我给了您独处的自由,难道我就不能享有这种自由吗?"

这样的接待不能令人感到鼓舞。但是,我决心已定,他说什么我都听着,我该怎么回答怎么回答。

"先生,"我冷冷地说,"我有一件事要对您说,刻不容缓。"

"什么事呀,先生?"他语带讥讽地问,"您发现什么被我漏掉的东西了?大海向您展示什么新的秘密了?"

两个人想的完全不是一回事。不过,在我答话之前,他指着摊在桌子上的一份手稿,用比较严肃的口气对我说:

"阿罗纳克斯先生,这是一份用几种不同语言写成的手稿,是我海洋研究的总结。如果上帝垂怜,这份手稿就不会和我一起消失。手稿已经签上我的名字,还附上了我的生平事迹,会被装在一个不会沉没的小容器里。'鹦鹉螺'号上最后一个活着的人将把那个小容器扔进大海,它将随着海浪漂流。"

这个人的名字!由他自己撰写的履历!如此说来,他的秘密有朝一日会被公开?不过,此时此刻,我顾不上这些,只是在他的这番话里看到一个说话的由头。

"艇长,"我说,"您想这么做,我只能表示赞成,不能让您的研究成果失传。不过,我觉得您采取的方法未免有些原始。谁知道风会把那个容器吹到什么角落?又会使那个容器落到什么样的人手里?这件事要是由一个人来做,您不觉得更好吗?由您或您艇上的一个什么人……"

"绝不,先生!"艇长语调激昂地把我的话打断。

"可是,如果您肯恢复我们的自由,我,我的伙伴们,我们愿意保存这份手稿……"

"恢复你们的自由!"内莫艇长说着站起来。

"是的,先生,我就是为了问您这件事才来的。我们在您的潜艇上已经待了七个月,今天我就是代表我的同伴们来问问您,您是不是打算把我们永远留在艇上。"

"阿罗纳克斯先生,"内莫艇长答道,"我今天给您的回答和七个月前的回答一样:无论是谁,登上'鹦鹉螺'号潜艇,就永远不得离开。"

"您推行的这个可是奴隶制!"

"随便您把这个叫做什么。"

"但无论哪里的奴隶都有重新获得自由的权利!任何能够使他们恢复自由的方法,在他们眼里都是正当的!"

"谁否认你们有这项权利了?"内莫艇长问,"我想过用誓言把你们束缚住吗?"

内莫艇长两手交叉着放在胸前,望着我。

"先生,"我对他说,"您和我都不愿重提此事,但既然说起来了,我们就把它说清楚。我再说一遍,此事关系到的不仅仅是我本人。对我来说,研究是一种解脱,一种分散我注意力的力量,一种诱惑,一种能够使我忘记一切的爱好。和您一样,我是个不求闻达的人,所抱的一线希望,只是有朝一日能够把我的研究成果,放在一个防水的容器里,付与风和浪,留给后人。一句话,我能欣赏您,能不无兴趣地跟着您扮演一个我不完全清楚的角色;可是,您的生活还有另外一些方面使我们觉得模糊不清,笼罩着复杂而神秘的面纱,对这一切,在艇上只有我和我的伙伴们毫不知情。甚至在我们被你们的善举所感动,因你们的痛苦而焦急,为你们而感到心情澎湃时,我们也不得不抑制自己,不能有任何表示,连见到来自敌友的善举时应该有的表示都不能有。说白了吧,令您感动的一切与我们无关,正是这种感觉,使我们的处境变得无法接受、不能容忍。我尚且如此,内德·兰德就更不用说了。任何人,仅仅因为他是个人,都值得别人想着。您是否想过,出于对自由的热爱,对被奴役的憎恨,一个像那加拿大人一样脾气的人,会制定出什么样的报复计划?他会想些什么?要干什么?会试着……"

内莫艇长站了起来,我不再往下说。

"内德·兰德愿意想什么就想什么,想干什么就干什么,想试什么就试什么,与我何干?不是我把他找来的!我把他留在艇上不是为了好玩!至于您,阿罗纳克斯先生,您是个通达世理的人,您甚至连科学都懂。我没什么可再对您说的了。您第一次来谈这个话题,就让它成为最后一次吧!因为,您若再来,我甚至连听都不会听。"

我退出来。从那一天起,我们的形势变得十分紧张。我把谈话的情况告诉了我的两个同伴。

"现在已经很清楚,"内德说,"对那个人我们什么都不能指望了。'鹦鹉螺'号正在靠近长岛,一靠近我们就逃,不管天气好坏。"

天气还真是越来越不好。暴风雨的前兆已经出现,天空灰蒙蒙的,而且灰中泛白。海天相交的地方,束状卷云已经散开,出现了雨层云。低空中更是乱云飞渡。海水上涨,波浪滔天。除了喜欢暴风雨的海燕,鸟儿已经不见踪影。气压计的指针明显下降,标明空气中湿度极高。大气中的电已经饱和,在电的作用之下,晴雨表里的混合液体分解了。暴风雨即将来临。

五月十八日白天,恰好在"鹦鹉螺"号正在长岛附近、离去纽约的航道只有几海里远处漂浮时,暴风雨开始了。这场暴风雨我可以描绘,因为,内莫艇长一时兴起,没让潜艇下潜,他想在海面上和这场暴风雨对抗。

风从西南吹来。开始时是强风,就是说,风速为每秒十五米;到了下午三点,就变成每秒二十五米了。这样的风速已经是暴风的风速。

内莫艇长待在平台上,面对狂风,岿然不动。他已经把自己拦腰捆在平台上,以对抗滔天的巨浪。我也爬上平台,也被捆在上面,我想尽情地欣赏一番这场暴风雨,以及这个和暴风雨对抗的不可征服的人。

乌云翻滚着扑向波涛汹涌的大海,被海水打湿,从浪尖上掠过。我再也看不到那种在波谷形成的一波一波的小浪,极目所见,只有煤烟色的波涛,而且那波涛是一个连着一个,密到波峰不倒的程度。波峰越聚越高,互相激荡着。"鹦鹉螺"号时而倾向一侧,时而直立如桅杆,前后颠簸,左右晃动,令人心惊胆战。

快五点时,下起倾盆大雨,但海面上依然是狂风大作,浊浪滔天。飓风的风速达到每秒四十五米,即差不多每小时四十法里。这样的风速,能把房子掀翻,能把屋顶的瓦片揭下来嵌到门上,能把铁栅栏吹散,能让二十四厘米口径的大炮移位。然而,处于暴风雨中的"鹦鹉螺"号,却证实了一位博学的工程师的这句话:"打造精良的船只能向大海挑战!"它不是一块会被海浪击碎的坚硬岩石,而是一艘用钢铁打造的纺锤形潜艇,易于操纵,机动灵活,没有绳索,没有桅杆,能够顶得住暴风雨的肆虐而毫发无伤。

这期间我仔细地观察了狂涛巨浪。巨浪高达十五米,宽约一百五十至一百七十五米,推进的速度为风速的一半,为每秒十五米。巨浪的体积及其产生的力量随着水的深度而增加。海浪的作用这时我才明白,它先把空气卷起,再把空气压向大海,用这样的方式把生命和氧送到海底。有人计算过,巨浪拍击水面的最大压力,每平方英尺高达三吨。在赫布里底群岛移动一块重八万四千磅岩石的,就是这样的巨浪。一八六四年十二月二十三日的那场暴风雨,把日本东京城部分摧毁之后,以每小时七百公里的速度于当天抵达美洲海岸的,也是这样的巨浪。

入夜之后,暴风雨变得更加猛烈。像一八六〇年在留尼汪群岛那次一样,气压计在飓风中降到七百一十毫米。太阳落的时候,我在水天之际看到一艘大船艰难地挣扎着经过。为了在风浪中保持平衡,那艘船在顶风低速行驶。这大概是一艘跑纽约—利物浦航线或纽约-哈瓦那航线的汽船,很快就消失在暮色之中。

晚上十点,天空变得火红一片,电闪雷鸣。闪电的光强得让我难受,而内莫艇长却坦然直视,似乎想从暴风雨中吸取灵感。可怕的声响充塞天地,震耳欲聋;这是各种声音的混合,有风吼,有雷鸣,有海浪相击发出的响声。风无定向,吹向四面八方;从东面刮过来的飓风,经过北、西、南三个方向,又折向东方,方向正好和南半球旋转的风暴相反。

啊!这条有风暴大王之称的墨西哥湾暖流,果然名不虚传!可怕的飓风就是它造成的,起因是暖流上空形成了温度各不相同的气层。

随着大雨而来的,是电闪雷鸣,天空中电光乱舞。内莫艇长站在那里,似乎想让雷电把自己击死,好死得合乎身份。在一阵可怕的颠簸中,"鹦鹉螺"号的钢冲角像避雷针似的直立起来,爆出长长的火花。

我已经筋疲力尽,爬着溜向舱盖,将舱盖打开,回到客厅。这时,暴风雨大到极点,在"鹦鹉螺"号里面根本站立不住。

内莫艇长于午夜时分回到艇里。我听到储水舱一点一点灌水的声音,接着,"鹦鹉螺"号缓缓下潜。

透过开着的舷窗,我看到一些大鱼,惊慌失措,幽灵似的在被闪电照得通红的水里乱窜。其中有几条我眼看着被雷击毙!

"鹦鹉螺"号一直在下潜。我想,下潜到十五米深处可能就一切平静如初了。实际上并非如此,上面的几层海水被搅动得太厉害了,一直到五十米深的大海腹地才得以安静下来。

在海面以下五十米深的地方,阒无声息,是何等静谧,何等安宁啊!谁还会想象得到,此时此刻暴风雨正在海面上肆虐?

## 二十 北纬47度24分、西经17度28分

暴风雨过后,我们已经被抛到东边,因此,在纽约或圣劳伦斯附近逃跑上岸的希望,也就化成了泡影。可怜的内德陷入绝望之中,像内莫艇长一样,不愿见人。我整天和孔塞伊待在一起。

我说过,"鹦鹉螺"号已经转头向东。更确切地说,应该说是转头向东北。在随后的几天里,潜艇时而在水面漂泊,时而下潜;海面上是令航海家们望而生畏的茫茫大雾。雾主要是因为冰化了才起的,冰雪消融,使空气里保持着很高的湿度。在这片海域,有多少船只是在驶向海岸寻找模糊的航标灯时沉入海底的啊!有多少船只因为大雾弥漫而失事啊!因为风声掩盖了海浪拍击礁石的声音,又有多少船只触礁啊!尽管轮船上有航行灯,可以拉汽笛警告,敲钟示警,却仍然有那么多船只相撞!

因此,这片海域的海底呈现的是一副战场景象,大洋的战利品依然躺

在那里；旧的已经涂上了糊状物，有些还是新的，我们的舷灯照到它们的金属配件和铜的水下体上还能反光。在这些沉船中，有多少船是连船带货以及船员和大量移民一起沉没的啊！在统计资料里，这片海域的下列各点被指明是危险地段：拉斯角、圣保罗岛、贝勒岛海峡和圣劳伦斯河口！仅仅几年的时间里，统计年鉴中就增加了若干艘失事的船只，皇家邮轮公司、英曼公司和蒙特利尔公司的船都在劫难逃，计有："苏尔威"号、"彩虹"号、"帕拉马塔"号、"匈牙利"号、"加拿大"号、"盎格鲁-撒克逊"号、"汉堡"号、"合众国"号，都是因为触礁而沉没的；另有"阿尔蒂克"号和"里昂"号，是相互碰撞而沉没的；"总统"号、"和平"号和"哥拉斯古城"号的失事原因不明。"鹦鹉螺"号在这些阴森森的沉船残骸中间航行，像是在清点沉船数目！

五月十五日，我们到达纽芬兰浅滩的南端。这片浅滩是海洋冲积的产物，有成堆的有机物垃圾，一部分是墨西哥湾暖流从赤道带来的，一部分是北极寒流带来的；那股逆向寒流沿着美洲海岸流过。美洲海岸也堆积着大量的冰块，是淌凌时冲过来的。那里还形成了一个很大的枯骨堆，成千上万的鱼、软体动物和植形动物死在了那个地方。

纽芬兰浅滩水不太深，最多也就是几法寻，但靠南边有一块洼地，是个三千米的深坑。墨西哥湾暖流在这里展开、变宽，流速和温度都下降，成了一片海。

在"鹦鹉螺"号驶过时惊起的鱼里，我记下来的，有硬鳍海兔，身长一米，浅黑色的脊背，橙黄色的肚子，它们给同类树立了一个忠实于配偶的榜样，但向它们学的鱼不多；有个子很大的于内纳克鱼，这是一种绿得像翡翠的海鳝，味道鲜美；有卡拉克斯鱼，大眼，头长得像狗脑袋；有鳎鱼，和蛇一样，是卵胎生动物；有两厘米长的球形虾虎鱼或曰黑鲖鱼；有长尾鳕，通身银光闪闪，这是一种游得很快的鱼，胆子大，能远去北极冒险。

拖网网上来的鱼里也有一种，胆大、勇猛、肌肉发达，头和鳍上都长着刺，身长两到三米，这是真正的鲉鱼，是鳎鱼、鳕鱼和鲑鱼的死对头；这种鱼是北方海域里的杜父鱼，褐色的身子上疙疙瘩瘩，鳍是红色的。"鹦鹉螺"号上的人捉这种鱼的时候很费了一番周折，因为这种鱼鳃盖构造特殊,还保留着在空气中呼吸的器官,离开水以后仍然能够活一段时间。

我再记一些鱼,免得忘记:丛鱼,是一种小鱼,总在北极的海里伴随着船只游;尖头欧鲌,这是北大西洋的特产;伊豆鲉;而且我终于看到了鳕鱼,特别是鳕鱼中最有代表性的那种。这种鱼我是在茫茫的纽芬兰浅滩里偶然见到的,那里是它们最喜欢的栖息地。

你也可以说这种鳕鱼是高山鱼,因为纽芬兰浅滩就是一座海底高山。在"鹦鹉螺"号从密集的鳕鱼群中开辟出一条路前行时,孔塞伊脱口而出地说道:

"鳕鱼原来是这样啊!我还以为它们和黄盖鲽或是鳎鱼一样,也是扁的呢!"

"你太幼稚了!"我高声说道,"鱼店里的鳕鱼才是扁的呢!店主给人看的鳕鱼都是开膛破肚后摆在那里的。在水里,鳕鱼和鲻鱼一样,都是流线型的,那形状最适合于在水里穿梭。"

"我愿意相信先生所说的。"孔塞伊答道,"真多啊!像一群蚂蚁似的!"

"是啊,我的朋友。不过,要是没有伊豆鲉和人类这些天敌,鳕鱼还会更多!你知道一条雌鳕鱼身上有多少卵吗?"

"往多了说,五十万吧!"孔塞伊回答。

"一千一百万,我的朋友!"

"一千一百万!这我可不信,除非我亲自数数。"

"孔塞伊,那你就数吧!不过,相信我要比你数来得快。另外,法国人、英国人、美国人、丹麦人和挪威人每年都要捕捞鳕鱼,鳕鱼的消耗量大得惊人,这些鱼若不以奇迹般的速度繁殖,很快就会在大海里绝迹。就是这样,仅英美两国就有五千条船、七万五千人从事捕捞鳕鱼的工作;以每条船平均捕捞四万条计,就是两千五百万条[①]。挪威沿海的情况也是如此。"

"好了,我相信先生的话,那些东西我就不去数了。"孔塞伊说。

---

① 原文如此。

"什么东西？"

"那一千一百万只卵啊！不过,有一点我得指出来。"

"哪一点？"

"就是,如果每一只卵都能孵化出来,四条鳕鱼就够养活英国、美国和挪威的了。"

在我们贴着纽芬兰浅滩海底行进的时候,我清清楚楚地看到那些长长的线,每条线上拴着二百来个钓钩,每条船上伸出来的线都有十几条。钓鱼的线一端被四脚锚带入水里,水面上那一部分靠浮漂固定在一个软木做的浮漂索上。这些线在海底构成了一个网,"鹦鹉螺"号从中穿过,不得不小心行驶。

这片海域来往船只较多,"鹦鹉螺"号不便久留,于是继续北上,一直到达北纬42度。纽芬兰岛的圣约翰港和哈茨康坦特港,都在这同一个纬度上,哈茨康坦特港是越洋电缆的终端。

"鹦鹉螺"号不再往北走,而是转身向东,好像要沿着上面铺着电缆的海底高原行驶。经过多次探测,这片海底高原的地形已经被测绘得十分精确。

那天是五月十七日,我在距离哈茨康坦特约五百海里、水深两千八百米的海底,看到躺在地上的电缆。我事先没对孔塞伊说电缆的事,他把电缆当成了海蛇,还准备根据他常用的方法进行分类呢。我指出他的错误,并给这个老实巴交的小伙子讲了有关铺设电缆的种种情况,使他从误认电缆为海蛇的挫折感中摆脱出来。

第一条电缆是一八五七年至一八五八年间铺设的;但在传送大约四百份电报以后,电缆就出了故障。一八六三年,工程师们又造了一条新电缆,长三千四百公里,重四千五百吨,是用"大东"号轮船运送的。这次的尝试又失败了。

五月二十五日,潜入水下三千八百三十六米的"鹦鹉螺"号停泊之处,正是当年电缆发生断裂、使整个事情功亏一篑的地方。那个地方距离爱尔兰海岸六百三十八海里。那天下午两点左右,发现和欧洲的通讯中断。船上的电气技师决定把电缆切断,进行修理,并于当晚十一时将坏了的那部分电缆捞了上来。焊好接完之后,又把电缆放回海底。可是,几天以后电缆又断了,而且未能再从海底捞起。

美国人没有气馁。铺设海底电缆的发起者赛勒斯·菲尔德,胆识过人,他把全部身家都押在了这桩事业上,此人接着就又发起新一轮认购。股票很快就被认购一空。又一条电缆在最好的条件下制造成功。集成束的导线装在马来橡胶做成的套管里,外面还护着一层带有金属骨架的织物。"大东"号于一八六六年七月十三日再次起航。

铺设工作进展顺利,但出了个小插曲。拉电缆的时候,电工们多次发现,有人在电缆上揳进了一些钉子,企图破坏电缆的心线。安德逊船长、他的几位副手和工程师们聚在一起进行了讨论,之后就贴出告示:罪犯一经在船上查获,立即扔进大海。此后,就再没有发现犯罪的企图。

七月二十三日,就在"大东"号离纽芬兰岛不到八百公里的时候,有人从爱尔兰发来电报,报告了萨多瓦战役①之后普鲁士和奥地利媾和的消息。二十七日,"大东"号在茫茫大雾中驶抵哈茨康坦特港。铺设电缆的工程顺利结束,年轻的美洲通过这条电缆向古老的欧洲发出的第一封电报,就是这样一句明智然而难得被人理解的话:"光荣属于天上的神,和平属于地上的好心人。"

我并没有期望看到一条崭新的电缆,像刚从工厂里生产出来的时候那样新。这条被贝类碎片覆盖着、长满了原生动物的"长蛇",多了一层黏糊糊的石质硬皮,保护着它不受善于钻孔的软体动物的破坏。电缆静静地躺在那里,不受海水运动的影响,而海水的压力却对电讯的传导有利,从美洲到欧洲只需零点三十二秒。这条电缆的寿命可能是无限的,因为有人观察到,马来橡胶套管被海水泡过以后变得更坚固了。

另外,选址也选得好,这片海底高原水的深度不至于使电缆断裂。"鹦鹉螺"号沿着高原行驶,最低处深度为四千四百三十一米,电缆在那里仍然丝毫不受拉力的影响。接着,我们来到一八六三年发生故障的

---

① 指1866年7月3日普鲁士在捷克小镇萨多瓦打败奥地利的战役。

地方。

那里的海底形成一个宽一百二十公里的峡谷,把勃朗峰搬去放在那里,山峰也露不出海面。这条峡谷的东面被一座两千米高的峭壁堵住。我们到的那天是五月二十八日,"鹦鹉螺"号离爱尔兰不到一百五十公里。

内莫艇长会继续往北踏上大不列颠的土地吗?不会。让我大吃一惊的是,他又掉头向南,驶回欧洲海面。环绕翡翠岛行驶的时候,我曾一度瞥见克里尔角和法斯特内灯塔,那座灯塔是从格拉斯哥和利物浦驶出的成千上万条船只的指路明灯。

这时我想到一个重要问题。"鹦鹉螺"号敢驶进英吉利海峡吗?自从我们靠近陆地以来,内德·兰德又露面了,他也不停地问我这个问题。如何回答他呢?内莫艇长至今没有露面。难道说,让那加拿大人瞥见一眼美洲大陆之后,如今他又要为我展示一下法国海岸?

"鹦鹉螺"号仍然一直往南开。五月三十日,潜艇从英格兰岛的尽头和索灵群岛之间经过,在右舷能够望见兰兹岛。如果内莫艇长想进入英吉利海峡,他就必须径直向东行驶。他没这么做。

五月三十一日一整天,"鹦鹉螺"号在海上一圈接着一圈地转,令我疑窦丛生。它好像在寻找一个不好找的地方。中午,内莫艇长来了,他来亲自进行测量。他没和我说话。我觉得他比以往任何时候都显得阴郁。谁能让他这么哀伤呢?是因为靠近了欧洲海岸?回忆起了被抛弃的家园的一些往事?那么,他会是一种什么样的感觉呢?后悔还是遗憾?这种想法在我脑际萦回很久了,这时我有了个预感,一个偶然的机会也许很快就会把艇长的秘密泄漏出来。

第二天,六月一日,"鹦鹉螺"号依然像前一天一样转来转去。很显然,它是想认出大洋上的一个准确地点。内莫艇长像头一天一样,又来测量太阳的高度。海上风平浪静,太空碧蓝如洗。东边六海里远处的天际,出现一条大汽船。船上没有悬挂国旗,我辨认不出汽船的国籍。

在太阳从子午线上经过之前几分钟,内莫艇长拿起六分仪,开始进行极其精确的观测。无风无浪,观测起来非常方便。"鹦鹉螺"号停在那里一动不动,既不颠簸,也不摇晃。

当时我正在平台上。观测结束之后,内莫艇长只说了一句话:

"就是这里!"

他经舱口下到艇里。那艘汽船改变了航向,好像正朝我们驶来,他看见那条船没有?我说不好。

我回到客厅。舱盖关上,接着我就听到往储水舱里灌水的声音。"鹦鹉螺"号开始垂直下潜,因为,螺旋桨没有发动,不能给它传递动力。

几分钟之后,潜艇在八百三十三米深的海底停下来。

这时,客厅天花板上的灯灭了,护窗板打开。我透过舷窗看到,方圆半海里的海水被舷灯照得通明。

我朝左舷望去,除了静静的一眼望不到头的海水,我什么也没看见。

从右舷看,海底有个高高隆起的东西引起我的注意。看起来像个废墟,被黏糊糊的淡白色贝壳盖着,好像盖着一层雪。仔细看看,我觉得那堆东西的形状像一条船,桅杆已经没了,大概是船头先沉的。这起海难肯定是很久以前发生的。沉船上结了那么厚一层水垢,在海底一定待了不少年头。

这是一条什么样的船?"鹦鹉螺"号为什么要来凭吊它?这条船难道不是遇险沉没的?

我正在这么想着的时候,耳边响起内莫艇长缓慢的声音:

"这条战舰原来叫'马赛人'号。舰上有七十四门大炮,一七六二年开始服役。一七七八年八月十三日,在普瓦普-韦尔特里厄指挥下,它和'普雷斯顿'号英勇地打过一仗。一七七九年七月四日,它又和海军元帅德斯坦①的舰队一起,参加了攻取格雷纳德的战役。一七八一年九月五日,它在切萨皮克湾参加了由格拉斯伯爵指挥的那场战斗。一七九四年法兰西共和国给它改了名字。同年四月十六日,它在布列斯特加入维拉雷-茹瓦约兹舰队,随舰队为运小麦的船队护航;运小麦的船队从美国

---

① 德斯坦元帅(1729—1794),支援过北美独立战争,大革命时期担任过凡尔赛国民自卫军司令,因涉嫌保皇而被处决。

"就是这里!"内莫艇长说。

来,由海军元帅冯·斯塔贝尔指挥。共和二年牧月①十一日和十二日,这支船队和英国舰队遭遇。先生,今天是牧月十三日,公历一八六八年六月一日。整整七十四年之前,就是在这里,在北纬47度24分、西经17度28分这个地方,这条战舰沉没了。它进行了一场英勇的战斗,三根桅杆都被炮火打断,海水涌进舱里,三分之一的水兵失去战斗力,但全舰三百五十六名水兵宁肯葬身海底也不投降,他们把国旗钉在船艉,高喊着'共和国万岁!'沉入海底。"

"是'复仇者'号!"我高声说道。

"正是!先生。是'复仇者'号!一个响亮的名字!"内莫艇长低声说着,一边把两臂交叉着抱在胸前。

## 二十一 大屠杀

这种说话的方式,这个料想不到的场面,这艘爱国战舰的历史,那个怪人讲述完战舰历史之后接着又十分动情地说出的那几句话,还有"复仇者"这个名字——这个名字意味着什么,我是知道的——所有这一切加在一起,深深地震动了我。我两眼盯着艇长不放。艇长则两手伸向大海,满怀激情地望着那艘光荣战舰的残骸。我也许永远也不可能知道艇长究竟是什么人,从哪里来,到哪里去;但是,这位学者作为人的一面我是看得越来越清楚了。使内莫艇长和他的同伴们待在"鹦鹉螺"号上与世隔绝的,不是一般的愤世嫉俗的情绪,而是一种时间也无法磨灭的深仇大恨,这种恨,可能是畸形的,也可能是崇高的。

这种恨是不是还在寻求报复呢?没过多久我就知道了。

这时,"鹦鹉螺"号正缓缓地浮出水面,"复仇者"号变得越来越模糊。过了一会儿,潜艇轻轻摇了一下,我明白,我们已经在自由的空气中飘浮。

就在这时,响起一声沉闷的爆炸声。我望了艇长一眼,艇长一动不动。

---

① 牧月,法兰西共和历第九月。

"艇长?"我叫了一声。

他没有回答。

我离开他,登上平台。孔塞伊和那加拿大人已经先到那里。

"这声音是哪儿来的?"我问。

"是炮声。"内德·兰德答道。

我朝刚才发现过汽船的方向望了望。那条汽船向"鹦鹉螺"号靠近了,看得出来,它开足了马力,离我们六海里。

"内德,这是条什么船?"

"从索具上来看,从它的低桅杆的高度来看,"那加拿大人回答,"我敢打赌,这是一条战舰。它开过来才好呢,不行就把这艘倒霉的潜艇击沉!"

"内德老兄,"孔塞伊插话了,"它奈何得了'鹦鹉螺'号吗?对'鹦鹉螺'号,它是能够在海面上攻击呢,还是能够在海底开炮啊?"

"告诉我,内德,"我请求道,"你能够认出这艘船的国籍吗?"

那加拿大人皱了皱眉,然后眯缝起眼睛,盯着那艘汽船看了好一阵。

"认不出来,先生。"他答道,"没挂国旗,我认不出这艘船是哪个国家的。但我能肯定这是一艘战舰,因为主桅杆顶上飘着的是一面长长的战旗。"

我们盯着那艘朝我们开来的战舰,一直盯了一刻钟。但我认为它离得那么远不可能发现"鹦鹉螺"号,更不可能知道这艘钢铁打造的潜水艇是什么东西。

过了一会儿,那加拿大人告诉我,那条船是一艘大战舰,船艏有冲角,是一艘有双层甲板的铁甲舰。两个烟囱冒着浓浓的黑烟。密密麻麻的帆和一行行的桅杆交叉在一起。斜桁上没有悬挂国旗。迎风招展的战旗像一条薄薄的带子,因为离得太远,还看不出是什么颜色。

汽船在快速前进。如果内莫艇长让它靠近,我们就有了个逃跑的机会。

"先生,"内德·兰德对我说,"只要那艘汽轮离我们近到一海里,我就跳海逃跑。我劝你们也这么做。"

对那加拿大人的建议,我没说什么;我继续观察着那艘汽船,它离得越来越近,因而看起来也越来越大。无论这条船是英国的、法国的、美国的还是俄国的,如果我们能够游到跟前,都一定会收容我们。

"先生应该还记得,泅渡的经验我们还是有的。"孔塞伊这时插话道,"如果先生认为跟着内德师傅一起走合适,我可以拖着先生泅渡。"

我正要开口答话,战舰前面冒起一股白烟。接着,只过了几秒钟,一个挺重的东西落到了水里,搅起来的水溅到"鹦鹉螺"号的后部。又过了一会儿,我听到一声震耳欲聋的响声。

"嘿!他们怎么向我们开炮了?"我大叫起来。

"真是一些勇士!"那加拿大人小声说道。

"这么说他们没把我们当成遇难的人,没认为我们是躲在一艘沉船上!"

"先生不必介意……嗬!"孔塞伊说,把又一发炮弹溅到他身上的水抖了抖,"先生不必介意,他们又把潜艇当独角鲸了,他们这是在炮轰独角鲸!"

"可是,他们应该看得很清楚,他们面对的是人。"

"可能就因为面对的是人呢!"内德·兰德说,两只眼睛盯着我。

我一下子全明白了。大家现在可能已经知道所谓的海怪是什么东西。也许,在"鹦鹉螺"号与"亚伯拉罕·林肯"号接近、那加拿大人用渔叉叉"鹦鹉螺"号的时候,法拉格特舰长认出独角鲸是一艘比超自然的鲸类动物更加危险的潜艇?

是了,事情应该就是这个样子。很可能,现在各个海域都在追捕这艘具有破坏性的可怕潜艇!

如果像我们设想的那样,内莫艇长是在用"鹦鹉螺"号进行一场报复,那的确可怕!在印度洋上那一夜,他把我们关在一间小屋里,是不是就是为了去攻击一条船?那个如今被葬在珊瑚墓地中的人,会不会是由"鹦鹉螺"号挑起的一场冲突的牺牲品?肯定是,我再说一遍,事情应该就是这个样子。内莫艇长神秘生活的一部分显露出来了。即使他的身份还不明朗,至少,现在各国追捕的不再是一个虚幻的东西,而是一个和他们不共戴天的人!

这些可怕的往事出现在我眼前。在这艘向我们驶来的战舰上,我们非但碰不到朋友,遇到的只能是些无情的敌人。

这期间,落在我们周围的炮弹越来越多。其中有几发落到水面上以后弹了起来,像打水漂似的落到很远的地方。没有一发炮弹击中"鹦鹉螺"号。

这时,那艘铁甲战舰离我们只有三海里。尽管炮声隆隆,内莫艇长也没到平台上来。然而,一发圆锥形炮弹若能垂直击中"鹦鹉螺"号艇身,对它就可能是致命的。

这时,那加拿大人对我说道:

"先生,我们得想法子摆脱这种困境。打信号吧!真是见了鬼了!他们也许能明白我们是好人!"

内德·兰德掏出手绢,想在空中摇。可是,就在他刚把手绢打开的那一刹那,他被一只铁钳子似的大手抓住,尽管他力大无穷,还是被摔倒在平台上。

"混蛋!"艇长大声说道,"你是想在'鹦鹉螺'号撞击那艘汽轮之前,先把你钉在潜艇的冲角上还是怎么的!"

听内莫艇长说话已经很吓人,看他的脸更让人魂不附体。他脸色煞白,心脏可能痉挛了一下,甚至可能还停跳了一阵。他的两个瞳孔收缩,射出的目光非常可怕。他已经不是在说话,而是在吼。他身体前倾,牢牢地抓着那加拿大人的肩膀。

战舰打来的炮弹在艇长周围雨点般落下。于是,他扔下那加拿大人,朝战舰转过身去:

"啊!你知道我是谁,你是一条来自应该受到诅咒的国家的战舰!"他大声喊道,"不挂国旗我也认得出你是哪个国家的!睁开眼睛瞧瞧吧,我让你看看我的国旗!"

说着,内莫艇长在平台上展开一面黑旗,和他在南极树起的那面旗帜一样。

这时,一发炮弹斜着击中"鹦鹉螺"号艇身,没有造成伤害,只是弹了一下,就从艇长身边落到海里。

内莫艇长耸了耸肩。然后,向我转过身来:

"下去,"他用不由分说的语气对我说,"您和您的同伴,你们都下去!"

"先生,这么说您要攻击这艘战舰了?"我大声问道。

"先生,我要击沉它。"

"您不能这么做!"

"我能这么做。"内莫艇长冷冷地说,"先生,您别打算对我说三道四!命运让您看到了您不该看到的东西。人家动手了,还击将是严厉的。回去吧!"

"这艘战舰是哪国的?"

"您不知道?那再好不过!至少它的国籍对您将是个秘密。下去吧!"

那加拿大人、孔塞伊和我,我们只有服从的份儿。"鹦鹉螺"号上的十五六个水手围着艇长站在那里,怀着不共戴天的仇恨,两眼盯着向他们驶近的战舰。我们感觉得到,他们胸中燃烧着和艇长一样的复仇火焰。

就在新一轮炮弹又擦着"鹦鹉螺"号艇身而过的时候,我下到舱里,同时听见艇长喊道:

"打吧,你这个发了疯的家伙!你就倾泻你那些没用的炮弹吧!你难逃'鹦鹉螺'号的冲角。不过,你的葬身之地不该是这里!我不想让你的残骸和'复仇者'号的残骸相混!"

我回到自己的房间。艇长和大副还待在平台上。螺旋桨发动起来了。"鹦鹉螺"号快速远去,到了战舰大炮的射程以外。但追击还在继续,而内莫艇长就想保持这个距离。

下午四点左右,我既着急又不安,像热锅上的蚂蚁,再也无法自持,就又来到中间的梯子那里。舱盖开着。我大着胆子登上平台。艇长还在那里躁动不安地走来走去。他望了望在下风处五六海里以外的战舰。他像一头猛兽似的在战舰周围来回转悠,引着战舰向东,让战舰追击自己。但他没有发动攻击。也许他还在犹豫?

我想再干预一下。可是,我刚一和内莫艇长打招呼,他就叫我闭嘴:

"我就是法律,我就是正义!"他对我说,"我是个受压迫的人,而眼前是个压迫者!我所喜欢、热爱和尊敬的一切,祖国、父母和妻儿,都是眼睁睁地被他毁灭的!我所仇恨的东西就在眼前。您免开尊口!"

我朝那艘全速航行的战舰望了最后一眼。然后,我就去找内德和孔塞伊了。

"咱们逃吧!"我大声说道。

"好!"内德响应道,"那艘战舰是哪个国家的?"

"我说不清。但无论如何它会在天黑以前沉没。不管怎么说,和它一起毁灭,比成为报复行为的同谋好。我们不能判断这种报复行为是否公正。"

"我也是这个意见。"内德·兰德淡淡地说,"等天黑吧!"

天黑了。潜艇上死一样的寂静。罗盘指明,"鹦鹉螺"号的航向没有改变。我听得见螺旋桨快速而有规律地击打海水的声音。潜艇一直在水面上航行,轻轻地晃动着,时而向左,时而向右。

我们决定,在战舰离得够近的时候就逃走,既要让战舰上的人听到我们的喊叫声,也要让他们看到我们,因为有大半圆的月亮。一旦登上那艘战舰,即使我们不能防止它将要受到的打击,至少也可以在情况允许的范围内想想办法。有好几次,我以为"鹦鹉螺"号就要发起攻击了。但是没有,它想让对手离得再近些;可过了一会儿,它又摆出一副逃跑的姿态。

前半夜就这么过去,什么事也没有发生。我们一直等着机会行动。我们过于激动,话都少了。内德·兰德激动得要立刻跳进海里,我硬把他拦住,叫他再等等。依我看,"鹦鹉螺"号会在海面上攻击那艘双层甲板战舰,到那个时候再跑,不仅可能,而且容易。

凌晨三点,我战战兢兢地登上平台。内莫艇长一直没离开那里。他在前面挨着他那面旗子站着;微风吹动,旗子在他头上飘扬。他的眼睛始终没有离开那艘战舰。他那异常尖锐的目光,似乎把战舰吸引、迷惑住了,带着它往前走,比拖着它走还保险!

其时月过中天,木星已经在东方升起。万籁俱寂之中,天空与海洋争相比静;大海呈献给银盘一块最好的镜子,映出的月亮从来没这样美过。

想着大自然的寂静,再想想弥漫在微不足道的"鹦鹉螺"号中的愤怒,我觉得全身战栗。

战舰和我们相距两海里。它在靠近,一直追着这片磷光走,磷光标明着"鹦鹉螺"号的位置。我看得见战舰上绿红两色的航行灯,白色信号灯挂在前桅主索上。模模糊糊的反光,照亮了战舰的帆缆索具,表明它已经开足马力。一束束火焰,一块块燃烧着的煤渣,从烟囱中窜出,似星光闪烁。

我就这样待到早晨六点,内莫艇长好像一直没有看到我。战舰离我们只有一海里半;天一亮,就又开始炮轰。"鹦鹉螺"号攻击对手的时间快到了,我和我的同伴们也就要永远离开艇长——对他这个人,我不敢贸然做出判断。

我正准备下去通知他们两个人的时候,大副带着几个水手来到平台上。内莫艇长没有看见他们,也许是不愿意看到他们。"鹦鹉螺"号已经采取某些可以称之为"战斗准备"的措施。这些措施很简单。平台周围那些像栏杆似的支索被放了下来。同样,舷灯罩和驾驶舱也都缩进艇身,不再露在外面。这艘雪茄形的钢铁潜艇表面,再没有什么突出来的东西妨碍它的操作。

我回到客厅。"鹦鹉螺"号一直在水面上浮着。有几缕晨曦射入水中。由于海浪涌动,舷窗上出现了初升太阳的霞光。可怕的六月二日开始了。

五点①,航速表指明,"鹦鹉螺"号正中速行驶。我明白,它是要让那艘战舰靠近。炮声更响了。炮弹带着奇怪的呼啸声纷纷落入周围的水里。

"朋友们,"我说,"时间到了。握握手吧,愿上帝保佑我们!"

内德·兰德从容坚决,孔塞伊沉着冷静,只有我神经紧张,勉强能够自持。

---

① 原文如此。

我们走进图书室。就在我推开通往中央扶梯间的那扇门时,听到上面的舱盖啪的一声关上了。

那加拿大人要飞身登上扶梯,被我拽住。熟悉的啸声告诉我,正在往潜艇的储水舱里灌水。果然,没过多一会儿,"鹦鹉螺"号就下潜到离海面几米以下的地方。

我知道潜艇要采取什么手段。采取行动为时已晚。"鹦鹉螺"号不想攻击双层甲板战舰难以穿透的铁甲,它要在吃水线以下的地方下手,那里的舰身没有金属外壳保护。

我们又被囚禁起来,被迫成为即将发生的惨剧的见证人。其实我们也几乎没有时间进行思考。我们躲在我的房间里,面面相觑,一言不发。我害怕得头脑发木,无法进行思考。在听到可怕的炮声之前,我一直处于这种难挨的状态之中。我等待着,我倾听着,我只剩下了听觉!

这时,"鹦鹉螺"号航速明显加快,这样它才能有冲击力。整个潜艇都在颤抖。

突然,我叫了一声。冲撞发生了,不过,相对来说比较轻微。我感觉到了潜艇钢铸冲角的穿透力,听到了刮擦的声音。但"鹦鹉螺"号动力强大,穿过战舰就像帆篷工手里的针穿过帆布。

我再也克制不住了。我六神无主,疯了似的夺门而出,飞奔着来到客厅。

内莫艇长在客厅里,正通过左舷窗朝外望着;他一声不吭,阴沉着脸,一副冷酷无情的样子。

一个庞然大物沉入水中;为了看到这个庞然大物垂死挣扎的整个过程,"鹦鹉螺"号也跟着潜入海底。我在距离十米的地方看到那个被撞裂了的舰壳,海水带着雷鸣般的响声往舰壳里涌;接着下沉的是两排火炮和船舷墙。甲板上是黑压压的人影,舰上的人已经乱作一团。

水漫上来了,那些不幸的人飞身爬上支索,紧紧抱住桅杆,在水中挣扎。这些人就像进了海水的蚁穴里的蚂蚁!

我变得呆滞,恐惧使我变得僵硬,毛发直立,双眼圆睁,呼吸不畅,我觉得喘不上气儿,说不出话,就那样看着,一种不可抗拒的引力使我贴在舷窗的玻璃上!

那艘巨大的战舰在缓缓下沉。"鹦鹉螺"号跟着它,观察着它的动静。突然,爆炸发生了,气浪把双层甲板掀了起来,可能是弹药舱起火。气浪推动着海水,连"鹦鹉螺"号都被推得改变了方向。

那艘不幸的战舰此刻沉得更快了。上面满是受难者的桅楼沉了下去,接着沉下去的是甲板支架的横臂,上面挤满了人,横臂都被压弯了,最后沉下去的是主桅杆顶。然后,这黑糊糊的庞然大物消失,随同它一起消失的,还有被巨大旋涡卷走的战舰上全体人员的尸体⋯⋯

我朝内莫艇长转过身去。这个令人望而生畏的伸张正义的人,不折不扣的复仇大天使,一直站在那里看着。在这一切都结束了的时候,内莫艇长朝自己的房门走去,他打开房门,走进去。我的眼睛一直没离开他。

在房间尽里面的壁板上,在他所崇敬的那些英雄的照片下面,我看到另一张照片,上面是个依然年轻的女人和两个孩子。内莫艇长看了他们一会儿,向他们伸出两臂,双膝跪倒,泣不成声。

## 二十二　内莫艇长的最后一句话

吓人的场面结束以后,护窗板关上,但客厅里的灯还没亮。"鹦鹉螺"号内部一片昏暗,寂静无声。潜艇离开了这个荒无人烟的地方,在距离水面一百英尺的深度疾速前进。它要去什么地方呢?是去南方还是去北方?进行这样一场可怕的报复以后,这个人要躲到哪里去呢?

我回到自己的房间,内德和孔塞伊正在里面坐着,相对无言。对内莫艇长,我产生了一种无法克制的厌恶。不管他在世人那里受过什么样的苦,他都无权对人类进行这样的惩罚。他虽然没把我变成同谋,至少把我变成了他报复行为的见证人!这已经太过分了。

十一点,电灯又亮了。我去了客厅。客厅里空无一人。我看了看仪表。"鹦鹉螺"号正以每小时二十五海里的速度向北逃窜,时而浮出海面,时而在三十英尺的水下。

我从地图上看到,我们正在通过英吉利海峡的入口,以无法比拟的速度向北极海域驶去。

在匆匆而过的各种鱼中,我记得下来的只有长鼻角鲨、经常在这一带海域出没的双髻鲨、猫鲨、大个的鹰石首鱼、样子和国际象棋里的马很相像的成群海马、像焰火中的金蛇一样蜿蜒而行的海鳗、将双螯交叉着卷在壳上斜着跑的大队螃蟹,以及成群的和"鹦鹉螺"号比快的鼠海豚。不过,仔细观察、进行研究和分类,此时都已经谈不上了。

到了晚上,我们已经在大西洋里穿行两百法里。天暗下来,月亮升起之前,海面上漆黑一片。

我回到房间,睡不着觉,刚要入睡就做噩梦。击沉战舰的可怕情景总在我的脑际萦回,挥之不去。

从这一天起,谁还说得出"鹦鹉螺"号要把我们带到北大西洋的什么地方去呢?航速极快,快得难以估计!而且一直行驶在北极的漫天大雾之中!潜艇到没到过斯匹次卑尔根群岛的沙嘴?到没到过新曾卜尔的海岸?它是从白海、喀拉海、奥比湾和利亚洛夫群岛这一带陌生海域,以及亚洲那些没人到过的海岸行驶过去的吗?这一切我都说不清楚。我已经没有了时间概念。潜艇里的钟已经停摆。就像在极地一样,日夜不再按一般规律交替。我觉得自己被带进了一个古怪的境界,爱伦·坡过度的想象力在这里可以任意驰骋。我每时每刻都期待着能够像那个虚构的人物戈顿·皮姆①一样,看到那张"罩着面纱的人脸,这张脸比世界上任何人的脸都要大得多,它被横放在水门中央,把守着极地的入口"!

我估计——但也可能是我搞错了——我估计,"鹦鹉螺"号这次的冒险航行,持续了十五到二十天,如果不是那场灾难终止了这次旅行,不知道还要跑多久呢!内莫艇长没再露面,大副就更不用说,艇上没有一个人露过一次面!"鹦鹉螺"号几乎一直在水下行驶,浮到水面上换气时,舱盖也是自动打开,自动关闭。地球平面球形图上没有了任何标记,我不知道我们身在何方。

那加拿大人也已经熬得筋疲力尽,失去耐心,不再露面。孔塞伊从他

---

① 爱伦·坡的中篇小说《亚瑟·戈顿·皮姆历险记》中的主人公。

嘴里掏不出一句话来,担心他会在精神错乱或想家想得要命的时候自寻短见,于是,就寸步不离,精心守护着他。

我们都知道,在这种情况下,这样的局面已经持续不下去了。

一天早晨——是哪一天,我说不清——,天快亮了,我还睡得迷迷糊糊的;这种睡法很累,是一种病态。醒来的时候,我看到内德·兰德正朝我俯过身来,小声对我说:

"咱们逃吧!"

我坐了起来。

"什么时候走?"我问。

"今天夜里。'鹦鹉螺'号上的警戒好像都撤了,艇上的人似乎都已经麻木。您能准备好吗,先生?"

"能。我们现在是在什么地方?"

"能看见陆地。我今天早晨透过大雾看见了陆地,在东边,离这儿有二十海里。"

"这陆地是什么地方?"

"不知道。不过,不管那是什么地方,我们先逃到那里再说。"

"说得对,内德。好!今天夜里我们就逃,哪怕叫大海把我们吞了呢!"

"海况不好,风大,不过,坐'鹦鹉螺'号上的轻型小艇走二十海里,对我来说算不了什么。我可以先背着艇上的人往小艇上装些食物和水。"

"我跟你一起去。"

"可是,"那加拿大人又说,"如果我被发现,我会自卫,我会被杀死。"

"老弟,那我们就死在一起。"

我豁出去了。那加拿大人离开了我。我来到平台上,风浪很大,我勉强能够站稳。天气不好,像要来暴风雨。不过,陆地既然就在旁边,雾又这么大,就必须逃走。我们连一天、甚至一个小时也不能浪费了。

我回到客厅,既怕碰上又希望碰上内莫艇长,既想见到他又希望再也见不到他。见到他我能说些什么呢?他在我心里引起的那种不由自主的厌恶,我隐藏得住吗?不!最好还是不要再和他面对面相遇!还是把他忘了的好！可是，忘得了吗？

我还得在"鹦鹉螺"号上度过这最后一天，真是度日如年啊！我一个人待着，内德·兰德和孔塞伊躲着我，不跟我说话，怕露出马脚。

六点，我吃了晚饭。我没胃口，但不想吃也得强迫自己吃，怕到时候没力气。

六点半，内德·兰德来到我的房间，对我说：

"出发之前我们不要再见面。十点钟月亮还没升起来，我们利用黑夜走。请您到时候上小艇，我和孔塞伊会在那里等您。"

那加拿大人不容我答话，说完就走了。

我想核实一下"鹦鹉螺"号的航向，就去了客厅。我们正以惊人的速度，在五十米深的水里朝东北方向偏北航行。

最后，我又朝那些自然界的珍品、堆在这间屋子里的丰富艺术品和收藏品望了一眼；这些收藏品举世无双，但逃不脱有朝一日和收藏它们的人一起葬身海底的命运。我想在脑子里留下最后一点印象，就这样在那里待了一个小时；我沐浴着从天花板上洒下来的灯光，浏览着这些在玻璃柜子中闪闪发光的珍宝。然后，我回到自己的房间。

我在房间里换上结实的航海服。我把笔记本收拢到一起，小心翼翼地绑在身上。心跳得厉害，我无法控制。若是让内莫艇长看到我这样激动和慌乱，肯定会坏事。

此刻他在干什么呢？我在他的房门那里听了听，有脚步声，内莫艇长在屋里，还没有睡。他每走一步，我都觉得他会在我面前出现，质问我为什么要逃走！我惊慌不已，我的想象力对这种情绪更是火上浇油。这种感觉变得让我难以忍受，我想还不如豁出去，干脆闯进内莫艇长的房间，当面跟他摊牌算了！

这是个疯狂想法，幸好我克制住了自己。我躺到床上，为的是放松一下身体。我的神经镇定了一点，但头脑还是过于兴奋，自打我从"亚伯拉罕·林肯"号上失踪、生活在"鹦鹉螺"号上以来的各种往事，一下子都涌上了心头；这段时间里有不少插曲，有好的，也有不好的：海底行猎，托雷斯海峡，巴布亚野人，搁浅，珊瑚墓地，苏伊士海底隧道，桑托林岛，克里特岛的潜水人,维哥湾,亚特兰蒂斯,大浮冰,南极,冰下被困,章鱼大战,墨西哥湾暖流造成的暴风雨,"复仇者"号,一艘战舰带着全体人员沉没的可怕情景!……这一切事件,就像舞台上的布景,从我眼前一一闪过。在这样一个奇特的领域里,内莫艇长突然变得高大起来,特点变得更加明显,成了个超人。他已经不再是我的同类,他是水里的人,是大海里的精灵。

已经九点半。为了不让脑袋裂开,我用两手紧紧把头抱住。我闭上眼睛。我不想再思考。还要等半个钟头呢!这噩梦般的半个小时可能使我发疯!

就在这时,我隐隐约约听到管风琴的声音,伴着一曲听不清楚的歌,如泣如诉。这是一个想和陆地断绝关系的人的真正心声。我屏气凝神,全神贯注地倾听着,像内莫艇长一样,陶醉在使他神游化外的音乐里。

接着,一个突然冒出来的想法把我吓了一跳:内莫艇长离开房间,去了我逃跑必经之地的客厅。在客厅里,我将最后一次碰到他。他会看见我,也许还会和我说话!他的一个动作就能置我于死地,一句话就能让人把我捆在艇上!

可是,快十点了。离开房间去与我的同伴们会合的时间到了。

没什么可犹豫的了,即使内莫艇长此刻出现在我面前,也不能再犹豫了。我小心翼翼地打开房门,可是,门开的时候,铰链好像发出了可怕的响声。也许,那声音是我想象出来的!

我匍匐前进,穿过"鹦鹉螺"号昏暗的纵向通道,每爬一步都停一下,为的是平息心跳。

我来到客厅的角形门前,轻轻地把门打开。客厅里一片昏暗,有微弱的管风琴声,内莫艇长就在那里。他没看见我。我甚至以为,即使客厅里灯火通明,他也看不见我,他完全陶醉在音乐里了。

我在地毯上爬着,避免碰到任何东西,碰到东西的响声会把我暴露。我得用五分钟才能爬到客厅尽头那扇通往图书室的门。

我正要开门,内莫艇长叹了一口气,把我吓得僵在那里。我知道,他要站起来了。我甚至瞥见了他,因为图书室的灯光从门缝射进了客厅。

他朝我走来,两只胳臂交叉着抱在胸前,像个幽灵,与其说是在走,不如说是在无声地滑行。他心有块垒,胸脯一起一伏地呜咽着。我听到他在自言自语——这是他传到我耳朵里的最后一句话:

"万能的上帝啊!够了!够了!"

难道这就是他发自内心的忏悔?……

我发狂似的冲进图书室。我登上那架中央扶梯,沿着上层的纵向通道,来到小艇跟前,从一个入口冲进去,我那两个同伴已经通过这个入口进去了。

"出发!出发!"我大叫着。

"这就走!"那加拿大人答道。

在"鹦鹉螺"号钢板上挖空了的那个洞,事先已经被关上,内德·兰德还用带来的活扳子把螺丝拧上了。通往小艇的口子也关上了,那加拿大人开始卸那些把小艇固定在潜艇上的螺丝。

突然,潜艇里传出声音。是很多人说话的声音,声音都很急。出什么事了?有人发现我们要逃?我感觉内德·兰德塞给我一把匕首。

"好的!"我小声说道,"我们就跟他们拼个你死我活!"

那加拿大人停下手里的活计。不过,一个词,一个重复了几十遍的词,一个可怕的词,终于使我明白,正在"鹦鹉螺"号上蔓延开来的骚乱不是因我们而起的,潜艇上的人不是冲我们来的!

"迈尔海峡!迈尔海峡!"潜艇上的人大喊大叫着。

迈尔海峡!在这种十分可怕的情况下,再没有比这个名词更吓人,更能让我们听了胆战心惊!这么说,我们现在是在险象环生的挪威海岸的海域里?难道说,在我们的小艇即将脱离"鹦鹉螺"号的时候,潜艇被卷进了迈尔海峡的旋涡?

众所周知,涨潮的时候,拥挤在佛罗埃群岛和罗佛丹群岛之间的潮水,水流迅猛,势不可挡;这股潮水形成的旋涡,任何船只一旦被卷进去,便休想脱身。惊涛骇浪从四面八方扑向旋涡。这样形成的旋涡被称为"大西洋的肚脐",真是再恰当不过。旋涡对方圆十五公里以内的东西都有巨大的引力。被吸进旋涡的不仅有船只,还有鲸鱼,也有北极的白熊。

"鹦鹉螺"号被它的艇长于无意之间——或者,也许是故意的——拖进去的就正是这个旋涡。潜艇画着螺旋形的圈子,圈子越画越小。依然固定在潜艇一侧的小艇,和潜艇一样,也以令人眩晕的速度旋转着。这我能够感觉到。我体验着这种旋转,接着而来的是长长的回转运动。我们都吓坏了,处于极度的恐惧之中;血液循环停止,神经失去反应,全身像濒临死亡的人一样冒着冷汗!在我们这条脆弱的小艇周围,声音响得吓人,几海里以外都能听到海浪咆哮的回声!海水撞击着海底尖尖的礁石,响声震天;再坚固的物体撞在那些礁石上也会变得粉碎;被卷进去的树干,被撞来撞去之后,会变成"毛皮上的长绒"!——这是挪威人的说法。

形势千钧一发!我们一直被颠来颠去,胆战心惊。"鹦鹉螺"号像人一样地挣扎着,浑身上下的钢筋铁骨不断地发出咔咔的响声。它有时会直立起来,我们就也跟着它直立!

"必须顶住!"内德说,"得再把螺丝拧紧!挂在'鹦鹉螺'号上,我们还能得救……!"

他的话还没说完,就听见咔嚓一声,螺丝掉了,小艇脱离了艇槽,像一块用投石器投出的石头似的被甩到旋涡中间。

我的头撞在一根铁杆上,一下子失去了知觉。

## 二十三 尾 声

现在,已经到了这次海底之行的尾声。那天夜里所发生的事:小艇是如何逃离迈尔海峡旋涡的,内德·兰德、孔塞伊和我又是怎样从旋涡中出来的,我都说不清楚。不过,苏醒过来的时候,我是躺在罗佛丹群岛一个渔民的小屋里。我的两个同伴毫发无损,守在我身边,紧握着我的手。我们激动地拥抱着。

此刻我们还不能考虑回法国的事。从挪威北部去南方,交通工具稀少。因此,我不得不耐心等船,到北角来的汽船半个月才有一班。

因此,也就是在那里,在那些收留我们的朴实人中间,我把这次冒险经历的记述又看了一遍。记录准确无误,既没有遗漏一件事,也没有夸大任何细节,而是忠实地记述了这次探险。在人难以到达的海底进行这样的探险,确实匪夷所思,但科学的进步终有一天会使海底变通途。

我说的这些有人信吗?不得而知。说到底,信与不信都不重要。我现在所能够肯定的是,我有了谈论海洋的资格,在将近十个月的时间里,我在海底跑了两万法里;我也有了谈论周游海底世界的资格,经过太平洋、印度洋、红海、地中海、大西洋、南极和北冰洋的时候,我饱览了那么多的海底奇观!

可是,"鹦鹉螺"号后来怎么样了呢?它抗住迈尔海峡旋涡的吸力了吗?内莫艇长是否还活着?他是依然在大洋底下进行可怕的报复,还是在那场大屠杀之后就罢手了呢?海浪有朝一日会把那部包含着他的履历的手稿带给我们吗?我最终能够获悉这个人的姓名吗?那艘消失了的战舰,能够通过它的国籍告诉我们内莫艇长是哪国人吗?

这些我都希望知道。我也希望他那艘动力强大的潜艇战胜了海洋中最可怕的旋涡,希望"鹦鹉螺"号在那个大量船只葬身海底的地方绝处逢生!如果真能这样,如果内莫艇长依然住在大洋这样一个他自己选定的祖国,但愿他那颗充满敌意的心中的仇恨能够平息!但愿他终日徜徉在海底的奇珍异宝中间,赏心悦目,使他心中复仇的火焰熄灭!但愿那个伸张正义者的内莫已经隐身而退,而那个学者内莫继续静静地进行着海洋探测!他命运奇特,但也非凡。难道我本人不理解他吗?那种超自然的生活,我不是也过了十个月吗?因此,对六千年前的《传道书》中提出的那个问题:"谁能测量得出海洋的深度?"现在,芸芸众生中有两个人有资格回答了,这两个人就是内莫艇长和我。

(第二部分完)

# "插图本名著名译丛书"书目

(按著者生年排序)

## 第 一 辑

| 书 名 | 著 者 | 译 者 |
|---|---|---|
| 荷马史诗·伊利亚特 | [古希腊]荷马 | 罗念生 王焕生 |
| 荷马史诗·奥德赛 | [古希腊]荷马 | 王焕生 |
| 一千零一夜 |  | 纳 训 |
| 神曲(地狱篇、炼狱篇、天国篇) | [意大利]但丁 | 田德望 |
| 十日谈 | [意大利]薄伽丘 | 王永年 |
| 堂吉诃德(上下) | [西班牙]塞万提斯 | 杨 绛 |
| 培根随笔集 | [英]培根 | 曹明伦 |
| 罗密欧与朱丽叶——莎士比亚悲剧选 | [英]威廉·莎士比亚 | 朱生豪 |
| 威尼斯商人——莎士比亚喜剧选 | [英]威廉·莎士比亚 | 朱生豪 |
| 鲁滨孙飘流记 | [英]丹尼尔·笛福 | 徐霞村 |
| 格列佛游记 | [英]斯威夫特 | 张 健 |
| 忏悔录(上下) | [法]卢梭 | 范希衡 等 |
| 少年维特的烦恼 | [德]歌德 | 杨武能 |
| 浮士德 | [德]歌德 | 绿 原 |
| 傲慢与偏见 | [英]简·奥斯丁 | 张 玲 张 扬 |
| 红与黑 | [法]司汤达 | 张冠尧 |

I

| 书名 | 作者 | 译者 |
|---|---|---|
| 希腊神话和传说(上下) | [德]古斯塔夫·施瓦布 | 楚图南 |
| 高老头 欧也妮·葛朗台 | [法]巴尔扎克 | 傅雷 |
| 普希金诗选 | [俄]普希金 | 高莽 等 |
| 巴黎圣母院 | [法]雨果 | 陈敬容 |
| 悲惨世界(一二三四五) | [法]雨果 | 李丹 方于 |
| 基督山伯爵(一二三四) | [法]大仲马 | 李玉民 |
| 三个火枪手(上下) | [法]大仲马 | 李玉民 |
| 安徒生童话故事集 | [丹麦]安徒生 | 叶君健 |
| 死魂灵 | [俄]果戈理 | 满涛 许庆道 |
| 汤姆叔叔的小屋 | [美]斯陀夫人 | 王家湘 |
| 雾都孤儿 | [英]查尔斯·狄更斯 | 黄雨石 |
| 双城记 | [英]查尔斯·狄更斯 | 石永礼 赵文娟 |
| 简·爱 | [英]夏洛蒂·勃朗特 | 吴钧燮 |
| 呼啸山庄 | [英]爱米丽·勃朗特 | 张玲 张扬 |
| 猎人笔记 | [俄]屠格涅夫 | 丰子恺 |
| 罪与罚 | [俄]陀思妥耶夫斯基 | 朱海观 王汶 |
| 包法利夫人 | [法]福楼拜 | 李健吾 |
| 海底两万里 | [法]儒勒·凡尔纳 | 赵克非 |
| 八十天环游地球 | [法]儒勒·凡尔纳 | 赵克非 |
| 复活 | [俄]列夫·托尔斯泰 | 汝龙 |
| 战争与和平(一二三四) | [俄]列夫·托尔斯泰 | 刘辽逸 |
| 安娜·卡列宁娜(上下) | [俄]列夫·托尔斯泰 | 周扬 谢素台 |
| 小妇人 | [美]路易莎·梅·奥尔科特 | 贾辉丰 |
| 百万英镑——马克·吐温中短篇小说选 | [美]马克·吐温 | 叶冬心 |
| 汤姆·索亚历险记 | [美]马克·吐温 | 成时 |
| 最后一课——都德中短篇小说选 | [法]都德 | 刘方 陆秉慧 |
| 羊脂球——莫泊桑短篇小说选 | [法]莫泊桑 | 张英伦 |
| 一生 | [法]莫泊桑 | 盛澄华 |
| 变色龙——契诃夫短篇小说选 | [俄]契诃夫 | 汝龙 |

| | | |
|---|---|---|
| 泰戈尔诗选 | [印度]泰戈尔 | 冰 心 等 |
| 麦琪的礼物——欧·亨利短篇小说选 | [美]欧·亨利 | 王永年 |
| 名人传 | [法]罗曼·罗兰 | 傅 雷 |
| 约翰-克利斯朵夫(一二三四) | [法]罗曼·罗兰 | 傅 雷 |
| 童年 | [苏联]高尔基 | 刘辽逸 |
| 在人间 | [苏联]高尔基 | 楼适夷 |
| 我的大学 | [苏联]高尔基 | 陆 风 |
| 绿山墙的安妮 | [加拿大]露西·蒙哥马利 | 马爱农 |
| 热爱生命——杰克·伦敦小说选 | [美]杰克·伦敦 | 万 紫 等 |
| 一个陌生女人的来信<br>　　——斯·茨威格中短篇小说选 | [奥地利]斯·茨威格 | 张玉书 |
| 变形记——卡夫卡中短篇小说全集 | [奥地利]卡夫卡 | 叶廷芳 等 |
| 了不起的盖茨比 | [美]菲茨杰拉德 | 姚乃强 |
| 老人与海 | [美]欧内斯特·海明威 | 陈良廷 等 |
| 钢铁是怎样炼成的 | [苏联]尼·奥斯特洛夫斯基 | 梅 益 |
| 静静的顿河(一二三四) | [苏联]米·肖洛霍夫 | 金 人 |